EMMA DAVIES

Rückkehr zum kleinen Cottage auf dem Hügel

Weitere Titel der Autorin:

Das kleine Cottage auf dem Hügel
Sommer im kleinen Cottage auf dem Hügel

Titel auch als Hörbuch erhältlich

Über die Autorin:

Emma Davies lebt mit ihrem Mann, drei Kindern und zwei Meerschweinchen im ländlichen Shropshire, wo sie in jeder freien Minute schreibt. Shropshire, seine wunderbaren Menschen und zauberhaften Landschaften bieten ihr eine endlose Inspiration für ihre Bücher.

Emma Davies

Rückkehr zum kleinen Cottage auf dem Hügel

Ein Feel-Good-Roman

Aus dem Englischen von Michael Krug

lübbe

Dieser Titel ist auch als Hörbuch und E-Book erschienen

MIX
Papier | Fördert gute Waldnutzung
FSC® C014496

Vollständige Taschenbuchausgabe
der bei Bastei Lübbe erschienenen E-Book-Ausgabe

Titel der britischen Originalausgabe:
»Return to the Little Cottage on the Hill«
First published in Great Britain in 2018 by Storyfire Ltd trading as Bookouture.

Für die deutschsprachige Ausgabe:

Umschlaggestaltung: Guter Punkt, München unter Verwendung von Motiven © iStock/Getty Images Plus: Andreus | OttoKrause | Max5799
Satz: 3w+p GmbH, Rimpar (www.3wplusp.de)
Gesetzt aus der Minion
Druck und Verarbeitung: GGP Media GmbH, Pößneck
Printed in Germany
ISBN 978-3-404-18909-0

5 4 3 2 1

Sie finden uns im Internet unter luebbe.de
Bitte beachten Sie auch: lesejury.de

Anam Cara – *aus dem Keltischen, »Seelenfreund«*

Kapitel 1

Clara ließ einen letzten Blick durch das Zimmer wandern. Mit einem zufriedenen Nicken sammelte sie den Staubwedel und die Dose mit Politur vom Couchtisch ein. Das *Gardener's Cottage* war sauber, einladend und, am wichtigsten, bereit für seine neue Buchung. Ihr erster Gast – Isobel – war sechs Wochen bei ihnen geblieben und erst vor zwei Tagen abgereist. Clara vermisste sie und ihre Musik schon jetzt. Sie hatte sich daran gewöhnt, die süßen Geigenklänge durch die warme Abendluft schweben zu hören. Isobel war den gesamten Sommer über bei ihnen gewesen. Am Ende hatte sie gar nicht mehr wie ein Gast gewirkt, sondern wie ein Teil des Teams von Joy's Acre.

Mittlerweile hatte Tom das Dach des zuletzt renovierten Cottage gedeckt. Es war bezugsfertig, und morgen würde eine Familie für einen zweiwöchigen Aufenthalt anreisen. Clara schaute aus dem Fenster zum strahlend blauen Himmel und fragte sich, welche Geschichten ihre neuen Gäste mitbringen würden.

Es war zwar noch Vormittag, aber es war schon recht warm, als sie nach draußen in den großen Garten ging, der die Cottages umgab. Der Sonnenschein hatte die beißende Kälte der Herbstluft abgemildert, die sie an diesem Morgen beim Aufwachen gespürt hatte, aber am Abend würde es wieder kühl werden. Clara liebte diese Tage. Überhaupt freute sie sich immer auf die Gegebenheiten und Abläufe, die mit jeder neuen Jahreszeit im Garten Einzug hielten. In dem außerordentlich heißen Sommer war es ein Kampf gewesen, alles ausreichend zu bewässern, damit es wuchs und gedieh. Aber als sie sich nun umsah, empfand sie die Blütenpracht in allen Farben des Regenbogens und das üppig sprießende Gemüse als befriedigenden Lohn für ihre Anstrengungen.

Clara schlenderte den Pfad hinunter und ging in Gedanken die zahlreichen Aufgaben durch, die sie heute zu erledigen hatte. Sie würde sich nacheinander darum kümmern, aber zuerst musste sie sich bei Maddie vergewissern, dass für morgen alles vorbereitet war. Es versprach, ein ereignisreicher Tag zu werden …

Vor etwa einem Monat hatte große Aufregung geherrscht, als ein Dokumentarfilmer namens Adam Brooks auf der Suche nach einem Drehort für eine neue Serie über ländliche Betriebe nach Joy's Acre gekommen war. Damals hatte, so sagte er, auf Anhieb gewusst, dass er den richtigen Ort gefunden hatte. Sein Team hatte mehrere Tage lang Material aufgenommen, das im nächsten Jahr ausgestrahlt werden sollte. Gestern jedoch hatte sich Adam erneut gemeldet. Er würde noch mal herkommen, diesmal mit einem neuen Vorschlag und jemandem, den er ihnen vorstellen wolle. Obwohl sie keine Ahnung hatten, was sie erwartete, galt es, für den Besuch allerlei Vorbereitungen zu treffen.

Die Tür zum *Thatcher's Cottage* – dem Strohdachdecker-Haus – stand weit offen. Clara hörte das Dröhnen eines Staubsaugers herausdringen. Sie ging durch die Küche ins Wohnzimmer, wo Maddie den bunten Teppich, der den Großteil des Bodens bedeckte, gründlich bearbeitete. Clara wusste, dass Maddie sie nicht hören konnte. Lächelnd pirschte sie sich von hinten an sie heran und tippte ihr heimtückisch auf die Schulter.

Maddie zuckte vor Schreck heftig zusammen, bevor sie herumwirbelte. Gleich darauf breitete sich ein Grinsen auf ihrem Gesicht aus, als sie Clara erkannte.

»Du bist so was von fies!«, rief sie und schaltete den Staubsauger aus. »Ich hätte fast einen Herzinfarkt gekriegt – ehrlich, ich sollte dich feuern lassen!«

Clara strich sich ungerührt die lange blonde Mähne hinter die Ohren, grinste zurück und streckte Maddie die Zunge heraus.

»Wir wissen doch beide, dass Seth darüber nur lachen würde. Er würde eher bedauern, dass er nicht da war, um dein Gesicht zu sehen.«

Maddie verdrehte die Augen. »Du kennst ihn zu gut«, meinte sie.

Und das stimmte. Clara und Seth waren seit Jahren befreundet, schon lange, bevor alle anderen nach Joy's Acre gekommen waren. Am Anfang hatte es nur sie beide gegeben. Seth hatte sich der Renovierung des verfallenen Farmhauses und der Cottages gewidmet, die er geerbt hatte, Clara wiederum hatte versucht, den verwilderten Garten auf Vordermann zu bringen. Sie waren auch vorangekommen, aber es hatte alles ziemlich lange gedauert. Erst Maddies Ankunft im Frühling hatte frischen Wind nicht nur in Seths Leben, sondern auch nach Joy's Acre gebracht. Mittlerweile sah die ehemalige Farm besser aus als je zuvor. Und obwohl zwei der Ferienhäuser noch renoviert wurden, erwirtschafteten die beiden anderen allmählich ein dringend benötigtes Einkommen.

»Also raus damit«, sagte Clara. »Was gibt's Neues? Weißt du schon, wann sie kommen?«

Maddie stand die Aufregung deutlich ins Gesicht geschrieben. »Nein. Ich schaue alle zwei Minuten aufs Handy, aber bisher hab ich noch nichts von Adam gehört.«

»Er muss doch *irgendwas* gesagt haben.«

Sie schüttelte den Kopf. »Nein. Er war sehr zurückhaltend und wollte mit nichts rausrücken. Außer damit, dass er jemanden namens Declan mitbringt, der uns angeblich alle begeistern wird …«

Clara schmollte. »Also, das finde ich echt gemein. Passiert

ja nicht jeden Tag, dass man Besuch von einem angesagten Fernsehproduzenten kriegt. Du könntest mir wenigstens sagen, wann sie kommen, damit ich Lippenstift auftragen kann …«

Maddie grinste. Sie wussten beide, wie unwahrscheinlich es war, dass Clara überhaupt einen Lippenstift besaß.

»Tja, ich wette, sie tauchen bestimmt genau im falschen Moment auf«, fügte Clara hinzu. »Aber dagegen können wir wohl nichts machen. Jedenfalls hat Trixie vorhin im Haupthaus wie besessen gekocht, das *Gardener's Cottage* ist für später bereit, und hier sieht's auch wunderschön aus. Was gibt's also noch zu tun?«

»Tee trinken?«, schlug Maddie vor und sah sich um. »Komm, gehen wir zu Trixie. Ich finde, wir haben uns eine Pause verdient. Und beim Tee können wir eine Liste mit den letzten kleinen Aufgaben machen.« Sie zog das Kabel des Staubsaugers aus der Steckdose an der Wand und wickelte es auf. »Sieht gut aus, oder?«, fügte sie hinzu und richtete sich auf. »Ich bin echt zufrieden.«

»Ich finde, es ist perfekt«, pflichtete Clara ihr nickend bei. »Und der Feinschliff ist inspirierend.«

Alle Cottages auf Joy's Acre wurden in authentischem viktorianischem Stil eingerichtet, aber ein paar Gegenstände, die für ein bestimmtes traditionelles Handwerk typisch waren, verliehen jedem Cottage zusätzlich ein individuelles Flair und gaben ihm seinen Namen. Im Augenblick standen sie im eben erst fertiggestellten *Thatcher's Cottage*. An der größten, geweißelten Wand vor ihnen hingen eine riesige Garbe aus Salzteig und eine Strohpuppe, beides Abschiedsgeschenke von Isobel, ihrem ersten zahlenden Gast. Weitere Strohfiguren und traditionelles Holzwerkzeug für Strohdächer schmückten den Rest des Ferienhauses. Clara fand, dass es ein einladendes, heimeliges Gefühl vermittelte, ohne dabei bemüht zu wirken. Demnächst würde das Cottage von seinen ersten neuen Gästen –

einer jungen Familie – bezogen werden, also würden sie schon bald erfahren, ob sie alles richtig gemacht hatten.

Maddie verstaute den Staubsauger im Schrank unter der Treppe und ließ den Blick ein letztes Mal durch den Raum wandern, bevor sie sich Clara zuwandte.

»Also gut, gehen wir. Mit ein bisschen Glück hat Trixie etwas Schokoladiges gezaubert, das wir zum Tee verputzen können.«

Clara stöhnte. Sie wusste, dass sie Trixies Backkünsten nicht würde widerstehen können, obwohl sie sich später im Garten besonders ins Zeug legen müsste, um die kleine Sünde abzuarbeiten.

Draußen winkte sie Maddie weiter. »Ich komme gleich nach«, sagte sie. »Ich gehe nur eben nachsehen, ob Tom schon eine Pause braucht.«

Er schuftete seit acht Uhr an diesem Morgen. Bestimmt könnte auch er inzwischen dringend ein Tässchen Tee vertragen. Clara schirmte die Augen gegen die Sonne ab und spähte hinauf zum Dach des nächsten Ferienhauses, wo sich Tom im Gegenlicht abzeichnete, das sein hellblondes Haar wie einen Heiligenschein zum Schimmern brachte.

»He!«, rief sie. »Kannst du einen Moment davon absehen, dass du ein außergewöhnlicher Strohdachdeckermeister bist und für ein Tässchen Tee runterkommen?«

Ein attraktives Gesicht grinste sie an. »Clara, meine Liebe«, erwiderte er in gespielt theatralischem Ton. »Natürlich bin ich ein begnadeter Strohdachdecker, und zwar immer. Aber natürlich kann ich mir eine Auszeit von meinem neuesten Meisterwerk nehmen, um ein heißes Getränk zu genießen. Einen Moment …«

Er steckte das gefährlich aussehende Werkzeug, das er in der Hand hielt, in den neu gedeckten Bereich neben ihm, um es zu verankern. Dann fasste er hinter seine Oberschenkel, um die Lederpolster zu lösen, die seine Knie während der Arbeit schützten. Schließlich rutschte er an der Leiter herunter und stand in Sekundenschnelle neben Clara auf dem Boden.

»Ich dachte schon, du würdest nie fragen. Mein Mund ist wie ausgetrocknet«

Clara lächelte herzlich, als sie sich bei Tom einhängte.

»Ein guter Morgen?«, erkundigte sie sich.

»Ja«, antwortete er. »Obwohl dieses Dach aus mir unerklärlichen Gründen in einem wesentlich schlechteren Zustand ist als die anderen beiden. Es muss viel mehr von den oberen Schichten abgetragen werden. Ich fürchte, deshalb wird's ein bisschen länger dauern.« Er rümpfte die Nase und sah sie an. »Aber sag nichts zu Maddie. Noch nicht. Ich hoffe, genug Zeit aufzuholen, dass sie nichts merkt.«

Sie konnten das Cottage erst vermieten, wenn Tom mit dem Dach fertig wäre, darum stand er immer unter Druck, die ihm gesetzten Fristen einzuhalten. Solange das Wetter schön blieb, war das kein Problem, aber länger anhaltende Regenfälle konnten alles verheerend durcheinanderbringen …

»Mach ich nicht«, versprach sie. »Abgesehen davon könnte Maddie bald mit den Gedanken ganz woanders sein, je nachdem, was morgen passiert. Mach dir keine Sorgen.«

Den Rest des Wegs zum Haupthaus legten sie schweigend zurück. Kaum waren sie um die Ecke auf den Hof eingebogen, wehte ihnen ein himmlischer Duft entgegen.

»Wenn's das zum zweiten Frühstück gibt, freu ich mich riesig …«

Clara grinste. »Wenn's das zum zweiten Frühstück gibt, fürchte ich um meine Taille …« Sie warf Tom einen Seitenblick zu. »Und wie geht's Isobel?« Sie legte den Hauch einer Andeutung in den Satz.

»Gut, danke.« Tom ging weiter, löste sich von ihr, als sie die Tür erreichten, und ließ Clara höflich den Vortritt.

Die Tür war nicht verschlossen. Sie streckte die Hand nach

dem Knauf aus, als wollte sie ihn drehen, hielt jedoch im letzten Moment inne.

»Wenn du echt glaubst, *›gut, danke‹* wäre eine angemessene Antwort, kannst du noch lange auf deinen Kuchen warten …« Clara verdrehte die Augen. »Du kommst an mir nicht eher vorbei, als bis du auspackst. Also los, raus damit.«

Belustigung blitzte in Toms Augen auf. »Schon komisch«, meinte er. »Noch vor ein paar Wochen wolltest du mich jedes Mal zum Schweigen bringen, wenn ich mein Liebesleben auch nur angeschnitten habe. Und auf einmal willst du *Einzelheiten?* Was ist in dich gefahren?«

»Himmel, der Kuchen riecht wirklich wunderbar, oder? Ich frage mich, welcher es ist. Könnte Zitronenkuchen sein. Oder diese göttliche Kreation mit Schokolade, Kirschen und Mandeln von letzter Woche. Vielleicht sogar dein Lieblingskuchen – Biskuit …«

Tom stöhnte. »Schon gut, schon gut, du hast gewonnen.« Er grinste. »Isobel ist offiziell das Beste, was mir je passiert ist, und ich bin glücklicher als ein Schwein in der Suhle.«

»Siehst du? War doch gar nicht so schwer, oder?«

»Außerdem ist sie wieder voll in Schwung und komponiert wie eine Besessene wunderbare Musik. *Und* man hat sie zu weiteren Auftritten mit dem Streichquartett eingeladen, bei dem sie vor ein paar Wochen bei der Hochzeit eingesprungen ist. Deshalb und weil mein Freund Ginger darauf besteht, dass sie auch weiterhin mit der Band spielt, ist sie überglücklich und mehr als zufrieden damit, den Dingen ihren Lauf zu lassen.«

»Wie schön zu hören.« Ein herzliches Lächeln erhellte Claras Züge. »Ich freu mich so für dich, Tom, ehrlich.«

Er errötete. »Ich weiß. Wer hätte gedacht, dass in so kurzer Zeit so viel passieren kann?«

»Vielleicht war es ja vorherbestimmt«, erwiderte sie und

drehte schließlich den Knauf. »Und die Geschichte ist noch nicht zu Ende …«

Der köstliche Duft nahm zu, als sie durch die Tür traten – unverkennbar das Aroma von Zimt.

»Oh mein Gott, sie macht Gebäck …«

Und tatsächlich beträufelte Trixie gerade einen Stapel Zimtschnecken in der Mitte des großen Kiefernholztisches mit Zuckerguss. Sie sah auf und grinste, als die beiden hereinkamen.

»Guten Morgen!«

Trixie war fleißig gewesen. Neben den Reihen goldenen Gebäcks auf dem Tisch kühlten auch mehrere frisch gebackene Brotlaibe in einer ordentlichen Reihe ab.

»Maddie ruft gerade ihre E-Mails ab … *schon wieder.* Aber der Kessel ist schon aufgesetzt. Dauert nur ein Minütchen.«

Sie beendete, was sie tat, drehte ihnen den Rücken zu und stellte die benutzte Schüssel neben dem Spülbecken ab.

»Denk nicht mal dran!«, sagte sie scharf, ohne sich umzudrehen. Tom erstarrte mit ausgestrecktem Arm, die Finger nur Zentimeter von einer der Köstlichkeiten entfernt.

Rasch zog er die Hand zurück und warf Clara einen verlegenen Blick zu. »Wie merkt sie so was?«, flüsterte er. Clara zuckte nur mit den Schultern.

»Ich hab Augen am Hinterkopf und einen ausgeprägten sechsten Sinn für Langfinger.« Trixie drehte sich um und zwinkerte Clara zu. »Außerdem eilt dir dein Ruf voraus.«

Sie goss heißes Wasser aus dem Kessel in die wartende Teekanne und stellte sie auf den Tisch neben mehrere Tassen und einen Tellerstapel.

»Kommt Seth auch?«, fragte Trixie.

Clara wollte gerade antworten, dass sie keine Ahnung hätte, als Maddie die Küche betrat und das Gesicht verzog.

»Noch nicht«, sagte sie. »Er ist bei einer gewissen Gutsbesitzerin namens Agatha …«

»Oh. Autsch«, kommentierte Clara.

Trixie ergriff einen der vollen Teller und entfernte zwei der Zimtschnecken davon. »Dann heb ich ihm die lieber für später auf«, erklärte sie. »Wird er brauchen.«

Maddie schenkte ihr ein dankbares Lächeln. »Denke ich auch. Danke, Trixie. Seine Laune dürfte nicht die beste sein, wenn er zurückkommt. Wie wir alle wissen, hat Agatha in der Regel diese Wirkung auf ihn.«

»Hat es was mit der Schmiedin zu tun, die später vorbeikommt?«, fragte Clara. »Sie nimmt doch an dem Wettbewerb teil, oder?«

Maddie nickte. »Ja. Sie heißt Megan, und ich glaube, ja. Du und Tom, ihr wisst das wohl schon, aber der Wettbewerb findet alle drei Jahre statt und wird laut Seth immer von Agatha ausgerichtet. Wie ich sie kenne, wird sie dafür eine unvorstellbar lange Liste von Dingen erledigt haben wollen …« Sie straffte die Schultern. »Aber egal, genug von Agatha. Nach der E-Mail, die ich gerade von Adam bekommen habe, will ich heute wirklich nicht an sie denken!«

Ihr Gesichtsausdruck änderte sich schlagartig. Aufgeregt grinste sie Clara und die anderen an.

Trixie verteilte rasch die Teller und deutete auf die Zimtschnecken, damit alle wussten, dass sie zugreifen durften. »Dann mal raus mit der Sprache – wann kommt er?«

»Morgen Vormittag um zehn.« Maddie lehnte sich auf dem Stuhl zurück. »Eigentlich ein fürchterlich ungünstiger Zeitpunkt, weil sich für elf die Familie Carter angesagt hat. Aber das müssen wir eben irgendwie hinkriegen.« Bei den nächsten Worten beugte sie sich vor. »Anscheinend freut sich Declan *sehr* darauf, uns alle kennenzulernen, aber vor allem auf dich und Clara …«

Trixie schnaubte. »Sicher nicht!«

»Tja, hat der Mann aber gesagt. Ich wiederhole es bloß.«

Clara schmunzelte. »Nur weiter, Maddie. Was hat Adam sonst noch gesagt?«

»Nur, dass er uns mehr darüber erzählen kann, wie weit sie mit der Dokumentation sind.« Sie verstummte kurz. »Mit dem Schneiden geht es gut voran. Obwohl sie vorläufig nichts haben, was sie uns zeigen können, wird's nicht mehr lange dauern. Er hat die Möglichkeit erwähnt, dass sie für ein paar Nachaufnahmen noch mal herkommen müssen, aber morgen dreht sich alles um diesen anderen Burschen, um Declan. Er will Beispiele dafür sehen, welche Köstlichkeiten Trixie beim Kochen aus den Erträgen des Gartens zaubern kann ... aber wir sollen uns keine Umstände machen.«

Clara sah erst Maddie an, dann Trixie, die den Blick bereits auf sie gerichtet hatte.

»Oh, mein Gott«, entfuhr es ihr. »Keine Umstände ... Bist du *verrückt?*«

Ein lautes Quietschen ertönte, als Stuhlbeine über den Boden schrammten. Trixie sprang auf und schnappte sich ein Notizbuch, das neben dem Wasserkessel lag.

»Verdammt, das geht nicht«, murmelte sie vor sich hin. »Eigentlich wollte ich morgen zu Mittag ja eine Quiche machen, weil ich mir dachte, nach der langen Anreise würde die Familie Carter nichts Schweres wollen. Aber das ist *so* einfallslos ...« Sie kaute auf der Unterlippe. »Clara, was im Garten gedeiht derzeit uneingeschränkt prächtig?«

Clara ging in Gedanken die Beete durch, an denen sie gearbeitet hatte. »Na ja, die ersten Rotkohlköpfe sehen fast perfekt aus. Wir haben auch wunderbare Kürbisse. Nein, warte.« Sie wedelte mit den Fingern vor Trixie. »Mangold. Den solltest du verwenden. Er sieht gerade so fein aus. Ich hab auch späte Himbeeren, falls dir was Süßes vorschwebt. Daraus lässt sich göttlicher Pudding zubereiten, nicht wahr?«

Trixie verengte nachdenklich die Augen zu Schlitzen, während Clara stöhnte. »Ich hab noch tausend Sachen zu erledigen. Wie um alles in der Welt soll bis *morgen* alles perfekt aussehen?«

Maddie legte Clara die Hand auf den Arm. »Wer sagt denn, dass es perfekt sein muss? Mach dich nicht fertig«, sagte sie und sah dabei auch Trixie an. »Ihr beide nicht. Wenn irgendwas Dringendes anliegt, können Tom und ich helfen. Oder, Tom? Und Seth kommt ja heute Nachmittag zurück. Für die Carters ist alles bereit, und Megan kommt erst zum Abendessen. Für sie fällt also nur eine Mahlzeit an, Trixie. Wir anderen sind mit allem zufrieden.« Sie griff nach der Teekanne und begann, für alle einzuschenken. »Entspannen wir uns einfach, trinken Tee und erstellen wir eine Liste.«

Clara wechselte einen wissenden Blick mit Tom. Maddies Listen galten als berüchtigt. Andererseits: Wo wären sie alle ohne sie?

Kapitel 2

Megan öffnete ein Auge und sah sich um. Sie hatte zwar keine Ahnung, wie spät es war, aber leider schien der Morgen angebrochen zu sein. Langsam ließ sie den Kopf zurück auf das weiche Kissen sinken. Nach allem, woran sie sich im letzten Jahr gewöhnen musste, fühlte sich dieses Bett wie ein Stück vom Himmel an. Obwohl sie nach der anstrengenden Fahrt am Vortag auch in einem Pappkarton geschlafen hätte.

Sie tastete auf dem Nachttisch nach ihrer Armbanduhr, hielt sie nah vors Gesicht und konzentrierte sie auf das Zifferblatt. Erst sieben. Warum in aller Welt musste sie ausgerechnet an dem einen Morgen, an dem sie ausschlafen könnte, zur üblichen Zeit aufwachen? Sie legte die Uhr zurück und vergrub den Kopf entschlossen wieder im Kissen. Auf keinen Fall würde sie schon aufstehen.

Drei Minuten später warf sie seufzend die Decke von sich und tat es doch. Es brachte nichts mehr, sie war hellwach. Mit einem Gefühl zunehmender freudiger Erregung sah sie sich in dem luftigen Zimmer um. Es war stockdunkel gewesen, als sie in der vergangenen Nacht hier eingetroffen war. Und obwohl Seth, der Besitzer der Anlage, sie überaus freundlich empfangen hatte, konnte ihr der von Fackeln erhellte Marsch durch den Garten keinen Eindruck von der Umgebung vermitteln. Sogar ihr Schlafzimmer sah bei Tageslicht völlig anders aus.

Sie ging zum Fenster, schob die Vorhänge ein Stück zur Seite und linste durch den Spalt. Dann zog Megan sie mit einem Ruck weit auf, und ließ den Blick darüber schweifen, was dahinter lag. Sie hatte keine Ahnung gehabt, dass man aus diesem Cottage eine solche Aussicht hatte. Schier unglaublich.

Sie war in Summersmeade aufgewachsen, dem Dorf, das sie in der Ferne sogar sehen konnte. Aber die Straße hinauf zur Farm war so dicht von Bäumen gesäumt, dass man nicht mitbekam, wie weitläufig Joy's Acre war. Natürlich hatte sie von der Farm gewusst. Jeder aus der Umgebung kannte sie. Und wenn die Bäume im Winter kahl waren, konnte man das Haupthaus von der Dorfstraße aus erkennen. Doch sie hatte noch nie das Tal aus dieser atemberaubenden Perspektive gesehen.

In der Begrenzungsmauer hinter dem Cottage entdeckte Megan ein Tor, das direkt zu den Feldern hinunterführte. Das genügte ihr als Einladung. Sie wandte sich vom Fenster ab und hob ihre Reisetasche auf, die sie in der vergangenen Nacht achtlos auf den Boden geworfen hatte. Den Rest ihrer Sachen würde sie nachher aus dem Auto holen. Vorerst enthielt diese Tasche alles, was sie brauchte. Sie hievte sie aufs Bett, kramte darin herum und holte ein T-Shirt, Leggings und ein Paar Laufschuhe heraus. Wenige Minuten später war sie bereit. Nach einem schnellen halbstündigen Lauf über die Felder würde sie zurückkommen und sich ausgiebig umsehen. Rasch band sie sich die Haare zu einem Pferdeschwanz zusammen und lief die Treppe hinunter, zur Tür hinaus und in den Morgen hinein.

Als sie das Tor hinter sich ließ, wurde ihr klar, dass sie bisher gar keine Gelegenheit gehabt hatte, wegen des Wettbewerbs nervös zu werden. Noch nicht mal wegen des Wiedersehens mit Liam. Die mühsame Anreise am Vortag hatte kaum Platz für etwas anderes in ihrem Kopf gelassen. Nun jedoch, als sie sich einen Weg vorbei an den Brombeersträuchern am Rand des Feldes bahnte, regte sich erste Anspannung wegen des bevorstehenden Tages in ihr. Allerdings brachte nicht nur Nervosität ihren Magen zum Brodeln, sondern auch Vorfreude. Immerhin hatte sie lange auf diesen Moment gewartet. Megan atmete tief durch und versuchte, die Gedanken aus dem Kopf zu vertreiben, als sie in Laufschritt verfiel. Der Morgen war zu wunderschön, um ihn davon trüben zu lassen, was kommen mochte. Vorerst wollte sie einfach den Augenblick genießen.

Obwohl nach wie vor Kälte in der Luft lag, versprach das Blau des Himmels einen herrlichen Tag. Und auch wenn es noch eine Weile dauern würde, bis sich die Landschaft in voller Herbstpracht zeigte, präsentierten sich die Felder bereits golden von der wochenlangen Sommersonne. Die Blätter in der Umgebung begannen gerade erst, sich zu den leuchtenden Farben der Jahreszeit zu verfärben. Megan verlängerte die Schritte. Sie spürte, wie Energie durch ihre Beine knisterte, als sie ihren Rhythmus fand.

Ihren Fehler bemerkte sie erst, als sie um die hintere Ecke des Feldes bog. Sie war instinktiv den Hang hinunter losgerannt. Doch während sie unten auf ebener Fläche lief, wurde ihr klar, dass die letzte Etappe durchgehend bergauf führen würde. Es lag eine Weile zurück, dass sie zuletzt in den Hügeln der Umgebung gelaufen war. Sie war ziemlich aus der Übung. Dafür erschloss sich ihr eine perfekte Aussicht auf das Cottage, das sie für die nächsten Wochen ihr Zuhause nennen würde, ebenso auf die anderen Ferienhäuser, die sie bisher nur kurz zwischen den Bäumen erspäht hatte. Ihr blieb der gesamte Vormittag, bevor sie in der Schmiede sein müsste. Reichlich Zeit zum Erkunden der Umgebung.

Megan zapfte ihre Kraftreserven an, wendete und trat den Rückweg an. Die Beine beförderten sie den Hang hinauf, der sich als erheblich steiler entpuppte, als er aussah. Nach etwa drei Vierteln des Weges wurde das Brennen in den Beinen entschieden unangenehm. Megan hätte den Rest einfach langsamer laufen oder sogar gehen können, doch obwohl sie schwer atmete, wollte sie nicht aufgeben. Sie saugte sich Luft in die Lunge und beschleunigte wieder. Es war ihr längst in Fleisch und Blut übergegangen, sich alles abzuverlangen, und sie setzte Vertrauen in ihren Körper. Man konnte nur herausfinden, wozu man fähig war, indem man es versuchte.

Erschöpft, aber überschwänglich erreichte sie wieder ihren Ausgangspunkt auf der Kuppe des Hügels. Sie schnaufte zwar heftig, spürte aber bereits, wie der Sauerstoff in die Muskeln ihrer Beine zurückfloss, nachdem sie angehalten hatte. Sie verweilte kurz und ließ einen letzten Blick über die Aussicht wandern, bevor sie sich umdrehte und zurück durch das Tor ging. Allerdings visierte sie nicht das Cottage an, sondern marschierte weiter in die Gärten, die sie zuvor gesehen hatte. Dort steuerte sie auf eine Bank auf einem gepflegten Rasen zu. Sie ließ sich darauf plumpsen, stützte die Ellbogen auf die Knie und hielt die Hände locker vor sich gefaltet. Mit geschlossenen Augen ließ sie den Kopf hängen und wartete geduldig, dass sich ihr Puls verlangsamte. Schweiß sammelte sich auf ihrer Nasenspitze. Sie pustete den Tropfen weg.

»Guten Morgen …«

Erschrocken schaute Megan auf.

»Tut mir leid, ich wollte Sie nicht erschrecken.«

Eine schlanke Frau stand neben ihr, ein freundliches Gesicht lächelte sie an. »Ein wunderschöner Morgen, nicht wahr? Wo sind Sie gewesen? Bei den Feldern?«

Megan wischte sich Schweiß aus dem Gesicht und nickte. »Ich bin erst runter zu den Feldern gerannt, dann wieder hoch – und das war das Problem.« Kurz verstummte sie. »Tut mir leid, ich komme gleich wieder zu Atem.«

»Wenigstens können Sie noch atmen. Mich müsste man nach so einem Lauf an Sauerstoff anschließen. Ich bin übrigens Clara.«

»Megan.« Sie nickte. »Sind Sie auch Gast hier?«

Die Frau lächelte. »Nein, ich arbeite hier. Ich bin die Gärtnerin.« Zum Beweis streckte sie ein in einem Gummistiefel steckendes Bein vor. »Ich versuche, ein bisschen vorzuarbeiten. Wir haben einen ziemlich ausgefüllten Tag vor uns.«

Megan richtete sich weiter auf. Mittlerweile hatte sich ihre Atmung beruhigt, und sie konnte zum ersten Mal richtig auf sich wirken lassen, was sie umgab. Sie blies die Wangen auf.

»Oh, jetzt geht's wieder besser. Ist eine ganze Weile her, dass ich zuletzt über Hügel gelaufen bin. Ich bin ziemlich außer Form. Kaum zu glauben, dass ich ganz in der Nähe aufgewachsen bin und nicht gewusst habe, was für ein wunderschöner Ort das hier ist.« Sie zeigte auf eines der Blumenbeete. »Meine Mutter ist auch eine leidenschaftliche Gärtnerin. Ich wette, sie wäre begeistert von dieser Farbenpracht.«

»Wir haben gerade meine wohl liebste Jahreszeit. Die Chrysanthemen sind solche Angeber, oder? Andererseits sehen sie auch wirklich toll aus.« Clara kniff die Augen gegen die Sonne zusammen. »Wie lange sind Sie schon nicht mehr in der Gegend gewesen?«

»Ein paar Jahre. Ich war in Lancashire, hab dort meine Ausbildung abgeschlossen und ein bisschen Erfahrung gesammelt.«

Clara nickte. Natürlich, Sie sind Schmiedin, nicht wahr? Hat Maddie gesagt.«

»Stimmt. Obwohl ich hoffe, mich eher auf Künstlerisches zu spezialisieren. Ich nehme an dem Wettbewerb in Summersmeade Hall teil.« Sie sah auf die Armbanduhr. »Tatsächlich sollte ich wohl besser in die Gänge kommen. Ich hab versprochen, meine Eltern zu besuchen, bevor es richtig losgeht. Und gestern bin ich so spät eingetroffen, dass keine Zeit mehr dafür war.« Sie verzog das Gesicht. »Stau auf der M6«, fügte sie hinzu. »Den Großteil des Tages hab ich Abgase geschnüffelt und mir in endlosen Kolonnen den Hintern wundgesessen.«

Sie erhielt einen mitfühlenden Blick. »Aber richtig geht die Veranstaltung erst morgen los. Sie haben noch genug Zeit.« Clara trat einen Schritt zurück, als Megan aufstand. »Ich schicke gleich Trixie mit dem Frühstück zu Ihnen. Sie ist unsere Köchin. Wäre es in einer halben Stunde in Ordnung?«

Plötzlich sehnte sich Megan verzweifelt nach etwas zu trinken. »Perfekt«, sagte sie.

***

Es fühlte sich seltsam an, wieder durch das Dorf zu fahren. Nicht weil Megan so lange weg gewesen war, sondern weil bisher jeder Besuch bei ihren Eltern eine Rückkehr in das Haus ihrer Kindheit dargestellt hatte. Mittlerweile jedoch war ihr ältester Bruder mit seiner Frau und zwei kleinen Kindern wieder eingezogen. Deshalb gab es für Megan kein Zimmer mehr bei ihren Eltern.

Woraus sie ihnen keinen Vorwurf machen konnte. Eigentlich sollte es nur Übergangslösung sein, bis ihr Bruder wieder auf die Beine käme. Aber sein Geschäft war derart spektakulär baden gegangen, dass es noch eine ganze Weile dauern würde, seine beträchtlichen Schulden abzubezahlen. Bis dahin würde er mit seiner Familie nirgendwohin ziehen können.

Auf dem Beifahrersitz lag ein wunderschöner Blumenstrauß in den Lieblingsfarben ihrer Mutter – satte Rottöne, leuchtendes Orange und schillernd gelbe Blüten. Trixie hatte ihr den Strauß zusammen mit dem Frühstück gebracht. Obwohl Megan lieber zu Hause gewohnt hätte, hatte sie bisher nicht das Geringste an ihrem Aufenthalt in Joy's Acre auszusetzen. Vielleicht war es doch die beste Lösung gewesen.

Aber im Augenblick hatte sie keine Zeit, darüber nachzudenken. Sie war gerade in die kleine Gasse neben der Kirche eingebogen und folgte der kurvigen Zufahrt zum ehemaligen Pfarrhaus. Wie sie ihre Mutter kannte, zuckte der Vorhang bestimmt schon seit einer halben Stunde regelmäßig in Erwartung ihrer Ankunft.

Wie vermutet kam ihre Mutter zur Tür herausgeeilt, noch bevor Megan den Motor ausgeschaltet hatte. Ungeduldig und mit strahlender Miene wartete sie neben dem Auto darauf, dass ihre Tochter ausstieg.

»Oh, Ma!«, rief Megan, warf die Arme um sie und freute sich, dass ihre Mutter noch genauso aussah und wirkte wie bei ihrer letzten Umarmung. Die Frau war eine im Herzen äußerst junggebliebene Mittsechzigerin. Dennoch sollte sie längst im Ruhestand sein. Megan fürchtete, dass zwei ungestüme Enkelkinder unter ihrem Dach ziemlich anstrengend für sie sein könnten, aber ihre Mutter wirkte energiegeladen wie eh und je. Als Megan sich zurückzog, sah sie über die Schulter ihrer Mutter bereits ihren Vater an der Haustür.

»Wie geht's meiner Lieblingstochter?«, rief er ihr zu, als sie die Blumen aus dem Auto holte. Das war ihr Dauerscherz, denn Megan hatte nur Brüder.

Sie lachte. »Gut! Bin froh, wieder hier zu sein.«

Er bedachte sie mit einem Blick, den sie sonst eher von ihrer Mutter erntete. Darin lag die Frage, ob sie genug aß, genug schlief und glücklich und zufrieden war. Sie marschierte los, um auch ihn innig zu umarmen.

»Und es geht mir *wirklich* gut. Es gibt also keinen Grund, mich so anzusehen.«

»Bist du sicher, dass du nicht abgenommen hast?« Diesmal kam die Frage von ihrer Mutter.

»Ganz sicher. Ich esse wie ein Scheunendrescher, Ma.«

»Mag sein, aber du verbrennst ja auch Unmengen an Kalorien, wenn du den lieben langen Tag mit großen Eisenteilen hantierst.«

»Und ich stopfe zwischendurch immer wieder Schokolade in mich rein, es besteht also keine Gefahr, dass ich zu einem Strich in der Landschaft werde.«

Ihre Mutter vergrub das Gesicht in den Blumen. »Die müssen gleich in eine Vase. Komm rein, Schatz.«

Im Haus roch es wie immer nach dem Orangenblütenparfüm ihrer Mutter und unterschwellig nach Holzrauch vom

Kamin im Arbeitszimmer. Dort zog der Qualm nie vollständig ab, trotzdem ließ es sich ihr Vater nicht nehmen, das Feuer darin immer wieder anzuzünden. Ihre Nerven beruhigten sich allmählich, als sie sich zunehmend entspannte, während sie ihrem Vater durch den Flur ins Wohnzimmer folgte. Ein Haufen Spielzeug lag aufgeräumt in einer Ecke. Abgesehen davon schien sich auf den ersten Blick nichts verändert zu haben, seit Megan zuletzt zu Hause gewesen war.

»Tut mir so leid wegen gestern«, entschuldigte sie sich. »Am Ende war es einfach zu spät.«

»Eine fürchterliche Anreise, aber wenigstens bist du nicht in den Unfall verwickelt gewesen. Hühnerpastete kann ich immer wieder machen, dich nicht.« Ihre Mutter legte die Stirn in Falten. »Also zerbrich dir darüber nicht den Kopf. Wir können ja auch an einem anderen Abend zusammen essen.«

»Schon klar, Ma. Aber sobald der Wettbewerb angefangen hat, wird es noch schwieriger. Gut möglich, dass ich dann bis spätabends eingespannt bin. Und da mittlerweile bekannt gegeben wurde, dass es zusätzlich um einen riesigen Auftrag geht, muss ich mich noch mehr ins Zeug legen.« Sie verzog das Gesicht. »Vorausgesetzt natürlich, ich qualifiziere mich überhaupt. Wenn nicht, kann ich jeden Abend mit euch essen.«

»Was redest du denn da?«

»Dad, ich bin 1,65 Meter groß und eine Frau.«

»Und?«

»Damit entspreche ich ja wohl eindeutig nicht dem gängigen Bild von einem Schmied. Wenn die Preisrichter die üblichen altmodischen Käuze sind, hab ich keine Chance.«

»Du hast die gleichen Chancen wie alle anderen, Megan. Und vergiss nicht, dass *ich* weiß, wie gut du bist. Außerdem entscheiden in der Endrunde nicht nur die Preisrichter allein. Da reden auch die Leute vom National Trust ein Wörtchen mit. Den Auftrag zur Gestaltung eines neuen Tores vergeben sie mit Sicherheit nicht leichtfertig. Sie haben einen Ruf zu wahren, und ihre Entscheidung muss eine ganze Reihe von Interessenvertretern zufriedenstellen. Dementsprechend werden sie den Preis allein nach Leistung vergeben müssen. Stell dir nur den Aufruhr vor, wenn nicht.«

Megan schaute verkniffen drein. »Das macht es nur noch schlimmer, Dad. Es steht so viel mehr auf dem Spiel als sonst. Wir haben alle einiges zu verlieren.«

»Oder zu gewinnen, Megan. Oder zu gewinnen«, sagte er.

»Warten wir doch einfach ab, was passiert, ja?«, schlug ihre Mutter vor, die das Gespräch offensichtlich weg von »Unerfreulichem« lenken wollte. »Es bringt schließlich nichts, gleich vom Schlimmsten auszugehen, oder? Also eins nach dem anderen. Erst stelle ich diese wunderschönen Blüten an ein kühles Plätzchen, bevor ich für uns alle was zu trinken hole, und dann will ich sämtliche Neuigkeiten hören.« Sie sah Megan über die Blumen hinweg an. »Und anfangen kannst du mit diesem jungen Mann …«

»Ma, so ist das nicht«, protestierte Megan wenige Minuten später, nachdem sich ihre Mutter um die Blumen gekümmert hatte. »Liam bricht kein Versprechen, weil wir uns nie wirklich darauf geeinigt haben.«

»Nur hat jeder gewusst, dass du irgendwann bei ihm einziehen würdest. Himmel, ihr seid praktisch seit der Grundschule verlobt gewesen.«

Megan legte den Kopf schief. »Vielleicht liegt es gerade daran. Jeder erwartet es, aber das heißt noch lange nicht, dass es auch das Richtige ist. Zusammenzuziehen wäre ein großer Schritt für uns. Wir müssen uns erst sicher sein, dass wir es beide wollen.«

»Carol …«, meldete sich ihr Vater in warnendem Ton aus der Ecke des Zimmers zu Wort.

»Ist gut, Bob, ich höre ja schon auf.« Megans Mutter milderte ihren Blick zu ihrer Tochter mit einem Lächeln. »Ich will nur, dass du glücklich bist, Schätzchen, sonst nichts. Und weil du so lange weg warst, dachte ich wohl, dass Liam und du so viel Zeit wie möglich miteinander verbringen wollt. Dass du für den Wettbewerb zurückkommst, schien mir die perfekte Gelegenheit dafür zu sein.«

»Ich *bin* glücklich, Ma. Und die Gelegenheit könnte wirklich perfekt sein, aber im Grunde sehe ich es wie Liam. Der Wettbewerb wird anstrengend – körperlich und geistig. Ich werde müde, schmutzig und gestresst sein. Alles keine guten Voraussetzungen, um eine Fernbeziehung zu vertiefen, bei der man sich seit über zwei Monaten nicht mehr gesehen hat. Es könnte sogar verheerend nach hinten losgehen. Liam und ich sehen uns ja weiterhin, aber dass ich zumindest vorläufig in Joy's Acre wohne, verschafft uns ein bisschen Freiraum, um uns einzugewöhnen.«

Ihre Mutter lehnte sich auf dem Stuhl zurück und griff sich eine Tasse Tee vom Tisch neben ihr. »Na schön. Wenn du dir sicher bist …«

Megan lächelte herzlich und atmete erleichtert durch. Damit hatte sie die erste Hürde erfolgreich bewältigt. Sie hatte gewusst, dass ihre Mutter zum Thema ihres Einzugs bei Liam einiges zu sagen haben würde. Ein Einzug, zu dem es nicht gekommen war, wie sich herausgestellt hatte. Aber zumindest schien es Megan gelungen zu sein, ihre Mutter davon zu überzeugen, dass alles in Ordnung war. Nun musste sie nur noch sich selbst überzeugen.

Kapitel 3

Zu viel Aufhebens zu machen wäre das Schlimmste, was sie an diesem Tag tun könnten, darin waren sie sich alle einig. Also würde es keine Begrüßung geben, bei der sie steif aufgereiht am Tor standen und darauf warteten, Hände zu schütteln. Maddie würde im Haus sein, um Adam und Declan in Empfang zu nehmen, wenn sie ankämen. Alle anderen, auch Clara, würden ihren üblichen Aufgaben nachgehen. Je nachdem, wie es sich entwickelte, würden sie dann bei Bedarf gerufen werden.

Also stand Clara mitten in einem Blumenbeet und tat so, als wäre sie unheimlich beschäftigt. Zweifellos verhielt es sich bei Tom auf dem Dach des Ferienhauses hinter ihr genauso. Und Trixie würde sich in der Küche die Füße in den Bauch stehen. Clara wusste nicht recht, was sie anfangen sollte. Zwar konnten die Komposthaufen durchaus etwas Arbeit vertragen, und das zweite Kartoffelbeet musste sogar recht dringend angehäufelt werden. Allerdings wurde man bei beidem schmutzig, und es sähe ihrem Glück ähnlich, wenn sie die Besucher mit einer riesigen Schlammschliere auf der Wange begrüßte.

Außerdem würden je nach Verkehr in Kürze die neuen Gäste eintreffen, diese Familie. Clara war dafür eingeteilt, sie in Joy's Acre zu begrüßen und ihnen ihre Unterkunft zu zeigen. Sie ging zu der Bank hinüber, auf der sie vorhin ihre Gartenschere abgelegt hatte. Dann begann sie, die Wege abzuschreiten, unterwegs welke Blätter abzuschneiden und sie in die Taschen ihres Kittels zu stopfen. Sie sah auf die Armbanduhr und ging weiter.

Als sie wenig später aufschaute, sah sie Trixie in wilder

Eile durch den Garten rennen. Offensichtlich bemühte sie sich, dabei unauffällig zu sein – wenn Trixie sonst so schnell rannte, wurde es in der Regel von einem aufgeregten Quieken begleitet. Diesmal beschränkte sie sich auf übertriebenes Gestikulieren, um Claras Aufmerksamkeit zu erregen, doch es vermittelte genauso deutlich Dringlichkeit, als hätte sie lauthals geschrien. Clara beschlichen Zweifel, ob Trixie rechtzeitig anhalten könnte. Sie wappnete sich schon für einen Zusammenstoß, als ihre Freundin schlitternd vor ihr abbremste, bevor sie keuchend und wie eine Verrückte grinsend vor ihr stand.

»Hallo«, sagte Clara lachend. »Liegt irgendwas an, Trixie?«

»Oh, sehr komisch«, stieß ihre Freundin keuchend hervor. »Kann gerade nicht reden.« Sie atmete tief ein und fächelte sich Luft zu. »Du willst vielleicht in die Küche kommen«, sagte sie schließlich.

»Wirklich?«

Trixie streckte ihr die Zunge heraus. »Dann halt nicht … Nur erfährst du dann nie, wie umwerfend Declan ist …« Ihre Augen funkelten. »Mein Typ ist er ja nicht wirklich. Zum einen ist er ein Rotschopf. Das würde sich total mit meinem Haar schlagen, solange es knallrosa ist. Aber er hat dieses gewisse … *Etwas.* Keine Ahnung, wie ich es nennen soll, aber es ist *mächtig* beeindruckend.«

Allmählich wurde Clara neugierig. Sie musste zugeben, dass ihr in der Vergangenheit noch nicht viele beeindruckende Männer über den Weg gelaufen waren.

»Und was hat sich getan? Sollten wir nicht alle aus dem Weg bleiben?«

»Ja, schon. Hab ich auch gemacht. Aber wir sind gerufen worden …«

Clara grinste. Trixies Gesichtsausdruck sprach Bände. »Tja, dann gehe ich mal los und stöbere Tom auf, ja?«

Aber Trixie schüttelte den Kopf. »Nein«, erwiderte sie.

»Nur wir – du und ich.« Sie zog an Claras Arm. »Komm jetzt, ich kann's kaum erwarten zu hören, worüber sie mit uns reden wollen!« Damit setzte sich Trixie in Bewegung und schleifte sie mit.

»Warte«, protestierte Clara und versuchte, ihre Freundin zu bremsen. »Ich kann nicht so rennen wie du, mach langsam!« Es wäre erheblich einfacher gewesen, wenn sie nicht so heftig hätte lachen müssen. »Außerdem muss ich auf meine Frisur aufpassen, sie ist nicht wirklich …«

Trixie hielt abrupt an, als sie um die Ecke des Gebäudes bogen und auf einmal Maddie und ihre Besucher vor sich hatten. »Hoppla«, sagte sie.

Clara wäre um ein Haar von hinten mit ihr zusammengestoßen. Mit einer Hand am Kopf versuchte sie, ihren Dutt zu fixieren, der sich bedenklich zur Seite neigte.

Dann nahm sie Adams herzliches Lächeln vor ihr wahr. Er sah aus wie immer: entspannt und freundlich. Das gewellte graue Haar und die schicke Brille verpassten seiner eleganten Arbeitskleidung einen legeren Anstrich, trotzdem wirkte er überaus souverän.

»Clara, wie bezaubernd, dich wiederzusehen.«

Als er auf sie zutrat, um sie zu küssen, ließ sie zögerlich ihr Haar los. Prompt spürte sie, wie sich der Dutt noch weiter zur Seite neigte und als formloses Gewirr über einem Ohr zur Ruhe kam. Sie setzte eine verlegene Miene auf.

»Ist auch schön, dich zu sehen«, erwiderte sie wahrheitsgemäß, beugte sich zu ihm und bot ihm die Wange an. Sie berührten sich schon beinah, als er plötzlich die Richtung änderte. Er schwenkte von der ihm angebotenen Wange weg, um ihr Haar nicht noch mehr durcheinanderzubringen, und wechselte stattdessen zur anderen Seite. Was fast zu einem peinlichen Zusammenstoß in der Mitte geführt hätte. Clara spürte, wie sie vor Verlegenheit errötete. Sie musste aussehen, als wäre sie rückwärts durch eine Hecke geschleift worden.

Nur widerwillig löste sie die Aufmerksamkeit von ihm und richtete sie auf den anderen Besucher.

»Clara, das ist Declan Connolly«, stellte Adam grinsend vor.

Clara hatte mit einem Schopf karottenroten Haars gerechnet. Doch das von Declan wirkte insgesamt ... pastelliger. Alles an ihm vermittelte Sanftmut und Herzlichkeit. Sein Haar schimmerte eher rötlich-blond, und er war groß und schlank. Entspannt stand er in einem marineblauen Leinenanzug da, zerknittert zwar, dennoch eine makellose Aufmachung. Der Mann entsprach so gar nicht dem, was sie sich vorgestellt hatte. Während sie die Eindrücke verarbeitete und zu entscheiden versuchte, ob ihr sein Aussehen gefiel oder nicht, streckte die Haarnadel, die den Dutt noch mühsam einigermaßen zusammenhielt, letztlich die Waffen. Ihr Haar löste sich und wallte um sie herum bis hinunter zur Taille.

Was man unmöglich einfach ignorieren konnte, weil ihr die Haare auch über das gesamte Gesicht hingen. Sie wollte Trixie einen strafenden Blick zuwerfen, der besagte: *Das hab ich dir zu verdanken.* Doch nicht mal das funktionierte richtig. Also drehte sie stattdessen den Kopf weg, zupfte, stupste, glättete, so gut sie konnte, und versuchte beschämt, aber lächelnd, die widerspenstige Fülle wieder zu bändigen.

»Nein, nicht. Lassen Sie es offen ...«

Unsicher senkte sie die Hände.

»Sie haben wunderschönes Haar ...« Clara sah den Mann an. Er hatte so leise gesprochen, dass sie es beinah überhört hätte. Leichter irischer Akzent. Augen wie Jade. »Hallo, Clara.« Sie ergriff die ihr entgegengestreckte Hand. »Ich habe schon viel von Ihnen gehört.«

Geradezu panisch schaute sie zu Maddie.

Zum Glück lächelte die Freundin nur, kam auf sie zu und berührte sie leicht am Arm. »Wir haben uns mit Declan gerade über die Gärten hier unterhalten, Clara. Tatsächlich wollten wir zu dir, als Trixie dich, äh … bei uns abgeliefert hat.«

Neben ihr bemühte sich Trixie, ein Lachen zu unterdrücken, was ihr nur teilweise gelang.

»Vielleicht sollte ich es erklären«, ergriff Adam das Wort. »Declan leitet die Produktionsfirma, die mich mit der Dokumentarserie beauftragt hat, in der Joy's Acre vorkommt …«

»Und ich bin neugierig«, fügte Declan hinzu. »Ich habe schon einiges von dem Material gesehen, das Adam gedreht hat. Das hat mein Interesse geweckt, vor allem die Gärten und die Küche. Da dachte ich mir, ich sollte herkommen und es mir mit eigenen Augen ansehen.«

»Und wir dachten uns, vielleicht würdest du Declan gern herumführen«, ergänzte Maddie. Obwohl es nicht wirklich so klang, als hätte Clara eine Wahl.

Declan trat so nah zu ihr, dass er den anderen beinah den Rücken zudrehte. »Ich fürchte, das ist meine Schuld. Weil ich heute nicht viel Zeit habe, möchte ich nach Möglichkeit gleich zur Sache kommen. Wäre das in Ordnung für Sie, Clara?« Er schaute sie an. »Was ich von Adam gesehen habe, war zutiefst beeindruckend. Trotzdem geht nichts darüber, die Gärten mit den Augen der Person zu sehen, die sie geschaffen hat.« Er blickte sie noch einen Moment länger lächelnd an, bevor er auf den Weg vor ihnen zeigte. »Wollen wir?«, fügte er hinzu. »Spazieren wir einfach, und Sie erzählen mir unterwegs von Ihrem Garten, Clara.«

Die ersten zehn Minuten war sie so nervös, dass sie gar nicht richtig mitbekam, was sie von sich gab. Doch allmählich drangen Declans aufrichtig interessierte Fragen und aufschlussreichen Antworten zu ihr durch, und sie begann, sich zu entspannen.

»Als wir ursprünglich hier angefangen haben, hatten wir nicht viel, woran wir uns orientieren konnten«, fuhr sie fort. »Leider hat uns Joy, die Künstlerin, die einst hier gelebt hat, nur wenige ihrer Bilder hinterlassen. Tatsächlich gibt es bloß vier, von denen wir wissen. Trotzdem sind sie die besten verfügbaren Aufzeichnungen darüber, wie die Gärten damals ausgesehen haben.«

»Und die Farm ist nach ihr benannt, richtig?«

»Ja. Ihr Name war Joy Davenport. Ihr Mann hat den Hof gekauft und als Liebeserklärung an sie nach ihr getauft. So waren sie, die Viktorianer.« Sie deutete hinüber zu dem Cottage, in dem Megan wohnte. »Ich habe alles über viktorianische Gartengestaltung gelesen, was ich in die Finger kriegen konnte. Deshalb sind die Gärten um jedes Häuschen herum so authentisch, wie ich sie hinbekommen konnte.«

»Und welches viktorianische Anwesen, das etwas auf sich hält, hatte keinen ummauerten Garten? Mit Gemüseanbau für die Küche natürlich.«

Clara nickte. »Ja, schon richtig. Allerdings habe ich mir dabei ein bisschen künstlerische Freiheit genommen. Zwar habe ich bei der Gestaltung der Anlage viele traditionelle Elemente berücksichtigt, aber ich fürchte, der Anbau orientiert sich eher daran, was alle hier gern essen.«

Declan sah sich um, die Hände nach wie vor lässig in den Hosentaschen. Dann zog er sie heraus, legte die Finger an die Lippen und kniff die Augen zusammen, bevor er sich plötzlich umdrehte.

»Trixie, wo sind Sie?« Er winkte sie zu sich. »Stellen Sie sich doch bitte kurz neben Clara.« Trixie tat, wie ihr geheißen. Dabei stupste sie Clara mit einem belustigten Grinsen sanft in die Rippen.

Stille trat ein, während er sie beide eine Minute lang betrachtete und offensichtlich angestrengt nachdachte. Nur hatte Clara keine Ahnung, worüber, und allmählich wurde ihr sein eindringlicher Blick ein wenig unangenehm. Sie fühlte sich, als würde sie auf einem Markt bewertet. Trixie hatte recht. Er hatte irgendetwas an sich, doch auch sie vermochte nicht, es zu benennen.

Sein Blick schwenkte nach rechts. »Okay, ich wünsche mir Folgendes.« Er ging zum Rand des Gemüsebeets, das sich ihm am nächsten befand. »Wenn ich mich nicht schwer irre, sind das Kartoffeln, richtig?« Er wartete keine Antwort ab. »Also, Clara, ich hätte gern eine Erklärung darüber, was Sie hier anbauen. Über alles, was Sie schon gemacht haben, was Sie demnächst machen und so weiter. Denken Sie nicht zu viel nach, sagen Sie einfach rundheraus, was Ihnen in den Sinn kommt … Und los.«

Einen Moment lang starrte sie ihn an. Ihr wurde bewusst, dass Adam etwas näher gekommen war. Maddie schenkte ihr ein zaghaftes Lächeln, obwohl offensichtlich auch sie keine Ahnung hatte, was vor sich ging.

»Was immer Ihnen einfällt, ist in Ordnung.« Declan lächelte sie strahlend an. Und sie wünschte, er hätte es nicht getan.

»Also, das sind meine Kartoffeln. Wir bezeichnen es als Haupternte. So nennen wir sie, weil wir sie essen, nachdem wir uns durch die herrlichen Frühkartoffeln geschmaust haben. Sie sind seit April in der Erde und mittlerweile praktisch erntereif. Wenn ich sie zu lange drin lasse, tun sich die Schnecken daran gütlich. Ich fürchte, sie sind einfach zu köstlich.« Sie schaute zu Declan auf. »Soll ich Ihnen ein paar Kartoffeln zum Anschauen ausgraben?«

Er nickte, schwieg aber.

Sie hatte immer irgendwo in ihren Kartoffelbeeten eine Spatengabel stecken und brauchte nur wenige Sekunden, um sie zu holen. Clara wusste, dass die Erde weich und nachgiebig sein würde. Ein kräftiger Stiefeldruck versenkte die Zinken genau dort, wo sie es wollte. Wenig später lag ein Haufen knolliger, erdverkrusteter Kartoffeln auf dem Boden.

»Wegen des echt sengenden Sommers mussten wir dieses

Jahr eimerweise gießen, aber sie haben eine gute Größe und eine wunderschöne Färbung.« Clara hob eine Kartoffel auf, rieb die Erde davon ab und legte die Schale frei. »Sie heißen Rosa Tannenzapfen, eine recht traditionelle Sorte. Aber sie sehen nicht nur hübsch aus, sie schmecken auch fantastisch.« Dann leckte sie sich über die Lippen. Allmählich gingen ihr die Worte aus. »Abgesehen vom Gießen darf man bei diesen Prachtstücken nicht vergessen, dass sie ein bisschen schüchtern sind und sich gern bedeckt halten. Wenn wir nicht aufpassen, holen wir uns leicht einen Sonnenbrand an den Schultern. Aus demselben Grund haben die Kartoffeln gern Erde um sich herum. Nur während wir in zu viel Sonne rötlich werden, verfärben sie sich grün …«

Bevor sie überlegen konnte, was sie noch sagen sollte, beugte sich Declan plötzlich vor und nahm ihr die Kartoffel aus der Hand.

»Fangen Sie«, sagte er und grinste Trixie an. Nach ein, zwei Sekunden warf er ihr die Knolle zu. »Also, Clara hat sie angebaut und geerntet. Was machen Sie jetzt daraus, Trixie?«

Clara spürte, wie sich Erleichterung in ihr ausbreitete. Damit war sie vorerst aus dem Schneider. Und Trixie stellte sich bei solchen Dingen viel besser an als sie. Als ehemalige Barfrau wusste sie über so ziemlich alles etwas zu sagen …

Trixie rieb weitere Erdrückstände von der Kartoffel. »An dieser Sorte ist die Färbung so wunderbar. Es stimmt schon, was man sagt: Wir essen wirklich auch mit den Augen. Ich bemühe mich immer, Farbe und Textur so gut wie möglich zu erhalten. Die hier würde ich auf jeden Fall behutsam mit einer Gabel zerdrücken, nachdem ich sie mit der Schale gekocht hätte. Dann würde ich sie einfach mit ein bisschen Olivenöl, Knoblauch und Kräutern anbraten. Auch Zitronensaft und Schalotten passen hervorragend dazu. Und wenn man abenteuerlustig ist, streut man noch ordentlich Parmesan drüber.

Knusprig, weich *und* sämig zugleich – was könnte man daran nicht mögen?«

Declan schaute zu Adam. »Hast du schon Hunger gekriegt?«, fragte er augenzwinkernd. Er drehte sich wieder um, sah erst Clara, dann Trixie an.

»Also gut. Wollen wir uns ein wenig unterhalten? Adam, ich denke, ich habe alles, was ich brauche. Wenn du bereit bist …«

Adam nickte. »Ist Seth heute hier, Maddie? Oder in der Nähe?«

Sie bedachte ihn mit einem fragenden Blick. »Nein, er ist nebenan. Also, auf dem Nachbargrundstück. Das ist leider nicht ganz so nah, und ich könnte mir vorstellen, dass er gerade ziemlich beschäftigt ist. Müssen Sie mit ihm reden? Ich kann versuchen, ihn ans Telefon zu bekommen.«

Declan und Adam wechselten einen Blick. »Ist im Moment nicht unbedingt nötig«, sagte Declan. »Aber ich glaube, demnächst sollten wir uns schon unterhalten. Können wir uns vielleicht vorerst alle irgendwo hinsetzen?«

Clara suchte Trixies Blick und grinste. Was immer in den letzten Minuten passiert sein mochte, anscheinend würden sie den Hintergrund bald erfahren.

»In der Küche wäre es wohl am besten«, schlug Maddie vor. »Ich weiß, es ist noch nicht ganz Zeit fürs zweite Frühstück, trotzdem wären ein Kaffee und ein Stück von Trixies Karamellapfelkuchen keine schlechte Idee.« Sie warf einen Blick zum Dach des Ferienhauses zu ihrer Linken. »Außerdem treffen jeden Moment Gäste ein. Und ich denke, wir haben einen anderen Empfang für sie im Sinn, als zusammen hier draußen herumzustehen. Bitte entschuldigt mich kurz, ich rede nur eben mit Tom. Bestimmt macht's ihm nichts aus, die Rolle des Empfangskomitees zu übernehmen.«

Auf Maddies Stichwort hin trat Clara vor. »Ich begleite Sie zurück zum Haus«, sagte sie so ruhig wie möglich, obwohl ihr

Herz beim Gedanken daran, was folgen mochte, wie wild hämmerte.

»Vielleicht sollte ich es erklären«, begann Adam, sobald sie sich alle niedergelassen hatten.

Auf dem Tisch vor ihnen standen zwar eine Kanne Kaffee und ein ganzer Kuchen auf einem Teller, doch bisher wollte sich niemand als Erster bedienen. Sogar Adam wirkte ein wenig nervös. Nur Declan schien völlig entspannt zu sein.

»Ihr alle wisst, dass ich ursprünglich nach Joy's Acre gekommen bin, weil ich darüber eine Dokumentation im Rahmen einer Reihe drehen wollte, mit der man mich beauftragt hatte. Jetzt wisst ihr auch, dass Declan der Leiter der Produktionsfirma ist, von der die Programme nächstes Jahr ausgestrahlt werden. Tatsächlich gehört sie ihm sogar. Aber ihr wisst vielleicht nicht, dass seine Firma daneben eine ganze Reihe anderer Formate für den Lifestyle-Markt produziert.« Er sah über seine Brille hinweg alle nacheinander an. »Und ich muss wohl nicht extra erklären, was für ein aufstrebender Markt das derzeit ist.« Diesmal grinste er sie der Reihe nach an. »Vielleicht sollte ich an der Stelle an Declan übergeben …«

Oh, wie aalglatt, dachte Clara. Ein eingespieltes Duo, und beide hatten die Schule des Charmes absolviert. Aber sie mochte Adam. Sie hatten mit ihm beim Drehen der Dokumentation riesigen Spaß gehabt.

Declan saß auf dem Stuhl zurückgelehnt, die langen Beine vor sich ausgestreckt. Mit einem verhaltenen Lächeln hatte er sich kaum gerührt, während Adam gesprochen hatte. Nun setzte er sich aufrechter hin, zog den Stuhl näher an den Tisch und lehnte sich mit verschränkten Armen vor. Sein Blick wirkte dabei sehr direkt.

»Mit Adam arbeite ich mittlerweile seit Jahren zusammen. Ich will ehrlich sein: Ich lerne viele Leute kennen, und in meiner Branche sind bei Weitem nicht alle nett. Die Medienwelt kann hart sein. Man ist immer nur so gut wie die letzten Quoten. Manchmal geht es gnadenlos zu. Mir laufen etliche Leute über den Weg, die geradewegs ganz nach oben wollen, und dafür erzählen sie einem, was immer man hören will. Ich bin froh, sagen zu können, dass Adam nicht so ist. Ich vertraue seinem Urteilsvermögen. Und als er mir erzählt hat, er hätte etwas Besonderes gefunden, habe ich ihm geglaubt.« Plötzlich setzte er ein breites Grinsen auf. »Das ist übrigens ein Kompliment, Sie können also aufhören, so ernst dreinzuschauen!«

Er sah in die Runde.

»Ein Vorschlag. Wir nehmen uns ein Stück Kuchen und unterhalten uns beim Essen. Sonst komme ich mir vor wie in der Schule.« Er schob den Teller mit dem Kuchen zu Trixie. »Teilen Sie ihn auf, und nicht geizig sein. Und Maddie, könnten Sie den Kaffee einschenken?«

Während sich Declan einen Teller und eine Tasse reichen ließ, nutzte Clara die Gelegenheit, ihn verstohlen zu mustern. Er entsprach nicht unbedingt der landläufigen Definition von gut aussehend, aber sein Teint und vor allem die hellen Augenbrauen und Wimpern verliehen seinem Gesicht eine Offenheit, die Clara gefiel. Er lächelte sie an, und sie schaute weg.

»Also … Wie Adam schon gesagt hat, ist der Lifestyle-Sektor in der Programmgestaltung derzeit sehr angesagt, aber auch kurzlebig. Unbeständig, wenn man so will. Man sollte meinen, wir hätten inzwischen alle genug darüber gesehen, wie Häuser renoviert, Essen gekocht und Gärten umgegraben werden. Seltsamerweise wollen die Zuschauer immer noch mehr davon. Allerdings zeigt sich deutlich, dass die ewig gleichen Formate die Leute langweilen. Deshalb suchen wir ständig nach originellen Möglichkeiten, ihnen etwas zu bieten. Und da kommt ihr ins Spiel.« Er nahm einen riesigen Bissen von dem Kuchen, kaute und lächelte dabei.

»Köstlich«, lobte er mit einem Blick zu Trixie. Dann

schluckte er und fuhr fort. »Derzeit kristallisiert sich als Schwerpunkt die Bedeutung der schlichten Dinge im Leben heraus.« Er verstummte kurz und verzog das Gesicht. »Aber ich weiß nicht, ob es Ihnen auch aufgefallen ist: Was eigentlich eine einfache Lebensweise sein sollte, ist immer noch unheimlich materialistisch und ambitioniert, nur deutlich weniger aufdringlich verpackt. Also wollen wir es aufs Wesentliche reduzieren und etwas präsentieren, das begeisterte Zuschauer von Koch- und Gartensendungen anspricht, nur auf sehr natürliche Weise … genau, wie Sie beide es draußen demonstriert haben.«

Er nickte Maddie zu, schaute kurz zu Adam und drehte sich grinsend wieder ihnen zu. »Mir schwebt eine Programmreihe vor, bei der wir die Erzeugnisse buchstäblich aus dem Garten holen, fünfzehn Schritte gehen und sie in eine köstliche Mahlzeit verwandeln. Und moderieren sollen Sie beide, Clara und Trixie.«

Kapitel 4

»Ich hab mich gefragt, ob ich mir die Haare färben soll.«

Clara schaute von dem Tablett auf, das sie trug. »Sie sind doch gefärbt, Trixie … oder willst du mir allen Ernstes einreden, dass grelles Pink deine natürliche Haarfarbe ist?«

Trixie warf ihr einen Seitenblick zu. »Sehr komisch. Nein, ich meine eine normalere Farbe. Vielleicht braun?«

Clara musterte sie. »Was ist denn deine natürliche Haarfarbe?«

»So mausbraun. Glaube ich. Genau kann ich mich gar nicht erinnern. Aber ich könnte es auch dunkler färben … oder heller?«

»Nein«, entschied Clara nach kurzer Bedenkzeit. »Das Rosa macht dich aus. Es gehört zu deinem Charakter.«

»Aber meinst du nicht, die Leute könnten mich für ein bisschen … ich weiß auch nicht … trashig halten?«

»Welche Leute?« Clara runzelte die Stirn. »Oh, jetzt kapiere ich. Du meinst die Massen der Zuschauer, die jede Woche einschalten werden, um die beiden neuesten Fernsehstars zu sehen …«

Trixie errötete. »Na ja, ich muss unweigerlich daran denken. Du nicht?«

»Ich bemühe mich, es zu vermeiden«, antwortete Clara. »Mir jagt die Sache eine Heidenangst ein.«

»Warum? Du hast doch gehört, was Declan gesagt hat. Du bist ein Naturtalent. Und auf mich macht er einen ziemlich intelligenten Eindruck. Er hätte es auf keinen Fall vorgeschlagen, wenn er nicht überzeugt davon wäre, dass wir es hinbekommen.«

»Hm ... Das ist seine Meinung, nicht meine.« Sie stellte das Tablett mit Gläsern, das sie trug, auf dem Tisch ab. »Ich weiß sowieso nicht, warum wir dieses Gespräch überhaupt führen. Es ist noch längst nichts entschieden. Und was dein Haar angeht: Wer dich für einen Auftritt im Fernsehen ändern wollen würde, kennt dich nicht besonders gut.« Sie musterte ihre Freundin von oben bis unten. »Womöglich bist du ja genau, was die Leute wollen. Ein Gegenpol zu all den langhaarigen, breit lächelnden, aufgebrezelten ...« An der Stelle bremste sie sich, bevor ihr etwas Unfreundliches herausrutschen konnte. »Vielleicht ist es ja zur Abwechslung mal Zeit für jemanden mit rosa Haaren und Glitzerstiefeln.«

Trixie grinste. »Ich dachte, wir reden nicht weiter darüber«, sagte sie. »Komm, decken wir den Rest, dann können wir ein bisschen verschnaufen.«

Die beiden gingen noch mehrmals zwischen dem Haus und den langen aufgebockten Tischen draußen hin und her. Sie trugen weitere Gläser, Geschirr, Stühle, Tischdecken und Besteck hinaus. Bei der Wettervorhersage vom Vortag war der Vorschlag aufgekommen, am Abend zu Ehren der Ankunft der neuen Gäste im Freien zu essen. Das hatten sie schon bei ihrem allerersten Gast Isobel so gemacht. Es hatte sich als bezaubernde, zwanglose Möglichkeit erwiesen, das Eis zu brechen. Natürlich mussten die Gäste nicht daran teilnehmen, aber alle hofften, sie würden es. So stünde ihr Aufenthalt von Anfang an unter einem guten Stern.

Maddie war losgegangen, um die Familie Carter in Empfang zu nehmen, sobald sich Adam und Declan verabschiedet hatten. Trixie und Clara waren geblieben, um stark verspätet mit den Vorbereitungen fürs Essen zu beginnen. Den Rest des Nachmittags hatten sie nicht nur Köstlichkeiten für den Abend zubereitete, sondern zu Trixies Verdruss auch einige Kuchen gebacken, die Seth für den Schmiedewettbewerb zugesagt hatte.

»Ist ja schön, dass man uns gefragt hat, aber ich wünschte, Seth hätte daran gedacht, erst mit mir zu reden, bevor er eingewilligt hat. Das Timing ist alles andere als ideal.« Trixie lehnte mit einer willkommenen Tasse Tee in beiden Händen an der Spüle.

Clara schaute vom Tisch auf. »Den Grund weißt du doch. Agatha hat darum gebeten – oder es wahrscheinlich eher verlangt, wie ich sie kenne. Und er konnte nicht ablehnen.«

Trixie seufzte. »Was hat es mit den beiden eigentlich auf sich? Ich dachte, sie wären verwandt.«

»Sind sie auch. Aber Summersmeade Hall gehört Agathas Familie seit Jahren. Als ihr Mann starb und Joy's Acre seiner Enkelin Jen hinterlassen hat, wollte er, dass sie und Seth herziehen und den Hof renovieren. Und als Jen gestorben ist, hat Seth versprochen, Jens Wünsche für die Farm zu respektieren. Nur dann ist es ein bisschen aus dem Ruder gelaufen. Wie wir alle wissen, ist Seth mit seiner Trauer einfach nicht zurechtgekommen. Aber Agatha scheint immer noch zu glauben, er hätte ihr Andenken irgendwie verraten. Ich könnte mir sogar vorstellen, dass Agatha tatsächlich Seth die Schuld an Jens Tod gibt, so verrückt es klingen mag. Erst mit Maddies Ankunft ist die Arbeit hier wieder in Gang gekommen. Und das nicht ohne Probleme, wie du weißt. Ich glaube, seit sich die Lage so dramatisch verbessert hat, versucht Seth, Brücken zu schlagen. Nur macht es ihm Agatha nicht gerade leicht.«

»Deshalb also hilft er diesmal beim Schmiedewettbewerb mit. Ah, jetzt verstehe ich …« Sie trank einen Schluck Tee. »Aber das entschuldigt nicht, dass er mich ungefragt dafür anbietet, Erfrischungen bereitzustellen. Ich hab genug zu tun.«

»Weiß ich«, sagte Clara mitfühlend. »Aber ich helfe dir ja immer, das weißt du doch.«

Trixie starrte auf den Boden ihres Bechers. »Richtig. Wo sind wir nur gelandet?«

Maddie war irgendwann im Lauf des Nachmittags losgeschickt worden, um mit Seth zu reden. Die Neuigkeit von Declans Besuch stellte also keine völlige Überraschung für ihn dar. Dennoch wirkte er bei der Rückkehr auf die Farm noch ein wenig verdattert. Maddie und er standen im Garten, unterhielten sich leise und schauten zu der großen Scheune auf einer Seite des Gartens. Daneben standen die drei Häuschen, die Tom gerade neu deckte. Das Erste in der Reihe, das *Thatcher's Cottage*, war bereits fertig. Dort wohnte die Familie Carter. Clara schlenderte mit einem üppigen Blumenstrauß in der Hand zu Seth und Maddie hinüber.

»Ich würde ja zu gern wissen, was dir gerade durch den Kopf geht«, sagte sie.

Seth wirkte verlegen. »Ich kann nicht abstreiten, dass eine Finanzspritze für den Betrieb unheimlich hilfreich wäre. Aber ich hab keine Ahnung, von welcher Summe wir reden, oder ob es für alle Beteiligten überhaupt das Richtige ist. Bei der Scheune geht nichts voran. Aber ich hab dir und Trixie was versprochen, und mir wird immer unangenehmer bewusst, dass es wohl noch ein Weilchen dauern wird, bis ich es halten kann.«

»Ich bin rundum glücklich, wo ich jetzt bin, Seth. Und Trixie auch, soweit ich weiß. Unterkünfte für uns in der Scheune wären zwar ideal, aber das kommt schon noch irgendwann. Immer eins nach dem anderen.« Sie hob sich die Blumen an die Nase. »Jetzt muss ich mal ein paar letzte Handgriffe erledigen. Die sind für die Tische heute Abend.« Sie wollte sich gerade abwenden, als Maddie sie am Arm zurückhielt.

»Ich weiß, wir reden später noch alle zusammen darüber, Clara. Aber nur vorab unter uns: Was hältst du von Declans Idee?«

Clara zögerte. »Na ja, das ist ziemlich unverhofft gekommen, ich hab noch nicht wirklich …«

»Weißt du, ich hab so das Gefühl, dass du nicht besonders

scharf darauf bist. Oder täusche ich mich da?« Maddie sah sie mit sichtlich besorgter Miene an. »Du hast mir so sehr geholfen, als ich hergekommen bin, hast dich für mich eingesetzt und an mich geglaubt. Ich würde für dich gern dasselbe tun … wenn es sein muss.«

Clara biss sich auf die Unterlippe. »Und du hast immer behauptet, mir entginge nichts …« Sie lächelte. »Ehrlich gesagt bin ich noch nicht sicher, was ich davon halten soll, Maddie. Ist ja aus völlig heiterem Himmel gekommen. Aber im Fernsehen auftreten, mit allem, was dazugehört … Ich weiß nicht, ob ich dafür geeignet bin. Ich bin nur Gärtnerin … und ich denke, tief im Herzen will ich nichts anderes sein.«

Seth sah sie stirnrunzelnd an. »Du bist nie *nur* irgendetwas gewesen, Clara. Ohne dich würde Joy's Acre nicht funktionieren. Ich hoffe, das ist dir klar. Und so gern ich die Scheune endlich fertig bekommen würde, ich glaub nicht, dass es irgendeinen Einfluss auf unsere endgültige Entscheidung haben würde.« Er bedachte sie mit einem wissenden Blick. »Außerdem müssen ohnehin erst die Probeaufnahmen gemacht werden, nicht wahr? Gut möglich, dass sie mit der Form deiner Nase so gar nicht leben können.«

Clara streckte ihm die Zunge heraus. »Blödmann«, gab sie lachend zurück. Mehr an Antwort war nicht nötig. Clara wusste haargenau, dass er sie nur aufziehen wollte.

»Also, ich muss jetzt mal kurz mit einem bestimmten Kerl über ein bestimmtes Dach reden, dann komme ich zu euch. Ich wette, Trixie und du, ihr habt wieder mal genug für das ganze Dorf gekocht, oder?«

»Natürlich«, erwiderte Clara. »Würdest du es denn anders wollen?«

Sie reihte sich neben Maddie ein, als Seth sich abwandte, um Tom zu suchen.

»Was denkst du, Maddie?«, fragte sie, als sie dem Weg zurück in den Hauptteil des Gartens folgten. »Findest du, wir sollten es tun? Immerhin ergibt sich so was nicht jeden Tag, oder?«

Maddie blieb kurz stehen und musterte ihr Gesicht. »Stimmt. Aber dasselbe könnte man über Blitze sagen, und deshalb sind sie noch lange nicht gut.«

***

Die Familie Carter hatte offensichtlich noch damit zu kämpfen, was einer jungen Familie abverlangt wurde. Emily war vielleicht Ende zwanzig. Ihren Mann Luke schätzte Clara ein wenig älter. Beiden sah man die Erschöpfung zu vieler unruhiger Nächte und fast ständiger Anspannung an. Ihre zwei Mädchen, zwischen denen nur etwas mehr als ein Jahr lag, waren ausgesprochen lebhafte Kleinkinder.

»Oh, das ist himmlisch«, sagte Emily, als sie sich mit einem der Mädchen auf dem Schoß an den langen Tisch setzte. »Einmal nicht ans Kochen denken müssen ... Das ist das Schlimmste, wenn man einen anstrengenden Tag hinter sich hat. Gibt mir jedes Mal fast den Rest.«

»Na ja, wir haben uns gedacht, der Abend ist zu schön, um ihn zu vergeuden. Hoffentlich macht's Ihnen nichts aus, dass wir deshalb heute so zwanglos zusammensitzen. Apropos zwanglos: Also, wir bieten unseren Gästen gern das Du an. Natürlich nur, wenn alle damit einverstanden sind. Wäre das in Ordnung?«

Als alle lächelnd nickten, ging Maddie um den Tisch herum und schenkte Getränke ein. Wie üblich türmte sich das Essen hoch auf.

»Also, ich finde das eine tolle Idee. So ist es viel lockerer. Und so zwanglos zusammen zu essen, ist bezaubernd.« Emily sah ihren Mann an. »Tatsächlich ist das einer der Gründe, warum wir uns entschieden haben, hierherzukommen. Ein Urlaub mit den Mädchen kann ein rechter Albtraum sein. In

Hotels wird das Essen immer zur falschen Zeit serviert. Und Selbstverpflegung funktioniert für uns zwar wunderbar, nur unterscheidet sich der Urlaub dann nicht groß vom Alltag. Es wird fantastisch sein, uns ausnahmsweise mal bekochen zu lassen.«

Trixie errötete. »Tja, das hoffe ich. Jedenfalls ist das der Plan.«

»Also, ich denke, ich habe alle vorgestellt«, fügte Maddie hinzu. »Bedient euch und haut rein. Wie ihr seht, ist hier ein Berg von Essen, der abgetragen werden muss. Für Megan sollte ich wohl erwähnen, dass noch jemand fehlt – Tom, unser Strohdachdecker.« Sie drehte leicht den Kopf und lächelte Emily an. »Ich weiß, ihr habt ihn vorhin bei der Ankunft kennengelernt, aber ich glaube, er ist gerade irgendwo auf dem Dach und nutzt das Tageslicht, solange er kann. Megan, ich bin mir nicht sicher, ob du ihm schon über den Weg gelaufen bist. Er kommt nach. Übersehen kann man ihn jedenfalls kaum. Er ist blond, blauäugig, hinreißend … und …«

»Lass ihn das um Himmels willen bloß nie hören«, witzelte Clara. »Sonst reibt er es uns ewig unter die Nase.«

»*Und* … sehr hilfsbereit, wollte ich hinzufügen. Ihr könnt ihn also ruhig rufen, wenn ihr etwas braucht.«

Megan lächelte und schaute ein wenig verlegen drein.

»Und was habt ihr während eures Aufenthalts vor?«, wandte sich Clara an Luke. »Schon klar, ich bin voreingenommen, aber ihr habt euch ein wirklich bezauberndes Fleckchen ausgesucht.«

Er griff sich ein Stück Hühnchen und nickte. »Hoffentlich die Gegend erkunden«, antwortete er. »Ein Weilchen raus aus dem Hamsterrad und an die frische Luft. Da die Sommerferien inzwischen vorbei sind, sollte es überall angenehm ruhig sein.«

Seth nickte. »Richtig viel ist oben in den Hügeln zwar nie

los, aber es gibt tolle Wanderwege und etliche schöne Plätzchen, die man mit Kindern besuchen kann.«

»Im Cottage liegen Broschüren aus«, fügte Maddie hinzu. »Ich hoffe, die sind hilfreich.«

Emily lächelte. »Oh ja, wir haben schon eine Liste zusammengeschrieben.« Sie löste die Finger ihrer Tochter von der Tischdecke und griff sich eine Apfelspalte, um sie damit zu ködern.

»Und falls ihr Lust auf was anderes habt, findet auf der Farm nebenan der Schmiedewettbewerb statt.« Seth sah die Mädchen an. »An den Bewertungstagen gibt's immer auch Vorführungen. Normalerweise kommt der örtliche Hufschmied mit seinen Pferden und macht Hufeisen – die kann man anschließend mit nach Hause nehmen, falls ihr eines für den Kaminsims wollt.« Er wandte sich an Megan, die abwesend in einem Stück Pizza herumstocherte. »Morgen ist der erste Tag, Megan, stimmt's?«

Erschrocken schaute sie auf. »Oh … ja. Der Wettbewerb ist eine lokale Tradition. Ich bin oben im Dorf aufgewachsen, deshalb weiß ich alles darüber. Und da ich jetzt angeblich erwachsen bin, darf ich dieses Jahr auch mitmachen, statt nur zuzusehen.«

»Du könntest sogar die jüngste Teilnehmerin sein«, sagte Seth.

»Ich bin jedenfalls die einzige Frau«, antwortete Megan. »So viel weiß ich. Und zum Start morgen fertigen wir ein Kaminbesteck an. Der Wettbewerb geht auf Zeit, und die erste Runde ist eine Ausscheidungsrunde. Wer nicht gut genug ist, fährt nach Hause.«

»Autsch«, murmelte Clara. »Finde ich ein bisschen hart.«

»Schon in Ordnung«, warf Seth ein. »Ich hab nachgesehen, sie hat schon für die vollen drei Wochen bezahlt.«

Maddie warf ihm einen tadelnden Blick zu. Aber Megan bekam den Scherz nicht in den falschen Hals und lächelte.

»Ich bin ja auch hier, um meine Familie zu besuchen … und Freunde. Falls ich schon früh ausscheide, hab ich umso mehr Zeit dafür.«

»Das wird nicht passieren«, sagte Clara im Brustton der Überzeugung. »Immerhin wohnst du auf Joy's Acre. Joy mag schon lange tot und begraben sein, aber ihr kreativer Geist lebt hier weiter …« Mit einem Blick zu den Carters verstummte sie. »Natürlich nicht wörtlich. Aber aus irgendeinem Grund scheint der Ort wirklich Kreativität zu fördern. Also schaffst du's bis an die Spitze, Megan. Daran besteht kein Zweifel.«

»Verstehe«, sagte sie. »Tja … das ist gut.« Damit ergriff sie ihr Glas und wirkte etwas entspannter als zuvor.

Eine Weile wurde unbeschwert geplaudert, bis Clara aus dem Augenwinkel bemerkte, dass Seth dezent von Maddie gestupst wurde. Er räusperte sich.

»Äh …« Es widerstrebte ihm sichtlich, die Unterhaltungen am Tisch zu unterbrechen. »Entschuldigt, aber bevor ich's vergesse, will ich etwas erwähnen, solange wir noch alle beisammen sind. Es ist nur so, dass wir nächsten Dienstag ein paar Besucher in Joy's Acre haben. Ich glaube zwar nicht, dass sie allzu störend sein werden, aber sie werden sich im Garten herumtreiben. Also dachte ich mir, ich sollte es erwähnen.«

Zögernd sah er Clara an. »Ihr wisst es wahrscheinlich nicht, aber vor ein paar Wochen war ein Filmteam hier, um eine Dokumentation über ländliche Betriebe zu drehen. Joy's Acre hatte das Glück, dafür ausgewählt zu werden. Die Sendung wird nächsten Sommer ausgestrahlt. Aber anscheinend sind wir einem anderen Fernsehproduzenten aufgefallen, und … nun, herausgekommen ist dabei, dass man hier eine Reihe mit Clara und Trixie als Moderatorinnen produzieren will.« Er verstummte, als aufgeregtes Gemurmel um den Tisch ging.

»Um ehrlich zu sein, weiß ich noch nicht viel darüber«,

fuhr Seth fort. »Der Produzent hat uns heute Vormittag damit überrumpelt. Wir sind noch nicht mal sicher, ob wir das überhaupt wollen, aber sie werden am Dienstag auf jeden Fall hier sein. Ich glaube, sie möchten Probeaufnahmen machen oder so. Falls ihr also in der Nähe seid und eine Kamera in eure Richtung weist, duckt ihr euch wahrscheinlich am besten.«

***

»Ich denke, das ist gut angekommen«, meinte Maddie nach dem Abendessen, sobald die Gäste gegangen waren. »Niemand schien mir irgendwie irritiert von der Neuigkeit zu sein. Wäre schön, wenn die Gäste zum Zuschauen kämen. Dadurch würde vielleicht alles ein bisschen entspannter ablaufen.« Sie beobachtete, ob Clara sich dazu äußern würde. Als sie feststellte, dass sie es nicht tun würde, trank sie noch einen Schluck. »Wir sollten Tom holen gehen«, fügte sie schließlich hinzu.

»Das übernehme ich.« Seth stand vom Tisch auf.

»Komisch, dass er doch nicht zum Essen gekommen ist«, fand Clara. »Sieht ihm überhaupt nicht ähnlich.«

Maddie legte die Stirn in Falten. »Vielleicht ist er so in der Arbeit aufgegangen, dass er die Zeit übersehen hat. Aber es ist eh noch genug übrig. Er kann jetzt etwas haben.«

Schweigend saßen sie da. Trixie fingerte an einem Stück Alufolie, mit dem sie einen Teil des Essens eingewickelt hatten. Sie faltete es wieder und wieder, bis sie einen langen Streifen geformt hatte.

Obwohl es noch nicht allzu spät war, wurde der Abend allmählich kühler. Clara schlüpfte mit den Armen in die Strickjacke, die über der Lehne ihres Stuhls hing. Bei den Geräuschen der zwei Männer, die sich näherten, schaute sie auf.

»Du brauchst trotzdem eine Pause«, sagte Seth gerade. »Komm und iss was.« Seths Stimme drang leise, aber deutlich durch die abendliche Luft. Toms gemurmelte Antwort wurde von Vogelgezwitscher übertönt.

Er plumpste auf den Stuhl neben Clara und ließ den Blick über den Tisch wandern. »Herrje, Trixie, du hättest mir ruhig etwas von deinem Biskuitkuchen aufheben können«, klagte er.

»Du hast ja gewusst, wo es war. Und du weißt auch, wie es hier zugeht: Wer zuerst kommt, mahlt zuerst.«

Tom öffnete den Mund zu einem schlagfertigen Konter, bevor er es sich anders überlegte. »Tja, einige von uns hatten noch zu tun.«

Clara wechselte einen Blick mit Trixie. Es war ungewöhnlich für Tom, nicht in einen scherzhaften Schlagabtausch einzusteigen. Wahrscheinlich war er bloß müde. Vermutlich auch hungrig. Sie schob einige Teller und Schüsseln über den Tisch zu ihm, damit er sich bedienen konnte.

»Ist ein langer Tag gewesen, Tom«, meinte sie. »Wir hätten dich wohl früher vom Dach holen sollen. Ich könnte mir vorstellen, dass du dringend eine Pause brauchst.« Sie hob den Krug mit Limonade in seine Richtung. Nickend nahm er ihr stummes Angebot an.

»War es ein guter Tag?«, erkundigte sie sich und stellte ein volles Glas vor ihm ab.

Plötzlich lächelte er über die Besorgnis in ihrer Stimme. »Entschuldige, Clara. Beachte mich gar nicht. Ich bin nur müde und ein bisschen knatschig.« Er ließ den Blick um den Tisch wandern. »Hattet ihr alle einen schönen Tag beim Plaudern mit den Fernsehleuten?«

Clara schloss die Augen, als ihr klar wurde, dass sie Tom den ganzen Tag nicht gesehen hatte. Kein Wunder, dass er nicht so leutselig wirkte wie sonst.

Maddie hob die Hand an den Mund. »Oh Tom, es tut mir so leid … Ich hab nicht mitgedacht. Wir sind heute Morgen später fertig geworden, als ich dachte. Dann musste ich los, um die Carters zu begrüßen, und danach musste ich zu Seth und …« Sie verzog das Gesicht zu einer Grimasse. »Aber jemand hätte kommen und es dir sagen sollen …«

»Na ja, Trixie hat mir ein bisschen was erzählt, als sie mir zu Mittag ein Sandwich gebracht hat. Trotzdem wär's schön gewesen, in die Diskussionen eingebunden zu werden.«

»Tom, es ist noch nichts diskutiert worden, nicht wirklich. Das ist einer der Gründe, warum wir dachten, das Essen heute Abend wäre eine gute Idee. Damit jeder die Möglichkeit hat, seine Meinung zu äußern.« Seth fuhr sich mit der Hand durch die dunklen Locken. »Ich weiß noch keine Einzelheiten, Kumpel. Niemand von uns. Das kam heute Vormittag alles ziemlich überraschend. Fest steht jedenfalls, dass wir viel mehr Informationen brauchen, bevor wir uns zu irgendwas verpflichten können.«

Tom bedachte Trixie mit einem forschenden Blick. »Aber ich dachte …«

Sie errötete. »Entschuldige. Da ist wohl mein Mundwerk mit mir durchgegangen. Ich war aufgeregt. Und du weißt ja, wie ich bin. Dann plappere ich, ohne Luft zu holen.«

»Also steht noch gar nicht fest, ob ihr mitmacht?«

Maddie beugte sich vor. »Ich weiß es wirklich nicht, Tom. Der Produzent und sein Team kommen am Dienstag für Probeaufnahmen her. Dann haben wir Gelegenheit, Genaueres über den Vorschlag zu erfahren. Vorerst müssen wir mal festhalten, was jeder über die vielleicht beste Chance denkt, die sich uns je geboten hat – die aber zweifellos auch einschneidende Folgen hätte.«

»Na ja, bei diesem Cottage fällt beim Dach mehr Arbeit an als bei den anderen. Ich kann's mir nicht leisten, so wie heute Zeit zu verlieren, indem ich Leuten hinterherlaufe, weil ihr alle mit anderen, außergewöhnlichen Dingen beschäftigt seid. Weil unterm Strich muss ich den Kopf hinhalten, wenn das Cottage nicht rechtzeitig fertig wird. Ihr müsst auch die Nebenwirkungen berücksichtigen.«

»Und genau deshalb müssen wir dieses Gespräch führen«, sagte Seth. »Das alles ist mir durchaus bewusst. Aber mich interessiert besonders, was Trixie und Clara dazu sagen. Immerhin betrifft es sie am meisten. Und doch hat sich bisher noch keine der beiden dazu geäußert …«

Clara bemerkte, dass Trixie sie beobachtete, aber sie wollte nicht als Erste das Wort ergreifen. Tom irritierte die Sache offensichtlich sehr. Tatsächlich konnte sie sich nicht erinnern, ihn je zuvor so mürrisch erlebt zu haben. Allmählich fühlte sie sich entschieden unwohl.

Trixie schob den von ihr geformten Streifen Alufolie beiseite. »Also, auch wenn's sonst niemand so sieht, ich finde es fantastisch. Um Himmels willen, wir reden hier vom Fernsehen. Eine einmalige Dokumentation ist eine Sache, aber das ist was völlig anderes. Die Chance, Joy's Acre fest im Bewusstsein der Zuschauer zu verankern. Alle werden herkommen und sehen wollen, wie es bei uns zugeht.« Sie lehnte sich zurück und wartete die Reaktion der anderen ab, bis sie plötzlich in Gelächter ausbrach. »Und mal ehrlich, wer würde nicht gern im Fernsehen auftreten?«

Clara grinste. Typisch für Trixie, ihre Meinung zu sagen – oft so unverblümt, dass man sie auch missverstehen konnte, aber man merkte ihr immer an, dass sie sich nichts Böses dabei dachte. So war sie nun mal. Sie besaß die irgendwie unheimliche Gabe, das auszusprechen, was niemand sonst sagen wollte. Die Spannung um den Tisch verpuffte wie ein platzender Luftballon.

»Tja, du würdest es offensichtlich nur zu gern!« Clara lachte. »Aber das liegt daran, dass du mit Leuten reden kannst. Du bist nicht so schüchtern und unbeholfen wie ich.«

»Clara, du hast wunderschöne blaue Augen, eine goldene Mähne und die Figur einer Nymphe. Die Kameras werden dich lieben. Ich bin klein, ein bisschen pummelig und ungefähr so anmutig wie ein Sack Kartoffeln …«

Die beiden Frauen lächelten sich gegenseitig an.

»Ein bisschen aufregend ist es ja schon«, räumte Clara ein. »Trotzdem jagt mir der Gedanke auch eine Heidenangst ein, da will ich nicht lügen. Und Tom hat recht – wir dürfen nicht zulassen, dass unsere eigentliche Arbeit darunter leidet.« Kurz verstummte sie. »Also, was machen wir?«

Seth ließ den Blick in die Runde wandern. »Ich denke mal, vorläufig können wir ohnehin nur abwarten und Tee trinken. Für eine fundierte Entscheidung brauchen wir mehr Informationen. Und die kriegen wir bis Dienstag schlichtweg nicht. Also lasst uns alles wegräumen und dann ein bisschen abschalten. Morgen wird wieder ein anstrengender Tag.«

Clara nickte, stand auf und lächelte Tom an, der seinen beladenen Teller festhielt, ihn nicht hergeben wollte. Die Vorgehensweise schien vernünftig zu sein. Allerdings war ihr durchaus bewusst, dass Trixie vor Aufregung beinah platzte, auch wenn sie es zu verbergen versuchte.

Kapitel 5

Megan hatte bisher nur an einem anderen Wettbewerb teilgenommen, allerdings an einem viel kleineren. Bei der Veranstaltung in Summersmeade Hall war sie in der Vergangenheit immer Zuschauerin gewesen. Nach den Regeln stand allen Teilnehmern am Tag vor dem eigentlichen Beginn ein Besuch des Geländes zu, um sich damit vertraut zu machen. Die Gelegenheit ließ sich auch Megan nicht entgehen. Es ging ebenso sehr darum, ein Gespür für die Mitbewerber zu bekommen, wie darum, sich vor Ort zurechtzufinden. Niemand wollte die Chance verpassen, sich einen kleinen Vorteil gegenüber anderen zu verschaffen. Irgendwie hatte der Besuch zugleich Megans Nerven beruhigt und ihre Anspannung in lichte Höhen geschraubt. Sie hatte kaum ein Auge zugetan, und nun war allzu bald der erste Tag des Wettbewerbs angebrochen.

Die Dinge kamen bereits ins Rollen – und nicht nur um die inzwischen angeheizten und wunderbar glühenden Essen herum. Für Besucher hatte der Austragungsort noch nicht geöffnet, aber sämtliche Teilnehmer und Juroren waren bereits eingetroffen. Megan bemühte sich, konzentriert zu bleiben. Allerdings war das nicht leicht, weil sie ständig von Leuten gestört wurde. Und niemand davon war Liam. Sie konnte kaum glauben, dass sie ihn noch nicht zu Gesicht bekommen hatte. Er hatte ihr versprochen, dass er heute hier sein würde. Als sie Schritte hörte, schaute sie erneut erwartungsvoll auf, wurde jedoch enttäuscht, als sie sah, um wen es sich handelte.

»Hab gehört, dass du dieses Jahr teilnimmst. Lange nicht mehr gesehen, Meggie.«

Der Name aus ihrer Kindheit ließ sie mit den Zähnen

knirschen. Er wusste, dass sie ihn nicht leiden konnte. »Julian«, sagte sie. »Wie ich sehe, bist du zurück.«

»Das wird wie in alten Zeiten, wenn wir zwei wieder zusammenarbeiten.«

Er hatte sich kein bisschen verändert. Immer noch dasselbe dichte blonde Haar, mit Gel zu einer Tolle geformt. Dieselben zu großen, strahlend weißen Zähne. Derselbe Mund, der sich zu einem nur allzu vertrauten abschätzigen Grinsen verzog.

Megan bedachte ihn mit einem finsteren Blick, die Hände in die Hüften gestemmt. »Wir haben nie zusammengearbeitet, Julian, und es wird überhaupt nicht wie in alten Zeiten. Du warst damals bei meinem Vater genauso in der Lehre wie ich, auch wenn du geglaubt hast, du wärst besser als ich. Du bist vielleicht drei Jahre älter, aber es hat sich viel geändert. Inzwischen haben wir beide ausgelernt. Du hast zwar immer gemeint, ich würde es nie schaffen, aber wie du siehst, hast du dich geirrt.«

»Stimmt.« Er grinste sie an. »Und jetzt sind wir beide hier – älter, weiser … und viel besser. Ich jedenfalls. Ich hab drei Jahre mehr Erfahrung als du, Meggie. Ich denke, diesmal stehen meine Chancen gut. Die Konkurrenz hier hat nicht viel zu bieten.«

Megan sah sich um. Etliche der Teilnehmer kannte sie persönlich, andere nur vom Hörensagen. Sie wusste, dass Julian sie mit seinen arroganten Äußerungen nur verunsichern wollte. Sie hielt seinem Blick stand, bis er so viel Anstand bewies wegzuschauen.

»Wir werden sehen«, sagte sie. »Deine Einschüchterungstaktik wird jedenfalls nichts daran ändern, wie ich mich beim Wettbewerb anstelle. Und ich bin fest entschlossen, dir ein für alle Mal zu beweisen, dass du dich irrst.« Sie bedachte ihn mit einem letzten vernichtenden Blick. »Möge der beste Schmied gewinnen.«

»Ja«, erwiderte er. »Möge der beste *Mann* gewinnen.«

Sie wartete, bis er sich entfernt hatte, bevor sie sich wieder der eigentlichen Aufgabe widmete, sich umzusehen. *Verdammt.* Es war so ärgerlich. Warum ließ sie sich immer wieder von ihm provozieren? Megan hob den Kopf und holte tief Luft. Sie hatte Vorbereitungen zu treffen und würde nicht zulassen, dass Gedanken an Julian Bamford ihr dabei in die Quere kamen.

Summersmeade Hall war ungewöhnlich, weil das Herrenhaus im Gegensatz zu anderen Anwesen ähnlicher Größe und Ausstattung aus der entsprechenden Zeit noch eine eigene Schmiede und Ställe besaß. Der weitläufige, offene Vorhof eignete sich perfekt als Umfeld für den Wettbewerb. Und die aufgestellten Zelte für die Juroren und Erfrischungsstände boten sowohl für die Teilnehmer als auch für Zuschauer alles, was sie brauchten.

Megan freute sich darüber, dass man ihr zusammen mit einem anderen Teilnehmer einen Platz in der ursprünglichen Schmiede zugeteilt hatte. Eigentlich spielte es keine Rolle, aber für sie wirkte der Raum vertraut. Außerdem zog sie die gemauerte Esse den modernen mobilen Versionen vor, die man hergebracht hatte, um genügend Stationen für alle Teilnehmer bereitstellen zu können. Megan hatte ihr Werkzeug längst bereitgelegt. Nach einem Blick auf die Uhr überprüfte sie es ein letztes Mal. Nur noch eine halbe Stunde bis zum Beginn.

»Na, wenn das nicht mal 'ne Augenweide ist …«

Sie wirbelte herum. »Liam!« Eine Sekunde lang sahen sie sich an, bevor der Abstand zwischen ihnen verpuffte und sie auf ihn zuflog. Alles an ihm fühlte sich warm und vertraut an, während sie sich in seinen Armen entspannte.

»Oh, Mann, hast du mir gefehlt«, sagte er. »Und du siehst umwerfend aus.«

Sie zog sich ein Stück zurück und blickte hinab auf ihre alte Latzhose und das abgetragene T-Shirt. »Die Zeit färbt den

Blick wohl wirklich rosa, was? Man könnte meinen, wir hätten uns seit Jahren nicht mehr gesehen!«

»Ich weiß, aber so lange kommt es mir auch vor, seit du zuletzt zu Hause warst. Und na ja …« Kurz verstummte er und küsste sie auf die Nase. »Die letzten Monate haben sich wie eine Ewigkeit angefühlt.«

»Du hast mir auch gefehlt«, sagte sie.

Es stimmte. Megan vermisste ihn fürchterlich, wenn sie unterwegs war. Sie hatte sich so daran gewöhnt, ihn in ihrer Nähe zu haben, dass sie sich den Rest ihres Lebens nicht anders vorstellen wollte. Das Problem war nur, dass sie nicht mehr völlig sicher war, ob Liam genauso empfand. Aus welchem anderen Grund hatte er vorgeschlagen, sie solle während dieses Besuchs in Joy's Acre wohnen statt bei ihm?

In gewisser Weise verstand sie es. Liam war selbstständig und arbeitete abends oft lange. Sie wäre die meiste Zeit allein gewesen. Aber Liam und sie waren zusammen aufgewachsen. Als Kinder waren sie praktisch unzertrennlich gewesen, was sogar ihre Teenagerzeit hindurch angehalten hatte. Mittlerweile waren sie älter, und es wurde allseits erwartet, dass sie ihre Beziehung auf die nächste Stufe heben würden. Der Druck schien jedes Mal zu wachsen, wenn sie sich sahen.

Vielleicht fühlte sich Liam trotz seiner Worte für eine solche Verpflichtung noch nicht bereit und wusste nicht, wie er es ihr beibringen sollte. Bei dem Gedanken daran fühlte sie sich schlagartig unbeholfen. Aber es war eindeutig nicht der richtige Zeitpunkt, um über solche Dinge zu grübeln, also verdrängte sie es und rang sich ein Lächeln ab.

»Ich war mir nicht sicher, ob du's heute schaffen würdest herzukommen. Bestenfalls hätte ich erst später mit dir gerechnet.«

»Na ja, als Selbstständiger muss man doch auch irgendwelche Vorteile haben, oder? Ich hab's mir so eingeteilt, dass ich mir den Tag heute freinehmen kann. Deinen Auftritt hätte ich um nichts in der Welt verpassen wollen.«

Megan ergriff seine Hände und lehnte sich an ihn. »Danke«, sagte sie leise. »Julian hat schon herumgeschnüffelt, war wie üblich unausstehlich und wollte mich verunsichern.«

»Und du bist besser als er.«

Sie schaute auf. »Das wissen wir nicht, Liam. Ich hab schon lange nichts mehr von seiner Arbeit gesehen und …«

Er lächelte. »Eigentlich hab ich damit gemeint, du bist in dem Sinn besser als er, dass du kein arroganter, herablassender Typ bist …« Er streichelte ihr übers Haar. »Deine Unsicherheit will sich einfach nicht legen, was? Ich weiß, dass er dir das Leben schwer gemacht hat, als du jünger warst. Aber jetzt bist du aus eigener Kraft hier, Megan. Lass ihn nicht an dich ran. Gib ihm nicht die Genugtuung.«

»Du hast ja recht …«

Er zog sie näher an sich. »Jetzt gib mir einen Kuss, dann geh dich vorbereiten. Ich bin den ganzen Tag hier …«

***

»Meine Damen und Herren, herzlich willkommen zum sechsten Summersmeade Schmiedewettbewerb. Wie immer danke ich Agatha Wainwright, die uns erneut großzügig dieses wunderbare Umfeld zur Verfügung gestellt hat, und Seth Thomas für seine unschätzbare Hilfe bei der Organisation der heutigen Veranstaltung. Für alle, die zum ersten Mal dabei sind: Die Regeln sind dieselben wie immer und sehr einfach. Der Wettbewerb verläuft in mehreren Runden. In jeder Runde scheiden die drei Schmiede mit den niedrigsten Wertungen aus, bis nur noch drei übrig sind, die das Finale bestreiten. Die Bewertungskriterien für jede Runde werden zu Beginn jedes Wettbewerbstages veröffentlicht. Die Gesamtpunktzahl entscheidet darüber, wer jede Woche ausscheidet. Wie Sie vielleicht wissen, gibt es dieses Jahr insofern eine kleine Änderung, als die Teilnehmer zusätzlich die Möglichkeit haben, einen Auftrag des National Trust zu gewinnen. Deshalb haben die Finalisten eine Woche Zeit, um an ihrem Beitrag zu arbeiten. Der Gewinner wird nicht nur durch die Gesamtpunktzahl über die kommenden Wochen ermittelt. Berücksichtigt wird auch das am Finaltag präsentierte Werkstück.«

Vorfreudiges Gemurmel ging durch die Menge.

»Und jetzt beginnen wir ohne weitere Umschweife mit der ersten Runde des diesjährigen Wettbewerbs! Die Teilnehmer haben drei Stunden Zeit für ein Kaminbesteck, bestehend aus Zange, Schaufel und Schürhaken. Bewertet werden Ausgewogenheit und Proportionen, Qualität der Ausführung, technische Kompetenz und Originalität der Gestaltung. Meine Herren ... meine Dame ... die Zeit beginnt jetzt!«

Megan nickte zum Dank für die Anfeuerungsrufe, dann ging sie zurück in die Schmiede. Als einzige Frau im Wettbewerb stellte sie eine Besonderheit dar und schien etwas mehr Aufmerksamkeit als die übrigen Teilnehmer auf sich zu ziehen, vorerst zumindest. So nett Megan den Zuspruch fand, sie war fest entschlossen, die Leute durch ihre Arbeit von sich zu überzeugen. Sie wollte angefeuert werden, weil sie die anderen als Schmiedin übertrumpfte, nicht bloß wegen ihres Geschlechts. Kopfschüttelnd versuchte sie, sich von diesen Gedanken zu befreien. Sie hatte Arbeit zu erledigen.

Kaminbesteck anzufertigen, war einfach. Das wurde jedem Lehrling beigebracht, und ein erfahrener Schmied konnte es im Schlaf. Darin lauerte die Gefahr. Man konnte leicht selbstzufrieden werden, und zwischen einem guten und einem schlechten Set lagen Welten. Megan hatte schon Dutzende hergestellt. Dennoch ging sie an die Aufgabe heran, als hätte sie es noch nie im Leben gemacht.

Es war verlockend, sich vorwiegend auf das Design zu konzentrieren, um etwas zu erschaffen, das sich von den anderen Beiträgen abheben würde. Aber ohne genug Augenmerk auf die Ausgewogenheit der einzelnen Teile wäre es nahezu nutzlos. Auch die Verarbeitung konnte darunter leiden. Megan würde ihre Werkstücke schlicht, elegant und funktional gestalten, aber sie mussten perfekt werden. Sie langte nach ihrer Schürze, die an einem Haken an der Wand hing, band sie um und ergriff das erste Stück Eisen.

Die nächste Stunde lang nahm sie nichts um sich herum wahr, verlor sich völlig im Hämmern von Metall auf Metall. Die Klänge ihres Hammers, der das geschmolzene Eisen in neue Formen schmiedete, hallten klirrend durch die Luft. Orangefarbene Funken stoben um sie herum auf, während sie das Metall auf dem Amboss drehte und wendete. Megan arbeitete zügig, bis die rosige Schattierung zu Kriegsschiffgrau verblasste und sie das Werkstück erneut im Feuer erhitzen musste. Der durchdringende Geruch von Kohle und heißem Metall breitete sich aus, den Megan regelrecht liebte. Für sie fühlte er sich nach einer Heimkehr an.

Am Rande nahm sie die Blicke des anderen Schmieds wahr, der sich die Esse mit ihr teilte, aber sie ignorierte ihn. Sie wollte nicht wissen, was er dachte. Dafür würde später genug Zeit sein. Vorerst wollte sie sich durch nichts und niemanden von ihrer Aufgabe ablenken lassen. Ebenso wenig wollte sie ihr Werk mit den Kreationen der anderen vergleichen. Sie musste restlos von dem überzeugt sein, was sie tat.

Nach einer Stunde hatte sie die Zange fast fertig, das vielleicht schwierigste Teil des Sets. Die Krümmung sowohl des Griffs als auch der Zange selbst musste nämlich auf beiden Seiten perfekt symmetrisch sein. Megan richtete sich auf und betrachtete kritisch ihr Werk, befand es jedoch für tadellos. Ein guter Anfang, und die saubere, sich verjüngende Rankenverzierung um den Griff wirkte elegant. Allerdings dämpfte sie die Aufregung, die immer in ihr aufstieg, wenn sie sah, wie eine Arbeit allmählich Gestalt annahm. Sie hatte noch einen weiten Weg vor sich.

Im Randbereich der Schmiede tummelten sich Leute, während sie arbeitete. Sie blieben kurz stehen und beobachteten Megan, bevor sie zum nächsten Teilnehmer weitergingen. Und obwohl Megan sie geflissentlich ignorierte, nahm sie ihre Gegenwart als unangenehm wahr. Nach einer Weile jedoch bemerkte sie, dass zwei Personen ihr bereits eine ganze Weile zusahen. Als sie vom nächsten Erhitzen ihres Schürhakens zum Amboss zurückkehrte, schaute sie beiläufig auf und stellte überrascht fest, dass es sich um Seth und Clara handelte.

Megan formte mit den Lippen ein Hallo, wollte aber im Augenblick nicht reden. Ein Gespräch wäre bei dem Hintergrundlärm ohnehin denkbar schwierig gewesen. Clara hielt lächelnd den Daumen hoch, und Megan spürte, wie sie sich ein wenig entspannte. Wenn die Runde vorbei wäre, würde sie gern mit ihr plaudern. Sie grinste zurück und hob den Hammer zu einem dezenten Gruß, bevor sie den Kopf senkte und sich wieder der Arbeit widmete.

***

Die letzte Stunde verging wie im Flug. Megan nutzte jede Minute der verfügbaren Zeit, um ihre Werkstücke zu polieren und zu perfektionieren. Dann jedoch lief die Zeit ab, und sie durfte nichts mehr tun. Megan blies die Wangen auf und spürte plötzlich die Hitze. Sie wusste, dass ihr Gesicht und ihr Hals mit schwarzen Schlieren verdreckt waren, aber das war ihr egal. Sie löste die Riemen ihrer Lederschürze und ging los, um sie für den nächsten Einsatz zurück an den Haken zu hängen. Dabei bewegte sie sich langsam und nutzte die Zeit, um sich zu sammeln und ihre Nerven zu beruhigen. Als Nächstes musste sie ihre Arbeit ins Jurorenzelt bringen und entsprechend ihres Namenskärtchens zwischen den Ergebnissen der anderen Schmiede platzieren. Dann würde der Vergleich erfolgen.

Sie duckte sich unter den Abspannseilen des Zelts hindurch und sah sich im Inneren um. Megan erblickte eine Reihe von Tischen und stellte fest, dass mehrere Schmiede ihre Arbeit bereits abgeliefert hatten. Sie suchte die Tische reihum nach einem mit ihrem Namenskärtchen ab.

»Soll ich dir helfen, Süße? Schwer, nicht wahr?«

Als sie aufschaute, grinste Julian ihr von der anderen Seite des Tischs entgegen, an dem sie gerade angehalten hatte. Sie ignorierte ihn und legte ihr Set auf den dafür vorgesehenen Platz. Megan rückte die Zange zurecht, dann trat sie zurück, um ihr Werk ein letztes Mal zu begutachten. Dabei begegnete sie dem Blick eines der Juroren, der in der Nähe stand und das Geschehen beobachtete. Sie lächelte nervös, seine Miene hingegen blieb teilnahmslos.

Julian starrte sie unverhohlen an. Man musste nicht hellsehen, um zu wissen, dass sie das Thema seiner Unterhaltung mit dem Mann neben ihm darstellte. Auf keinen Fall wollte sie in der Nähe bleiben und vielleicht noch hineingezogen werden – und es schien nur eine Frage der Zeit zu sein, bevor er herüberkommen würde, um zu sticheln. Als sie sich gerade abwenden wollte, drang eine Stimme an ihr Ohr.

»Ignorieren Sie die einfach. Nur ein Beweis dafür, dass die Neandertaler doch nicht ausgestorben sind.«

Megan schaute auf. Verblüfft erblickte sie ein fast vollständig von einem buschigen braunen Bart bedecktes Gesicht. Die Augen des Mannes betrachteten nicht sie, sondern den Tisch. Genauer gesagt ihren Beitrag.

»Natürlich habe ich das nie gesagt.«

Megans Augenmerk fiel auf die Ausweiskarte, die er an einem Band um den Hals trug. Er war einer der Juroren.

»Aber mich freut es zu sehen, dass Sie ihnen einen sehr harten Kampf liefern …« Immer noch sah er sie nicht an.

»Und das haben Sie wohl auch nie gesagt«, murmelte sie.

Antwort bekam sie keine, aber als er an ihr vorbeiging, sah er ihr für den Bruchteil einer Sekunde in die Augen, bevor er sich entfernte. Sie starrte ihm hinterher. Obwohl sie nicht recht wusste, was sie von seinen Worten halten sollte, umspielte ein verhaltenes Lächeln ihre Lippen. Nach einem letzten Blick auf ihr Werk verließ sie das Bewertungszelt und machte sich auf die Suche nach den Erfrischungsständen.

Zuerst entdeckte sie Clara hinter einem Tisch, der vermutlich vor Kuchen gestrotzt hatte. Mittlerweile jedoch wirkte er, als wäre ein Heuschreckenschwarm darüber hergefallen.

Clara lächelte zur Begrüßung. »Ich wette, du bist am Verhungern.«

Es war kurz nach zwei Uhr nachmittags, und Megans Magen knurrte seit mindestens einer Stunde. Sie blickte auf die spärlichen, auf dem Tisch verbliebenen Reste.

»Ich war mir nicht sicher, was du magst, also hab ich dir ein bisschen von allem aufgehoben. Ich hoffe, das ist in Ordnung.« Damit bückte sich Clara und holte aus einer Kiste zu ihren Füßen einen Teller mit sechs verschiedenen Kuchenstücken hervor. »Geht ja gar nicht, dass unsere Favoritin leer ausgeht. Außerdem soll es ruhig Vorteile für dich haben, dass du bei uns wohnst.« Sie stellte den Teller auf den Tisch.

Megan grinste. »Oh, ich könnte dich glatt küssen«, sagte sie gerührt. »Vielen Dank. Normalerweise gibt's bei dem Wettbewerb keinen Kuchen. Deshalb hatte ich meine ganze Hoffnung auf den Burgerwagen gesetzt.«

Clara rümpfte die Nase.

»Ich weiß«, sagte Megan. »Dachte ich mir auch.« Sie betrachtete die Auswahl vor ihr und entschied sich für einen Muffin. »Euer Angebot scheint ja ziemlich gut angekommen zu sein.«

»Mhm, sehr zu Trixies Freude *und* Entsetzen. Ich musste mittendrin einen Notvorrat anfordern, und die Arme backt seither wie besessen. Aber es ist super fürs Geschäft. Wundert mich, dass man das vorher noch nie gemacht hat.«

Megan verzog das Gesicht. »Na ja, irgendwie passt Kuchen nicht so recht zum Image rußiger Schmiede, oder? Ich meine, ist ja schließlich kein Sonntagnachmittag beim Kricket, oder?«

»Ja, da hast du wohl recht. Trotzdem verrückt.« Clara sah sich um. »Und wie ist's dir heute ergangen? Alles gut gelaufen? Muss schwer sein, wenn man …«

»… die einzige Frau ist?«

»Oh. Eigentlich wollte ich sagen, wenn man eine der Jüngsten hier ist …«

Megan blickte auf ihren halb gegessenen Muffin. »Entschuldige«, murmelte sie. »Beachte mich gar nicht. Hin und wieder neige ich dazu, ein bisschen aufs hohe Ross zu steigen.«

»Kein Grund, sich zu entschuldigen«, erwiderte Clara. »Ich hab nicht wirklich darüber nachgedacht. Da bin ich ein wenig naiv. Kriegst du viele Kommentare zu hören? Von Männern, meine ich. Ich könnte mir denken, dass die meisten Frauen großartig finden, was du machst.«

»Eigentlich ist es komisch …« Megan verstummte kurz und überlegte. »An der Fachschule hat deswegen niemand mit der Wimper gezuckt. In dem Kurs waren zwar nicht viele Frauen, aber doch ein paar, und es war nie ein Thema. Danach hatte ich das Glück, einen Job bei einem Unternehmen in Lancashire zu kriegen, und die Leute dort sind toll, aber die Kunden … Na ja, ich bin jung, zierlich, eine Frau und somit ein leichtes Ziel. Und du wärst überrascht. Die meisten Bemerkungen lassen zwar schon Männer fallen, aber ich hab auch schon ziemlich Deftiges von Frauen zu hören bekommen. Die Frau eines Farmers hat mich sogar gefragt, ob ich mich gar nicht schämen würde, einem Mann aus dem Ort den Job wegzunehmen.«

Claras Augen wurden groß. »Nicht dein Ernst! Das ist so was von lächerlich.«

Megan zuckte mit den Schultern. »Es kommt vor. Und ich versuche, es mir nicht unter die Haut gehen zu lassen. Trotzdem stecken ein, zwei Stachel drin, die sich gern mal bemerkbar machen und mich verunsichern. Einer davon ist heute sogar hier.«

Clara zog die Augenbrauen hoch.

»Ein Typ namens Julian. Wildes Haar, große Zähne, stolziert herum, als würde ihm alles gehören.«

»Nein, tut mir leid. Da klingelt bei mir nichts. Aber ich hab heute auch echt viele Leute gesehen.«

»Keine Sorge. Ich erwarte ja nicht, dass du ihm Abführmittel in den Kuchen mischst oder so. Die meisten sind auch wirklich nett und beurteilen mich nach meiner Arbeit. Das Publikum heute ist auch gut und sehr ermutigend …« Sie biss sich auf die Unterlippe. »Ich kann nur hoffen, dass ich gut abschneide und niemanden enttäusche.«

Clara lächelte herzlich. »Man kann nur sein Bestes geben. Dann enttäuscht man niemanden, und schon gar nicht sich selbst.«

Megan nickte, biss erneut in den Muffin und gleich darauf wieder. Gott, schmeckte er himmlisch! Sie grinste, als sie Liam und Seth entdeckte. Die beide steuerten, in ein Gespräch vertieft, auf sie zu.

»Genial, Megan … einfach nur genial.« Liam grinste von einem Ohr zum anderen, und sie beugte sich vor, um seinen Kuss in Empfang zu nehmen. »Heute scheidest du schon mal mit Sicherheit nicht aus – dein Set ist um Längen besser als die der anderen.«

»Kann's sein, dass du ein bisschen voreingenommen bist?«, erwiderte sie, lächelte jedoch genauso breit wie er. »Wie ich sehe, hast du Seth schon kennengelernt. Und das ist Clara,

Gärtnerin in Joy's Acre. Heute offensichtlich auch zuständig für unheimlich leckeren Kuchen.«

Die beiden schüttelten sich die Hand.

»Ich finde auch, dass dein Beitrag sehr beeindruckend aussieht«, fügte Seth hinzu. »Nicht nur ästhetisch ansprechend, auch die Verarbeitung scheint mir nahezu perfekt zu sein.«

»Nicht zu … mädchenhaft?«

Seth überlegte. »Nein. Würde ich nicht sagen. Elegant, ja. Vielleicht raffinierter gestaltet als einige der anderen Sets, die schwerer und maskuliner aussehen. Aber ich finde nicht, dass man etwas aus Eisen überhaupt je als ›mädchenhaft‹ bezeichnen könnte.«

»Der allgemeine Standard ist hoch, Megan, aber du bist ganz vorn dabei, findest du nicht?«

Megan verzog das Gesicht, als sie sich Liam zuwandte. »Keine Ahnung, ich hab mir die anderen nicht angesehen. Kann ich nicht. Erst, wenn die Beurteilung vorbei ist. Dann schaue ich mir an, was besser bewertet wurde, und versuche zu analysieren, warum.«

Liam legte den Arm um sie und zog sie an sich. »Was ist nur los mit dir?«, murmelte er und küsste sie auf die Nase. »Wann wirst du endlich anfangen, an dich zu glauben?«

***

Die Beratungen der Juroren dauerten etwas mehr als eine Stunde. Gegen drei Uhr wurden den Teilnehmern die Ergebnisse bekannt gegeben. Megan wurde vor lauter Nervenanspannung schlecht. *Bitte, lieber Gott, lass mich nicht schon heute ausscheiden.* Sie konnte es kaum ertragen.

Auf dem Weg zurück ins Beurteilungszelt umklammerte sie fest Liams Hand. Neben jedem ausgestellten Kaminbesteck hatte man einen Zettel angebracht. Megan musste an sich halten, um nicht quer durch das Zelt zu stürmen. Unten auf dem

Zettel stand eine Zahl – die an den jeweiligen Teilnehmer vergebene Wertung von achtzig erreichbaren Punkten. Zweifellos mehr als interessant, wirklich wichtig jedoch war, wo man damit im Vergleich zu den anderen Teilnehmern stand. Und darauf würde Megan noch ein wenig länger warten müssen.

Ihr wurde bewusst, dass Liam einen Schritt zurückblieb, um ihr Freiraum beim Betrachten ihrer Wertung zu lassen. Doch kaum hatte sie gesehen, dass die erste Ziffer eine Sieben war, fasste sie nach hinten und griff wieder nach seiner Hand. Es würde alles gut werden. Das musste einfach reichen. Sie betrachtete die Spalten auf dem Zettel, achtete kaum auf die Details, stellte aber fest, dass sie die meisten Punkte für technisches Geschick und Qualität der Ausführung erhalten hatte. Megan gestattete sich ein verhaltenes Lächeln. In Kürze würde sie es umfassender verarbeiten, doch vorerst musste sie unbedingt ihre Platzierung erfahren.

Der Lärm um sie herum schwoll an. Der Vorsitzende der Jury brauchte mehrere Minuten, bis er sich die allgemeine Aufmerksamkeit sichern konnte. Als einigermaßen Ruhe eingekehrt war, ergriff er das Wort. Erst dann verstummten die letzten anderen Stimmen. Megan mahlte vor gespannter Erwartung mit den Zähnen und wünschte, er würde endlich zur Sache kommen.

Gemäß der Tradition wurden nicht die Namen derjenigen verkündet, die ausschieden. Stattdessen wurde die Liste der Teilnehmer verlesen, die in die nächste Runde aufstiegen. Wurde man dabei genannt, kam man weiter, so einfach war das.

Megan schlug das Herz bis in den Hals, als die Namen fielen.

»… John Woodard … Brian Ellis … Peter Fielding … Julian Bamford …«

Ich hätte mir denken können, dass er weiterkommen würde.

»… Jason Moorland … Craig Somerville …«
Komm schon …
»Ben Ford … Harry Wightwick … Luke Greenwood …«
Das war's, ich bin draußen.
»James Elton … Nigel Parry …«
Mist.
»Und zu guter Letzt: Megan Forrester.«

Kapitel 6

Es lief kein bisschen so ab, wie Clara es sich vorgestellt hatte. Zunächst mal kamen wesentlich weniger Leute, als sie erwartet hatte. Und als sie sah, wie sie alle in Jeans, Turnschuhen und ausgebleichten T-Shirts aus dem Wagen stiegen, legte sich ihre Nervosität etwas. Das Filmteam bestand aus ganz normalen Menschen, die so wie sie selbst ihrer Arbeit nachgingen. Während Trixie und sie in der Küche den wahrscheinlich Ersten von vielen Tees zubereiteten, beschlich sie das Gefühl, sie würde es vielleicht doch überstehen.

Die Zeit bis Dienstag hatte sich eine gefühlte Ewigkeit hingezogen. Natürlich hatten sie auf Hochtouren gearbeitet. Der Schmiedewettbewerb am Samstag hatte enorm viel Zeit in Anspruch genommen, und Clara hatte kaum Gelegenheit gehabt, an etwas anderes zu denken. Den Sonntag hatte sie zu Hause versucht, ihren eigenen Garten zu bändigen. Der Montag jedoch wollte einfach nicht vergehen. Und jedes Mal, wenn es ihr gelang, sich irgendwie abzulenken, flüsterte ihr ein leises Stimmchen im Hinterkopf etwas darüber zu, was sie so angestrengt zu verdrängen versuchte.

»Alles in Ordnung bei dir?«

Clara sah Trixie an und schluckte. »Denke, schon. Und bei dir?«

»Muffensausen.«

»Warum machen wir es dann überhaupt, Trixie?«

Sie schürzte die Lippen. »Weil es eine bestimmte Idiotin ursprünglich für eine gute Idee gehalten hat …«

Clara trat vor und umarmte ihre Freundin. »Du weißt

schon, dass ich dich bei jeder Gelegenheit daran erinnern werde, oder?«

»Ja. Ich und meine große Klappe …«

Abrupt schaute sie auf, als Declans hochgewachsene Gestalt mit Seth im Schlepptau vor dem Küchenfenster vorbeiging. Sie stöhnte. »Oh Gott …«

Nur Sekunden später betraten die beiden Männer die Küche.

»Guten Morgen, meine Damen, sind Sie bereit?«

Könnte der Mann überhaupt noch entspannter wirken? Clara lächelte nervös. »Ich hab nicht die geringste Ahnung.«

»Super. Und wie sieht's bei Ihnen aus, Trixie?«

Sie zupft ihr T-Shirt zurecht. »Denke, schon«, antwortete sie.

Declan grinste sie nur an und nickte. »Na dann …« Er beäugte das Teetablett auf dem Tisch. »Nehmen wir das mit, gehen wir zu meinen Leuten und besprechen wir die Vorgehensweise. Bei einem Tässchen Tee denkt es sich besser.«

Er wartete an der Tür und ließ ihnen den Vortritt. »Nach Ihnen«, sagte er.

Clara folgte Trixie mit einem Teller voller Gebäck. Es war ein wahrhaft perfekter Tag. Die vergangene Nacht hatte der Vollmond erhellt, und der wolkenlose Himmel hatte einen Temperatursturz und dichten, über die Felder treibenden Morgennebel mit sich gebracht. Mittlerweile war die Sonne vollständig aufgegangen. Die letzten weißen Nebelschwaden lösten sich auf und gaben den Blick auf eine immer noch vor Farben strotzende Landschaft frei. Clara liebte um diese Jahreszeit vor allem das Licht, das so viel weniger grell war als im Hochsommer, weicher und goldener. Und den Garten brachte es so wunderschön zum Schimmern.

Maddie war bereits da und plauderte mit den drei anderen, die Declan mitgebracht hatte, zwei Männern und einer Frau. Auf dem aufgebockten Tisch neben ihnen lagen verschiedene Geräte, darunter eine große Kamera. Clara bemühte sich, nicht hinzustarren, als sie den Teller mit dem Gebäck abstellte. Daneben platzierte Trixie das Tablett. Das Geschirr darauf klirrte. Erschrocken sah sie Clara an.

»Ich war mir sicher, ich würde es fallen lassen«, flüsterte sie. »Also, ich kann auf keinen Fall die ›Mutter‹ geben. Dafür zittern meine Hände viel zu sehr. Ich werde wie eine Vollidiotin rüberkommen.«

Clara konnte es nachempfinden. Sie bezweifelte selbst, ob sie es schaffen würde, denn ihre Hände bebten genauso.

»Also gut, alle zusammen«, ergriff Declan das Wort. »Vorstellungsrunde. Maddie kennt ihr ja schon, und das sind Clara und Trixie.« Er zeigte auf die beiden. »Also, rechts von mir haben wir Ed, den Kameramann. Er sorgt dafür, dass ihr umwerfend aussehen werdet. Billy ist für den Ton zuständig und sorgt dafür, dass ihr umwerfend klingen werdet. Und Samantha schwingt den Schminkpinsel wie keine andere. Auch sie sorgt dafür, dass ihr alle umwerfend aussehen werdet.« Er lachte über den eigenen Scherz, woran sich niemand störte. »Und jetzt trinken wir erst mal alle eine Tasse Tee und plaudern darüber, wie diese Sache laufen soll. Übrigens, mein Team und ich duzen uns, und wenn niemand etwas dagegen hat, könnte es die Stimmung auflockern, das auf euch auszuweiten. Irgendwelche Einwände?« Als es keine gab, fügte er hinzu: »Wunderbar, dann bedient euch mal.«

Es fühlte sich völlig natürlich und ungezwungen an. Clara empfand es als genialen Schachzug von Declan. Er hatte das Talent, eine lockere Atmosphäre zu schaffen. Seine Leute waren offensichtlich daran gewöhnt, sich selbst zu versorgen. Man musste sie nicht zweimal auffordern. Mit sichtlichem Vergnügen fielen sie förmlich über das Gebäck her.

»Habt ihr alle meine Notizen bekommen?«, fuhr Declan schließlich fort, nachdem sich alle bedient hatten. »Entscheidend ist, dass wir Küche und Garten nahtlos miteinander verknüpfen. Die Zuschauer sollen laufend die Verbindung spüren. Deshalb müssen die Aufnahmen von draußen und drinnen aufeinander abgestimmt sein. Wir können sorgfältig überlegt schneiden, um es bestmöglich hervorzuheben. Wenn wir beispielsweise filmen, wie Clara die Erde umgräbt, können wir als Nächstes zu einer Aufnahme von Trixie wechseln, die mit der Gabel etwas umrührt, das sie gerade kocht. Einleuchtend?«

Die Mannschaft nickte.

»Deshalb hab ich euch um Ideen gebeten.« Er schaute zwischen Clara und Trixie hin und her. »Ihr beide wisst am besten, was wie ineinandergreift und sowohl im Garten als auch später auf dem Teller toll aussieht.« Er schaute Clara und Trixie noch einmal an. »Keine Panik, falls ihr euch dazu noch nichts überlegt habt. Heute geht's nur um Probeaufnahmen, verschiedene Kameraperspektiven, so was alles. Uns ist wichtig, dass der Ort hier im Fernsehen fantastisch aussieht. Das wird grundsätzlich nicht schwierig, aber wir müssen auch sicherstellen, dass wir die Atmosphäre richtig vermitteln. Falls euch was einfällt, das wir verwenden können, großartig. Falls nicht, ist noch genug Zeit.«

Clara schluckte. »Na ja, eine Idee ist uns schon gekommen, von der wir denken, sie könnte funktionieren …«

Declans Lächeln richtete von der anderen Seite des Tischs seine volle Strahlkraft auf sie.

»Jeder denkt bei Erdbeeren automatisch an den Sommer, und das stimmt auch größtenteils, nur kommt das nicht von allein. Ich ziehe neue Pflanzen aus Ausläufern, die ich um diese Zeit im Jahr pflanze, damit wir nächstes Jahr eine noch größere Ernte haben. Wenn ich sie jetzt setze, entwickeln sie sich gut. Das hatte ich in den nächsten Tagen ohnehin vor. Ich dachte mir, darüber könnte ich reden. Und natürlich tragen die diesjährigen Pflanzen auch noch wunderbare Früchte.

Deshalb hatten wir die Idee, Trixie könnte etwas ganz Einfaches und doch Besonderes daraus machen …«

»Nur weiter.«

»Ich gebe Balsamico-Essig und Zucker dazu«, übernahm Trixie. »Das ist alles. Klingt zwar widerlich, aber glaub mir, es schmeckt fantastisch, und die Farbe ist wunderschön. Nachdem man die Zutaten hinzugefügt hat, lässt man sie eine Weile ziehen. So es ein herrlicher Sirup. Anrichten kann man die Erdbeeren anschließend auf Eis oder mit Sahne. Oder sogar auf einem einfachen Biskuit. Der saugt den Sirup wunderbar auf.« Sie musterte Declans Gesichtsausdruck. »Mein persönlicher Favorit ist die Kombination von Erdbeeren mit Schaumgebäck, entweder zerkleinert wie bei einem Eton Mess oder im Ganzen wie bei einem Baiserkuchen. Da kann man eigentlich nichts falsch machen.«

Declan schaute zu seinem Team. »Seht ihr? Ich hab euch ja gesagt, sie sind gut. Klingt perfekt. Genau nach so was suchen wir.« Er deutete mit dem Kopf auf Trixie. »Wir richten auch eine Außenküche ein. Nicht heute, aber du hast dann einen kleinen Herd und eine Kochplatte zur Verfügung. Wir brauchen unbedingt Actionaufnahmen von dir, wie du etwas buchstäblich sofort verarbeitest, wenn Clara es dir aus dem Garten bringt.« Er grinste sie an. »Vorausgesetzt natürlich, du machst die Baisers selbst und holst sie nicht aus dem Supermarkt.«

Trixie streckte ihm die Zunge heraus. Clara lächelte. Sie selbst hätte sich das nie getraut, aber es entsprach ganz der Persönlichkeit ihrer Freundin.

***

Eine Stunde später waren sie startklar. Declans Notizen enthielten auch Vorschläge darüber, was sie am besten anziehen sollten. Er betonte, dass es ihnen überlassen bliebe, doch am besten wäre Kleidung mit schlichtem Schnitt und kräftigen Farben, um den Gesamteindruck zu verstärken, den sie vermitteln wollten. Auch Jeans wären in Ordnung – alles, worin sie bequem arbeiten konnten. Seine einzige Forderung bestand darin, dass Clara für die meisten Aufnahmen das Haar hochgesteckt tragen sollte. Dieser Aspekt erhielt gerade den letzten Schliff. Samantha sorgte dafür, dass die Frisur saß und bei den Aufnahmen nicht wackelte – was sie perfekt hinbekam.

Davor hatte sie Clara bereits leicht geschminkt und darauf geachtet, dass es frisch und natürlich wie bei jemandem wirkte, der die meiste Zeit im Freien verbrachte. Clara selbst trug nie Make-up auf. Darin sah sie keinen Sinn, denn sie hielt sich ja *wirklich* so gut wie ständig draußen auf, und die Blumen und das Gemüse kümmerte ihr Aussehen nicht. Außerdem fühlte sie sich wohl in ihrer Haut. So war sie nun mal. Samantha beharrte jedoch darauf, dass ein wenig Make-up nötig wäre – sonst neige die Kamera dazu, einen blass erscheinen zu lassen.

Clara hatte bereits alles zusammengetragen, was sie zum Pflanzen der neuen Erdbeeren brauchte. Sie konnte ihren Auftritt nicht länger vor sich herschieben.

»Die Kamera wird dich ständig begleiten, Clara«, erklärte Declan. »Zerbrich dir also nicht den Kopf darüber, wann du anfangen oder aufhören sollst. Geh einfach deiner üblichen Routine nach. Wir suchen uns dann die Bilder heraus, die wir sehen wollen. Ist alles eine Frage des Schnitts, wie man so schön sagt. Kann sein, dass ich dich dazwischen mal kurz unterbreche und dich bitte, etwas zu wiederholen. Aber sonst arbeitest du einfach wie üblich vor dich hin. Ist das in Ordnung?«

Clara nickte.

»Ich hätte nur gern, dass du innehältst, wenn du irgendeine Anweisung zu sagen hast. Und dass du dabei nach Möglichkeit in die Kamera sprichst, zumindest teilweise. Wahrscheinlich werden wir in der Endfassung eine Mischung aus Live-Ton und Nachvertonung verwenden. Aber heute ist das völlig nebensächlich, wir probieren es bloß mal aus. Plaudere einfach wie bei meinem ersten Besuch vor dich hin und benutze Worte, die dir ganz natürlich in den Sinn kommen. Ich weiß, das ist leichter gesagt als getan. Aber versuch, so zu reden wie sonst auch.«

»Ich werde mir Mühe geben ... nur bin ich nicht sicher, ob ich überhaupt einen Ton herauskriege.«

»Wird ein paar Minuten dauern, bis du dich entspannst, aber keine Sorge, das sind wir gewohnt. Es kann helfen, wenn du dir die Kamera als Freundin vorstellst, der du etwas erklären willst. Sicher, es wäre ein einseitiges Gespräch, aber probier's einfach mal.«

Clara schaute auf und bemerkte Maddies Blick. Sie stand mit Seth an der Seite auf dem Weg. Er lächelte strahlend in Claras Richtung. Maddie wirkte im Vergleich dazu unheimlich ernst. Dann nickte Maddie leicht. Ihr Gesichtsausdruck wurde mitfühlend und verständnisvoll. Vielleicht dachte sie gerade an die Zeit zurück, als sie noch neu in Joy's Acre war und sich selbst wie ein Fisch an Land gefühlt hatte. Damals hatte sich Clara mit ihr angefreundet und an sie geglaubt. Nun schien Maddie ihr Bestärkung zu übermitteln. Unausgesprochen teilten sie die Erinnerung als immerwährende besondere Verbindung zwischen ihnen.

Dennoch hielt sich hartnäckig ein flaues Gefühl in Claras Magen. Trotz all der offensichtlichen Unterstützung war sie nicht sicher, ob sie es hinbekommen würde. Das war doch Wahnsinn, oder? So etwas machte sie nicht. Sie war Gärtnerin, um Himmels willen, kein Fernsehstar. Clara atmete tief durch, kratzte allen Mut zusammen und nahm ihren Platz neben den Erdbeeren ein.

Sie kniete sich hin, entschied sich für ein neues Pflänzchen von einem Ausläufer, das bereits gewurzelt hatte, und versuchte, eine bequeme Haltung zu finden. Sie schaute zu Declan auf, schluckte und versuchte, sich unauffällig zu räuspern. *Bitte, bitte, bitte, lass es einfach schnell vorbeigehen.*

»Gut, Clara … wir drehen. Wann immer du bereit bist, kannst du loslegen.«

Wenig überraschend verpatzte sie die ersten Anläufe. Die Worte waren ihr den ganzen Morgen immer wieder wie ein Mantra durch den Kopf gegangen. Und letztlich bekam Clara sie auch heraus, allerdings in der falschen Reihenfolge. Es fühlte sich an, als benutze sie eine Fremdsprache. Declan lachte nur.

»Großartig! Damit hätten wir die Anfangshürde genommen. Du wirst sehen, ab jetzt läuft es. Lass es einfach fließen, Clara!«

Und das tat sie. Wie durch ein Wunder tauchten die nötigen Worte in ihrem Kopf auf und strömten geradewegs durch den Mund heraus. Und nachdem sie das erste Unbehagen über die Gegenwart der Kamera überwunden hatte, wurde ihr klar, dass sie sich in ihrem Garten befand und ihrer Lieblingsbeschäftigung nachging. An dem Gefühl hielt sie fest und ließ sich davontreiben. Ihre Hände legten sich um die winzigen Blätter der Pflanze zu ihren Füßen.

»Diese Erdbeerpflanzen sind inzwischen mehrere Jahre alt. Sie haben uns diesen Sommer eine reiche Ernte beschert, mit der Zeit werden sie weniger ertragreich. Zu unserem Glück sind Erdbeeren unheimlich großzügig.« Sie zeigte auf einen dünnen grünen Stängel, der sich über den Boden schlängelte.

»Das sind Ausläufer, die natürliche Art der Erdbeerpflanze, sich zu vermehren …«

»Clara, darf ich dich kurz unterbrechen?«,sagte Declan.

Überrascht schaute sie auf.

»Das war großartig, aber wir verstehen dich hier nicht. Du musst dran denken, dass du nicht für dich allein redest. Was du sagst, musst du nach oben an die Kamera richten, nicht nach unten auf den Boden. Kannst du bitte noch mal von vorn anfangen?«

Plötzlich fühlte sich Claras Kopf völlig leer an. Sie konnte sich nicht mal daran erinnern, was sie gerade gesagt hatte! Und was meinte er damit, sie sollte die Worte nach oben richten? Wie sollte sie gleichzeitig nach unten schauen, damit sie sehen konnte, was sie tat, und nach oben sprechen? Sie starrte ihn an.

»Alles gut, nur noch mal den letzten Satz.« Er lächelte und nickte. Die Geste sollte beruhigend wirken, doch sie fragte sich unwillkürlich, was hinter der freundlichen Miene vor sich ging. Wahrscheinlich lief es überhaupt nicht so, wie er es sich vorgestellt hatte.

»Ich weiß nicht mehr, was ich sagen wollte …« Sie biss sich auf die Unterlippe.

Declan drehte sich hilfesuchend um.

»Das sind Ausläufer …«, soufflierte Maddie und trat näher. »Du hast davon gesprochen, dass Erdbeeren großzügig sind.«

Clara nickte dankbar. Sie ging die Worte im Kopf durch und veränderte leicht die Haltung.

»Diese Ausläufer sind die natürliche Art der Erdbeerpflanze, sich kostenlos zu vermehren. Ein solches Geschenk sollte man natürlich nutzen. Alles andere wäre unhöflich, nicht wahr?« Ihre Hand folgte dem Ausläufer zurück zur Hauptpflanze. Dann hielt sie inne und schaute auf. »In den ersten Lebensjahren der Pflanze sollte man diese Ausläufer jedoch abschneiden – es kosten die Pflanze viel Energie, sie zu bilden. Wir wollen natürlich lieber, dass sie diese Energie dafür verwendet, mehr köstliche Früchte hervorzubringen. Indem man sie genau dort abschneidet, wo sie sich bilden, ermöglicht man der Pflanze die beste Chancen darauf.«

»Wunderbar, Clara. Kannst du uns Beispiele für die

Früchte zeigen? Gleich hinter dir scheinen ein paar prächtige Exemplare zu gedeihen.«

Verdattert schaute sie zu Declan hinüber. »Oh … richtig …«

»Und sieh nicht mich an …«

Natürlich schaute sie prompt erneut zu ihm. »Nein … Stimmt … Oh Gott, ich hab's schon wieder getan. Tut mir leid …«

Er grinste nur wieder und nickte.

Clara sammelte sich und schob sich ein Stück rückwärts. »Wenn man in den ersten Jahren daran denkt, erntet man die schönsten, prallsten, süßesten Erdbeeren. Viel besser als alles, was man im Supermarkt kaufen kann.« Sie pflückte ein paar Erdbeeren, wischte etwas Stroh von der Unterseite einer der Früchte und biss lächelnd hinein. »Einfach herrlich.« Schnell schluckte sie. *Wieso um alles in der Welt hab ich das gemacht?* Wahrscheinlich lief ihr gerade Saft übers Kinn. Sie holte tief Luft. *Schau auf*, erinnerte sie sich.

»Wenn sich unsere Pflanzen dann gut entwickelt haben und wir wollen, dass die Ausläufer wachsen, ist es ganz einfach, sie zu neuen Pflanzen werden zu lassen. Wenn man im Sommer, etwa Mitte Juli, genau hinschaut, kann man erkennen, dass sich bereits winzige Wurzeln bilden. Damit sie sich festsetzen, klammert man den Ausläufer einfach fest, entweder direkt in der Erde oder, wie ich es gemacht habe, in Töpfen, die man im Boden versenkt.« Sie zog eine ihrer Haarklammern aus der Erde neben dem Ausläufer. »Wenn man Haare wie ich hat, dann hat man sowieso einen endlosen Vorrat davon …« Lächelnd schaute sie auf, erhielt jedoch keinerlei Reaktion. *Soll ich weitermachen?*

»Danach lassen wir einfach Mutter Natur arbeiten. Nach etwa sechs Wochen sollte der angeklammerte Ausläufer von selbst zu einem eigenständigen Pflänzchen geworden sein.« Sie strich mit den Fingern über die kleinen Blätter der neuen

Erdbeerpflanze neben ihren Füßen. »So wie dieses hier. Und dann hat man zwei Möglichkeiten. Man kann die Pflanze entweder lassen, wo sie ist, oder man gräbt den Topf aus und setzt sie woanders, sei es in einem anderen Beet oder zum Überwintern in einem Gewächshaus, wenn man eines hat.«

Sie kramte in der Tasche ihres Kittels und holte eine Gartenschere heraus. »So oder so, man trennt das neue Pflänzchen einfach von der Mutterpflanze, und das war's.« Mit einem schnellen Schnippen schnitt sie durch den Ausläufer. »In unserem Fall haben wir schon ein neues Beet vorbereitet. Wenn die bestehenden Erdbeerpflanzen ihre beste Zeit hinter sich haben und nicht mehr viel hervorbringen, können wir sie alle ausgraben und das Beet für neue Pflanzen vorbereiten. Bis dahin bringt unser jetzt neues Beet bereits eine reiche Ernte hervor. Wenn man also alle drei bis vier Jahre Nachwuchs aus den Ausläufern zieht, hat man immer einen Vorrat an gesunden Pflanzen. Und wichtiger noch, diese Prachtstücke hier.« Sie zupfte die Blätter von der angebissenen Erdbeere und steckte sich den Rest in den Mund.

»Man braucht keine Unmengen an Platz, sondern teilt sich einfach ein, was man zur Verfügung hat. Wenn man will, kann man auch Töpfe oder Pflanzgefäße benutzen, das Grundprinzip bleibt unverändert.«

Damit verstummte sie und bemühte sich, nicht zu Declan zu schauen. Jedenfalls wusste sie nichts mehr zu sagen. Der nächste Schritt würde darin bestehen, die Pflanze auszugraben und zu ihrem neuen Zuhause zu bringen, doch Clara war sich nicht sicher, ob sie es tun sollte oder nicht.

Plötzlich brach überschwänglicher Beifall aus. »Clara, das war genial!«

Bewegungen und Geräusche setzten ein, als die Umgebung lebendig wurde. Trixie klatschte immer noch mit einem breiten Grinsen im Gesicht. Die anderen hatten sich ihr mittlerweile angeschlossen. Als Clara aufstand, kam Declan zu ihr herüber. Und bevor sie wusste, wie ihr geschah, hatte er sie in eine Umarmung gezogen. Einen Moment lang hatte sie Zeit, das Gefühl seiner starken, warmen Arme, seiner Größe und des leicht zitronigen Dufts seines Rasierwassers auf sich wirken zu lassen, bevor er sich zurückzog und sie ziemlich atemlos zurückließ. Es war lange her, dass sie zuletzt jemand umarmt hatte, der nicht zur Mannschaft von Joy's Acre gehörte.

»Clara, das war *wirklich* genial.«

Sie lief knallrot an und legte die Hand vor den Mund. »Ach, du meine Güte«, sagte sie. »Ich hab so was vorher noch nie gemacht.«

»Aber wie hat es sich angefühlt?«, wollte Declan wissen. »Gut?«

»Ja … Nein. Es war schrecklich. Oder eher … merkwürdig. Ja, es war merkwürdig. Ich wusste auch nicht, ob ich aufhören soll. Aber der Teil war irgendwie abgeschlossen, mir ist nichts mehr dazu eingefallen.«

»Die Stelle war hervorragend, um aufzuhören. Falls wir mehr brauchen, können wir an dem anderen Beet weiterdrehen, während du dort etwas einpflanzt.« Er führte Clara an der Hand zurück zum Gehweg. »Du solltest erst mal verschnaufen. Trixie, könntest du dich schon mal vergewissern, dass du alles hast, was du brauchst? In ein paar Minuten können wir mit dir loslegen. Natürlich backen wir heute nicht wirklich Baisers, aber du kannst es uns erklären und ein paar der anderen Möglichkeiten präsentieren, die du angesprochen hast.«

Trixie nickte. Ihre Augen glänzten vor Aufregung.

Declan schaute zu Samantha, die bereitstand, Trixie rasch zu schminken. »Ich würde gern sehen, wie Clara ein paar Erdbeeren pflückt und sie zu Trixie bringt, die damit direkt weitermacht. Aber für die Aufnahme sollten wir ausprobieren, wie Clara mit offenem Haar rüberkommt, okay?«

Kapitel 7

»Soll ich helfen?«

Clara schaute auf und sah Megan am Wegesrand stehen.

»Ich bin zwar keine Gärtnerin, aber ich denk, ich erkenne Unkraut, wenn ich welches sehe.« Sie blickte mit zusammengekniffenen Augen in den Himmel. »Ein herrlicher Tag, nicht wahr? Und ich bin viel zu lange drinnen gewesen.« Sie stemmte die Hände ins Kreuz und wölbte die Wirbelsäule nach hinten durch.

»Ist zwar keine gute Idee, wenn man Rückenschmerzen hat«, sagte Clara, »aber Hilfe lehne ich nie ab, falls du meinst, du schaffst es.«

Megan lächelte. »Mir geht's gut. Nur ein bisschen steif, das ist alles. Ich hab den ganzen Tag über den Tisch gebeugt gearbeitet. Jetzt brauche ich dringend frische Luft.«

Clara stand im Garten des Ferienhäuschens, das Tom gerade neu deckte. Eigentlich sollte sie wahrscheinlich gar nicht draußen sein, denn sie fühlte sich so müde wie schon lange nicht mehr. Was bei Clara nichts Gutes verhieß. Vor vier Jahren hatte sie eine Knochenmarktransplantation erhalten. Und wenngleich die Leukämie der Vergangenheit angehörte, musste sie auf sich achten. Aber sie tat dasselbe wie immer, wenn ihr unerwünschte Gedanken im Kopf herumspukten. Und an diesem Nachmittag war sie fest entschlossen, damit weiterzumachen, müde hin, müde her.

»Ich fürchte, es muss alles umgegraben werden«, sagte Clara. »Man könnte es als laufende Arbeit bezeichnen.«

»Kein Problem«, erwiderte Megan. »Hast du noch eine Spatengabel?« Sie holte sich eine von dort, wohin Clara zeigte, dann ging sie am gegenüberliegenden Ende des Beets in Stellung. »Weißt du, ich kann ziemlich gut graben«, fügte sie hinzu. »Hab Arme wie Popeye.«

»Oh, klar.« Clara lachte. »Musst du in deinem Beruf ja haben. Also, in dem Fall erwarte ich, dass du bis zum Abendessen das gesamte Beet umgegraben hast. Hier sind Reservehandschuhe, falls du welche willst.« Clara brachte sie ihr.

Megan hielt inne, um sie anzuziehen, dann stach sie die Gabel in die Erde. »Nur umgraben? Oder auch das Unkraut rausholen?«

»Ja, bitte, das wäre wunderbar. Ich muss mir überlegen, wie ich hier düngen kann, damit sich die Pflanzen vor dem Winter richtig festsetzen können, aber wir steuern auf den schlimmsten Teil des Jahrs zu. Richtig zur Geltung kommen wird der Garten erst nächstes Jahr. Das Beste, worauf ich vorerst hoffen kann, sind ein paar blühende Sträucher mit schöner Färbung, die geordnet wachsen.«

»Und kein Unkraut.«

»Genau!« Clara bückte sich, um einen fetten Wurm von den Zinken ihrer Spatengabel zu ziehen. »Tut mir leid, Kumpel«, sagte sie. »Ich hab dich vielleicht nicht aufgespießt, aber mein kleiner Freund, das Rotkehlchen, ist ziemlich fix. Ich würde ja sagen, renn um dein Leben, aber …«

»Kriech um dein Leben?«

»Wird er müssen …«

Eine Weile herrschte Schweigen, während die Frauen weitergruben.

»Sag mal, woran hast du denn gearbeitet?«, fragte Clara schließlich. »An etwas für den Wettbewerb?«

»Mhm. Ich spiele mit ein paar Ideen herum. Die Ankündigung, dass es diesmal einen Auftrag zu gewinnen gibt, war ein kleiner Schock. Ein Erfreulicher, keine Frage, aber die Zeit für die Vorbereitung ist ganz schön knapp. Das ist schon 'ne große Sache. Entscheidend ist die Planungsphase.«

»Also ist das nicht üblich?«

Megan zog einen Handschuh aus und kratzte sich an der Nase. »Nein, das hat's noch nie gegeben – jedenfalls nicht, soweit ich mich erinnern kann. Niemand hat vor dem Annahmeschluss unserer Anmeldeformulare davon gewusst – die Organisatoren haben uns erst danach in einem Brief darüber informiert. Normalerweise besteht der Preis aus ein paar Hundert Pfund und einem gravierten Schild. Die Teilnehmer waren eher für das Prestige dabei, nicht so sehr für den Sieg selbst. Der Wettbewerb ist in der Gegend ziemlich renommiert und branchenweit sehr bekannt. Dabei zu gewinnen, ist eine gute Empfehlung für die Zukunft.«

»Zu gewinnen *und* einen beeindruckenden Auftrag zu kriegen, muss dann ja riesig sein.«

»Eher *gewaltig* – und denk nur, was für ein Renommee es wäre, etwas für den National Trust zu entwerfen, das Tausende Menschen sehen würden. Mal ganz abgesehen von den zwanzig Riesen …«

Clara stützte sich auf ihre Spatengabel. »Damit hätte man vermutlich keine Zukunftssorgen mehr.« Sie konnte das begehrliche Funkeln in Megans Augen sehen. »Aber aus deiner Sicht war es wohl gut, dass vor dem Anmeldeschluss niemand von dem Auftrag gewusst hat. Sonst hätte der Wettbewerb noch mehr Aufmerksamkeit erregt. Und wäre wahrscheinlich von Anmeldungen überschwemmt worden.«

Megan nickte. »Ich glaube, das hätten die Organisatoren nicht bewältigen können. Anscheinend war es auch für sie ziemlich überraschend. Der Vorsitzende der Jury hat gesagt, der National Trust wäre erst vor Kurzem an sie herangetreten. Soweit ich das verstanden habe, lebt ein hohes Tier des National Trust nicht weit von hier. Und als eine Ausschreibung für den Auftrag angestanden hat, meinte er, man könne den Wettbewerb dafür nutzen. Eigentlich sinnvoll. Der National Trust hat sich zwar das Recht vorbehalten, keinen der Finalentwürfe zu verwenden, aber aus deren Sicht macht es ihre Aufgabe viel einfacher.« Sie bückte sich, um Unkraut aus dem Boden zu zupfen. »Zynisch, wie ich bin, vermute ich natürlich, dass die das Tor für einen Appel und ein Ei bekommen, aber wen kümmert das schon? Mich jedenfalls nicht.«

Clara beobachtete, wie Megan die Spatengabel wieder in die Erde stach. Die Frau wirkte rundum entschlossen. »Das bedeutet dir viel, nicht wahr?«, sagte sie.

Megan richtete sich auf. »Oh ja …« Auf die Worte folgte ein Seufzen. »Wie viel, kann ich dir gar nicht sagen, Clara. Einen solchen Auftrag zu bekommen, so viel Geld zu haben – davon hab ich immer geträumt. Ich könnte mir eine eigene Schmiede einrichten, ein eigenes Geschäft eröffnen …« Ihre Miene wurde nüchtern. »Nur wüsste ich nicht, wie ich gewinnen soll.«

»Aber du warst am Samstag so gut.«

»Ich hab ganz passabel abgeschnitten.« Megan sah ihr in die Augen. »Aber das ist was anderes. Für das Finale braucht man …« Sie sah sich um, schien nach den richtigen Worten zu suchen. »Ich glaube einfach, es ist vielleicht zu groß für mich.« Sie stellte den Fuß wieder auf die Spatengabel.

»Verstehe.« Clara erkannte ihren Zustand. »Deshalb bist du hier draußen und gräbst wie eine Besessene.«

Ein weiteres gedehntes Seufzen. »Eigentlich wollte ich ja joggen gehen. Aber dann hab ich gesehen, dass du Hilfe brauchen könntest, und hab es mir anders überlegt. Manchmal will man mit seinen Gedanken einfach nicht allein sein, stimmt's?«

»Ja, manchmal will man das nicht«, bestätigte Clara leise. »Aber etwas weiß ich …«

Megan schaute auf.

»Man weiß nie wirklich, wozu man fähig ist, bis man etwas verlieren könnte, das man liebt. Ich finde, erst dann findet man heraus, was in einem steckt.«

Daraufhin verstummten sie beide. Megan nickte knapp, bevor sie nur noch entschlossener weiterarbeitete. Es war erstaunlich, wie schnell sie zu zweit vorankamen. Nach knapp einer weiteren Stunde waren sie beinah fertig. Clara hatte nur scherzhaft gesagt, dass sie das Beet bis zum Abendessen fertig haben wollte, doch überraschenderweise kam es tatsächlich so.

»Megan, du musst mich unbedingt daran erinnern, dich zu rufen, wenn ich das nächste Mal jemanden suche, der harte Arbeit erledigt.« Clara grinste. »Ich kann kaum glauben, wie viel wir geschafft haben!«

»Frauenpower«, erwiderte Megan kurz und bündig. »Aber das war toll und genau, was ich gebraucht habe. Danke.«

Clara sah sie belustigt an. »Weißt du, ich hab den Eindruck, du bist vielleicht ein klein bisschen schräg«, sagte sie. »Aber fast noch schräger ist, dass ich genau weiß, was du meinst.« Sie warf einen Blick auf ihre Armbanduhr. »Kommst du auf einen Tee mit ins Haupthaus? Normalerweise machen wir ungefähr um die Zeit Feierabend.«

Megan überlegte kurz. »Würde ich echt gern«, antwortete sie. »Aber ich denke, ich sollte mich lieber meinem Entwurf widmen. Ich hab den Kopf jetzt frei. Meine Ideen erscheinen mir viel klarer.«

»Das freut mich. Jedenfalls danke, Megan. Mein Kopf fühlt sich auch viel freier an. Und meine Arbeit hat sich gerade halbiert!«

Sie zog die Handschuhe aus, und Megan folgte ihrem Beispiel. »Du meldest dich doch, wenn du Hilfe bei irgendwas brauchst, oder?«

»Oh, das mache ich, keine Sorge.«

Megan steckte die Spatengabel wieder in die Erde. »Die lasse ich einfach hier, ja?« Damit kehrte sie zum Hauptweg zurück. »Danke und bis bald«, fügte sie hinzu und winkte.

Clara sah ihr nach und winkte ebenfalls zum Abschied. Sie

hatte die beherzte Schmiedin auf Anhieb gemocht, die ihren Weg in einer Welt zu machen versuchte, in der die Vormachtstellung eindeutig Männern gehörte, das konnte man drehen und wenden, wie man wollte. Der Gewinn des Wettbewerbs könnte ihr Leben verändern. Und obwohl Clara am Samstag nur kurz die Arbeiten der Teilnehmer hatte sehen können, fand sie Megans Beitrag im Vergleich zu etlichen anderen äußerst gelungen. Sie musste unbedingt Seth fragen, wie er darüber dachte. Es wäre so wundervoll, wenn Megan eine realistische Chance auf den Sieg hätte.

Clara hatte erst vor vier kurzen Jahren dem Tod ins Auge geblickt und ihn besiegt. Bis dahin hatte sie sich wie so viele Menschen keine großen Gedanken über die Welt im Allgemeinen oder ihren Platz darin gemacht. Seither dachte sie umso mehr darüber nach.

Sie verstand gut, wie es dazu kam, und sie würde andere niemals dafür kritisieren. Aber die Erkenntnis, wie leicht man selbstzufrieden wurde, hatte sie schockiert. Man lebte scheinbar zufrieden durch die Jahre, obwohl man sich nie die Zeit genommen hatte, herauszufinden, was einen eigentlich glücklich machte. *Wirklich* glücklich – nicht wie der Kauf eines neuen Paars Schuhe oder wie ein Essen in einem schicken Restaurant. Glücklich im Sinn von allumfassender Freude, wie man sie bei einem Spaziergang im Mondschein empfand, wenn die Welt in einem silbrigen Glanz erstrahlte, friedlich und ruhig. Oder wenn man am Meer stand und sich in einer unvorstellbar großen Welt unvorstellbar klein vorkam, weil man begriff, wie winzig man eigentlich war. Und doch existierte man trotz aller Widrigkeiten als bedeutender Bruchteil eines unendlichen Universums.

Das Gespräch mit Megan hatte Clara daran erinnert, was sie sich nach ihrer zweiten Chance auf Leben gelobt hatte: Sie wollte sich nie wieder von den Dingen abhalten lassen, die sie mit Glück erfüllten, ihr so wichtig waren wie das Atmen. Deshalb war sie Gärtnerin. Deshalb war sie nach Joy's Acre gekommen. Und wichtiger noch, deshalb war sie geblieben.

Schon vor Maddie und Trixie, als es nur Seth und sie gegeben hatte, war sie begeistert von der in Joy's Acre herrschenden Atmosphäre gewesen. An diesem Ort konnte man Dinge hegen und pflegen, konnte ihnen Zeit und Raum zum Wachsen geben, sowohl Ideen als auch Pflanzen und Lebewesen. Was auch immer hier geschah, man fühlte sich stets geschützt vor der rauen Wirklichkeit der Außenwelt. Hier zählten noch altmodische Werte. Es war immer genug Zeit für die wirklich wichtigen Dinge. Hier konnte man die Hektik der oft rücksichtslosen, unbarmherzigen Welt draußen hinter sich lassen. Ein Fernsehteam mit rein kommerziellen Zielen und grellen Lichtern würde all das mit Sicherheit beeinträchtigen. Und Clara glaubte nicht, dass sie das ertragen könnte.

Hinzu kam ihre eigene Rolle bei dem Projekt. Im Rampenlicht zu stehen, fühlte sich für sie nicht natürlich an. Und so sehr die anderen sie zu überzeugen versuchten, ein solcher Mensch wollte sie auch nicht werden. Tatsächlich wollte sie nicht, dass irgendjemand von ihnen zu einem solchen Menschen wurde. Nein, dabei konnte Clara nicht mitmachen. Sie würde allen mitteilen müssen, was sie empfand. Mit dem Gedanken im Kopf wanderte sie durch den Garten zum Haupthaus.

Trixie knetete gerade Brotteig. Sie hieb im Takt des neuesten Songs von Taylor Swift darauf ein, der im Hintergrund im Radio dudelte. Als sie Clara in die Küche kommen sah, lachte sie, hob die klebrigen Hände und setzte eine Miene auf, die Hilflosigkeit andeutete. Rasch marschierte Clara zum Radio und regelte die Lautstärke herunter.

»Hier kommt kein Brotteig lebend raus, was?«, sagte sie. »Ich glaube, ich hab im Garten gerade dasselbe gemacht.«

Trixie strahlte übers ganze Gesicht. »Ich weiß. Ich bin auch so aufgekratzt, dass ich irgendwas tun musste, um die nervöse Energie loszuwerden. Eigentlich wollte ich Gebäck fürs Frühstück morgen machen. Aber dann dachte ich mir, bis dahin ist es wahrscheinlich zäh wie alte Stiefel. Brotbacken ist besser.«

Der Ausdruck in Trixies Gesicht ließ Clara zögern. Ihre Freundin schien so völlig anders als sie zu empfinden. Zwar herrschte auch bei Claras Gefühlen ein wildes Durcheinander, nur spielte freudige Erregung dabei keine Rolle.

»Ist Maddie da? Oder Seth?«

Trixie sah auf ihre Armbanduhr. »Sollten jede Minute zurück sein. Sie wollten nur kurz wegen irgendwas weg.« Sie grinste Clara kess an. »Eigentlich bin ich eh ganz froh darüber. Sonst müsste ich mich ein bisschen zügeln, und eigentlich …«

Sie griff sich ein Geschirrtuch vom Tisch und wischte sich die Hände ab. »Jippi-ei-je-juhu!« Ihr Gesicht zog sich zusammen. »Ach, Clara, ich bin so aufgeregt. War das nicht genial? Warst du nicht genial? Ach was, waren *wir* nicht genial? Declan wäre verrückt, wenn er uns nicht auf der Stelle unter Vertrag nimmt. Und ich glaube, er war sehr zufrieden. Jedenfalls hat er ganz so gewirkt, oder? Und Samantha hat gemeint, dass man ihm leicht anmerkt, wenn er mit etwas nicht zufrieden ist. Aber ihrer Meinung nach ist alles super gelaufen. Er wird uns ein Angebot oder so machen, hat Seth gesagt. Er glaubt nicht, dass er lange dafür brauchen wird, und …« Abrupt verstummte sie, als sie bemerkte, dass Clara offensichtlich nicht so viel Begeisterung empfand wie sie.

»Was ist los? Bist du nicht aufgeregt?«

Als Clara die geröteten Wangen und die vor Emotionen strahlenden Augen ihrer Freundin betrachtete, blieb ihr nichts anderes übrig, als ein Grinsen aufblitzen zu lassen.

»Oh, und ob ich aufgeregt bin … nur nicht so wie du …«

Trixie brach in Gelächter aus. »Ich weiß, tut mir leid. Ich bin so ein Freak. Keine Sorge, ich kriege mich auch wieder ein. Irgendwann.« Sie verengte die Augen. »Und ich weiß, was dein Problem ist – du bist viel zu bescheiden. Du glaubst nicht, dass du gut warst, oder?«

Clara brachte es nicht übers Herz, ihr zu sagen, dass es nicht daran lag.

»Darüber musst du dich nicht sorgen, du hast es super hingekriegt, Clara, sogar mehr als super.« Langsam breitete sich ein Lächeln auf ihrem Gesicht aus. »Ich würde mich sogar so weit aus dem Fenster lehnen zu sagen, dass Declan *sehr* angetan von dir war, wenn du verstehst, was ich meine ... zwinker, zwinker.«

Also, *das* war Clara neu. Sie errötete. »Wie bitte?« Es wurde von Minute zu Minute schlimmer. »Nein, wohl kaum. Er ist nur freundlich, mehr nicht. Und ich wette, er behandelt jeden so. Ist schließlich sein Job – er muss den Leuten die Nervosität nehmen, nicht wahr?«

Wieder erntete sie nur ein Grinsen. »Wenn du meinst ...«, erwiderte Trixie. »Aber wie gesagt, du bist viel zu bescheiden. Und schon gut, mein Typ ist er wirklich nicht. Zum einen ist er mindestens drei Köpfe größer als ich, zum anderen hab ich's nicht so mit Rothaarigen. Obwohl es ihm steht. Er sieht echt ziemlich gut aus und so, nur trifft er nicht meinen Geschmack.«

Clara fehlten die Worte, was bei Trixie praktisch nie vorkam.

»Meinen auch nicht, Trixie. Mal ehrlich, wie bist du denn drauf? Der arme Mann. Außerdem wissen wir gar nichts über ihn. Höchstwahrscheinlich ist er verheiratet oder hat zumindest eine Lebensgefährtin ...«

»Nein, weder noch.«

»Woher weißt du das?«, platzte Clara heraus.

»Weil wir ins Gespräch gekommen sind. Du weißt schon, über alles Mögliche.«

Clara schüttelte belustigt den Kopf. »Nur du kannst so was

im Nu herausfinden. Himmel, ich wette, du kennst sogar seine Innenbeinlänge.«

»Neunzig Zentimeter.«

»Soll das ein Scherz sein? Trixie, das ist unmöglich, du …« Abrupt verstummte sie und lief rot an, als sie Trixies Gesichtsausdruck bemerkte.

»Ach, ich bin so leichtgläubig.« Sie stöhnte.

Trixie lachte. »Ich schätze sie auf neunzig Zentimeter. Immerhin ist er weit über 1,80 Meter groß.«

»Schon möglich. Nur ändert das nichts. Für mich ist irrelevant, ob er verheiratet, geschieden, verwitwet, ledig, heterosexuell oder schwul ist oder mit acht Katzen zusammenlebt. Er ist hier, um seine Arbeit zu erledigen, genau wie ich.«

»Bist du dir da sicher? Ich hab das Gefühl, da protestiert jemand gar zu sehr …«

»Trixie! Ja, ich bin mir ganz sicher.«

»Sicher worüber?«, fragte Maddie, als sie die Küche betrat.

Clara wirbelte herum, bevor sie sich der breit grinsenden Trixie zudrehte. »Wag es ja nicht«, warnte sie. Dann wandte sie sich an Maddie. »Ignorier sie einfach, sie hat 'nen Vogel.«

Maddie verdrehte die Augen. »Herrje, sie plappert doch nicht schon wieder über Declan, oder? Keine Sorge, Clara, darüber hab ich inzwischen alles gehört.« Sie zwinkerte Trixie zu. »Obwohl mir selbst in den Sinn gekommen ist, wie angetan er von dir war. Das ist allen aufgefallen.«

Aus irgendeinem Grund beschleunigte sich Claras Herzschlag. Sie öffnete den Mund, um etwas zu entgegnen, überlegte es sich aber anders. Damit würde sie es nur schlimmer machen. Stattdessen starrte sie Trixie so streng an, wie sie es hinbekam.

»Eigentlich wollte ich ja fragen, ob du Hilfe beim Kochen brauchst, aber jetzt bin ich mir nicht mehr sicher, ob ich das noch will.«

Trixie riss die Hand an den Mund. »Oh Gott, das Hühnchen!« Sie rannte durch die Küche, fingerte an den Reglern des großen Herdes und schaute auf die Uhr. »Oh, alles gut … nur ein bisschen später als geplant.« Sie kam zurück und stellte sich vor ihre Freundinnen. »Heute Nachmittag ist es ganz schön drunter und drüber gegangen, was? Ich konnte gar nicht mehr klar denken.«

Maddie lächelte nur. »Ich fürchte, das könnte noch schlimmer werden. Seth ist gerade mit Champagner auf dem Rückweg.«

»Wozu Champagner?«, fragte Clara.

»Na ja, der gehört irgendwie dazu, oder? Wenn man feiert …«

Clara schaute zwischen den beiden Frauen hin und her. Sie spürte, wie ihr das Herz ein wenig in die Hose rutschte. Bei Trixie hatte sie mit Überschwang gerechnet, aber allmählich hörte es sich mehr nach einer beschlossenen Sache an, als ihr lieb war. Würde es nicht mal die Gelegenheit geben, darüber zu diskutieren, was sich an diesem Tag abgespielt hatte? Sie musste den anderen einfach sagen, was sie dabei empfand. Clara setzte ein verhaltenes Lächeln auf.

»Bisschen früh dafür, oder?«, sagte sie.

»Ach was, ist doch schon fünf Uhr durch.« Maddie lachte und schaute demonstrativ zur Uhr an der Wand, die kurz vor halb sechs anzeigte.

»Eigentlich hab ich nicht die Uhrzeit gemeint«, stellte Clara klar. »Ich finde, es ist allgemein zu früh, mit Champagner anzustoßen, obwohl wir noch gar nicht sicher wissen, was passieren wird.«

Plötzlich wirkte Maddie ein wenig nervös. »Stimmt, ich weiß. Aber ich dachte, es könnte ganz nett sein. Seth wird jeden Moment hier sein, dann können wir ausführlich darüber reden.«

Trixie hatte die Aufmerksamkeit wieder dem Teig auf dem Tisch zugewandt. Sie hob ihn auf und ließ ihn mit einem dumpfen Laut in eine bereitstehende Schüssel fallen, legte ein sauberes Geschirrtuch darüber und trug ihn zur Arbeitsfläche neben dem Herd.

»Ich räume mal auf«, kündigte sie an.

Clara fühlte sich schrecklich. Die Atmosphäre in der Küche hatte sich auf einmal völlig verändert, und es war ihre Schuld. Sie hatte nicht vorgehabt, die Stimmung zu dämpfen. Zugleich war sie nicht sicher, ob es sich überhaupt vermeiden ließ, wenn sie loswerden wollte, was sie auf dem Herzen hatte. Sie sah Trixie an. Dabei kamen ihr Zweifel, ob sie überhaupt alles sagen sollte …

Trixie war eine so gute Freundin. Ohne sie hätte Clara nie geschafft, was sie erreicht hatte. Auch das Geschäft auf dem Bauernmarkt entwickelte sich dank ihr zunehmend besser. Das Kochbuch, an dem sie arbeitete, lag in den letzten Zügen der Vorbereitung, und sie beide hatten noch so viele Ideen für Joy's Acre. In vielerlei Hinsicht ähnelten sie sich stark und verstanden sich wohl deshalb so gut. Und es war nicht zu übersehen, dass für Trixie mit der Chance, im Fernsehen aufzutreten, ein Traum wahr wurde. Sie wäre die Erste, die sagen würde, dass Menschen wie sie solche Gelegenheiten normalerweise nicht bekamen. Und vermutlich hätte sie damit recht. Wie könnte Clara ihr das nehmen? Es musste doch einen Weg geben, die Sache so über die Bühne zu bringen, dass sie beide glücklich damit wurden. Ein letzter Blick in Trixies Gesicht bestärkte Clara in dem Entschluss, dass sie eine solche Möglichkeit finden *musste*.

»Ich helfe dir«, bot sie an und setzte ein breites Lächeln auf. »Und anschließend schaue ich nach, ob ich irgendwo Champagnerflöten auftreiben kann. Sonst müssen wir aus Biergläsern trinken!«

Trixie schaute grinsend auf. »Ich wäre ja rundum zufrieden damit, direkt aus der Flasche zu schlürfen. Aber das wäre vielleicht nicht hilfreich für das Image, das ich pflegen sollte.«

Clara stupste sie mit der Hüfte. »Richtig, als angehender berühmter Fernsehstar solltest du dir das lieber verkneifen.«

Damit brach das Eis. Die Spannung lockerte sich. Trixie drehte das Radio wieder lauter, sang mit und gab Clara und Maddie auffordernde Zeichen, bis auch sie mit einstimmten. So fand Seth sie wenige Augenblicke später vor.

»Ob wir den Champagner überhaupt brauchen?«, scherzte er. »Ihr seht mir schon fröhlich genug aus.«

Tom folgte dicht hinter ihm. »Dann bleibt mehr für mich. Obwohl ich ja nichts gemacht hab, also verdiene ich wohl auch keinen.«

»Du gehörst zu Joy's Acre, Tom. Natürlich verdienst du welchen«, entgegnete Maddie. »Außerdem müssen wir unbedingt besprechen, was Declans Besuch für uns bedeutet.«

»Da gibt's nicht wirklich viel zu besprechen, oder?«, erwiderte er. »Klingt ja ganz so, als hätten Trixie und Clara die Sache in der Tasche.« Er zwinkerte Clara zu. »Obwohl ich überrascht war, wie hemmungslos du geflirtet hast …«

»Hab ich gar nicht!«, schoss sie zurück.

»Musste sie auch nicht«, warf Trixie ein. »Das hat Declan für sie beide übernommen.«

»Ja, hab ich gehört.«

»Himmel noch mal, du warst den ganzen Tag auf dem Dach«, sagte Clara leicht genervt. »Wie also willst du etwas darüber wissen?« Sie bremste sich. »Nicht, dass es irgendwas zu wissen gäbe. Aber trotzdem.«

Tom tippte sich an die Nase. »Ich hab so meine Quellen.«

Und Clara konnte sich denken, welche.

Seth ging zum Radio und schaltete es aus. »Na schön, alle miteinander. Setzen wir uns mal, bevor wir uns zu sehr mitreißen lassen. Ich muss euch ein paar Dinge mitteilen, die ihr noch nicht wisst. Und danach besprechen wir die Sache mit dem nötigen Ernst. Es steht eine Menge auf dem Spiel.«

Kapitel 8

Megan öffnete die Tür zu Liams Haus, nachdem sie selbst aufgeschlossen hatte. Es fühlte sich seltsam an, ohne ihn hier zu sein. Trotz seiner Erlaubnis empfand sie es als etwas unangenehm, sich in seinem Privatbereich aufzuhalten.

Eine Stimme in ihr merkte an, dass es auch ihr Zuhause sein könnte, wäre das Leben mehr nach Plan verlaufen. Außerdem kam ihr der Gedanke, dass es die perfekte Gelegenheit war, ein bisschen herumzuschnüffeln, während Liam bei der Arbeit war und sie das Haus für sich allein hatte. Aber so verlockend es sein mochte – Megan wusste, sie würde es nicht tun. Was, wenn sie dabei auf etwas stieße, das ihr nicht gefiel? Liam und sie sahen sich oft wochenlang nicht. Deshalb wusste sie nicht wirklich, wie er seine Freizeit verbrachte. Ebenso wenig, wie er es von ihr wissen konnte. Aber sie mussten einander vertrauen, oder? Was sollte sonst aus ihnen werden?

Statt sich also mit ihrer Unsicherheit zu beschäftigen, ging sie ins Wohnzimmer zu dem kleinen Arbeitsbereich, den Liam für sie eingerichtet hatte. Dort legte sie ihre Sachen auf dem Schreibtisch ab. Zuerst brauchte sie eine große Tasse Kaffee, danach musste sie ein wenig recherchieren. Sie schaltete den Computer ein. Während er hochfuhr, schaltete sie in der Küche den Wasserkocher ein.

Auf die nächste Runde des Wettbewerbs, die am Samstag stattfinden würde, konnte sie sich nicht vorbereiten. Die Teilnehmer würden vier vorgegebene Metallarbeiten nachbauen müssen. Höchstwahrscheinlich ein Hufeisen, einen Schnörkel, irgendein Geflecht und ein aufwendigeres Werkteil wie einen Wandleuchter. Man musste jedes Stück kopieren, in der Regel vier- bis sechsmal, und wie immer innerhalb eines bestimmten Zeitrahmens. Abweichungen vom Muster waren nicht gestattet. Im Idealfall sollten die fertigen Arbeiten identisch sein. Es hing ganz davon ab, welche Vorgabe man am Wettkampftag bekam. Darauf konnte Megan sich nicht vorbereiten, deshalb wollte sie sich der Mammutaufgabe widmen, ein Tor für ein Herrenhaus in der Gegend zu entwerfen und zu konstruieren.

Mit den ersten Skizzen vom Vortag war sie zufrieden gewesen. Und nach der Gartenarbeit draußen mit Clara war sie mit etwas Abstand und einer frischen Perspektive zu ihrem Entwurf zurückgekehrt. Und dabei war ihr klar geworden, dass sie sich womöglich auf dem Holzweg befand.

Beim Skizzieren ihrer Ideen hatte sie sich natürlich nicht nur auf die Aspekte konzentriert, die sie ihrer Einschätzung nach gut beherrschte, sondern auch auf Elemente, die ihr Können bestmöglich zur Geltung bringen würden. Aus der Kombination der beiden Ansätze hatte sie etwas entwickelt, das ihrer Meinung nach funktionieren könnte. Sie hatte sogar schon begonnen, es auszuschmücken. Mittlerweile war ihr mit Entsetzen klar geworden, dass sie nichts über den Ort wusste, an dem das Tor letztlich eingebaut werden sollte. Dabei ging es nicht nur um die historische Anmutung, sondern auch um den gesamten physischen Rahmen. Woher sollte sie ohne Besichtigung wissen, ob sich ihr Entwurf nahtlos in die Umgebung einfügen würde? Da die Anlage jedoch nur am Wochenende geöffnet war, könnte sie erst am Sonntag hin. Zu spät für ihren Geschmack, weil sie mehrere Tage für die Arbeit an ihrem Konzept verlieren würde. Also musste vorerst eine Recherche im Internet genügen.

Es ließ sich schwer abschätzen, worauf genau die Juroren achten würden. Die an die Teilnehmer ausgegebenen Informationen gaben lediglich die Abmessungen des Tores an. Jede darüber hinausgehende Interpretation blieb den Bewerbern selbst überlassen. Doch trotz dieser offenen Aufgabenstellung war Megan davon überzeugt, dass die Juroren des National Trust bereits wussten, was sie wollten. Es blieb nur abzuwarten, ob es jemandem gelingen würde, der entsprechenden Vorstellung nahezukommen. Das vorhandene Tor war wunderschön. Und da die Stiftung in dem Ruf stand, die ihrer Obhut anvertrauten Gebäude samt deren Inhalt stets fachkundig instand zu setzen und zu restaurieren, drängte sich die Frage auf, ob man eine fast exakte Kopie dessen wollte, was sie seit Jahren mit Stolz erfüllte, oder ob man offen für einen visionären Ansatz wäre. In ihrem Interesse hoffte Megan auf Letzteres. Dennoch konnte sie die andere Möglichkeit nicht abschreiben. Es galt, irgendwie einen Kompromiss aus beidem zu finden.

Während sie an ihrem Kaffee nippte, blätterte sie seitenweise Bilder im Internet durch, die meisten von Liegenschaften des National Trust, aber auch einige von prunkvollen Privatanwesen. Darunter sah sie wunderschöne Designs, manche schlicht, andere kunstvoll, ultramodern oder traditionell. Aber nichts davon fand Megan wirklich inspirierend. Niedergeschlagen lehnte sie sich auf dem Stuhl zurück.

Eine weitere Stunde später fühlte sie sich mutlos. Sie hatte die Geschichte des Anwesens gegoogelt, sich verschiedene Bilder des Schlosses und der Gärten angesehen. Daher besaß sie nun ansatzweise ein Wissen darüber, aber es fühlte sich alles so flach und leblos an. Nur eine Aufstellung von Namen, Daten und Fakten, die sich auf jeder besuchten Website wiederholten und mühelos im Internet zu finden waren. Alles Informationen, die ihre Mitbewerber wahrscheinlich längst hatten. Megan hätte zu wetten gewagt, dass einige ihre Entwürfe um die historischen Daten herum gestalten würden. Nachdenklich tippte sie sich mit ihrem Stift gegen die Zähne. Sie brauchte etwas, das sich nahtlos in die Umgebung des Schlosses einfügte und zugleich einzigartig dessen Charakter widerspiegelte.

Schließlich warf sie den Stift auf den Tisch, starrte grübelnd auf den Bildschirm und zog dabei unablässig ihren Pferdeschwanz durch die Hand. Die beruhigende Bewegung war eine Gewohnheit aus ihren jüngeren Jahren, wenn sie für Prüfungen gelernt hatte. Mittlerweile tat sie es unbewusst, wenn sie sich gestresst fühlte. Es schien zu helfen. Ihre Gedanken wanderten dabei frei herum, ohne dass sie den Eindruck hatte, angestrengt zu überlegen, bis sich plötzlich eine Idee formte oder sich sogar ein Geistesblitz offenbarte. Die Bilder des Anwesens zogen minutenlang fast unterbewusst an ihren Augen vorbei, bis sie stirnrunzelnd feststellte, dass eines davon aus dem Rest hervorstach. Ihre Hand ruhte auf der Maus des Computers. Sie setzte sich aufrechter hin, während ihr die Gedanken durch den Kopf rasten.

Die Gärten der Anlage gehörten zu dessen hervorstechendsten Merkmalen und erinnerten sie an Joy's Acre, wenn auch in wesentlich größerem Maßstab. Clara hatte ihre Gärten mit mehreren Blickpunkten gestaltet. Ganz gleich, aus welcher Richtung man sie ansah, sie boten immer eine gerahmte Aussicht. Es handelte sich um eine Technik aus viktorianischer Zeit. Die Gärten, die Megan betrachtete, waren zwar bedeutend älter, dennoch schien der gleiche Grundsatz zu gelten. Sie klickte auf das Foto, das ihre Aufmerksamkeit erregt hatte, und betrachtete es als Vollbild. *Ich frage mich …*, ging ihr durch den Kopf.

Megan minimierte die geöffneten Fenster und sah nach, welche Fotobearbeitungssoftware Liam installiert hatte. Zu ihrer Freude entdeckte sie ein Programm, mit dem sie umgehen konnte. Im Nu hatte sie das Bild kopiert und öffnete es mit dem Programm, um es zu bearbeiten.

Es zeigte das derzeit eingebaute Tor, das der Gewinner des Wettbewerbs ersetzen durfte. Die Aufnahme war vom Gehweg aus gemacht worden, als wäre man kurz davor, das Tor zu öffnen und hindurchzuschreiten. Aus dem Blickwinkel konnte man deutlich die Einzelheiten des Gartens dahinter erkennen.

Zum Glück war die Aufnahme an einem hellen Tag entstanden und strahlte in kräftigen Farben. Mit geschickten Klicks gelang es Megan, das Tor vollständig aus dem Foto zu »entfernen«. Der Vorgang gestaltete sich mühsam. Es musste zwar nicht perfekt werden, trotzdem wollte sie es so gut wie möglich hinbekommen. Langfristig würde sie davon immens profitieren. Sie arbeitete über eine Stunde konstant vor sich hin, bis sie mit dem Ergebnis zufrieden war. Dann lehnte sie sich zurück und betrachtete das Bild kritisch, bevor sie nickte und zwei Versionen ausdruckte – eines vor den Änderungen, eines danach.

Damit ging sie in den Essbereich und legte die Ausdrucke auf den Tisch. Mit ihrem Skizzenbuch an der Seite saß sie eine Weile da, ließ sich Ansichten und Ideen durch den Kopf gehen. Dann begann sie mit wachsender Erregung zu zeichnen.

So fand Liam sie Stunden später vor, als er nach seinen Vormittagsterminen nach Hause kam. Mittlerweile war der Tisch mit Entwürfen übersät, darunter auch die eine oder andere zerknüllt verworfene Version. Auf einer Seite lag die Verpackung einer Tafel Schokolade. Megan fuhr zusammen, als Liams Stimme von der Tür ertönte.

»Verflixt noch mal, ich hätte fast ’nen Herzinfarkt gekriegt. Schleich dich doch nicht so an!«

Grinsend machte er auf dem Absatz kehrt, ging zurück zur Eingangstür und zog sie demonstrativ weit auf. Er ging hinaus und betrat erneut die Diele.

»Hallo, Schatz, ich bin zu Hause!«, rief er, hielt den Schlüsselbund hoch und klimperte kräftig damit.

»Ha ha, sehr witzig.«

»Weißt du, ich hab dich dreimal gerufen, bevor du’s gemerkt hast«, sagte Liam. »Vielleicht sollte ich mir sicherheitshalber ein Megafon zulegen.«

Er kehrte zum Tisch zurück, an dem sie immer noch saß, und küsste sie auf die Wange.

»Du hast wohl noch nichts gegessen, oder?«, fragte er und warf einen Blick auf die Armbanduhr. »Ist schon fast zwei.«

Als er es erwähnte, stellte Megan fest, wie ausgehungert sie war. Sie schüttelte den Kopf.

»Ich war ziemlich in die Arbeit vertieft«, sprach sie das Offensichtliche aus. »Abgesehen davon wollte ich nicht in deiner Küche herumkramen.«

Er ergriff ihre Hände und zog sie auf die Beine. »Was soll denn das?« Er seufzte. »Ich hab dir doch gesagt, du sollst dich wie zu Hause fühlen und dir nehmen, was immer du willst.«

»Ich weiß. Trotzdem fand ich es … merkwürdig. Weil du nicht hier warst. Aber einen Kaffee hab ich mir gemacht.«

»Schon klar, kann ich irgendwie verstehen. Wahrscheinlich würde ich mich allein bei jemand anderem zu Hause auch so fühlen.« Er betrachtete ihren Becher, in dem die letzten flüssigen Reste längst vertrocknet waren.

»Ich sag dir was«, meinte er. »Heute ist ein wunderschöner Tag. Was hältst du davon, wenn wir zum Essen ausgehen? Bis heute Abend hab ich keine Termine.«

Megan betrachtete ihre Arbeit. Sie hatte Fortschritte gemacht, war aber längst noch nicht fertig. Sie wollte die Einladung zum Essen gerade ablehnen, als ihr eine andere Idee kam. »Könnten wir stattdessen einen Ausflug machen? Und vielleicht unterwegs eine Kleinigkeit essen?«

Er schaute sie verwirrt an. »Sicher, wie du willst …« Dann fiel der Groschen. »Oh, verstehe.« Er beugte sich vor und ergriff eines der Fotos. »Fahren wir da hin?«, erkundigte er sich. »Und wo genau ist das?«

Megan grinste. »Nicht weit weg«, antwortete sie, bevor sie

sich ihre Jacke und ihre Handtasche vom Stuhl neben ihr nahm. »Ich erzähle es dir unterwegs.«

***

»Keine Ahnung, wie du das machst«, murmelte Liam und beäugte skeptisch die Tragetasche in Megans Hand.

Sie standen auf dem Parkplatz des örtlichen Supermarkts. Megan packte gerade Schweinefleischpastete, Knabbergebäck und eine Familienpackung Maltesers-Schokoladenkugeln aus der Tüte auf ihren Schoß aus. Liam reichte sie ein Sandwich mit Ei und Kresse.

»Was denn?« Sie grinste. »Das arbeite ich alles weg.« Das ausgesprochen ungesunde Essen bereitete ihr keinerlei Kopfzerbrechen. »Bist du sicher, dass du nichts anderes willst?« Sie lächelte über Liams Gesichtsausdruck. Offensichtlich entsprach ihr improvisiertes Mittagessen nicht dem, was ihm vorgeschwebt hatte. »Später koche ich uns ein richtiges Abendessen, versprochen.«

Liam entfernte die Verpackung von seinem Sandwich und biss zögerlich davon ab. »Na schön, dann mal raus damit. Ich hab immer noch keine Ahnung, wohin wir eigentlich fahren.«

»Zu einem alten Schloss mit tollen Gärten«, antwortete Megan und kaute herzhaft ein Stück Knabbergebäck. »Ist zwar nicht geöffnet, aber das macht nichts, weil ich's nur von außen sehen muss. Nach Möglichkeit will ich ein paar Fotos schießen.«

Liam nickte. »Ich vermute mal, es hat mit dem Wettbewerb zu tun. Der Auftrag?«

»Mhm. Ich hatte eine geniale Idee, kann aber nicht alles von zu Hause aus umsetzen. Ob funktionieren kann, was ich vorhabe, kann ich nur vor Ort sehen.«

»Verstehe. Dann sollten wir uns besser auf den Weg machen.« Er biss noch einmal von seinem Sandwich ab, verzog das Gesicht, steckte es zurück in die Verpackung und reichte sie Megan. »Ich passe, wenn's recht ist«, sagte er und drehte den Schlüssel im Zündschloss. Nur Augenblicke später rollten sie zurück auf die Straße.

Es dauerte weitere zehn Minuten, bis Megan wieder das Wort ergriff. Zum einen, weil sie noch aß, zum anderen musste sie erst überlegen, wie sie am besten ein Thema ansprechen sollte, das ihr in den letzten Tagen ständig im Hinterkopf herumspukte. Mit dem Wettbewerb in vollem Gang war der Zeitpunkt nicht ideal, aber sie musste einfach wissen, wo sie stand. Vor allem, da sie sich an diesem Vormittag in Liams Haus so unwohl gefühlt hatte.

Sie ließ die Schokoladenkugeln im Mund zergehen, bevor sie sie runterschluckte. »Dein Wohnzimmer finde ich sehr schön«, begann sie.

Liam bedachte sie vom Fahrersitz aus mit einem Seitenblick. »Ich hab noch nicht viel daran getan«, erwiderte er. »Eigentlich nur ausgepackt. Für mehr hatte ich keine Zeit.«

»Na ja, es geht eben nicht alles auf einmal, nicht wahr? Ist trotzdem schön. Und ich bin zwar nicht nach draußen gegangen oder so, aber durch das Küchenfenster sah auch der Garten wunderschön aus.«

»Ich glaube, meine Oma war begeisterte Gärtnerin. Für Inneneinrichtung hatte sie ein weniger gutes Gespür …« Er fügte nichts hinzu.

Megan dachte an ihre früheren Gespräche über das Thema. »Nur ein bisschen altmodisch. Bei ihrem Alter nicht anders zu erwarten. Wenn du mal über siebzig bist, wirst du auch nicht allzu scharf drauf sein, zu tapezieren und zu streichen. Könnte viel schlimmer sein.«

»Oh, das auf jeden Fall. Und ich denke, die historischen Merkmale werden sehr schön, wenn man sie wieder zur Geltung bringt.«

Megan nickte, obwohl er es wahrscheinlich nicht bemerkte. »Kaum zu glauben, dass du schon vor sechs Monaten eingezogen bist. Himmel, bald ist Weihnachten …«

»Ich weiß! Du musst mir unbedingt helfen, den Baum auszusuchen«, sagte er und drehte leicht den Kopf, um ihr einen Blick zuzuwerfen. Er grinste.

Megan spürte, wie die Atmosphäre ein wenig lockerer wurde. »Einen so großen, dass er die ganze Ecke ausfüllt und niemand den Fernseher sehen kann?«

»Klar, das steht schon mal fest. Es läuft eh nie etwas Gescheites in der Glotze.«

»Ich dachte mir, ich könnte …«

»Ich hab mich gefragt, ob …«

Beide legten mit den Sätzen gleichzeitig los, und Megan lachte. »Red weiter«, sagte sie. »Du zuerst.«

Liam löste eine Hand vom Lenkrad und fuhr sich durchs Haar. »Ich hab mich gefragt, ob du bis dahin vielleicht wieder zu Hause bist«, sagte er. »Dauerhaft, meine ich. Oder ob du schon dazu gekommen bist, darüber nachzudenken, was du nach dem Wettbewerb tun willst.«

Megans Magen vollführte einen kleinen Satz. Sie hatte lange auf eine Gelegenheit gewartet, darüber zu reden. Nun, da sie gekommen war, fühlte sie sich unglaublich nervös. Liams Begrüßung war herzlich gewesen. Trotzdem blieb unterm Strich die Tatsache, dass sie zwar heute bei ihm zu Hause gewesen war, aber nur er dort wohnte, sie hingegen in Joy's Acre. Es gab keine Garantie, dass er langfristig dasselbe wollte wie sie. Und im Augenblick konnte sie überhaupt nicht deuten, was er empfinden mochte.

Megan lächelte und versuchte, ihrer Stimme einen entspannten Klang zu verleihen. »Na ja, kommt natürlich ganz drauf an, wie gut ich mich schlage. Wenn ich gewinne … Gott, ich kann gar nicht daran denken, es würde so viel verändern … für uns … selbst wenn ich nur gut abschneide, sollte mir das helfen, einen Job in der Gegend zu finden. Ich würde sagen, das ist der momentane Stand der Dinge.« Sie verstummte kurz und drückte Liams Hand, um sowohl ihn als auch sich selbst zu beruhigen. »Ich will nicht mehr woanders arbeiten, Liam. Ich will zurück nach Hause.«

Einen Moment lang dachte Megan, sie hätte etwas Falsches gesagt. Liam schien sich voll auf die Straße zu konzentrieren, und sie konnte aus seinem Gesichtsausdruck keine Reaktion herauslesen. Dann jedoch bemerkte sie, dass der Wagen langsamer wurde. Schließlich fuhr Liam rechts ran.

Sobald das Auto zum Stehen gekommen war, zog er die Handbremse an und drehte sich zu Megan.

»Ich hatte schon so ein Gefühl, dass heute ein guter Tag wird«, murmelte er, bevor er die Lippen auf ihre legte.

Schlagartig schmolz die Distanz zwischen ihnen dahin, und Megan verspürte Erleichterung. All die Male, die sie bisher nach einer längeren Abwesenheit ihr Zuhause besucht hatte, waren anders verlaufen. Es hatte sich immer angefühlt, als hätte die Zeit dazwischen stillgestanden. Sie hatten immer nahtlos dort weitergemacht, wo sie zuletzt aufgehört hatten. Aber seit sie Liam mitgeteilt hatte, wann sie diesmal zu Hause sein würde, war es irgendwie sperrig zwischen ihnen gewesen. Beinahe so, als laste das Gewicht der Erwartung zu schwer auf ihnen. Sie wurden beide allmählich älter. Liam hatte mittlerweile ein Haus. Megans Ausbildung neigte sich dem Ende zu. Alles wies geballt wie ein gleißender Scheinwerfer auf ihre gemeinsame Zukunft hin, und aus irgendeinem Grund schienen sie nicht darüber reden zu können.

»Ich dachte schon, du hättest mich abgeschrieben«, gestand Megan und sprach ihre Befürchtung letztlich aus.

»Und ich dachte, du würdest mir sagen, dass du nicht zurückkommst«, erwiderte Liam.

Beide erröteten und grinsten sich gegenseitig albern an, die Hände ineinander verschränkt, während sich die Sitzgurte um sie spannten.

»Herrje, wie sind wir nur drauf?«, sagte Megan.

»Die eine nicht besser als der andere«, gab Liam mit einem reumütigen Lächeln zurück. »Ich hab mir eingeredet, du hättest einen neuen Freund – einen großen, kräftigen Schmied, der Metall mit bloßen Händen verbiegen kann und gegen den ich keine Chance hätte.«

Megan schauderte. »Himmel – nein, danke. Was Schlimmeres könnte ich mir kaum vorstellen.«

»Also lieber einen schlanken Adonis?«

»Nein, du Trottelchen …« Sie streifte mit den Lippen die seinen. »Nur dich.«

Liam schaute auf die Straße, bevor er wieder Megan ansah. »Tja, dann müssen wir wohl dafür sorgen, dass du den Wettbewerb gewinnst, damit du umso früher zu mir zurückkommen kannst.« Damit legte er den Gang ein und fuhr ohne ein weiteres Wort los.

Kapitel 9

Clara hatte ungewöhnlich lange zum Einschlafen gebraucht. Sonst hatte sie durch die körperliche Anstrengung bei den langen Tagen im Garten und durch ihr lebensfrohes Gemüt kaum Probleme damit. Der vergangene Abend jedoch war eine Ausnahme gewesen.

An diesem Morgen nahm sie sich fest vor, die quälenden Gedanken hinter sich zu lassen. Die Entscheidung war getroffen. Unter den gegebenen Umständen konnten sie gar nichts anderes tun. Sie würden Declans Vorschlag abwarten. Wenn er annehmbar wäre, würden sie weitersehen. Das war nur logisch. Claras persönliche Gefühle würden sich um Trixies willen mit der Zeit anpassen müssen. Vorerst hatte es wenig Sinn, sich den Kopf darüber zu zerbrechen. Sie würde ohnehin alle Hände voll mit Agatha zu tun haben, vor allem, wenn diese – wie so oft – in streitlustiger Stimmung war. Aber vielleicht wäre es ganz gut so. Je weniger Clara dazu käme zu grübeln, desto besser.

Als sie das Auto durch den Torbogen in den Hinterhof von Summersmeade Hall lenkte, stellte sie erfreut fest, dass Seth bereits eingetroffen war. Das bedeutete, sie würde den Spießrutenlauf eines Gesprächs mit Agatha nicht allein bewältigen müssen. Als sie ausstieg, hörte sie Stimmen von der anderen Seite der Mauer. Clara pappte sich ein Lächeln ins Gesicht und ging durch das Tor darauf zu.

»Ja, ich bin sicher, sie wird jeden Moment hier sein, Agatha. Du kennst Clara so gut wie ich. Sie kommt nie zu spät.« In Seths Stimme schwang leichte Ungeduld mit, die Clara verriet, was für einen Morgen er hinter sich hatte. Aber da er den

Wunsch geäußert hatte, die Beziehung zu Agatha zu verbessern, wollte sie sich bemühen, bestmöglich dabei mitzuhelfen.

Sie fand Seth auf der Bank direkt an der Mauer, einen Becher in den Händen. Überrascht stellte sie fest, dass Agatha neben ihm saß. Vor ihr stand auf einem umgedrehten Blumentopf ein Tablett mit Teezubehör.

»Guten Morgen«, grüßte Clara so fröhlich, wie sie konnte. »Wie fühlst du dich heute, Agatha?«

Sie wappnete sich gegen die unvermeidliche Antwort. Jedes Mal erkundigte sie sich nach Agathas Befinden, und jedes Mal bereute sie es danach.

»Alt«, erwiderte Agatha. »Und hier draußen zu sitzen, um auf dich zu warten, tut meinen Knochen auch nicht gut.«

Clara warf einen nervösen Blick zu Seth, der jedoch erstaunlich entspannt wirkte.

»Aber, aber, Agatha. Das ist nicht besonders nett, oder? Immerhin ist Clara hier, um zu helfen.«

Die alte Dame wandte den Blick ab.

»Tja, wenn ich nicht so gebrechlich wäre, würde ich es selbst machen.«

Clara lächelte verhalten. Agatha besaß die Konstitution eines Ochsen.

»Kannst du aber nicht, und Clara ist Expertin, vergessen wir das mal nicht. Du willst, dass für den Wettbewerb alles schön aussieht, und sie kann dafür sorgen. Wollen wir uns die Pflanzen jetzt ansehen?«

Agatha erhob sich und brachte beinah ein freundliches Lächeln zustande. »Clara, ich habe mir einige Sachen liefern lassen. Sie sind im Gewächshaus. Ich fürchte, ich habe keine Ahnung, ob sie geeignet sind – die Auswahl musste ich dem Lieferanten überlassen. Jedenfalls sind es traditionelle Sorten, glaube ich. Bitte sag mir Bescheid, wenn du irgendwas davon nicht so gut findest. Es sind auch mehrere Säcke Blumenerde da. Falls du mehr brauchst, kann ich welche nachliefern lassen.« Sie setzte sich zum Haus in Bewegung. »Ich überlasse dich jetzt deiner Arbeit, aber vielleicht kannst du mich ja holen, wenn du fertig bist, damit ich sie mir ansehen kann. Und es wäre nett, wenn du das Teetablett zurück in die Küche bringen könntest.«

Clara schloss den Mund, der ihr unwillkürlich aufgeklappt war. Sie starrte Seth an und wartete, bis Agatha außer Hörweite war.

»Was um alles in der Welt ist denn hier los?«, sagte sie dann. »Für Agathas Verhältnisse war das ja geradezu höflich.«

Seth grinste nur. »Warte erst, bis du siehst, was da im Gewächshaus ist.«

»Aber ich habe eine ganze Kofferraumladung Sachen dabei. Agatha hat noch nie irgendwelche Pflanzen bereitgestellt.«

»Ich weiß.« Seth stand auf und nahm Clara beim Arm. »Tatsächlich war sie ziemlich besorgt über die Auswahl und darüber, ob sie dir gefallen würde oder nicht. Vielleicht ist es ihr Versuch, etwas wiedergutzumachen. Aber was es auch sein mag, lass uns einfach dankbar dafür sein. Es macht uns das Leben leichter, um nicht zu sagen angenehmer. Komm mit, ich erkläre dir alles.«

Er führte sie durch den Garten zu dem riesigen Gewächshaus am anderen Ende.

»Dass es dieses Jahr beim Schmiedewettbewerb auch Erfrischungen gibt, ist nicht die einzige Änderung. Anscheinend haben sich die Leute aus der Gegend recht begeistert darüber geäußert, wie die Veranstaltung diesmal organisiert ist. Agatha musste sich jede Menge enthusiastisches Lob nicht nur über mich anhören, sondern auch über das wunderbare Essen und das Obst und Gemüse von Joy's Acre. Ich wusste zwar, dass du und Trixie auf dem örtlichen Bauernmarkt ein Hit seid, aber mir war nicht klar, dass ihr *so* viele Fans habt. Anscheinend hat man Agatha wieder und wieder gesagt, wie froh sie doch sein müsste. Und offenbar ist sie zu dem Schluss gekommen, dass unser kleines Geschäft vielleicht doch etwas für sich hat.«

»Nein …«, entfuhr es Clara ungläubig.

Seth grinste. »Doch. Wie du weißt, spielt Agatha mit Vorliebe die Gutsherrin. Die viele Aufmerksamkeit scheint ihr ausgesprochen zu gefallen. Ich schlage vor, wir machen das Beste daraus, solange es anhält.«

»Ah. Das erklärt ihr plötzliches Interesse daran, alles tipptopp herzurichten.«

»Als wir angefangen haben, über die Vorbereitungen für den Wettbewerb zu reden, hab ich vorgeschlagen, sämtliche Blumenkübel und Pflanzgefäße aufzustellen. Agatha hat sich in ihrer gewohnt direkten Art dagegen ausgesprochen. Sie hat gemeint, es würden ja nur lauter Schmiede hier sein, und warum sollten die sich Blumen ansehen wollen? Jetzt scheint sie auf einmal begeistert von der Idee zu sein.« Er warf Clara einen schiefen Blick zu. »Und natürlich ist sie dir sehr dankbar, dass du einverstanden damit warst, herzukommen und alles zu bepflanzen.«

Clara hätte vermutlich eine sarkastische Bemerkung gemacht, wenn sie nicht in dem Moment die üppig beladenen Tische im Gewächshaus gesehen hätte. Sie eilte hinein.

»Du meine Güte, Seth, was glaubt sie denn, was man hier alles pflanzen kann? Das ist wahrscheinlich dreimal so viel, wie ich brauche.« Sie schritt durch die Reihen. »Aber ich muss sagen, sie hat wirklich schöne Sorten ausgewählt. Oder eigentlich eher die Gärtnerei. Da hab ich die Qual der Wahl.« Sie sah auf ihre Armbanduhr. »Na schön, dann lass uns mal die Blumenkisten und den Rest runtersetzen, und ich lege los. Kannst du später noch mal wiederkommen und mir helfen, sie zu platzieren, sobald ich weiß, wo Agatha sie haben will?«

»Kein Problem. Ich muss sowieso noch mal herkommen, um ihre Haustür zu reparieren. Das Schloss scheint locker geworden zu sein.«

Clara folgte ihm durch das Gewächshaus zu einem separaten Lagerraum. Er enthielt alle möglichen Töpfe und Kisten aus Stein, viele davon seit Jahren unbenutzt und viel zu schwer, als dass Clara sie allein hätte heben können. Es dauerte eine Weile, sie zu sortieren und ein gutes Dutzend davon auszuwählen.

»Bist du sicher, dass es dir heute passt, Clara?« Seth richtete sich auf und musterte sie mit prüfendem Blick. »Du kommst mir ungewöhnlich müde vor.«

Sie ahmte seine Haltung nach und sah ihm in die Augen. »Alles bestens«, beteuerte sie. »Also bloß kein Aufhebens. Ich hab nur nicht besonders gut geschlafen, das ist alles. Wohl zu viel Aufregung in letzter Zeit.« Sie war schlau genug, Seth nicht unverhohlen anzuschwindeln. Das würde er auf Anhieb durchschauen. Aber mit einer geschickten Halbwahrheit konnte sie davonkommen.

»Tja, gestern war *wirklich* einiges los«, erwiderte er. »Ich glaube, abends haben es alle gespürt, und der Champagner hat noch das seine dazu beigetragen. Aber ein guter Tag, oder?«

»Beängstigend. Nervenaufreibend. Aber Declan und sein Team scheinen nett zu sein. Ich bin sicher, man kann gut mit ihnen zusammenarbeiten – falls es dazu kommt.«

»Declan wird nicht lange brauchen, um sein Angebot zusammenzustellen«, meinte Seth. »Ich habe den Eindruck, er weiß recht genau, was er will. Und seinen Worten nach ist er sich ziemlich sicher, es gefunden zu haben. Natürlich gibt's keine Garantien, aber …« Seth verstummte. Immer noch musterte er skeptisch Claras Gesicht.

»Weißt du, wir sind lange genug miteinander befreundet, dass wir schonungslos ehrlich zueinander sein können«, fuhr er fort. »Und mir ist klar, gestern in der großen Runde wäre das wohl schwierig gewesen, als dich alle scherzhaft wegen Declan aufgezogen haben und Trixie so … na, sagen wir mal überschwänglich war. Aber jetzt sind wir unter uns. Du würdest es mir doch sagen, wenn du nicht glücklich damit wärst, dass wir die Sache mit der Fernsehserie machen wollen, oder?«

»Natürlich«, antwortete sie prompt. »Es ist wichtig, dass wir uns alle darin einig sind, Seth. Aber die Gelegenheit ist viel zu gut, um sie sausen zu lassen.« Sie schluckte und überlegte sorgfältig, was sie als Nächstes sagen sollte. »Ich gebe gern zu, dass ich wahrscheinlich die meisten Vorbehalte unter uns habe. Aber das liegt wohl vor allem daran, dass ich kein besonders selbstbewusster Mensch bin. Und ich mache mir Sorgen, welche Veränderungen sich für Joy's Acre daraus ergeben könnten. Aber damit erzähle ich dir ja nichts Neues. Die Chance, die Scheune fertig zu bekommen und voll auszustatten, ist zu wichtig, um sie uns entgehen zu lassen. Und wenn das mit dem Geld vom Fernsehen möglich ist, dann bin ich mit von der Partie.«

»Also, genaugenommen ist es dein und Trixies Geld …«

Sie schüttelte den Kopf. »Nein, darüber waren wir uns einig. Das Wohl aller steht über dem Wohl Einzelner. Es kommt nicht infrage, dass eine von uns die Gage persönlich annimmt. Sie ist für die gesamte Farm. Und darüber wird nicht diskutiert.«

Er sah ihr noch einige Sekunden lang tief in die Augen, bevor er wegschaute und zufrieden wirkte. So langsam wie möglich, damit Seth es nicht bemerkte, stieß Clara den angehaltenen Atem aus. Damit hatte sie ihn nicht belogen. Sie war so ehrlich wie möglich gewesen. Weniger hätte Verdacht erregt. Innerlich jedoch empfand sie genauso wie zuvor. Sie verdankte Seth und Trixie, eigentlich allen auf Joy's Acre zu viel, um ihnen mit ihrer Einstellung diese großartige, wahrscheinlich einmalige Gelegenheit zu vermasseln. Nur wurde sie einfach dieses flaue Gefühl nicht los, das sie jedes Mal verspürte, wenn sie sich ausmalte, wie die nächsten Wochen werden würden. Oder die sehr reale Angst, dass nichts mehr so sein würde wie früher …

Nachdem Seth gegangen war, kehrte Clara um die Rückseite des Hauses herum zu dem Hof zurück, auf dem sie vorhin eingetroffen war. Sie überquerte ihn zu den Stallungen und zum Schauplatz des Wettbewerbs. Mit kritischem Blick traf sie eigene Entscheidungen, wo Pflanzgefäße stehen sollten. Agatha hätte vielleicht andere Vorstellungen, aber so hatte sie zumindest einen Ausgangspunkt.

Sie kehrte ins Gewächshaus zurück, wo sie die nächsten Stunden unermüdlich arbeitete. Die wohlige Wärme unter dem Glasdach und die vertraute, fruchtbare Erde an Claras Händen genügten, um ihre Stimmung zu heben und ihre Nerven zu beruhigen. Und wie sollte es anders sein? Immerhin tat sie, was sie am meisten liebte.

Clara verbrachte eine Weile damit, die erfreuliche Auswahl an Pflanzen zu sortieren, bevor sie begann, sie in ihrem neuen Zuhause einzutopfen. Sie wollte verschiedene Effekte für verschiedene Bereiche. Einige Pflanzgefäße sollten farbenfroh werden, mussten aber nicht unbedingt langlebig sein. Andere brauchten einzelne prunkvolle Exemplare. Wieder andere eine Mischung unterschiedlicher Farben, Texturen und Größen, die man nach dem Wettbewerb hoffentlich an anderer Stelle wiederverwenden könnte. Sie würden den Winter überdauern, monatelang für Interesse und Zierde sorgen. Die Möglichkeiten waren endlos. Den feinen Unterschied würde Claras Geschick bewirken, die richtigen Pflanzen für die richtige Gelegenheit auszuwählen.

Sie ging so in ihrer Arbeit auf, dass es sie völlig überraschte, als plötzlich Agatha neben ihr auftauchte. Sie hatte nicht gehört, wie sie sich näherte und erschrak.

»Meine Güte, sind die schön, Clara.« Mit wehmütiger Miene hielt die ältere Dame eine Tasse Tee in der Hand.

Clara senkte den Blick und betrachtete lächelnd ihr Werk.

»Danke«, sagte sie. »Kommt nicht oft vor, dass ich aus einer solchen Fülle wunderschöner Pflanzen auswählen kann. Ich fühle mich geradezu verwöhnt.«

Agatha stellte die Tasse auf dem Tisch neben Clara ab und sah sich um. »Es ist lange her, dass ich selbst gegärtnert habe. Wie es scheint, habe ich deutlich zu viel bestellt. Vielleicht könnte der Rest ja ein Zuhause in Joy's Acre finden.«

»Oh, das kann ich unmöglich machen«, erwiderte Clara überrascht. Vor nicht allzu langer Zeit hatte Agatha wegen eines Streits mit Seth zornig ihre Finanzierung der Renovierungsarbeiten auf dem Hof zurückgezogen. »Aber was übrig bleibt, kann ich gern hier pflanzen, entweder im Garten oder wo auch immer du möchtest …«

»Ich denke darüber nach, was mir am geeignetsten erscheint.« Sie hatte wieder den üblichen strengen Gesichtsausdruck aufgesetzt, doch während Clara sie beobachtete, wurden die harten Züge etwas milder. »Wird schön sein, hier wieder etwas Farbe und Leben zu sehen. Es sind viele Jahre vergangen, seit sich Summersmeade Hall zuletzt in ganzer Pracht präsentiert hat. Vielleicht zu viele.« Sie schaute durch die Fenster des Gewächshauses hinaus in den Garten, der vernachlässigt und verwildert wirkte.

Clara strich mit den Fingern über die Blätter eines besonders kräftigen Fächerahorns. »Die meisten dieser Sträucher werden den ganzen Winter hindurch wachsen. Und die Chrysanthemen werden noch wochenlang blühen. Das wird toll aussehen. Und wenn du willst, kann ich von Zeit zu Zeit vorbeikommen und ein Auge darauf werfen. Ich hab alles so gepflanzt, dass nahtlos etwas Neues erblüht, sobald eine bestimmte Pflanze verblüht. Und da sie jetzt alle in Töpfen und Kübeln sind, versorgen sie sich bis zum Frühjahr weitgehend selbst.«

»Ich finde, du hast wunderbare Arbeit geleistet. Der Wettbewerb scheint dieses Jahr besonders gut anzukommen, und dabei war Seth mir eine große Hilfe. Tatsächlich war es sein Vorschlag, die Anlage hier ein wenig zu verschönern.« Sie beäugte Clara über den Rand ihrer Brille hinweg. »Das hat er dir vermutlich gesagt. Aber anfangs wollte ich nicht auf ihn hören.« Sie schürzte die Lippen. »Mittlerweile sehe ich ein, dass ich unrecht hatte.«

Clara wusste nicht, was sie darauf erwidern sollte. Auch wenn es stimmte, sie wollte nicht Salz in Agathas Wunde streuen, indem sie ihr beipflichtete. Was auch immer in der Vergangenheit vorgefallen sein mochte, Clara spürte, dass die alte Frau die Hand ausstreckte, und sie reagierte unwillkürlich darauf. Das lag in ihrer Natur. Sie zeigte auf die Tasse, die Agatha mitgebracht hatte.

»Ist die für mich?«

Agatha nickte.

»Danke. Mein Mund ist tatsächlich staubtrocken. Der Tag ist so wunderschön, aber es ist ganz schön warm hier drin. Wollen wir uns kurz nach draußen setzen?«

In der Nähe des Gewächshauses stand eine Bank, die geschickt so an einer Backsteinmauer neben einem knorrigen, flechtenbedeckten Apfelbaum platziert war, dass die Sonne sie gut erreichen konnte. Clara spürte die von der Mauer abgestrahlte Wärme im Rücken, als sie sich niederließ und das Gesicht der Sonne zuwandte. Sie wartete, bis Agatha neben ihr Platz genommen hatte.

»Ich glaube, ich hab noch nie ein Foto von Summersmeade Hall gesehen«, sagte sie. »In seiner Blüte, meine ich. Aber bestimmt gibt es welche, oder?

»Ich habe ganze Schubladen voll davon«, antwortete Agatha. »Nur habe ich jahrelang nicht mehr daran gedacht, sie hervorzuholen. Außer mir schaut sie ja niemand mehr an. Und obwohl mein Gedächtnis nicht mehr das ist, was es mal war, verblassen manche Dinge nie.«

Clara nickte und schaute über den Garten hinweg dorthin,

wo die Ställe lagen. Plötzlich kam ihr ein Gedanke. Vielleicht eine verrückte Idee, aber es gab nur eine Möglichkeit, es herauszufinden.

»Ich würde sie gern sehen«, sagte sie. »Und bestimmt nicht nur ich. Die nächste Runde des Wettbewerbs ist erst am Samstag. Bis dahin sind es noch zwei volle Tage. Warum suchen wir nicht ein paar von den Fotos heraus und stellen sie aus? Wir könnten sie auf Karton befestigen und im hinteren Stall aufhängen, der nicht für den Wettbewerb genutzt wird. Ich bin sicher, die Leute würde es interessieren, wie es früher hier ausgesehen hat.«

Agatha starrte sie sichtlich verdutzt an. Dann blickte sie auf ihre Hände hinab. »Warum solltest du das für mich tun?«, fragte sie leise.

Die Frage überraschte Clara. »Weil ich denke, dass es dir viel bedeuten würde«, antwortete Clara ehrlich. »Du lebst schon sehr lange hier, Agatha, und die Dinge ändern sich, das lässt sich nicht vermeiden. Ich habe noch niemanden gefunden, der den Lauf der Zeit aufhalten kann. Aber manchmal ist es schön, die Vergangenheit mit in die Zukunft zu nehmen. Joy's Acre ist das perfekte Beispiel dafür. Und ich weiß, dass andere Leute die Bilder auch gern sehen würden.«

»Hast du gewusst, dass wir hier früher das Dorffest veranstaltet haben? Jedes Jahr. Es war immer der Höhepunkt im Dorfkalender. Mein Mann hat im Jahr nach unserem Umzug hierher damit begonnen. Ursprünglich eigentlich eher als Gartenfest, um Freunde und Nachbarn einzuladen. Aber mit der Zeit ist es immer größer geworden. Alle Schulkinder sind hergekommen. Es war geradezu magisch.«

Clara konnte sich keine Agatha vorstellen, die lärmende Kinder willkommen hieß. Offenbar hatte sie sich sehr verändert.

»Ich hatte keine Ahnung«, sagte sie. »Aber es muss etwas ganz Besonderes gewesen sein. Und bestimmt gibt es in der

Gegend noch viele Menschen, die sich daran erinnern. Hast du zufällig auch davon Fotos? Oder auch von vergangenen Schmiedewettbewerben.«

Agatha lächelte. Ihre blauen Augen funkelten. »Ich denke, schon«, antwortete sie. »Und du glaubst wirklich, das würde die Leute interessieren?«

Clara nippte an ihrem Tee. »Ich glaube eher, es würde sie faszinieren.« Sie nickte zufrieden. »Ich sage dir was, Agatha. Ich bin hier fast fertig. Bis Seth zurückkommt und mir hilft, die Töpfe und Kisten in Position zu bringen, kann ich ohnehin nichts mehr tun. Also könnte ich zu dir ins Haus kommen und dir beim Sortieren der Fotos helfen, wenn du willst. Wir könnten gemeinsam die besten aussuchen.«

Kapitel 10

In ihrer gesamten Zeit in Joy's Acre hatte Clara noch nie einen Fuß in das Haus gesetzt, in dem Agatha lebte. Zwar waren Seth und sie schon oft gebieterisch auf das Anwesen beordert worden, um sich um die Hecke zu kümmern oder die Zäune auszubessern, aber nicht einmal war Clara in das eingeladen worden, was sie immer als Agathas Heiligtum betrachtet hatte. An diesem Tag hatte sich etwas verändert. Clara hatte keine Ahnung, warum sich Agatha so anders als sonst verhielt, aber das tat ihrer Neugier keine Abbruch.

Sobald sie die letzten Töpfe bepflanzt hatte, wusch sie sich am Wasserhahn den ärgsten Dreck von den Händen und trocknete sie an ihrer Schürze ab. Dennoch verzog sie unzufrieden das Gesicht, als sie die Hand hob, um an die Hintertür zu klopfen. Wenigstens strotzten ihre Stiefel nicht vor Schlamm.

Agatha öffnete fast sofort und zerrte Clara praktisch ins Haus.

»Komm mit. Ein paar der alten Alben habe ich schon herausgeholt, aber ich glaube, der Rest ist im Schrank drüben im Flur.«

Clara betrat einen langen, mit Steinfliesen ausgelegten Gang. »Kann ich mir irgendwo ordentlich die Hände waschen, Agatha?«, fragte sie. »Ich will deine Fotos auf keinen Fall beschmutzen.«

Sie bogen aus dem Korridor in eine sehr altmodisch belassene Spülküche ab, in der sich offenbar seit etlichen Jahren nichts verändert hatte.

»Hier ist es am besten«, sagte Agatha. »Da ist Seife und da

ein altes Handtuch. Hier habe ich früher nach Spaziergängen Bailey die Füße gewaschen.«

Clara hatte keine Ahnung, wer Bailey war – ein Hund, vermutete sie, obwohl sie Agatha noch nie mit einem gesehen hatte. Auf dem Boden stand eine Keramikschüssel mit Wasser. Größtenteils sauber, nur ein wenig staubig an den Rändern. Rasch wusch sie sich so gründlich wie möglich die Hände.

Der Schrank entpuppte sich als riesige Eichenholzkommode, ein gut und gern viereinhalb Meter breites zweieinhalb Meter hohes Ungetüm. Es erstreckte sich über eine gesamte Seite des Flurs, wirkte aber seltsamerweise in dem beeindruckenden, gekachelten Korridor gar nicht übertrieben groß. Clara befolgte Agathas Anweisungen, öffnete an einem Ende mehrere Türen, entdeckte inmitten von Papierstapeln, Mützen, Handschuhen, Schals, alten Zeitungen und einer ungeöffneten Schachtel mit Weihnachtskeksen ein gutes Dutzend alter Fotoalben, die sie auf den Boden herauszog.

»Wir setzen uns in den Salon«, entschied Agatha und ging voraus. Unwillkürlich musste Clara lächeln. Sie wurde zwar immer noch herumkommandiert, aber zumindest in wesentlich sanfterem Ton als sonst.

Clara hob ein paar der Alben auf und folgte ihr. Die Schönheit des Raums, den sie betraten, nahm ihr fast den Atem. Der Salon lag an der Vorderseite des Hauses und wurde durch eine Reihe raumhoher Fenster mit schweren, gold- und cremefarbenen Kreppvorhängen erhellt. Vor Clara erstreckte sich ein polierter Mahagonifußboden. In der Mitte standen sich zwei Sofas gegenüber, dazwischen lag ein dicker Teppich. Links befand sich ein reich verzierter Kamin.

Clara legte ihre Last auf einen langen Tisch unter einem weiteren Fenster, wo bereits mehrere Alben lagen. Anscheinend hatte sie einen langen Nachmittag vor sich, aber Clara konnte es kaum erwarten, die Fotos zu sehen. Was Seth wohl sagen würde, wenn sie ihm davon erzählte?

»Soll ich uns noch Tee machen, während du die restlichen Alben hereinbringst?«, fragte Agatha und wirkte zufrieden. »Ich habe auch Kekse mit Vanillefüllung, falls du die magst.«

Wie so gut wie alles in Agathas Leben erwiesen sich auch die Fotoalben als sauber geordnet. Sie waren datiert und ließen sich in drei Kategorien einteilen: Fotos vom Dorffest, vom Schmiedewettbewerb und vom allgemeinen Leben auf der Farm. Als sich Clara das erste Album aus den frühen 1970er-Jahren griff, wurde sofort klar, dass Agatha und ihr Mann großzügige Gastgeber gewesen waren. Seite um Seite zeigte das Anwesen sich für elegante Abendveranstaltungen, extravagante Feierlichkeiten und große Familientreffen herausgeputzt. Die Mode mochte mittlerweile fragwürdig erscheinen, die deutlich sichtbare Gastfreundschaft hingegen sicher nicht.

»Alle sehen aus, als hätten sie eine wunderbare Zeit erlebt«, sagte Clara und strich mit dem Finger über die Fotos. »Besonders gefallen mir die weihnachtlichen Bilder. Ich komme selbst aus einer sehr kleinen Familie – wir hatten nie solche Zusammenkünfte, obwohl ich es mir immer gewünscht hätte. Brüder, Schwestern, Onkel, Tanten, Nichten, Neffen, alle zusammen.«

Agatha seufzte. »Ich weiß noch gut, dass es jedes Mal unglaublich viel Arbeit war. Aber ja, du hast schon recht – es war auch sehr schön.« Sie zog ein hellblaues Album zu sich. »Am meisten habe ich die Sommerfeste geliebt. Dann haben wir die Türen zum Garten geöffnet und die Feierlichkeiten auf die Terrassen überschwappen lassen. Ihr jungen Leute würdet heute die Stirn darüber runzeln, aber ich erinnere mich noch genau an den Geruch von Zigarettenrauch an einem warmen Sommerabend, wenn er sich mit dem berauschenden Duft der Rosen an der Mauer und der Pflanzen in den Beeten vermischt hat. Das war einfach herrlich.« Sie blätterte ein paar

Seiten weiter. »Und all die Kleider. So leuchtende Farben und lebendige Muster, als wollten sie die Blumen übertrumpfen – was manchen sogar gelungen ist, das kann ich dir versichern. Heute empfindet man sie natürlich als hässlich, aber damals war es der letzte Schrei.«

Clara betrachtete das Foto, von dem Agatha sprach. Es zeigte eine Steintreppe, die aus dem Zimmer, in dem sie gerade saß, hinunter zu einer gepflegten Rasenfläche führte. Entlang der Terrasse schillerten Blüten verschiedenster Art, während sich üppige Rosen mit schweren, hängenden Köpfen über die Mauern des Hauses rankten. Sie konnte den Duft beinahe riechen.

Gern hätte sie weitergeblättert, aber Agatha schloss das Album plötzlich und griff mit einem breiten Lächeln im Gesicht nach einem anderen aus dem Stapel.

»Das muss ich dir zeigen«, sagte sie. »Es war eine Nacht, die ich wohl nie vergessen werde.« Diesmal schlug sie die Seiten eines roten Albums auf. »Silvester in der Nacht, in der wir in ein neues Jahrtausend gestartet sind. Damals schien die ganze Welt den Atem anzuhalten. Und als die Uhr Mitternacht geschlagen hat, wurde der Himmel wieder und wieder von mehr Feuerwerkskörpern erhellt, als ich je zuvor im Leben gesehen hatte. Und sieh mal …« Sie tippte auf ein Foto auf der Seite.

Es zeigte eine junge Frau in einem silbrigen Kleid mit dazu passenden Schuhen. Das Feuerwerk erhellte ihr goldenes Haar. Schüchtern lächelte sie mit einem Sektglas in der Hand in die Kamera.

»Du erinnerst mich an sie«, sagte Agatha leise. »Natürlich durch das Haar, aber auch durch deine stille, zurückhaltende Art.«

Clara betrachtete das Bild eingehender. »Wer ist das?«

Unterschwellige Traurigkeit färbte Agathas Lächeln. »Meine Enkelin«, sagte sie.

»Das ist Jen?« Clara starrte auf das Foto. »Oh, du meine Güte, Agatha, sie war wunderschön …« Sie schluckte und wusste nicht recht, wie sie fortfahren sollte.

»In dieser Nacht hat sie Seth kennengelernt.« Agatha schaute zu ihr auf. »Das war natürlich reiner Zufall. Seth war über Weihnachten bei Verwandten im Dorf. Mein Mann war an Heiligabend im Pub mit ihnen ins Gespräch gekommen und hatte sie zu unserer Feier eingeladen. Wenn ich mich recht entsinne, hat er Gott und die Welt eingeladen, und die meisten Leute sind auch gekommen. Aber es hat zu dem Zeitpunkt keine Rolle gespielt. Jennifer und Seth sind nach der Nacht getrennte Wege gegangen und haben sich erst Jahre später wieder getroffen. Sie hat nie mit mir darüber geredet. Und ich habe mich immer gefragt, ob sie sich überhaupt daran erinnern konnte, dass sie sich davor schon mal begegnet waren.«

Clara hob die Hand an den Hals. »Aber du kannst ihn doch jetzt fragen. Oh, das musst du! Die Geschichte ist so wunderschön. Als wären sie von Anfang an füreinander bestimmt gewesen.«

»Und doch hatten sie so wenig Zeit. Wie kann das fair sein?«

»Ist es nicht. Aber, Agatha, etwas weiß ich mit Sicherheit: Jen ist glücklich gewesen.« Sie legte die Hand auf die der alten Dame. »Ich kenne nicht alle Einzelheiten ihrer gemeinsamen Zeit, aber Jen hat Joy's Acre geliebt. In der ersten Euphorie nach der Hochzeit mit Seth war sie voller Hoffnungen und Träume. So bedauerlich kurz ihr Leben gewesen sein mag, war es nicht so viel besser, dass ihr zumindest all das vergönnt gewesen ist? Und sie es mit jemandem teilen konnte, der sie sehr geliebt hat?«

Agatha schwieg eine Weile. Der Blick ihrer blauen Augen ruhte dabei auf Jens Foto, bevor sie sich wieder Clara zudrehte. »Du hast mir immer den Eindruck einer sehr vernünftigen, ja sogar scharfsinnigen jungen Frau gemacht«, sagte sie. »Darf ich dich also etwas fragen? Etwas Persönliches …«

Das musste Agatha nicht. Clara war ihr weit voraus. Sie holte tief Luft.

»Nein, ich finde nicht, dass du Seth immer fair behandelt hast«, beantwortete sie Agathas unausgesprochene Frage. Sie hob die Hand. »Aber«, fügte sie schnell hinzu und milderte ihren Ton, »ich kann gut nachvollziehen, warum. Ihr habt beide getrauert, wart betroffen und wütend über Jens Tod. Und du konntest dadurch nur sehen, dass Seth deine Enkelin irgendwie im Stich gelassen hat. Und dann bin ich auf der Bildfläche erschienen. Was hättest du denn sonst denken sollen?«

Agatha ließ den Kopf hängen. »Ich schäme mich so, es zuzugeben, aber es ist wahr. Ich habe mir eingeredet, er hätte dich hergeholt, um Jens Platz einzunehmen. Obwohl ich durch die Umstände eurer Begegnung ja wusste, dass es gar nicht so sein konnte. Ich habe es trotzdem geglaubt.«

»Das muss schrecklich für dich gewesen sein …« Kurz stockte Clara. »Mir war nie klar, wie ähnlich wir uns sehen. Erst beim Anblick des Fotos jetzt. Aber du weißt ja, wie Seth und ich uns kennengelernt haben, Agatha. Als er mein Knochenmarkspender geworden ist, hatte er keine Ahnung, wer ich war. Ich war für ihn nicht mal ein Name auf einem Stück Papier, so gewissenhaft werden alle Beteiligten geschützt. Erst zwei Jahre nach der Transplantation durfte Seth mehr erfahren, und selbst das nur, weil ich meine Einwilligung gegeben habe.«

Sie fuhr erneut mit den Fingern über das Foto. »Was ich vorhin darüber gesagt habe, dass es scheinbar das Schicksal war, das Seth und Jen zusammengebracht hat … Was, wenn es jetzt wieder so ist? Für uns alle in Joy's Acre. Für mich … für Maddie …«

Sie ließ den Satz wirken und dachte daran, wie schlecht

Maddie nach ihrer Ankunft von Agatha behandelt worden war. »Seth konnte Jens Wünsche für die Farm nicht allein erfüllen. Er war schlichtweg nicht in der Lage dazu. Aber er hat mir das Leben gerettet. Und so konnte ich im Gegenzug Jens Garten retten und zu Ende führen, was sie begonnen hatte. Bei Maddie ist es genauso. Du hast sie hergeholt, damit sie Seth mit der Brechstange dazu bringt, die Renovierung der Farm voranzutreiben. Aber statt auf Zwang zu setzen, hat sie ihm einen Grund gegeben, es selbst zu *wollen*. So glücklich, wie er jetzt ist, habe ich ihn ewig nicht mehr erlebt – und ich glaube, Jen wäre auch glücklich. Ihr würde das alles bestimmt gefallen.« Sie deutete auf die über den Tisch verstreuten Fotoalben.

»Weißt du, ich glaube, das würde es wirklich«, pflichtete Agatha ihr bei. »Sie hat immer gesagt, Erinnerungen sollte man nicht wie kostbare Zierstücke behandeln, die man selten anfasst und verstauben lässt. Aber genau das habe ich getan. Ich habe ihr Andenken so verraten, wie ich es Seth vorgeworfen habe.« Agatha hob das Kinn. »Aber damit ist Schluss. Du hast natürlich recht. Ich habe mich Maddie – euch allen – gegenüber furchtbar verhalten. Es ist an der Zeit, das in Ordnung zu bringen.«

Sie zog ein weiteres Album zu sich, diesmal eines mit Fotos von den Dorffesten.

»Es ist höchste Zeit, alles zu entstauben. Jetzt lass uns mal sehen, welche Bilder wir unserer Ansicht nach ausstellen sollten.«

In Agathas Stimme kehrte ein etwas schrofferer Ton zurück und signalisierte das Ende des letzten Themas. Doch für Clara bestand kein Zweifel daran, wie schwer Agatha ihr Eingeständnis vor sich selbst gefallen sein musste, geschweige denn vor jemand anderem. Tatsächlich empfand sie es als großes Kompliment, dass die alte Dame sie dafür ausgewählt hatte. Lächelnd richtete sie ihr Augenmerk wieder auf die anstehende Aufgabe.

Es erwies sich als unglaublich schwierig, die Bilder auszusuchen, weil so viele die herrlichen Gärten und fröhlichen Feierlichkeiten des Sommerfests zeigten. Auch der Schmiedewettbewerb entpuppte sich als Bühne für so viele Talente, dass es schwerfiel, Beispiele herauszupicken, die besser waren als andere.

Irgendwann jedoch hatten Agatha und sie bei Tee, mehreren leckeren Keksen mit Vanillefüllung und unbeschwerten Gesprächen eine Reihe von Fotos zusammengetragen, die einen hervorragenden Einblick in das Leben von Summersmeade Hall während der letzten Jahrzehnte boten.

»Ich denke, auf die Bilder kannst du sehr stolz sein, Agatha. Sie werden wunderbar wirken, wenn wir sie ausstellen. Zwar bin ich mir noch nicht ganz sicher, wie wir es am besten machen, aber ich weiß, dass wir es rechtzeitig für die nächste Wettbewerbsrunde am Wochenende schaffen. Ich würde glatt wetten, dass sie bei den Leuten für jede Menge lächelnde Gesichter sorgen werden. Und ich könnte mir denken, dass sie bei vielen Dorfbewohnern auch schöne Erinnerungen an die Zeit wachrufen.«

»Das hoffe ich.« Agatha nickte. »Es waren gute Jahre.« Sie schob den Stapel der Fotos zu Clara. »Vielleicht liegt es nur am Wechsel der Jahreszeiten«, fuhr sie fort. »Am unaufhaltsamen Anmarsch eines weiteren Winters. Oder auch daran, dass ich einen weiteren Schmiedewettbewerb miterlebe. Jedenfalls beschäftigen mich all diese Erinnerungen daran, wie die Zeit vergeht, in letzter Zeit sehr.« Sie schaute ein wenig verlegen drein. »Danke, Clara.«

»Nein, ich danke dir«, erwiderte sie mit einem herzlichen Lächeln. »Sonst hätte ich nie die Gelegenheit bekommen, Summersmeade Hall in seiner vollen Pracht zu sehen. Das ist ein faszinierender Einblick. Und da wir jetzt schon mit all den neuen Pflanzgefäßen angefangen haben, kümmere ich mich sehr gern weiter um sie. Bestimmt könnte ich noch bei einigen anderen Dingen helfen ... wenn du das möchtest.« Sie hatte zwar nicht die geringste Ahnung, woher sie die Zeit dafür nehmen sollte, doch darum ging es im Augenblick nicht.

»Meine Liebe, es wäre mir eine Freude.«

Clara schaute auf ihre Uhr und stand auf. »Sehen wir uns jetzt an, wo du alles haben möchtest? Seth sollte bald zurück sein, dann können wir die Pflanzkübel dorthin stellen, wo du sie haben willst.«

Tatsächlich kam Seth ihnen bereits den Weg zur Hintertür entlang entgegen.

»Perfektes Timing«, sagte er.

»Ja, nicht wahr?«, erwiderte Agatha strahlend. »Hast du die wunderbaren Pflanzgefäße gesehen, die Clara zusammengestellt hat? Die werden das Anwesen verwandeln.« Sie bedeutete Seth, vorauszugehen. »Auf, auf, lasst uns Summersmeade Hall seine alte Schönheit wiedergeben.«

Seths Verblüffung über Agathas Begeisterung war ein Bild für die Götter, doch vorerst konnte Clara ihn nur angrinsen. Erst, als sie im Gewächshaus unter sich waren, warf er ihr einen verstohlenen Blick zu und sprach sie darauf an.

»Was um alles in der Welt ist los mit Agatha?«, fragte er. »Sie führt sich ja auf wie ein Hund mit zwei Schwänzen. Und du siehst auch viel besser aus als heute Morgen.«

Clara hielt abrupt inne und starrte Seth überrascht an. Sie hatte tatsächlich ihre frühere Anspannung völlig vergessen.

»Agatha und ich haben einen sehr angenehmen Vormittag verbracht. Und ich fühle mich wirklich viel besser, danke.«

Sie erntete einen verwirrten Blick.

»Mehr erzähle ich dir später«, versprach sie, als sie Agatha erspähte, die ihnen durch den Garten entgegenkam. »Ist eine ziemlich lange Geschichte.«

Kapitel 11

Vierzig Minuten später saß Clara wieder im Auto, unterwegs in die nächstgelegene Ortschaft. Eigentlich hatte sie gar keine Zeit dafür. Zugleich jedoch galt es, keine Zeit zu verlieren. Sie hoffte nur, dass ihr Plan, Maddie in die Vorbereitung von Agathas Ausstellung einzubeziehen, gut war.

Sie brauchte nur etwa zehn Minuten bis zu ihrem Ziel. Entschlossen betrat sie den Laden für Künstlerbedarf und hoffte, sie würde darin finden, was sie brauchte. Ihr war der Gedanke gekommen, es wäre am einfachsten, die Fotos auf großen Leinwänden zu befestigen. Die waren leicht, ließen sich einfach aufhängen und würden sich an den Wänden um den Wettbewerbsbereich herum hervorragend machen.

Als sie die Hauptstraße entlangging, blieb sie wie immer stehen, um das Schaufenster des Floristen zu betrachten. Es gab so viele Blumen in den Gärten von Joy's Acre, dass sie selten etwas in dem Laden kaufte, aber das Angebot empfand sie immer wieder als so verlockend, dass sie nicht widerstehen konnte. Clara fand darin oft Inspiration zu neuen Farbkombinationen oder ungewöhnlichen Ideen für Blumenarrangements. Und da die Cottages auf der Farm mittlerweile für Gäste geöffnet hatten, wollte sie darin nach Möglichkeit regelmäßig für frischen Blumenschmuck sorgen.

An diesem Nachmittag entdeckte sie im Schaufenster eine besonders interessante Kombination aus Heidekraut und Zierkohl. Da sie immer noch überlegte, welche Sträucher sie im Garten des Ferienhäuschens pflanzen sollte, den Megan und sie neulich umgegraben hatten, betrat sie den Laden kurz, um sich die Namen und Preise der infrage kommenden Sorten zu notieren.

In dem Geschäft herrschte immer Hochbetrieb. Die gewitzten Besitzer hatten hinten eine kleine Teestube eingerichtet. Viele Kunden durchstöberten die Verkaufsfläche auf dem Weg zu oder von einer Tasse Tee. Clara schenkte ihnen keine Beachtung und sah sich weiter um, bis sie eine vertraute Stimme hörte.

»Die Kosten spielen keine große Rolle«, sagte Declan. »Und ich habe noch nie so farbintensive Rosen gesehen. Die sind perfekt. Sie hat ja nur einmal im Jahr Geburtstag. Ihr Geschenk soll etwas ganz Besonderes sein.«

Clara versuchte, sich auf die Heidepflanzen zu konzentrieren, die sie sich ansehen wollte. Aber als Declan plötzlich ausgelassen lachte, wurde es ein hoffnungsloses Unterfangen.

»Aber drücken sie aus, dass man jemanden liebt?«, fragte er die Verkäuferin. »Oder eher, dass einem etwas leidtut oder man sich schuldig fühlt?« Wieder lachte er. »Gibt's so was wie Entschuldigungsblumen überhaupt?« Clara konnte die Antwort der Floristin nicht hören. »Wer sie in Empfang nimmt, wäre also versöhnlich gestimmt?« Diesmal hörte Clara ein nachdrückliches *Ja* als Antwort. »Dann nehme ich sie. Das ist perfekt, danke.«

Mit gesenktem Blick spähte sie flüchtig nach hinten und entdeckte zu ihrem Entsetzen ein Paar Füße, das in ihre Richtung steuerte. Wenn sie sich unbemerkt davonstehlen wollte, müsste sie es sofort tun.

»Clara?«

Ihr Mut sank. Zu spät.

»Declan. Hallo. Tut mir leid, ich war mit den Gedanken ganz woanders«, flunkerte sie.

»Muss bei dir wohl ein Berufsrisiko sein, könnte ich mir vorstellen.«

Sie lächelte verhalten. »Ja, das stimmt. Ich kann nie an einem Blumenladen vorbeigehen, ohne neugierig zu werden.« Und plötzlich musste sie auch unbedingt wissen, was er in dem Geschäft wollte. »Du bist ja ziemlich weit von zu Hause weg«, bemerkte sie.

»Ja, hatte heute Vormittag viel zu tun. War auf der Suche nach Stellen für Hintergrundaufnahmen der Gegend – die übrigens atemberaubend ist. Bis Dienstag kannte ich Shropshire so gut wie gar nicht. Aber in den letzten paar Tagen hab ich einiges davon gesehen. Du lebst in einem sehr schönen Teil des Landes.«

Clara nickte, obwohl sie es nicht als angemessene Antwort empfand.

»Leider muss ich heute Abend zurück nach Hause. Es steht ein besonderer Geburtstag an, den ich nicht verpassen darf. Aber für einen Kaffee hätte ich noch Zeit, wenn du Lust hast. Wäre toll, ein bisschen zu plaudern.«

Als Claras Magen ein wenig tiefer sackte, stellte sie fest, dass die Beklommenheit vom Morgen zurückgekehrt war. Aber als sie sich das Hirn nach einer geeigneten Antwort zermarterte, wurde ihr klar, dass sie nicht sicher war, wodurch sie diesmal ausgelöst worden war – von Gedanken an die Fernsehsendung oder von Declan selbst. Er besaß einzigartig grüne Augen, so viel stand fest. Und wie er sie anlächelte …

Clara riss sich zusammen und ermahnte sich, nicht albern zu sein. Nur weil alle in Joy's Acre sie damit aufzogen, dass er für sie schwärmte, musste es noch lange nicht stimmen. Und tatsächlich musste Trixie etwas falsch verstanden haben. Angeblich hatte er ja zu ihr gesagt, er hätte keine Ehefrau oder feste Freundin … Der Gedankengang endete abrupt, als ihr eine andere Möglichkeit in den Sinn kam. *Dieser dreiste Schürzenjäger …* Gerade eben hatte er Blumen für jemand Besonderen gekauft, und nun flirtete er mit ihr. Sie gab einen missbilligenden Laut von sich.

»Das halte ich nicht für angebracht, du etwa? Tatsächlich finde ich unerhört, dass du mich überhaupt fragst.«

Er sah sie verdattert an, doch sie war fest entschlossen, ihren Standpunkt zu verdeutlichen.

»Ich glaube kaum, dass die Empfängerin dieser wunderschönen Rosen damit einverstanden wäre, oder?« Sie ignorierte seinen Versuch, etwas zu erwidern. »Also denke ich nicht, dass ich mit dir einen Kaffee trinken gehe, schönen Dank auch.« Und damit verließ sie fluchtartig den Laden.

Erst, als sie schon fast den Laden für Künstlerbedarf erreicht hatte, kam ihr ein neuer Gedanke, der ihre Wangen schlagartig hochrot färbte. *Clara Campbell*, ermahnte sie sich streng. *Du bist* nicht *enttäuscht. Schlag dir das gleich wieder aus dem Kopf.*

***

»Kommt«, sagte Seth, nachdem der Tisch nach dem Abendessen abgeräumt war. »Gehen wir uns diese Fotos anschauen. Ich kann's kaum erwarten, den Grund für Agathas plötzlichen Sinneswandel zu sehen. Zu mir ist sie schon wochenlang fast höflich gewesen. Und heute hat sie sowohl Clara als auch mich behandelt, als schiene uns die Sonne aus dem …«

»Ja, schon klar, Seth«, fiel Maddie ihm ins Wort. »Wir haben's verstanden. Aber trotzdem irgendwie seltsam, wenn man bedenkt, wie sie sich in der Vergangenheit verhalten hat.«

Clara lächelte mitfühlend. Vor allem Maddie hatte schon kurz nach ihrer Agathas böse Zunge zu spüren bekommen. Tatsächlich hätte sie Joy's Acre deswegen fast verlassen. Ironischerweise hatte ausgerechnet das für sie alle eine Wende zum Guten herbeigeführt und Seth und Maddie zusammengebracht.

»Tatsächlich hat sie mir sogar ein bisschen leidgetan. Sie

hat irgendwie … verloren gewirkt, als sie in Erinnerungen an alten Zeiten schwelgte. Zeiten, als ihr Mann noch gelebt hat und sie offensichtlich von reichlich Menschen umgeben war. Ich glaube, sie fühlt sich in den letzten Jahren einsam.«

»Was nicht sein müsste«, bemerkte Seth. »Aber man kann Menschen nur so lange wegstoßen, bis sie irgendwann auch wegbleiben.«

»In der Regel hat eine so abweisende Haltung einen Grund«, versuchte sich Clara in Diplomatie. »Und sie hat ja auch zugegeben, dass sie dich und Maddie schlecht behandelt hat. Sie hat sich so gefreut, als ich vorgeschlagen habe, die Fotos auszustellen. Ich glaube, auf diese Weise will sie versuchen, wieder mit dem Dorf in Berührung zu kommen und vielleicht ein paar Brücken wiederaufzubauen.« Clara sah Maddie an. »Auch zu euch beiden.«

Sie begann, einige der Fotos auf dem Tisch auszubreiten. »Keine Ahnung, was genau den Sinneswandel bei ihr ausgelöst hat, aber irgendetwas hat es getan. Sie hat auch den Schmiedewettbewerb erwähnt und gemeint, ihn wieder und wieder zu erleben, hätte sie zum Nachdenken darüber gebracht, wie die Zeit vergeht. Vielleicht spürt sie einfach ihr Alter.«

Seth ergriff ein Foto der tief verschneiten Farm. »Oh Mann, daran erinnere ich mich. Das ist aus dem Jahr, in dem wir hergezogen sind, also kurz nach dem Tod von Agathas Mann. Der Schnee war so schlimm, dass wir vier Tage lang nicht runter ins Dorf konnten. So lange hat Davy von der Farm unten am Hügel gebraucht, um mit dem Traktor die Straße zu räumen. Ich hab mich noch nie im Leben derart gefreut, jemanden zu sehen wie damals ihn. Jen und ich haben gescherzt, dass wir lieber nicht bleiben wollten, wenn es jeden Winter so sein würde.« Er schaute auf und errötete leicht, aber Maddie lächelte nur. Sie nahm ihm das Foto ab.

»Sieht aber wunderschön aus«, meinte sie. »Wie hättest du

dich nicht in Joy's Acre verlieben können? Das muss ja wie in einem Märchen gewesen sein.« Sie ergriff ein anderes Foto, wieder von der Farm, diesmal jedoch im Hochsommer aufgenommen. Hinter dem Haus blühten Glyzinien in eleganten Kaskaden. »Stellt euch nur den Duft vor«, sagte sie.

Maddie sah Seth an, der jedoch gedankenverloren ins Leere starrte. Sie schwenkte die Hand vor seinem Gesicht.

»Tut mir leid«, sagte er und setzte ein Lächeln auf. »Aber mir ist gerade ein Gedanke gekommen. Entschuldigt mich kurz.« Damit verließ er den Raum.

Clara musterte Maddie, doch falls sie die Erwähnung von Jens Namen irgendwie getroffen hatte, ließ sie es sich nicht anmerken.

»Und was hast du jetzt damit vor, Clara?«, fragte sie.

»Na ja, ich habe gehofft, dabei könntest du mir helfen«, antwortete sie, bevor sie beschrieb, was ihr vorschwebte. »Ich bin bei so was nicht gut, aber du könntest die Ausstellung fantastisch gestalten. Wenn ich es mache, wird es nur nach einem Haufen an die Wand geklatschter Fotos aussehen. Mit deiner Hilfe könnte es echt professionell wirken. Ich hatte das Gefühl, dass Agatha es so schön wie möglich haben will, zumal wir uns ja schon die ganze Mühe mit den Pflanzen und Blumen gemacht haben.«

Diesmal starrte Maddie nachdenklich ins Leere.

»Dir könnte es auch helfen«, fügte Clara hinzu. »Wenn Agatha erfährt, dass du bei der Präsentation der Ausstellung mitgeholfen hast, meine ich. Könnte dazu beitragen, die Differenzen zwischen euch zu schlichten … wenn du das willst.«

Plötzlich lächelte Maddie sie an. »Offen gestanden bin ich ja versucht, abzulehnen, um ihr heimzuzahlen, wie sie mich nach meiner Ankunft behandelt hat. Mache ich aber natürlich nicht. Eigentlich …« Kurz verstummte sie und überlegte weiter. »Eigentlich finde ich die Vorstellung von einem großen

Sommerfest faszinierend. Ich frage mich …« Mit funkelnden Augen sah sie Clara an.

Clara grinste. »Maddie Porter«, sagte sie. »Du lässt es wohl nie gut sein, was? Ich kann genau sehen, was dir durch den Kopf geht. Du gibst dich nicht damit zufrieden, Joy's Acre durch eine Dokumentation und eine mögliche künftige Fernsehserie bekannt zu machen. Jetzt denkst du auch noch daran, dass jährliche Dorffest unter unserer Regie wieder aufleben zu lassen, stimmt's?«

Maddie besaß so viel Anstand, leicht zu erröten. »Aber wäre das nicht genial? Und nach allem, was du erzählt hast, denke ich, Agatha könnte die Idee auch gefallen.«

»Und woher um alles in der Welt sollen wir die Zeit dafür nehmen? Es wird so schon immer schwieriger, die ganze Arbeit zu bewältigen. Und jetzt willst du auch noch so was auf die Beine stellen.«

»Aber das ist doch das Schöne daran«, erwiderte Maddie. »Höchstwahrscheinlich müssen wir sowieso bald mehr Leute einstellen, spätestens Anfang nächsten Jahres. Gibt's einen besseren Weg, uns die Unterstützung aus dem Dorf zu sichern, als um Hilfe beim Organisieren des großen Sommerfests zu bitten?«

»Was für ein Sommerfest?«, fragte Seth, als er zurückkam. Er hatte ein ledergebundenes Notizbuch in der Hand.

Clara stöhnte. »Nein, bitte sag's ihm nicht, Maddie. Sonst hält er es auch für eine super Idee, ich weiß es einfach.«

Seth schaute zwischen den beiden hin und her. Langsam breitete sich ein Lächeln in seinem Gesicht aus. »Tut mir leid, Clara. Mir ist schon beim ersten Anblick der Fotos durch den Kopf gegangen, dass wir das Dorffest wieder aufleben lassen sollten.« Er strahlte Maddie förmlich an, und wie sich die beiden gegenseitig ansahen, wärmte Clara das Herz.

»Außerdem ist mir klar geworden, warum Agatha auf einmal ein neues Kapitel aufschlagen will. Oder zumindest bin ich auf eine mögliche Ursache gekommen.« Er legte das Notizbuch auf den Tisch und schlug es auf. Clara stellte fest, dass es sich um ein Tagebuch handelte.

»Das hat Jen gehört«, erklärte Seth. »Aus dem Jahr, in dem sie gestorben ist. Letzten Samstag hätte sie ihren fünfunddreißigsten Geburtstag gefeiert …« Er verstummte, als er Claras Gesichtsausdruck bemerkte.

Sie fühlte sich schrecklich. Wie konnte sie das nur vergessen? Aber Seth lächelte nur sanft.

»Schon gut, Clara. Wirklich. Maddie und ich, wir …« Wieder verstummte er. »Wir haben auf sie angestoßen«, fuhr er fort. »Mir ist plötzlich eingefallen, dass ihr und Agathas Geburtstag ziemlich nah beisammen sind. Ich hab gerade nachgesehen. Tatsächlich liegen sie genau eine Woche auseinander. Nächsten Samstag hat Agatha ihren *Achtzigsten.*«

»Oh mein Gott!«, entfuhr es Clara. »Tja, das erklärt einiges … Ach, die arme Agatha. Anscheinend spürt sie allmählich, dass sie sterblich ist.«

Seth nickte. »Wir sollten irgendwas machen, oder? Eine Feier zum Beispiel.«

»Beim Schmiedewettbewerb?«, schlug Clara vor. »Das würde perfekt passen, vor allem mit der Ausstellung, die wir planen. Wir könnten ihren Geburtstag bei der Veranstaltung bekannt geben und vielleicht alle auffordern, ihr ein Ständchen zu bringen oder so, und danach gibt's Kuchen für alle. Es muss ja nichts sein, für das viel organisiert werden muss.«

»Gute Idee«, befand Maddie. »Ich wüsste nämlich nicht, wie wir es sonst hinbekommen sollen. Wir könnten Trixie bitten, einen besonderen Kuchen zu backen. Nur bringt sie uns dann vielleicht um, weil sie so schon alles für den Erfrischungsstand macht.«

Seth lächelte. »Hm, stimmt. Aber wir könnten zumindest ein paar Blumen auftreiben. Was meint ihr? Das würde auch nicht viel kosten.«

»Klar. Solange du das nicht mir umhängen willst«, sagte Clara und verzog das Gesicht. »Ich gehe so schnell nicht mehr in den Blumenladen.«

Maddie zog eine Augenbraue hoch. »Ach ja? Erzähl. Was ist passiert? Hattest du einen Streit wegen Schmucklilien?«

»Nein, das nicht. Na schön, wenn ihr es unbedingt wissen müsst, ich bin dort heute Nachmittag Declan über den Weg gelaufen.« Mit gerunzelter Stirn wandte sie sich an Seth. »Hast du gewusst, dass er noch in der Gegend war?«

Er nickte und mied ihren Blick. »Ich hab eine E-Mail von ihm bekommen, ja. Er hat geschrieben, dass er vielleicht noch ein paar Tage bleibt, um Gegenden für Hintergrundaufnahmen zu finden, und ich …«

»Egal«, fiel Maddie ihm ins Wort. »Was ist mit Declan passiert?«

Clara spürte, wie ihr Hitze ins Gesicht schoss. »Also, es war nicht meine Schuld. Ich hab mich nicht danebenbenommen …«

»Was ist passiert, Clara?«, wiederholte Seth, der sich mittlerweile besorgt anhörte – ob ihretwegen oder weil er ein Problem mit der Fernsehsendung fürchtete, vermochte Clara nicht zu sagen.

»Dieser Schürzenjäger wollte mit mir Kaffee trinken gehen, so sieht's aus.« Clara zog einen Flunsch, als sie an den Wortwechsel zurückdachte.

Maddie unterdrückte halbherzig ein Kichern. »Na ja, das verstößt wohl kaum gegen ein Gesetz. Außerdem war offensichtlich, dass er dich mag, als er hier war …«

»Darum geht's nicht«, protestierte Clara. »Ich hab gehört, wie er Blumen gekauft hat – und nicht irgendwelche. Er hat sich extra vergewissert, dass der Strauß Liebe zum Ausdruck bringen würde. Hat sogar bei der Verkäuferin nachgefragt, um sicherzugehen. Und im nächsten Atemzug will er mich zu einem Date einladen.«

»Clara, er wollte dich zu einem Kaffee einladen, nicht zu einem Date. Das ist ja nicht wirklich dasselbe. Er hat wohl gedacht, es wäre eine gute Gelegenheit, um über seine Ideen für die Sendung zu plaudern.«

»Oh …« Claras Wangen wurden noch heißer. Verlegen ließ sie den Kopf hängen, als sie an ihre hitzigen Worte bei dem Streit zurückdachte. Obwohl es streng genommen kein Streit war – sie hatte lediglich gegen seinen Vorschlag gewettert. Er war nicht mal dazu gekommen, sich dazu zu äußern. »Ja, da hast du wohl recht.« Es schien durchaus möglich, dass sie überreagiert hatte.

»Ach du liebes bisschen«, murmelte sie und biss sich auf die Unterlippe. »Ich glaube, ich hab mich hoffnungslos zur Idiotin gemacht.«

Kapitel 12

»Wie habt ihr das alles geschafft, ohne dass Agatha es spitzgekriegt hat? Das würde mich echt interessieren«, sagte Maddie und sah sich um. »Der Frau entgeht doch sonst nichts.«

»Wir haben geflunkert.« Clara lachte. »Hat sich nicht vermeiden lassen. Seth hat ihr eingeredet, dass der Veranstalter eine Gesundheits- und Sicherheitsinspektion im Wettbewerbsbereich durchführen lässt und deshalb niemand in die Nähe darf. Dann haben Trixie und ich Luftballons aufgeblasen, bis uns so schwindlig war, dass wir schon dachten, wir würden ohnmächtig, und … *ta-da!*« Sie blickte zur Decke des farbenprächtigen Stallbereichs. »Sieht ziemlich schön aus, findest du nicht auch? Und wenn wir die Fotos heute aufhängen, macht es sogar noch mehr her. Agatha wird außer sich sein vor Freude.«

Es war der zweite Samstag des Wettbewerbs, Agathas achtzigster Geburtstag, und der Wettbewerbsbereich von in Summersmeade Hall war umgestaltet worden. Clara hatte nicht nur die Pflanzen in Töpfen und Kübeln aufgestellt, die Lebendigkeit und Farben beisteuerten, sondern auch wunderschöne Blumenarrangements in den Zelten. Eigentlich sollten sie nur an den Eingängen stehen, aber über Nacht hatte der Wind zugelegt und gedroht, sie umzuwehen. Dennoch passten sie überall wunderbar hin, wo sie aufgestellt waren.

Wie besprochen, hatten sie den hintersten Stall der Reihe der Essen in ein kleines Museum über das Leben in Summersmeade Hall der letzten Jahrzehnte verwandelt. Mit Maddies fachkundiger Hilfe hatten sie die von Clara besorgten Leinwände mit Fotos versehen und dazwischen andere Erinnerungsstücke platziert, die Agatha aufgestöbert hatte. Für einige der Bilder hatte sie auch Unterschriften verfasst. In chronologischer Reihenfolge an den Wänden boten sie einen wunderbaren Einblick in die Vergangenheit. Für den letzten Schliff im Raum sorgten die Luftballons und ein riesiges Geburtstagsbanner. Clara war vom Ergebnis begeistert.

Die ersten Teilnehmer des Wettbewerbs trudelten bereits ein und bereiteten sich auf den Tag vor. Clara sah auf ihre Uhr.

»Herrje, ich muss zurück und Trixie helfen, die Kuchen herzubringen, sonst redet sie nie wieder mit mir.« Mit verkniffener Miene sah sie Maddie an. »Sie war heute Morgen ganz schön gestresst.«

»Überrascht mich nicht. Sie ist gewissermaßen ein Opfer des eigenen Erfolgs. Ist ja an sich ein großes Kompliment, nur erledigt sich davon die Arbeit nicht schneller, stimmt's? Die nächsten Wochen wird sie alle Hände voll zu tun haben.« Sie sah sich um. »Wenn du willst, komme ich mit. Seth kann ja hier ein Auge auf alles haben.«

***

Megan trat zurück und betrachtete ihr Werk mit kritischem Blick. Es war ungemein wichtig, dass sie mit der richtigen Grundlage startete. Der Wettbewerb hatte an diesem Tag etwas früher begonnen. So würde es bei jeder weiteren Runde auch sein. Trotzdem konnte die Zeit knapp werden, wenn man nicht aufpasste.

Der Wind wehte raschelndes Laub am Eingang der Schmiede vorbei, und sie schaute hinauf zum Himmel. Bisher hatte der schöne Altweibersommer keine Anzeichen für ein Ende erkennen lassen. Heute jedoch fühlte sich der Wind eindeutig kälter an, und aus dem Westen zogen bedrohlich dunkle Wolken heran. Und nicht nur das empfand Megan als unerfreulich. Mürrisch legte sie die Stirn in Falten, als sie Julian mit einem Becher in der Hand in ihre Richtung kommen sah.

»Was willst du?«, fragte sie barsch.

»Wow, was für eine herzliche Begrüßung. Ich wollte nur sehen, wie's dir geht. Kein Grund, gleich unhöflich zu werden. Ist ja ewig her, dass wir zuletzt geplaudert haben.«

»Julian, für so was hab ich keine Zeit. Und du auch nicht, obwohl du anscheinend den Eindruck erwecken willst. Wenn du also nichts Konkretes willst, heben wir uns belanglosen Small Talk für später auf.«

Nachdenklich nippte er an seinem Becher und betrachtete demonstrativ über ihre Schulter hinweg die Schmiede hinter ihr.

»Du lässt es echt nicht bleiben, was? Eigentlich hätte ich gedacht, du hättest inzwischen genug davon, dich als Schmiedin aufzuspielen, nur um mir zu beweisen, wie gut du bist. Weißt du, das beeindruckt mich gar nicht.«

Trotz der von der Esse hinter ihr ausgehenden Wärme stieg eine noch intensivere Hitze in Megan auf. Zur Beruhigung holte sie tief Luft.

»Das könnte glatt das Arroganteste sein, was du je von dir gegeben hast, Julian. Du bist echt drollig, weißt du das eigentlich? Wieso um alles in der Welt sollte ich dich beeindrucken wollen? Ich kann dich ja nicht mal leiden. Nur zu deiner Information: Die Einzige, für die ich das mache, bin ich selbst.« Als Clara die Schmiede betrat, schaute Megan zu ihr und schenkte ihr ein mattes Lächeln.

»Ich frage dich noch mal, Julian: Willst du irgendwas Konkretes? Wenn nicht, wartet bestimmt irgendwo Arbeit auf dich.«

Sie trat einen Schritt zurück, als sich Clara bewusst zwischen sie beide schob und Megan eine Tasse Tee reichte.

Julian bedachte Clara mit einem trägen Grinsen. »Nein,

ich wollte nichts Bestimmtes. Aber gib ruhig Bescheid, falls du Hilfe mit dem Tor brauchst, ja? Ist ja furchtbar groß, so ein Ding. Bist du sicher, dass du dich damit nicht übernimmst?«

»Und du hast 'ne furchtbar große Klappe. Bist du sicher, dass du dich *damit* nicht übernimmst?« Megan funkelte ihn an. »Sie scheint nämlich manchmal mit dir durchzugehen.«

Dramatisch verdrehte er die Augen und wandte sich an Clara. »Dabei wollte ich ihr nur Hilfe anbieten.«

»Nein, Julian, wolltest du nicht. Du wolltest mich wie immer runtermachen. Heute sind etliche andere Teilnehmer hier, und außer dir würde mir kein Einziger davon eine solche Frage stellen.«

»Durch den Kopf geht's ihnen trotzdem«, konterte er. »Auch wenn keiner Manns genug ist, es dir ins Gesicht zu sagen. Ich hingegen bin hergekommen, um dir aufrichtig Hilfe anzubieten. Ehrlich, Megan, du solltest dringend versuchen, deine Komplexe loszuwerden.«

Megans Haltung blieb unverändert, als sie ihn finster anstarrte. Er überragte sie um einen guten Kopf. Ironischerweise besaß er einen Mund normaler Größe, aber gewaltige Zähne. Hinzu kam blondes, zurückgegeltes Haar. Plötzlich hatte sie das Bild vor Augen, wie er in einem marineblauen Blazer irgendwo in einer Bar eine x-beliebige Frau anbaggerte. In der rußigen, hemdsärmeligen Atmosphäre einer Schmiede wirkte er irgendwie fehl am Platz, und plötzlich verspürte sie den Drang zu kichern.

Clara ließ für Julian ein breites, unaufrichtiges Lächeln aufblitzen, das prompt aus ihrem Gesicht verschwand, als sie ihm den Rücken zudrehte und Megan augenverdrehend ansah. Sie stellte den Becher auf einer Werkbank im hinteren Teil des Raums ab, bevor sie an ihre Seite zurückkehrte.

Megan fuchtelte mit den Händen in Julians Richtung, als wollte sie ein lästiges Tier verscheuchen. »Husch«, sagte sie. »Sei ein braver Junge, und verzieh dich.«

Julian öffnete den Mund und schloss ihn wieder. »Wir werden ja sehen«, brummte er schließlich, machte auf dem Absatz kehrt und ging davon.

Megan zuckte mit den Schultern. »Ich zittere schon«, rief sie ihm hinterher, bevor sie sich Clara zuwandte. »Was für ein widerlicher Schleimbeutel«, sagte sie grinsend.

»So kann man's auch ausdrücken«, pflichtete Clara ihr bei. »Ein wirklich abstoßender Kerl.« Kurz verstummte sie und beobachtete, wie er zu seinem eigenen Bereich zurückkehrte. »Worum ist es da gerade gegangen?«

»Ach, bloß Julian, der sich wieder mal wichtigmachen wollte. Tut er bei jeder Gelegenheit.«

»Offensichtlich kennt ihr euch.«

»Nur zu gut.« Als Megan nickte, wippte das Ende ihres Pferdeschwanzes über ihre Schulter. »Wir waren beide eine Weile gleichzeitig Lehrlinge bei meinem Vater. Ich in meinem ersten Jahr, Julian in seinem letzten. Damals hat er immer zu mir gesagt, das Schmieden wäre nur eine Spielerei für mich, und wenn ich älter würde, müsste ich mir einen richtigen Beruf für Frauen suchen.«

»Wie reizend ...«

»Leider beherrscht er das Handwerk echt gut. Würde ich ihm sogar sagen, wenn er lernen könnte, sich wie ein vernünftiger Mensch zu benehmen. Es macht mir nichts aus, beim Wettbewerb gegen jemanden zu verlieren, der besser ist als ich. Aber ich will nicht einem arroganten Flegel unterliegen, der sich für was Besseres hält, nur weil seinem Vater das halbe Nachbardorf gehört.«

»Oh, verstehe. Er sieht auch aus, als käme er aus betuchtem Haus«, meinte Clara, bevor sie die Stirn runzelte. »Aber wer sagt denn, dass du verlierst?«

»Ich, wenn ich nicht 'nen Zahn zulege.« Megan verzog das Gesicht. »Entschuldige, Clara. Danke für den Tee, aber jetzt muss ich echt anfangen. Wir reden später weiter, ja?«

Clara nickte. »Viel Glück«, wünschte sie ihr. »Ich hebe dir wieder Kuchen auf.«

Megan winkte zum Abschied, bevor sie sich der Esse zuwandte. Sie wusste genau, weshalb Julian herübergekommen war. Bei dieser Runde würde sie ihre gesamte Konzentration brauchen, und sie wollte verdammt sein, wenn sie ihm die Genugtuung gäbe, sich von seiner arroganten Stichelei aus dem Konzept bringen zu lassen. Ein Problem war nur, dass es ihr schwerfiel, seine Worte zu ignorieren. Wenn sie nicht aufpasste, würde genau das passieren. Sie holte tief Luft, trank einen Schluck Tee und streckte die Finger durch. Dann machte sie sich an die Arbeit.

***

Als Clara ins Erfrischungszelt zurückkam, servierten Trixie und Maddie bereits Getränke für die ersten Zuschauer, aber Trixie brannte darauf, sich davon loszueisen.

»Die Carters wollen heute Vormittag etwas für ein Picknick mitnehmen. Mir bleibt weniger als eine Stunde, es für sie vorzubereiten. Und ich hab noch nicht annähernd so gründlich darüber nachgedacht, wie ich wollte. Wenigstens kommen sie erst spät zurück, also hab ich ein bisschen mehr Zeit fürs Abendessen. Andererseits muss ich noch Agathas Torte dekorieren.«

Maddie streckte die Hand nach ihrer Schürze aus. »Geh«, forderte sie ihre Freundin auf. »Und keine Sorge, die Torte wird nicht vor dem Mittagessen serviert, du hast also noch genug Zeit.«

Trixie zückte ihr Handy und sah nach, wie spät es war. »Freut mich, dass du so denkst«, erwiderte sie. Dann jedoch lächelte sie und betrachtete den aufgebockten Tisch vor ihnen, auf dem sich verschiedene Kuchen, Muffins und Cremeschnitten drängten. »Jedenfalls wäre ich euch dankbar, wenn ihr nicht wieder gleich alles verkauft. Sagt den Leuten, diesmal ist die Ladung nicht so gut ausgefallen oder so.« Damit drückte sie Maddie die Schürze in die Hand und steuerte durch das Zelt auf den Ausgang zu.

Maddie starrte hinter ihr her. »Ach herrje«, murmelte sie. »Vielleicht sollten wir wirklich warten und die Kuchen erst später verkaufen. Was meinst du?«

Clara beobachtete drei stämmige Männer, die zielstrebig in ihre Richtung kamen. »Irgendwie hab ich das Gefühl, wir werden keine große Wahl haben«, erwiderte sie und lächelte zum Gruß, als der erste Mann mit ihr Blickkontakt herstellte. »Kannst du sie bedienen, Maddie? Ich gehe los und suche Seth.«

Es dauerte eine Weile, ihn aufzuspüren. Schließlich entdeckte sie ihn in dem Winkel des Stalls, wo sich die Ausstellung befand. Er unterhielt sich gerade mit vier Leuten. Agatha stand neben ihm und plauderte mit mindestens sechs anderen. Unschlüssig blieb Clara stehen und überlegte, ob sie stören sollte. Agatha schien es sichtlich zu genießen, im Mittelpunkt der Aufmerksamkeit zu stehen. Nachdem Clara einige Herzschläge lang von einem Bein aufs andere getreten war, wandte sie sich zum Gehen.

Sie war bereits auf halbem Weg über den Hof draußen, als sie hörte, wie ihr Name gerufen wurde. Neugierig drehte sie sich um. Seth stand am Rand des Stalls und winkte ihr zu.

»Ich hab dich in der Nähe stehen gesehen. Ist alles in Ordnung?«, fragte er, sobald sie ihn erreicht hatte.

Sie nickte knapp. »Alles bestens, nur sind noch mehr Leute hier als letzte Woche. Hätte ich nicht gedacht. So, wie die Gäste jetzt schon bestellen, werden uns bald die Erfrischungen ausgehen. Ich wollte dich fragen, ob du mitkommst und Maddie hilfst, damit ich weg und zu Trixie kann, aber …« Sie schaute zu der Menschenmenge im Stall. »Anscheinend bist du selbst ziemlich beschäftigt.«

»Ja. Agatha hat einen Heidenspaß daran, sich mit den Dorfbewohnern über alte Zeiten zu unterhalten. Ich glaube, uns war gar nicht klar, wie sehr sich die Leute für die Geschichte der Farm hier interessieren.« Er schaute zerknirscht drein. »Ich würde sie ungern allein lassen«, fügte er hinzu. »Immerhin ist sie *achtzig*. Ich hab das schreckliche Gefühl, sie im Auge behalten zu müssen. Sonst kippt sie entweder um oder verschwindet, um Gott und der Welt eine Führung über Summersmeade Hall zu bieten.« Er spähte an Clara vorbei über den Hof. »Meinst du, ihr kommt zurecht? Ich würde ja Tom anrufen, damit er aushilft, aber der hat heute einen Auftritt.«

Clara verzog das Gesicht zu einer Grimasse. »Werden wir wohl müssen«, erwiderte sie. Dann jedoch setzte sie ein Grinsen auf. »Aber es ist schon toll, oder? Das alles, meine ich. Ehrlich, ich freue mich riesig für Agatha. Es fühlt sich wirklich so an, als würde alles wieder zum Leben erwachen. Und wir kriegen das schon irgendwie hin. Wie immer.« Sie schenkte ihm ein beruhigendes Lächeln. »Und keine Sorge wegen der Geburtstagstorte. Maddie und ich sorgen dafür, dass sie rechtzeitig ankommt.«

»Danke, Clara. Ich komme, sobald ich kann … falls ich kann.«

Auf dem Rückweg zum Erfrischungszelt krempelte sie die Ärmel hoch. Die nächste halbe Stunde lang dachte Clara, sie würden doch zurechtkommen, weil sich die Menge im Zelt nach ihrer Rückkehr ein wenig gelichtet hatte. Aber um Schlag elf Uhr konnten sie sich wieder kaum vor Kundschaft retten. Sie arbeiteten im Akkord und servierten genauso viel Kuchen wie Tee und Kaffee. Mit jedem Stück, das wegging, steigerte sich Claras innere Unruhe ein wenig mehr. Sie gab dem aktuellen Kunden das Wechselgeld zurück, bevor sie sich lächelnd dem nächsten in der Schlange zuwandte.

»Ja, bitte?«, sagte sie automatisch. Erst dann schaute sie auf.

»Ich nehme, was immer du empfiehlst.«

Clara achtete kaum darauf, wen sie bediente, nickte nur und lächelte, wechselte vielleicht das eine oder andere Wort mit Dorfbewohnern, die sie kannte. Mit Declan hatte sie jedenfalls absolut nicht gerechnet, und ihr Körper reagierte automatisch. Entsetzliche Röte schoss ihr heiß den Hals hinauf. Sie starrte ihn an, während ihr die lebhafte Erinnerung an ihren letzten Wortwechsel die Sprache verschlug.

»Declan, hallo!« Maddie erwies sich als weniger wortkarg. »Ich hatte ja keine Ahnung, dass du heute herkommen würdest.«

»Anscheinend kann ich mich nicht von hier fernhalten.« Er grinste. »An dem Ort muss irgendwas besonders sein.« Er deutete auf den Tisch. »Das hat doch hoffentlich alles Trixie gezaubert, oder?«

Clara brachte ein Nicken zustande. Er lächelte sie an, wartete sichtlich auf eine Antwort. *Herrgott noch mal, du bist eine erwachsene Frau, kein hormongesteuerter Teenager. Reiß dich gefälligst zusammen.*

»Was hättest du denn gern am liebsten? Alles hier ist gut.«

»Und offenbar sehr beliebt.«

Das stimmte. Als Clara einen Blick auf den Andrang hinter Declan warf, überschlug sie in Gedanken, wie lange der Kuchen noch reichen würde. Bang spähte sie zu Maddie.

»Ich denke, ich nehme einen Muffin. Wenn ich mich recht erinnere, waren sie beim letzten Mal sehr lecker.«

Clara ergriff einen und reichte ihn Declan. Endlich – wie konnte es so lange dauern, sich für einen Kuchen zu entscheiden?

Strahlend lächelte er sie an und steckte die Bezahlung in die Dose auf dem Tisch.

»Behaltet den Rest«, sagte er und entfernte sich zur Seite

des Tischs. »Schon genial, oder? Ein typisches britisches Dorfereignis. So was liebe ich. Eine Dame im Postamt hat mich darauf aufmerksam gemacht, sonst hätte ich gar nichts davon gewusst.«

Clara ignorierte ihn und bediente den nächsten Kunden.

»Ist auch mein erster Wettbewerb«, erwiderte Maddie. »Weißt du, er findet nur alle drei Jahre statt. Soweit ich das mitbekommen habe, ist es normalerweise nur eine lokale Veranstaltung. Aber wie du siehst, blüht einfach alles auf, wenn Joy's Acre die Finger im Spiel hat.« Sie grinste. »Der Wettbewerb läuft über mehrere Wochen, aber letzten Samstag war nicht annähernd so viel los. Ich glaube, es hat sich herumgesprochen.« Sie reichte Claras Kunden eine Tasse Tee. »Wieso bist du eigentlich in der Gegend? Ich könnte mir vorstellen, dass du jede Menge andere Dinge zu tun hättest.«

Er hob eine Hand. »Schuldig«, bekannte er. »Normalerweise bin ich ein Arbeitstier, nur letzte Woche hab ich mir fest vorgenommen, mir ein paar Tage freizunehmen. Außerdem wusste ich vorher nicht, wie wunderschön Shropshire ist. Die Gelegenheit schien mir zu günstig, um sie sausen zu lassen – gleichzeitig Lokalkolorit erleben und ein bisschen wohlverdiente Erholung genießen.«

»Also bleibst du bis Dienstag durchgehend hier?«, fragte Maddie mit einem demonstrativen Blick zu Clara.

Nickend biss er in seinen Muffin. »In einer kleinen Frühstückspension auf der anderen Seite vom Dorf. Dort verwöhnt man mich nach Strich und Faden.«

»Kann ich mir vorstellen«, erwiderte Maddie sichtlich belustigt. »Tja, gib Bescheid, falls dir die Ideen ausgehen, was du unternehmen könntest. Wir können dir bestimmt mit Vorschlägen aushelfen. Nicht wahr, Clara?«

Als Clara einen unverbindlichen Laut von sich geben wollte, bemerkte sie eine plötzliche Veränderung in Maddies Gesichtsausdruck. Das hatte sie in den vergangenen Monaten gut kennengelernt. In der Regel folgte darauf eine ihrer »brillanten« Ideen. Sie wappnete sich dafür.

»Mir ist gerade eine Superidee gekommen«, verkündete sie und grinste Clara zufrieden an. Sie wandte sich an Declan. »Ist es dir ernst damit, dass du ins Lokalkolorit eintauchen willst? Falls ja, frage ich mich, wie *tief*«, fügte sie hinzu.

Clara hatte das Gefühl zu schrumpfen.

Declan schaute zwar ein wenig überrascht drein, antwortete jedoch prompt. »Bis zu den Ellbogen«, erwiderte er scherzhaft. »Warum, was schwebt dir vor?«

Maddie schnürte bereits ihre Schürze auf. »Ich muss zurück nach Joy's Acre«, verkündete sie. »Sonst haben wir gleich nichts mehr zum Verkaufen. Es ist gerade zu viel los, um Clara allein zu lassen. Aber du könntest doch einspringen, oder? Ein Mann mit deinen Talenten könnte sicher helfen, die Stellung zu halten.«

Claras Augen weiteten sich entsetzt. Sie versuchte, mit den Lippen ein klares *Nein* in Maddies Richtung zu bilden. Allerdings vereitelte Declan das Unterfangen mit einem breiten Lächeln.

»So was hab ich zwar noch nie gemacht«, räumte er ein. »Aber ich kann's gern probieren. Clara kann mir ja zeigen, wie es geht.«

Könnte ich. Oder ich könnte dir sagen, wo du mir runterrutschen kannst … oder auch Maddie, wenn ich schon dabei bin. Sie wusste haargenau, was ihre Freundin im Schilde führte. Das Hühnchen würden sie später noch rupfen. Das Problem war nur, dass sie vorerst nichts dagegen unternehmen konnte. Einerseits konnte sie nicht unhöflich zu Declan sein, andererseits musste wirklich eine von ihnen zurück zur Farm. Sie holte tief Luft. Und lächelte.

»Ist ein Kinderspiel«, sagte sie und streckte die Hand nach Maddies rosa geblümter Schürze aus. »Aber Regeln sind Regeln. Die musst du anziehen«, sagte sie und verkniff sich ein Grinsen. Ihn darin zu sehen, würde es fast wert sein. Fast.

»Kein Problem«, erwiderte er mit ausdrucksloser Miene. »Kann ich mal meine feminine Seite ausleben.« Damit stülpte er sich die Schürze über den Kopf und band sie hinten zu. Die Länge der Schnüre reichte mit Müh und Not. Er strich die Schürze glatt. »Was meint ihr? Umwerfend? Oder sehe ich aus, als gehöre ich in die Klapse?«

Oh, auf jeden Fall umwerfend.

»Fantastisch«, verkündete Maddie. »Also gut, dann sehen wir uns später. Viel Spaß!« Und damit war sie verschwunden, bevor Declan oder Clara noch etwas sagen konnten.

Clara bemühte sich trotz allem, keine Miene zu verziehen. »Na schön. Hier haben wir die Preisliste … hier den Tee, den Kaffee, die Milch, den Zucker. Heißes Wasser ist im Kocher, und …« – sie schaute auf – »… da sind die Kunden.«

»Werde ich automatisch Ehrenmitglied im Fraueninstitut, wenn ich das hier überstehe?«

Darüber lächelte Clara. »Nein, ich fürchte, nicht. Du stirbst nur als besserer Mensch und kannst dich rühmen, Kuchen nach bestem Wissen und Gewissen serviert zu haben. Und du kriegst die einmalige Gelegenheit, einen Nachmittag lang eine rosa geblümte Schürze zu tragen. Das können nicht viele Menschen über ihr Leben behaupten.«

Kleine Fältchen zeichneten sich um seine Augen ab, als er lächelte. »Ich fühle mich geehrt.« Dann wandte er sich an den Nächsten in der Warteschlange. »Sir, was hätten Sie gern? Und bitte sagen Sie nicht, ein Date …«

Kichernd griff Clara nach einem Stück Zitronenstreuselkuchen. Danach sprachen sie beide die nächsten zehn Minuten lang nicht mehr miteinander.

Es fühlte sich nach einem geselligen Schweigen an. Und obwohl Clara ihre letzte Begegnung noch deutlich im Hinterkopf hatte, war sie geneigt, vorerst kein Wort darüber zu verlieren. Das würde nur die Stimmung verderben. Womit sie nicht gerechnet hatte, war, dass Declan in dieselbe Richtung dachte. Nur hielt er sich nicht zurück. Seine Bemerkung überrumpelte sie.

»Ich denke, ich muss mich bei dir entschuldigen«, sagte er, als eine kurze Flaute im Geschäft eintrat. »Für unsere letzte Begegnung. Du warst schon weg, als mir klar geworden ist, wie es für dich ausgesehen haben muss …«

»Weil ich rausgestürmt bin, meinst du?«

Er sah sie an. »Ich würde es eher als würdevollen Abgang bezeichnen«, erwiderte er großzügig. »Und du hattest schon recht damit, so aufgebracht zu sein. Ich hätte es dir erklären sollen, nur hat es mir kurzzeitig die Sprache verschlagen …«

»Überrascht mich nicht. Ich bin dir ja auch ziemlich an die Gurgel gesprungen.«

»Das hab ich gar nicht gemeint«, erwiderte er und warf ihr einen seltsamen Blick zu, geradezu zögernd. »Du wirst es nicht bemerkt haben, aber du hast vor mehreren Eimern mit riesigen Hortensien gestanden, und als die Sonne durch das Fenster hinter dir hereingeschienen hat, na ja …« Er deutete mit dem Kopf auf sie. »Also, wenn ich gekonnt hätte, ich hätte den Anblick gemalt.«

»Oh.«

»Und jetzt fühle ich mich doppelt zu einer Erklärung verpflichtet«, fuhr er fort. »Ich glaube nämlich, du hast die Blumen völlig falsch verstanden. Das möchte ich unbedingt richtigstellen. Meine *Mutter* war begeistert davon …«

»Oh«, wiederholte Clara und lief rosig an. »Ich hatte schon irgendwie das Gefühl, dass ich mich wie eine völlige Idiotin benommen habe. Anscheinend hatte ich recht.« Sie sah ihn verlegen an. »Nicht mein bester Moment.«

»Im Gegenteil«, widersprach Declan. »Aus meiner Sicht hast du umwerfend ausgesehen. Und unter den gegebenen Umständen war deine Reaktion völlig verständlich. Tatsächlich hab ich mich gefreut zu sehen, dass du eine Frau bist, die es völlig unpassend findet, wenn jemand mit Blumen für seine vermeintliche Liebste in der Hand mit einer anderen Frau flirtet.«

Clara lächelte. Dann wurde ihr klar, was er gerade gesagt hatte. »*Hast* du denn geflirtet?«

»Gott, ja«, antwortete er wie aus der Pistole geschossen.

»Verstehe …« *Was um alles in der Welt soll ich jetzt sagen?* Sie senkte den Blick auf den Tisch. »Na ja, wenn das so ist, können wir ja jetzt eine Tasse Kaffee trinken.« Sie grinste. »Nur, könntest du bitte kurz die Schürze ausziehen? So kann ich dich unmöglich ernst nehmen.«

Kapitel 13

»Alles Gute, liebe Agatha – alles Gute für dich!«

Die versammelte Menge brach in spontanen Beifall aus, eingeleitet von Seth. Er hatte gerade Agathas riesige Geburtstagstorte von Maddie in Empfang genommen und bemühte sich, sie wohlbehalten zum Tisch zu tragen.

Maddie war erst vor etwa zehn Minuten wieder aufgetaucht und hatte eine weitere Ladung Kuchen gebracht – mit der Warnung, dass der eine oder andere noch warm war. Mittlerweile hatten sich alle im Erfrischungszelt eingefunden, um vor den letzten Stunden des Wettbewerbs und der Bewertung auf das Geburtstagskind anzustoßen.

»Eine Rede!«, rief jemand aus der Menge.

Clara konnte sich nicht erinnern, Agatha je um Worte verlegen erlebt zu haben. Als sie die alte Dame zuletzt gesehen hatte, war sie begeistert ins Gespräch mit Dorfbewohnern vertieft gewesen, hatte in Erinnerungen an alte Zeiten geschwelgt und sich sichtlich darüber gefreut, so im Mittelpunkt zu stehen. Nun wirkte sie aufrichtig gerührt über das Aufhebens, das um sie gemacht wurde, und es fiel ihr tatsächlich schwer zu sprechen.

Erst nach einigen Augenblicken hatte sie sich gefasst und hob die Hand.

»Meine Güte«, begann sie. »Ich werde heute so verwöhnt. Und dabei hat mir noch vor wenigen Wochen vor meinem Geburtstag regelrecht gegraut.« Kurz verstummte sie und ließ einen liebevollen Blick in die Runde wandern. »Wissen Sie, in meinem Alter hat man an Geburtstagen normalerweise keine große Freude mehr. Da gibt es zu viele Menschen, die man nie wiedersehen wird, zu viele Dinge, die nie wieder geschehen werden. Insgesamt zu viele Enden und nicht annähernd genug Anfänge …« Sie richtete den Arm auf Clara und winkte sie zu sich. Clara bewegte sich näher zu ihr.

»Deshalb«, fuhr die Jubilarin fort, »freue ich mich umso mehr, dass diese drei ganz besonderen Menschen hier alten Traditionen neues Leben einhauchen. Und dieser Wettbewerb ist ein wunderbares Beispiel dafür. Ich hatte heute Morgen so viel Spaß dabei, an all die schönen Momente zurückzudenken, die wir in Summersmeade Hall erlebt haben. Und ohne diese drei wäre das nicht möglich gewesen. So sehr mich die Geburtstagswünsche von Ihnen allen rühren, bitte danken Sie mit mir auch Seth, Maddie, Clara und allen anderen von Joy's Acre. Nicht nur für alles, was heute hier passiert, sondern auch für den Beweis, dass doch nicht alles zu Ende geht.«

Applaus brandete auf. Genau wie Maddie und Seth errötete Clara ein wenig darüber, dass sie so unverhofft ins Rampenlicht geschoben wurde. Vor allem aber, weil Declan neben ihr am lautesten klatschte. Trotz ihrer Verlegenheit freute sich Clara sehr darüber, wie glücklich Agatha wirkte. Es war wirklich kein allzu großer Aufwand gewesen, an diesen Punkt zu gelangen, doch für die alte Dame bedeutete es unermesslich viel. Ein deutlicher Hinweis darauf, wie sehr sich die Dinge in den letzten Wochen verändert hatten.

Trixie hätte unmöglich eine so große Torte backen können, dass jeder ein Stück davon bekommen konnte. Maddie und Clara teilten sie in möglichst viele Portionen auf. Zumindest würden sie damit die restlichen Kuchenvorräte schonen. Natürlich bekam Agatha das größte Stück. Seth nahm ihr den Teller ab, hängte sich bei ihr ein und führte sie behutsam von der Menschenmenge weg.

»Also gut, junge Dame«, sagte er. »Genug Aufregung für heute. Ein Tässchen Tee und ein bisschen Ruhe wären genau das Richtige zur Torte. Und danach könnte ein Nickerchen nicht schaden. Was meinst du dazu?«

»Sie erinnert mich an eine Frau, die ich aus unserem Dorf kenne«, sagte Declan, als er ihnen nachschaute. »Sie ist mit zweiundneunzig Jahren immer noch rüstig und hat ein Mundwerk, das glaubt man nicht.«

»Klingt ganz nach Agatha«, erwiderte Maddie. »Aber ich muss ihr zugutehalten, dass ich bis vor wenigen Tagen nicht wusste, wie viel sie in der Vergangenheit für das Dorf getan hat. Oder wie sehr man sie immer noch schätzt, wenn man nach den Reaktionen der Dorfbewohner geht.«

»Das ist ein so wunderbares Beispiel dafür, was Gemeinden ausmachen sollte. Summersmeade Hall im Mittelpunkt, mit großen Veranstaltungen, an denen jeder teilnehmen kann. So was liebe ich. Genau das habe ich mit Lokalkolorit gemeint. Dass Joy's Acre jetzt in den Wettbewerb eingebunden ist, finde ich perfekt. So etwas begeistert die Leute.«

Clara bedachte ihn mit einem Seitenblick. »Ich nehme an, wir reden hier von Fernsehpublikum, richtig?«, fragte sie belustigt. »Hörst du denn nie damit auf? Weißt du, nicht alles ist eine Angelegenheit für die Medien.«

»Ich bin halt sehr begeisterungsfähig«, erwiderte er und schaute verlegen drein.

Die geblümte Schürze hatte er abgelegt, er trug nur noch eine Jeans und ein weißes Leinenhemd. Tatsächlich wirkte er alles andere als leicht begeisterungsfähig. Eher nüchtern, ruhig, wenn auch mit … wie hatte Trixie es genannt? Einem gewissen Extra? Ja, er strahlte eindeutig ein gewisses Extra aus … Rasch wandte sie den Blick von ihm ab.

»Da es jetzt ein bisschen ruhiger geworden ist, könnten wir uns die Teilnehmer ansehen. Das war mit ein Grund, warum ich heute hergekommen bin.«

Clara wollte gerade antworten, doch Maddie kam ihr zuvor. »Sicher, nur zu. Ein Weilchen kann ich allein die Stellung halten. Und während sich Agatha ausruht, kann ich zur Not auch Seth rufen.«

Clara zögerte. Sie sah erst Declan an, dann wieder Maddie. »Ich sollte zurück zur Farm und Trixie helfen«, meinte sie. »Das hab ich ihr heute Morgen versprochen. Immerhin muss sie noch das Abendessen kochen.«

Aber Maddie winkte ab. »Als ich von ihr weg bin, hatte sie alles unter Kontrolle, Clara. Mehr Kuchen werden wir hier nicht brauchen, also schafft sie es bestimmt. Führ du mal schön Declan herum. Dabei kannst du ihm gleich Megan vorstellen.«

»Megan?«

»Eine Teilnehmerin«, erklärte Maddie. »Außerdem ist sie bei uns zu Gast. Ist also gut möglich, dass du ihr in Joy's Acre über den Weg läufst. Falls du noch Beiträge für die Sendung brauchst, könnte sie eine gute Interviewpartnerin sein ...« Mit einem kessen Grinsen ließ sie die Andeutung wirken. Natürlich wusste sie haargenau, dass Declan ihren kaum verhohlenen Marketingtrick durchschaute.

»Ich werd es im Hinterkopf behalten«, sagte er lächelnd, bevor er sich Clara zuwandte. »Wollen wir?«, fragte er.

»Sollten wir besser«, murmelte Clara. »Sonst wird es mir ewig unter die Nase gerieben. Aber Megan ist wirklich gut. Sind eigentlich alle. Komm, mal sehen, was du dazu meinst.«

Sie klärte Declan über die Hintergründe des Wettbewerbs auf, während sie den Hof überquerten. Durch den plötzlichen Temperaturumschwung nach dem stickigen Zelt fröstelte sie unterwegs leicht.

»Ich glaube, Megan nimmt dieses Jahr zum ersten Mal teil. Sie ist noch sehr jung, für den Gewinner ist es allerdings eine großartige Chance.«

»Hört sich ganz so an«, pflichtete Declan ihr bei. »Aber die Chance, zusätzlich einen solchen Auftrag zu bekommen, muss für ganz schön Druck sorgen.«

Clara nickte. »Du hast Megan noch nicht gesehen. Ich glaube, sie lässt sich generell nichts gefallen, und den Konkurrenten hier wird sie mit Sicherheit einen harten Kampf liefern. Sie ist cool wie ein Eiswürfel.«

***

»Ich hab's nicht verlegt, Liam. Es ist nicht hier, so einfach ist das. Und wag es ja nicht zu behaupten, ich könnte nicht zählen.« Megan funkelte ihn mit finsterer Miene an, während sie einen Metallstab mit weiß glühender Spitze in der Hand hielt. Sie schaute auf, als Clara die Schmiede in Begleitung eines Mannes betrat.

»Ist alles in Ordnung?«, fragte Clara und trat näher.

Megan lächelte verkniffen, legte das Metall auf den Amboss und begann, rhythmisch darauf zu hämmern.

»Ich lasse es Liam erklären. Er scheint ja alle Antworten zu kennen«, sagte sie und konzentrierte sich wieder auf die Arbeit. Für so etwas hatte sie wirklich keine Zeit.

»Eines von Megans Werkstücken ist verschwunden«, erklärte Liam. »Einen Schnörkel mit zwei Enden, eines der schwierigsten Vorgabeteile.«

»Nur ist er nicht einfach ›verschwunden‹, oder?«, zischte Megan, ohne aufzuschauen. »Jemand hat ihn geklaut, und wir können uns wohl alle denken, wer …«

»Megan«, flüsterte Liam eindringlich. »So was kannst du hier nicht sagen … und wenn schon, dann zumindest leise.«

Sie hob das geschlagene Metall an und begutachtete es mit kritischem Blick, bevor sie sich Clara zuwandte. »Ich hatte alles auf dem Tisch hinten ausgebreitet und musste nur noch das Hufeisen machen. Dann bin ich kurz reingegangen, um etwas zu trinken und zu essen. Als ich wieder herauskam, war einer der Schnörkel verschwunden. Liam scheint zu denken, ich hätte ihn bloß verlegt oder vergessen, wie man zählt. Aber da ich nicht wirklich so dumm bin, gibt's keine andere Erklärung, als dass er gestohlen wurde. Clara, du warst vorhin dabei – du weißt, wie widerlich sich Julian verhalten hat. Dem Kerl traue ich alles zu.«

Sie beobachtete, wie Clara zu dem fraglichen Tisch hinüberschaute, wo alles in perfekter Ordnung war. Sämtliche Teile lagen in sauberen Reihen gerade und symmetrisch angeordnet. Ihr Gesichtsausdruck war nicht schwer zu deuten.

Megan verdrehte die Augen. »Okay, ich sehe schon, dass du mir auch nicht glaubst, also spar dir die Mühe, was zu sagen.«

»Das ist es nicht«, protestierte Clara. Sie öffnete den Mund, um etwas hinzuzufügen, dann schloss sie ihn wieder. »Nur … glaubst du wirklich, Julian würde so was tun?«, fragte sie schließlich. »Wäre bei all den Leuten hier ziemlich schwierig gewesen.«

»Das weiß ich«, gab Megan barsch zurück und wurde von Minute zu Minute irritierter. »Aber ich hätte nichts gesagt, wenn ich nicht überzeugt davon wäre, dass er's getan hat, oder?« Kurz verstummte sie und überlegte, was Clara denken mochte. »Oh, um Himmels willen …«

Der Mann neben ihr trat plötzlich vorn und streckte die Hand aus.

»Ach herrje … Entschuldigung«, stammelte Clara. »Ich hab euch ja noch gar nicht vorgestellt … Megan, das ist Declan. Er arbeitet an dem Filmprojekt drüben in Joy's Acre und ist heute zu Besuch. Ich habe ihn hergebracht, um ihm zu zeigen, wie es hier läuft.«

Megan musterte ihn von oben bis unten. Da sie nicht unhöflich sein wollte, ergriff sie die ihr angebotene Hand. Aber es änderte nichts an der Lage. Sie würde sich von niemandem beschwichtigen lassen, wenn sie so sicher war, was sich ereignet hatte. Zu ihrer Überraschung nickte der Mann nur verständnisvoll.

»Was bedeutet das jetzt für dich, Megan?«, fragte er. »Kannst du irgendwas dagegen unternehmen?«

Sie schüttelte den Kopf. »Nein. Nicht ohne Beweise, die ich natürlich nicht habe … Ich werde einfach einen Ersatz anfertigen müssen. Was bleibt mir anderes übrig?«

Wieder nickte er. »Das scheint mir aber nicht richtig zu sein«, sagte er. »Hast du überhaupt genug Zeit dafür?«

»Kaum …« Sie presste das Wort zwischen zusammengebissenen Zähnen hindurch, brachte den Stab zurück zur Esse und stieß ihn in das Kohlenbett. »Und erst recht hab ich jetzt keine Zeit, darüber zu diskutieren, also können wir uns das für später aufheben?«

Wenn sie sich nicht beeilte, bestand keine Hoffnung mehr, rechtzeitig fertig zu werden. Was auch immer sie über die Angelegenheit dachte, es würde vorläufig warten müssen.

»Tut mir leid«, milderte sie die letzten Worte ein wenig ab. »Ich muss wirklich …«

Aus dem Augenwinkel bemerkte sie, wie Declan die Hand ausstreckte und Clara am Arm nahm. Langsam atmete sie zur Beruhigung ein.

»Vielleicht sollten wir sie ihrer Arbeit überlassen«, schlug er vor.

»Liam?«

Eine Pause entstand. Liam schaute von Megan zu Clara und Declan und wieder zurück. Sie pappte sich ein ermutigendes Lächeln ins Gesicht. »Wir sehen uns später, okay?«

Zögerlich nickte er. »Nur, wenn du dir sicher bist …«

Ihr Lächeln wurde breiter. »Ich komme zurecht. Ehrlich.«

Es dauerte ein, zwei weitere Sekunden, bis ihm klar wurde, dass es für ihn keinen Grund gab zu bleiben. Dann trat er näher und küsste sie. »Du schaffst das, Megan. Ich weiß es.«

Sie nickte, winkte und versuchte, sich ihre Erleichterung nicht anmerken zu lassen, bis die drei die Schmiede verlassen hatten. Eine Sekunde lang hatte es auf der Kippe gestanden.

Um ein Haar hätte sie sich von der Frustration und Kränkung darüber überwältigen lassen, dass selbst Liam ihre Behauptung nicht ernst nahm. An der Stelle wäre sie am liebsten tränenüberströmt auf den Boden gesunken. Aber am Ende hatte ihr Zorn die Oberhand behalten. Megan schob den Eisenstab tiefer in die Hitze der Esse, biss die Zähne zusammen und dachte nur noch an die vor ihr liegende Aufgabe. Mistkerl. Sie würde es ihm zeigen.

***

Declans Hand ruhte fürsorglich auf Claras Kreuz, als er sie aus der Schmiede führte. Er wich einen Schritt zurück, um Liam den Vortritt zu lassen. Bei der Gelegenheit sah Clara ihm in die Augen und schenkte ihm ein mitfühlendes Lächeln, bevor sie ihm nach draußen folgten. Ein Stück abseits des Stallbereichs blieben sie stehen.

»Tut mir leid ... Sie ist ziemlich gestresst, wie ihr ja gesehen habt.«

»Meine Güte, du musst dich nicht entschuldigen«, erwiderte Clara. »Für Megan ist der Wettbewerb eine riesige Chance. Kein Wunder, dass sie so aufgebracht ist. Was für ein schreckliches Malheur aber auch.«

»Aber sie scheint sich sehr sicher zu sein, dass ihr Werkstück gestohlen wurde«, meinte Declan. »Können wir nicht irgendetwas tun? Mit irgendjemandem reden?«

Clara war überrascht, dass Liam für ihren Geschmack eine Sekunde zu lange zögerte.

»Glaubst du denn nicht, dass Julian dahintersteckt?«, fragte sie ihn. »Er war heute Morgen wirklich eine Landplage, als ich Tee für alle gebracht habe.«

»Tatsächlich?« Liam verengte die Augen zu Schlitzen. »Warum? Was hat er gesagt?«

»Nicht viel. Megan hat ihn schlagfertig abserviert. Aber er

hat dämliche Bemerkungen darüber fallen gelassen, dass sie eine Frau ist und das für die Finalrunde nötige Tor nicht mal heben könne.«

Liam presste die Lippen zu einer schmalen Linie zusammen.

»Sie hat sich aber mehr als behauptet«, fügte Clara hinzu.

»Das beunruhigt mich«, sagte er. »Nicht, weil ich nicht an Megan glaube. Julian ist ein unausstehlicher Penner der übelsten Sorte, nur leider hat er gelernt, welche Knöpfe er bei ihr drücken muss. Und, Mann, wie er sie drückt.«

»Und Megan spricht jedes Mal darauf an«, ergänzte Clara.

»Hm. Sie hat erwähnt, dass die beiden eine gemeinsame Vorgeschichte haben. Trotzdem. Wenn wirklich eines ihrer Werkstücke verschwunden ist, dann ist das eine ernste Sache. Das geht weit über bloße Sticheleien hinaus.«

»Ja.« Mit besorgtem Blick verstummte Liam. »Das klingt jetzt vielleicht furchtbar, aber so sehr ich Julian verabscheue, ich bin mir nicht sicher, ob er so tief sinken würde.«

Er sah ziemlich bedrückt aus. In Clara regte sich Mitgefühl – er war offensichtlich in der Zwickmühle.

»Ich meine, ich würde alles tun, um Megan zu unterstützen, und ich hoffe, sie weiß das. Aber im Moment versteift sie sich so sehr auf Julian, dass sie etwas übersieht. Wenn wir ohne Beweise eine Beschwerde einreichen oder irgendeine Anschuldigung erheben … Tja, dann könnte sich Megan genauso gut einfach vom Wettbewerb abmelden. Im besten Fall würde sie dumm dastehen, im schlimmsten Fall könnte sie sogar beschuldigt werden, einen Mitbewerber anschwärzen zu wollen.«

Declan nickte. »Ich könnte mir vorstellen, dass bei solchen Wettbewerben auch viel Ehre im Spiel ist, ein ungeschriebener Verhaltenskodex, wenn man so will. Kommt normalerweise nicht gut an, wenn jemand für Ärger sorgt.«

»Aber das ist so ungerecht!«, protestierte Clara. »Mir ist

schon klar, was du meinst, Liam. Ich kenne Megan natürlich nicht annähernd so gut wie du, trotzdem lässt sich nicht übersehen, dass sie in Hinblick aufs Schmieden sehr empfindlich auf Bemerkungen über ihre Größe und ihr Geschlecht reagiert. Schon möglich, dass sie deshalb überreagiert oder voreilige Schlüsse zieht. Aber was, wenn sie recht hat? Falls wirklich jemand *betrügt*, sollte das nicht einfach ignoriert werden.«

Liam nickte. »Ich weiß«, räumte er niedergeschlagen ein. »Und ob ich jetzt etwas dagegen unternehme oder nicht, beides kann verkehrt sein.« Er schaute zurück zur Schmiede. »Im Augenblick ist das Wichtigste, dass Megan diese Runde im Wettbewerb übersteht und in die nächste vorrückt. Also schlage ich vor, wir lassen sie vorerst in Ruhe. Es mag pervers klingen, aber ihre miese Laune könnte ihr tatsächlich helfen, rechtzeitig fertig zu werden.«

Clara bedachte ihn mit einem mitfühlenden Lächeln. »Und du musst es später ausbaden?«

»So ungefähr …«

Sie sah wieder Declan an. »Gehen wir ein bisschen spazieren?«, schlug sie vor. »Dann lassen wir dich mal allein. Falls sich die Gelegenheit ergibt, wünsch Megan von uns Glück, und sag ihr, wir drücken ihr alle Daumen.«

»Mach ich.«

Damit verließen sie Liam und traten den Weg in Richtung der übrigen Schmieden an. Das laute Klirren von Hämmern auf Metall hallte durch die Luft.

»Welcher ist Julian?«, fragte Declan und versuchte, an den anderen Zuschauern vorbeizuspähen.

Clara reckte den Kopf. »Der Zweite von der Seite aus«, sagte sie. »Nicht zu übersehen. Man könnte ihn für einen Zahnarzt halten.«

Declan zog eine Augenbraue hoch. »Ist jemand nicht erst dann schuldig, wenn seine Schuld bewiesen ist?«

»Was denn? Ich mein ja nur – er sieht *wirklich* wie ein

Zahnarzt aus. Grundsätzlich gibt's auch gegen Zahnärzte nichts zu sagen, nur …« Sie sprach nicht weiter.

»Ich weiß.« Er schenkte ihr ein herzliches Lächeln. »Du hast diesen herrlichen Beschützerausdruck im Gesicht. Ich weiß genau, was du meinst.«

Clara legte die Hände auf die Wangen und spürte, wie sie sich erneut verfärbten.

»Soll ich ein bisschen rumschnüffeln? Ich bin dem Mann noch nie begegnet, also kann ich mich als ahnungsloser Zuschauer ausgeben. Mal sehen, ob er in Redelaune ist.« Er grinste. »Tatsächlich muss ich mich dafür nicht mal verstellen. Und man weiß ja nie, vielleicht rutscht ihm was raus.«

»Declan, das musst du nicht.« Allein, dass er sich mit dem Gedanken trug, fand sie rührend.

»Stimmt, muss ich nicht. Aber ich versuche, jemanden zu beeindrucken, und ich dachte mir, das könnte mir Pluspunkte einbringen.«

»Die hast du schon dafür gekriegt, dass du den ganzen Nachmittag die geblümte Schürze getragen hast«, erwiderte sie etwas verlegen über ihre freche Antwort.

»Oh, Gott sei Dank«, gab er schlagfertig zurück. »Ich dachte schon, das wäre umsonst gewesen.«

Er sah sie neckend an. Seine grünen Augen funkelten in einem unverhofften Sonnenstrahl, der über den Hof glitt, und auf einmal wusste Clara nicht mehr, was sie sagen sollte. Diese Unterhaltung schien irgendwohin zu führen. Nur war sie sich nicht sicher, wohin. Und oder sie das überhaupt wollte. Vorerst.

Sie räusperte sich. »Ich sehe mal besser nach, wie Maddie zurechtkommt. Wir treffen uns nachher im Erfrischungszelt, okay?«

***

»Was denkst du?«, fragte Clara etwas später.

Sie standen im Bewertungszelt, nachdem sie sich sämtliche Beiträge angesehen hatten. In wenigen Minuten sollten die Ergebnisse bekannt gegeben werden.

Declan verzog das Gesicht. »Ich bin zwar kein Experte, aber das Niveau scheint mir recht hoch zu sein. Nur bei einem Teilnehmer hat etwas gefehlt, und das war offensichtlich, weil er einen der Schnörkel nicht fertig hatte.«

»Aber was hältst du von Megans Arbeit?«

Von ihr und Liam fehlte jede Spur. Clara hoffte, ihre Freundin würde die Bekanntgabe nicht verpassen.

»Meiner Einschätzung nach hat sie die Vorgaben tadellos erfüllt. Ihre Werkstücke sehen sehr gleichförmig aus. Ich konnte praktisch keinen Unterschied zwischen ihnen erkennen. Am wenigsten beim Geflecht, und das muss unglaublich schwierig sein. Mir ist nur aufgefallen, dass zwei ihrer Hufeisen nicht ganz so gut geglückt sind wie die anderen vier. Da dürfte ihr die Zeit ausgegangen sein. Am wichtigsten ist, dass die Schnörkel alle gleich aussehen. Ich glaube, die Hufeisen hat sie sich bewusst bis zum Schluss aufgehoben, weil sie am einfachsten sind. Aber ich hab natürlich keine Ahnung, wie sie bewertet werden.«

Declan schnitt eine Grimasse. »Das werden wir wohl gleich erfahren.«

Seth schlenderte zu ihnen herüber. Er nickte zum Gruß. »Alles gut, Megan ist draußen bei Liam und Maddie. Sie ist natürlich überzeugt davon, dass sie ausscheidet. Maddie bearbeitet sie gerade mit Kuchen. Sie hat zu ihr gesagt, wenn sonst nichts hilft, dann vielleicht das.«

»Jedenfalls kann's davon nicht schlimmer werden«, pflichtete Clara ihm bei.

»Hab gehört, du hast dich mit Julian unterhalten, Declan. Er hat sich wohl nicht irgendwie verraten, oder?«

Declan seufzte und schüttelte den Kopf. »Er hat sich sehr

offen gezeigt, geradezu sympathisch. Zugegeben, er sieht aus wie ein Vollpfosten, aber ich hatte ehrlich den Eindruck, dass er die Arbeit als Schmied liebt. Und ich muss auch sagen, dass seine Werkstücke sehr gut aussehen.«

Clara verlagerte das Gewicht von einem Bein aufs andere. »Da würde dir sogar Megan zustimmen. Heute Morgen hat sie mir erzählt, sie würde seine Arbeit gern ihm gegenüber respektieren. Nur seine Einstellung hält sie davon ab. Es besteht wohl kein Zweifel daran, dass er sein Handwerk beherrscht.« Sie senkte die Stimme. »Die Frage ist nur, ob er ein Betrüger ist.«

»Oder jemand anders«, ergänzte Seth.

Schweigend sahen sie sich gegenseitig an, während das Raunen der Unterhaltungen mit zunehmender Spannung lauter wurde. Clara warf einen Blick auf ihre Uhr. Dann kehrte schlagartig Stille ein, weil die Juroren das Bewertungszelt betraten. Als Clara aufschaute, sah sie Maddie hinten hereinhuschen. Mit besorgter Miene eilte sie näher.

»Megan will nicht reinkommen«, sagte sie. »Liam versucht gerade, sie zu überreden, aber sie zeigt sich stur. Sie sagt, sie will Julian nicht die Genugtuung gönnen, sie ausscheiden zu sehen.«

Clara nickte mit verkniffener Miene und fasste einen Entschluss.

Sie beugte sich zu Seth. »Ich gehe sie holen. Was auch immer passiert, sie sollte dabei sein.«

Seth nickte. Auch er wirkte besorgt.

Clara verließ das Zelt und schaute zum Himmel, als erste dicke Regentropfen fielen, die ein plötzlicher Windstoß über den Hof fegte. Sie eilte hinüber zu den Schmieden. Zwar hatte sie keine Ahnung, wo Megan stecken mochte, aber das schien ihr eine gute Möglichkeit zu sein. Noch bevor sie die Hälfte der Strecke zurückgelegt hatte, drangen erhobene Stimmen zu ihr.

»Du verdrehst mir die Worte im Mund, Megan. So was hab ich nie gesagt!«

»War auch gar nicht nötig. Na los, geh doch suchen, wenn du glaubst, du findest es. Ein großer Metallklumpen fällt nicht einfach unbemerkt von einer Werkbank. Und erst recht rollt er nicht von selbst auf Nimmerwiedersehen in einen finsteren Winkel.«

Was als Nächstes folgte, konnte Clara nicht verstehen.

»Ist ja offensichtlich, dass du mir nicht glaubst.«

»Und du mir auch nicht. Gott, Megan, in der Stimmung bist du echt unmöglich.« Ein frustrierter Laut ertönte. »Komm wenigstens für die Bewertung mit ins Zelt.«

Clara setzte den Weg in die einsetzende Stille fort, bis Megan sie bemerkte, die ihr zugedreht stand. Sie hatte die Hände in die Hüften gestemmt.

»Die Juroren fangen jeden Moment an«, verkündete sie ruhig. »Ich dachte mir, ich sollte dir Bescheid geben.«

»Danke, Clara.« Megan löste die Hände von den Hüften und verschränkte stattdessen die Arme vor der Brust. »Nur hat es nicht wirklich Sinn.«

»Dann hat Julian so gut wie gewonnen.«

Obwohl Liam leise sprach, ließ sich der Nachdruck hinter den Worten nicht überhören.

»Er hat recht, Megan«, versuchte es Clara. »Wir haben keine Beweise dafür, dass Julian den fehlenden Schnörkel gestohlen hat. Falls er es getan, ist das schon schlimm genug, ohne dass du ihm auch noch Macht über dich zugestehst. Wenn du zulässt, dass er dir das Gefühl gibt, eine Verliererin zu sein, dann hast du verloren – ob du ausscheidest oder nicht.«

»Aber …«

»Geh mit erhobenem Haupt zurück ins Zelt. Wenn du nämlich die nächste Runde trotz dieses Mists heute erreichst, wäre das der schwerste Schlag ins Gesicht für ihn. Dann sieht er, dass du ihm auf jeden Fall die Stirn bietest und er dich nicht kleinkriegen kann.«

Wenigstens hörte Megan mittlerweile zu, auch wenn sie nach wie vor nicht überzeugt wirkte.

»Und wenn ich ausscheide?«

»Dann sieht er eine Frau, die stolz und kompetent ausscheidet, weil jemand sie mit unfairen Mitteln hinausgedrängt hat, nicht weil sie durch mangelndes Können versagt hat. Und damit bist du besser als er.«

Liam bot Megan den Arm zum Einhängen an. »Wollen wir?«, lud er sie ein. Und mit einem milden Lächeln begann Megan, ihre Schürze abzulegen.

Die Wertungsbekanntgabe hatte bereits begonnen, als sie das Zelt betraten.

»… schien der gesetzte Standard fast unmöglich zu übertreffen zu sein. Aber wir haben heute einige wirklich herausragende Beispiele von Handwerkskunst gesehen. Bevor wir mit der Bekanntgabe der heutigen Bewertungsergebnisse fortfahren, möchte ich zwei Leistungen besonders lobend hervorheben. Zum einen … Jason Moorland, dessen Korbgeflecht einen unglaublich hohen Standard gesetzt hat.«

Beifall setzte ein.

»Zum anderen Megan Forrester, die mit ihren Schnörkeln ebenfalls überragendes Können bewiesen hat.«

Megan legte die Hand an den Mund und beugte sich dicht zu Clara. »Das war's, ich bin draußen. Das machen sie immer, bevor man ausscheidet. Sie loben einen, damit man sich nachher nicht so schlecht fühlt.«

Liam schlang den Arm um ihre Taille und zog sie entschlossen näher zu sich. »Still jetzt«, tadelte er sie kopfschüttelnd. »Was soll das denn?«

Der Juror wartete, bis sich der Beifall gelegt hatte.

Clara lächelte Megan beruhigend an, dann drehte sie sich nach vorn, damit sie auch Julian im Auge behalten konnte, der links von ihr stand. Schon zweimal hatte er herübergeschaut, und zweimal hatte sie ihm ins Gesicht gestarrt, bis er sich abgewandt hatte. Ihr Mund bildete eine verkniffene Linie.

»Und damit kommen wir unweigerlich zur Endbewertung des heutigen Wettbewerbs. Wie bisher wurden diese Punkte in vier verschiedenen, allerdings etwas anderen Kategorien vergeben, weil die Teilnehmer heute bereits vorliegende Muster kopieren mussten. Bewertet wurden daher technisches Geschick, Qualität der Ausführung und Übereinstimmung aller Werkstücke mit den Vorgaben. Wir haben auch Punkte für die Anzahl der erledigten Aufgaben vergeben – beziehungsweise für das Zeitmanagement.«

Kurz verstummte er und ließ den Blick durch das Zelt wandern. »Das betone ich deshalb, weil diesmal ungewöhnlicherweise *alle* Teilnehmer rechtzeitig fertig geworden sind. Das war in anderen Jahren nicht so, wodurch unsere Bewertung damals einfacher war als diesmal – also schönen Dank an alle.«

Wieder verstummte er, um das vereinzelte höfliche Lachen ausklingen zu lassen. »Die Detailbewertungsbögen jedes Teilnehmers liegen neben den Arbeiten aus, falls sie sich jemand ansehen möchte. Und nun direkt zu den neun Teilnehmern, die es in die nächste Runde geschafft haben. Es sind …«

Der Juror begann, die Liste zu verlesen. Seine Stimme tönte laut durch das nahezu völlig stille Zelt. Clara hielt den Atem an und zählte mit, ohne dabei Julian aus den Augen zu lassen. Die Namen sagten ihr nichts – bis auf einen. Und als sie ihn hörte, sah sie, wie ein Anflug von Verärgerung über Julians Züge huschte, der blitzschnell wieder verschwand. Aber Clara hatte ihn deutlich bemerkt. Wichtiger noch, Julian hatte es mitbekommen.

Neben ihr sackte Megan in Liams Arme, die Augen geschlossen, im Gesicht ein breites Grinsen. Seth steckte sich zwei Finger in den Mund und stimmte schrille Pfiffe an, die sich zum allgemeinen Jauchzen und Beifall mischten. Megan tat es sichtlich gut, das zu hören – echte Wertschätzung, echter Jubel für ihre Arbeit, erlangt ausschließlich durch ihre Fähigkeiten.

Plötzlich kehrte wieder Ruhe ein, als der Juror verstummte. Clara hörte in Gedanken zu zählen auf. Nur acht Namen waren verkündet worden.

»Diese Teilnehmer haben es sicher in die nächste Runde geschafft. Aber wie erwähnt, hat sich die Bewertung diesmal als ungewöhnlich schwierig erwiesen. Das hat zu einem noch nie da gewesenen Gleichstand zwischen zwei Schmieden geführt, nämlich Julian Bamford und Luke Greenwood.«

Ein lautes Johlen ging durch das Zelt.

Der Bewertungsrichter hob die Hand. »Allerdings …« Er hatte Mühe, sich Gehör zu verschaffen. »Allerdings sind die Regeln eindeutig. Die Gesamtpunktzahl aller Runden wird für das Ausscheiden aus dem Wettbewerb herangezogen. Und das bedeutet …« Wieder hob er die Hand. »Meine Damen und Herren, bitte … In diesem Fall bedeutet die Gesamtpunktzahl, dass der letzte Teilnehmer, der in die nächste Runde aufsteigt … Julian Bamford ist.«

Megan schaute grinsend auf und nickte knapp. Dann ergriff sie Liams Hand und verließ das Zelt, ohne sich noch einmal umzudrehen.

Kapitel 14

»Ich könnte heute ordentlich Make-up vertragen«, sagte Clara und zupfte an der Haut um ihre Lider. »Ich glaube, letzte Nacht hab ich kein Auge zugetan.«

»Ach ja?« Trixie schaute vom Geschirrwaschen am Spülbecken auf. »Wollte dir Declan nicht aus dem Kopf gehen?«

Clara streckte ihr die Zunge heraus. »Nein«, erwiderte sie. »Vor lauter Angst und Schrecken.« Sie ging zu Trixie hinüber und stieß sie mit der Hüfte weg. »Lass mich das fertigmachen. Spring du unter die Dusche.«

Trixie streifte bereits die gelben Spülhandschuhe ab. »Mach ich wirklich, wenn du nichts dagegen hast. Ich darf schließlich mein Publikum nicht enttäuschen, oder?« Grinsend ging sie zur Tür, bevor sie einen sexy Schmollmund zog. »Ich muss mich wunderschön machen …«

»Bist du denn überhaupt nicht nervös?«, fragte Clara.

»Wieso denn? Weil Ruhm und Reichtum drohen? Auf keinen Fall … nur her damit!«, antwortete sie, bevor sie beschwingt durch die Tür hinaus verschwand.

Lachend nahm Clara die Handschuhe und verspürte, wie Erleichterung sie durchströmte. Trixie schien wieder zu ihrem normalen sonnigen Ich zurückgefunden zu haben. Vielleicht lag es bloß daran, dass sie sich am Vortag ausgeruht und von der Hektik am Samstag erholt hatte. Es war für sie alle anstrengend gewesen, doch Clara war erst bei der Rückkehr vom Schmiedewettbewerb nach Hause klar geworden, wie viel Trixie im Verlauf des Tages hatte stemmen müssen. Sie waren alle müde, aber gut gelaunt gewesen – Trixies Laune hingegen hatte am Samstag kurz vor dem Siedepunkt gestanden.

Clara wusste seit dem Wochenende nicht recht, welche Stimmung sie selbst empfand. Obwohl sie Trixies Bemerkung über Declan vorhin leichtfertig abgetan hatte, geisterten Gedanken an ihn ständig in ihrem Hinterkopf herum. Sie schaute auf, als sie hörte, wie auf der anderen Seite des Hofs eine Autotür zuschlagen wurde. Ihr Magen krampfte sich leicht zusammen. Er kam zu früh – sie hätte es ahnen müssen.

Wir sehen uns um zehn, hatte er gesagt. Dabei war es erst kurz nach neun. Wie um alles in der Welt sollte sie ihn eine geschlagene Stunde lang beschäftigen? Rasch streifte sie die Handschuhe wieder ab und raste den Flur hinunter ins Büro, wo Maddie bereits arbeitete und gleichzeitig zu tippen und ein Stück Toast zu essen versuchte.

»Declan ist schon da«, platzte Clara heraus. »Aber ich kann mich jetzt nicht um ihn kümmern, ich muss noch so viel vorbereiten.«

Maddie lächelte nur über Claras panische Miene. »Husch«, sagte sie. »Schnell ab durch die Hintertür.« Damit stand sie auf und nahm ihren Teller mit. »Mal sehen, ob er Frühstück will.« Im Vorbeigehen zwinkerte sie Clara zu und tippte ihr auf die Nase. »Mama macht das schon.«

Clara schaute ihr nach und wollte eine Entgegnung hinterherrufen, doch ihr wurde klar, dass ihr kaum noch Zeit blieb, wenn sie sich unbemerkt aus dem Staub machen wollte. Also verließ sie das Zimmer auf demselben Weg, wie sie es betreten hatte. Wenige Augenblicke später stand sie im Garten und atmete erleichtert durch.

Es gab noch einiges zu tun, bevor die Dreharbeiten begannen. Es gab *immer* etwas zu tun, aber … Sie folgte dem Weg, der sie zum Platz in der Mitte der Farm führte. Unterwegs zog sie die Jacke enger zusammen, um sich gegen die Kühle des Morgens zu schützen. Sie steuerte die Bank an und ließ sich seufzend darauf nieder, bevor sie zur Beruhigung tief Luft holte. Irgendwo hatte jemand ein Feuer angezündet, einer ihrer

Lieblingsgerüche im Herbst. Sie atmete den rauchigen Duft ein und genoss es, sich an ihrem liebsten Ort überhaupt aufzuhalten. Tatsächlich bedeutete Clara der Garten die Welt. Nur selten wünschte sie sich, anderswo zu sein. Sie schloss die Augen und ließ die Gedanken schweifen und ihren Kopf leer werden, bis sie nur noch die tief empfundene Verbindung mit ihrer Umgebung wahrnahm.

Wenig später wurde ihr bewusst, dass ein Schatten auf sie gefallen war. Abrupt schlug sie die Lider auf, brauchte jedoch einen Moment, um sich an das Licht zu gewöhnen. Ein vertrautes Gesicht blickte auf sie herab.

»Also, wenn du dich verstecken willst, solltest du dir dafür echt einen besseren Ort aussuchen …«

»Morgen, Tom.« Sie lächelte. »Ich verstecke mich nicht, ich will … nur ein paar Minuten für mich allein.«

»Ah, verstehe. Ist nur so, dass Maddie gesagt hat, du versteckst dich.« Er ließ sich neben ihr auf die Bank plumpsen. »Aber keine Sorge, die nächsten paar Minuten bist du in Sicherheit. Trixie hält Declan in der Küche fest und macht ihm schöne Augen.«

»Gut.« Sie starrte durch den Garten.

»Er ist ein bisschen forsch, oder?« Tom und sie waren schon lange befreundet.

Sie seufzte. »Nein, das ist es nicht. Eigentlich ist er ja bezaubernd, wirklich eine gute Gesellschaft.« Sie überlegte kurz, wie sie es am besten erklären sollte. »Aber ich komme mit Veränderungen nicht gut zurecht. Es hat lange gedauert, es dahin zu schaffen, wo ich jetzt bin. Und ich will nicht verlieren, was ich habe.« Sie betrachtete, wie entspannt er neben ihr lümmelte. »Das klingt wahrscheinlich albern.«

Tom sah sie an.

»Nicht von dir, nein.« Er stupste sie sanft mit der Schulter. »Obwohl … Da ich jetzt endlich selbst das Licht am Ende des Beziehungstunnels gefunden hab, bin ich natürlich voll qualifiziert, dir nervtötend selbstgefällig einen Rat um die Ohren zu hauen. Und ich sage dir, lass dir nicht die Chance auf etwas Wunderbares entgehen, nur weil du Angst vor Veränderungen hast. Ist total möglich, dass sich daraus was noch Besseres ergibt.«

»Anscheinend bist du neuerdings auch voll qualifiziert dafür, das Offensichtliche auszusprechen«, brummelte Clara, lächelte dabei jedoch. »Ist halt nur schon ein Weilchen her, dass ich zuletzt an jemanden auf … romantische Weise gedacht habe. Ich bin wohl nur ein bisschen unsicher, das ist alles. Und natürlich ist Declan nicht irgendwer, oder? Er ist eben zufällig der Produzent einer Sendung, die er unbedingt ins Fernsehen bringen will. Und offen gestanden finde ich das immer noch erschreckend.«

»Eins nach dem anderen, Clara, eins nach dem anderen.« Tom rieb sich die Hände, als ein plötzlicher Windstoß das Laub über den Weg fegte. »Was sagst du immer? *In einem Garten will Eile Weile haben* … Klingt für mich nach einem guten Rat.«

Clara schaute auf. »Sieht so aus, als könnte uns Regen bevorstehen. Das könnte die Dinge verzögern.«

»Leider in mehr als einer Hinsicht.« Er zog sein Handy aus der Tasche und tippte ein paarmal auf das Display, bevor er ihr das Gerät reichte. »Sieh dir die Wettervorhersage an. Bis zum Ende der Woche könnten wir Schwierigkeiten kriegen.«

Die Botschaft auf dem Bildschirm war eindeutig: mehrere Tage mit heftigen Niederschlägen.

»Wird das ein Problem für dich?«

Tom nahm das Telefon zurück und tippte sich damit ans Kinn. »Schwer zu sagen. Dachdecken bei leichtem Regen ist normalerweise kein Ding, nur recht unangenehm. In einem heftigen Guss hingegen ist es alles andere als ratsam. Und ganz sicher nicht bei dem Cottage, an dem ich gerade arbeite. Ich glaube, ich hab schon erwähnt, dass bei dem viel mehr altes Stroh wegmusste als bei den anderen. Das bedeutet nicht nur, dass mehr neues verlegt werden muss, sondern auch weniger Schutz für das Dach während der Arbeit. Wenn Wasser darauf landet, fließt es einfach in die Räume darunter. Das Dach muss mit einer Plane abgedeckt werden, bis der Regen vorbei ist – keine Frage.«

»Wodurch du schwer in Verzug kommen könntest?«

»Möglicherweise, ja. Ich kann mich zwar inzwischen um Vorbereitungsarbeiten kümmern, damit ich umso schneller vorankomme, sobald es wieder trocken wird, nur steuern wir wettertechnisch generell auf die falsche Jahreszeit zu.« Er stand auf. »Trotzdem bin ich noch nicht bereit, in Panik zu verfallen – und das darfst du auch nicht.« Er bedachte sie mit einem strengen Blick. »Versprochen?«

Sie lächelte zurück. »Versprochen«, antwortete sie und fragte sich, ob es zu spät war, noch die Finger zu kreuzen. Das plötzliche Gelächter, das um die Ecke des Hauses drang, beantwortete die Frage.

»Ich glaube, das ist dein Stichwort«, sagte Tom mit einem herzlichen Lächeln. »Geh schon. Es wird alles gut. Hör dir an, was der große Mann zu sagen hat.« Damit streckte er die Hand aus, um ihr von der Bank zu helfen, und Clara nahm sie gern an. Zu lange durfte sie ohnehin nicht innehalten, so müde, wie sie sich fühlte.

***

Im Verlauf des Samstags unterhielten sich Clara und Declan bei mehreren Runden mit Tee und Kuchen über verschiedenste Themen. Von Musik – wobei sie einen ähnlichen Geschmack hatten – bis zu Fußball – den er begeistert verfolgte und sie nicht ausstehen konnte. Dann kamen sie auf Bücher zu sprechen – beide waren leidenschaftliche Leser, wenngleich seine Vorliebe eher zum Literarischen tendierte. Natürlich wurde auch über Essen geredet – er mochte keinen Fisch, sie nichts mit irgendeiner Schale. Das Einzige, was demonstrativ nicht angeschnitten wurde, war sein Angebot für die Fernsehserie. Und in ihrer Ahnungslosigkeit war Clara davon ausgegangen, dass sie alle noch nichts davon wussten.

Allerdings stellte sich bald heraus, dass Seth es schon vor dem Wochenende erhalten hatte. Und während die anderen am Samstagabend erschöpft von dem anstrengenden, ereignisreichen Tag alle viere von sich gestreckt hatten, war Seth zu einem Treffen mit Declan in einer nahen Gastwirtschaft gefahren. Dort hatten sie über die Bedingungen für eine Vereinbarung verhandelt, bis sie beide damit zufrieden waren. Es fehlte nur noch Claras und Trixies Zustimmung.

Diesmal saßen sie am größeren Tisch im Esszimmer. An einem Ende stand Declans Laptop, sodass ihn alle relativ gut sehen konnten. Und es waren auch alle anwesend, sogar Tom, den sie eigens vom Dach geholt hatten.

»Natürlich sind das nur vorläufige Aufnahmen«, erklärte Declan. »Geschnitten ist noch nicht viel. Trotzdem sollte deutlich zu erkennen sein, was uns alle so begeistert hat. Hoffe ich jedenfalls.«

Nachdem er ein paar Tasten gedrückt hatte, erschien in der Mitte des Monitors ein Bild, gefolgt von einem plötzlichen Dröhnen und einem Flackern, bevor sich das Flimmern beruhigte und das Video ablief.

Clara ließ ein nervöses Kichern hören, als ihr Kopf bis zu den Schultern den Bildschirm ausfüllte. Gehemmt und sichtlich nervös schaute sie von der Kamera weg, lauschte offensichtlich Anweisungen von Declan. Dann drehte sie sich wieder der Kamera zu und lächelte. Clara starrte fassungslos vor sich hin. Das Gesicht, das ihr entgegenblickte, erkannte sie kaum wieder. Honigblondes, hochgestecktes Haar, tiefblaue Augen, ein breiter, voller Mund. Das konnte unmöglich sie sein.

Sie bemerkte, dass sich mehrere Köpfe drehten und sie ansahen. Tom stieß einen leisen Pfiff aus. Clara wusste nicht, was sie davon halten sollte. So hatte sie sich noch nie gesehen. Es war völlig anders als ein Blick in den Spiegel.

»Ich sehe nicht mal aus wie ich«, sagte sie schließlich und biss sich auf die Unterlippe. »Woher kommen die ganzen Sommersprossen?«

»Sommersprossen?«, fragte Trixie. »Welche Sommersprossen?«

Clara beugte sich vor und betrachtete den Bildschirm mit zu Schlitzen verengten Augen. »Auf meiner Nase sind *Hunderte* davon.«

Trixie schnaubte. »Eher ungefähr drei«, entgegnete sie. »Und wenn überhaupt machen sie deinen Pfirsichteint noch bezaubernder.«

»Ja, klar …«

»Weißt du, Clara«, meldete sich Tom zu Wort. »Sie hat recht. Du siehst wunderschön aus.«

Mit skeptischer Miene wandte sie sich wieder dem Bildschirm zu und beobachtete, wie sie zu beschreiben begann, was man mit Ausläufern von Erdbeerläufern machen konnte. Clara erkannte deutlich den Moment, in dem sie sich im Thema verlor, die Kamera vergaß und ihre Liebe und Leidenschaft für ihren Garten einfach heraussprudeln ließ. Ihre Anspannung legte sich ein wenig. Zumindest klang sie so, als wüsste sie, wovon sie redete. Sie hatte befürchtet, sie würde sich wie eine Vollidiotin anhören.

Ihr Beitrag dauerte etwa zehn Minuten. Während der gesamten Zeit herrschte völlige Stille im Raum. Was sich änderte, sobald die Kamera zu Trixie wechselte und kollektiv nach Luft geschnappt wurde. Der Kontrast hätte kaum augenscheinlicher sein können. Während Clara ruhig und gelassen gewirkt und selbstsicher, geradezu hypnotisch gesprochen hatte, kam Trixie als feuriges, enthusiastisches Energiebündel rüber. Ihr knallrosa Haar schimmerte in der Sonne, die rubinroten Lippen plapperten drauflos und beschrieben das von ihr präsentierte Rezept – witzig, lebendig und charmant zugleich.

Das Video endete abrupt. Zurück blieb verblüffte Stille, die sich hinzog, während alle um Worte rangen. Wenig überraschend ertönte Trixies Stimme als Erste.

»Die haben's sogar geschafft, meinen Hintern normal groß aussehen zu lassen. Unfassbar!«

Lachend verdrehte Tom die Augen. »Ach, Trixie, auf dich ist echt immer Verlass!«

»Was denn?«, erwiderte sie. »Ist doch ein berechtigter Kommentar. Ich hatte Angst, er würde riesig aussehen.«

Declan beugte sich mit funkelnden Augen vor. »Tja, wie du siehst, tut er das nicht. Und ich denke, wir sind uns alle einig, dass ihr zwei wundervoll wirkt, wenn auch auf völlig unterschiedliche Weise. Aber gerade der Kontrast macht es so dynamisch.« Er schaute zu Seth und nickte ihm knapp zu. »Ich hoffe aufrichtig, die beiden Damen sagen zu.«

Wieder kehrte Stille ein, während sich Clara und Trixie gegenseitig ansahen. Sie waren grundverschieden, doch noch nie hatten sich ihre offensichtlichen Unterschiede so gut ergänzt – den unbestreitbaren Beweis hatten sie gerade gesehen. Trixies Augen leuchteten. Was sie dachte, war augenscheinlich. Und Clara begann zum ersten Mal seit der ursprünglichen Präsentation der Idee beinah zu glauben, es könnte wirklich funktionieren. Sie hatte auf dem Bildschirm nicht annähernd so schlecht ausgesehen wie befürchtet, und Trixie war sowieso genial gewesen. Wie geschaffen dafür. Trotz Claras Bedenken konnte sie ihrer Freundin dabei unmöglich den Weg verbauen. Sie glaubte nicht, dass sie sonst mit sich selbst leben könnte. Also holte sie tief Luft.

»Von mir kommt ein Ja«, flüsterte sie.

»Ich halt's nicht aus!«, jubelte Trixie. »Und von mir so was von auch!«

Declan streckte beiden die Hand entgegen. »Darüber bin ich sehr, sehr froh.« Er grinste. »Die Crew ist für morgen nämlich schon gebucht.«

»Setzt jemand Wasser auf?«, rief Seth.

Helle Aufregung brach aus, als alle gleichzeitig aufsprangen, lachten und sich gegenseitig umarmten. Bevor Clara wusste, wie ihr geschah, spürte sie, wie sich Declans Arme um sie legten. Seine Stimme drang sanft an ihr Ohr.

»Und wirst du auch Ja zu mir sagen?«

Clara starrte ihn verwirrt an.

»Essen? Heute Abend?«

Sie brach in Gelächter aus. »Ja, warum nicht?«

Kapitel 15

Es handelte sich um eine zwanglose Verabredung zum Abendessen. Zumindest hatte Declan das gesagt. Nichts Großes, nur eine Gelegenheit, einander besser kennenzulernen. In entspannter Umgebung. Mit einem Happen zu essen. Nur hätte es für Clara ebenso gut ein Dinner im nobelsten Restaurant sein können.

Declan hatte Joy's Acre kurz nach ihrer Besprechung verlassen. Der Großteil des Tages war daher wie üblich verlaufen. Im Herbst gab es für Clara im Garten genauso viel zu tun wie im Sommer: Die Ernte stand an, neue Saat musste ausgebracht werden, damit die Pflanzen vor dem Winter ordentlich wurzeln konnten, und große Flächen mussten geräumt und umgegraben werden. Wie üblich hatte sie auch Trixie beim Mittag- und Abendessen für alle geholfen. So war der Tag schnell vergangen, wenn auch in etwas ausgelassenerer Stimmung als sonst. Mittlerweile jedoch war der frühe Abend angebrochen, und Clara versuchte zu Hause verkrampft, sich fertigzumachen.

Sie konnte sich gar nicht erinnern, wann sie zuletzt ein Date gehabt hatte. Das hatte mehr zu ihrem alten Leben gehört, zu dem vor der Krankheit. Schon merkwürdig, wie sie ihr Dasein in zwei Hälften teilte, aber in gewisser Weise war es wohl unvermeidlich. Vor der Krankheit war sie jung, Single und unbekümmert gewesen. Aber nichts ließ einen sorgfältiger überdenken, was man wichtig schätzte, als die Gefahr, es zu verlieren. Während ihrer Genesung war es zwischen Seth und ihr heiß hergegangen. Allerdings hatte sich schnell gezeigt, dass sie nur gute Freunde waren. Und so hatte sie jeden

Gedanken an Liebe in den Hintergrund gedrängt und sich fest vorgenommen, sie dort zu belassen, bis sie wieder völlig gesund wäre. Trotz ihrer Bedenken über die so rasanten Änderungen in Joy's Acre konnte sie nicht leugnen, dass Declan es ihr angetan hatte. Vielleicht genügte das allein als Zeichen, dass die Zeit gekommen war, diesen Bereich ihres Lebens wieder aufblühen zu lassen. Allerdings hätte sie lügen müssen, um zu behaupten, sie hätte keine Angst davor.

Clara wusste, dass sie sich nicht in eine geschminkte, aufgebrezelte Version ihrer selbst verwandeln durfte – das würde Declan auf Anhieb durchschauen. Dennoch sollte man ihr zumindest ansehen, dass sie sich Mühe gegeben hatte. Ihre Garderobe bot eine stark begrenzte Auswahl, obwohl es nicht so aussah, als sie nahezu jedes Kleidungsstück, das sie besaß, herausgelegt hatte. Sie hatte immer gedacht, solche Szenen gäbe es nur in Filmen. Als sie sich nun in der Wirklichkeit damit konfrontiert sah, nichts Passendes zum Anziehen zu finden, musste sie über die Ironie lachen.

Letztlich entschied sie sich für eine lange weiße Leinenbluse, gemustert mit kleinen gelben Blumen und grünen Blättern. Das entsprach einerseits ganz ihr, andererseits war es doch etwas schicker, als sie sich sonst kleidete. In Kombination mit einer ihrer Lieblingsjeans – diesmal sauber, nicht schlammbespritzt – fühlte sie sich rundum wohl. Sie legte ein dezentes Make-up auf, konnte sich jedoch ein Grinsen nicht verkneifen, als sie sich das Haar nur für Declan leicht wellte.

Eine Stunde später befand sie sich mit Declan in seinem dunkelblauen, schnittigen Flitzer unterwegs zum Pub. Nur eine halbe Stunde später saßen sie in einer ruhigen Ecke des Lokals, beide mit einem Glas Cider aus der Region vor sich.

»Hat mir die Wirtin meiner Frühstückspension empfohlen«, verriet Declan. »Anscheinend ist das Lokal nicht so beliebt wie andere in der Gegend, weil der Besitzer den Charme eines Holzpflocks hat – ihre Worte, nicht meine. Aber sein

Koch zaubert angeblich Gerichte, dass einem Hund die Klöten abfallen.«

Clara prustete lachend in ihr Getränk. »Das hat sie nicht wirklich gesagt, oder?«

»Jedes einzelne Wort. Sie hat unbestreitbar eine blumige Ausdrucksweise, aber allein ihr Frühstück ist es wert, dafür aufzustehen. Aber vielleicht nehme ich heute Abend die vegetarische Variante. Nur für den Fall, dass Hundeklöten serviert werden.«

»Oh nein …« Bei dem Bild hielt sich Clara die Hand vor den Mund. Sie nahm die Speisekarte vom Tisch. »Wenn da jetzt Fleischbällchen draufstehen, bin ich weg …«

Declan griff nach seiner eigenen Speisekarte. In seinen Augen stand Belustigung. Clara fand ihn wirklich unheimlich attraktiv.

Er räusperte sich. »Clara, darf ich dir sagen, wie schön ich es finde, mit dir hier zu sein?« Bei den letzten Worten zog sich ihm sichtlich alles zusammen. »Oh, Mann …« Er schüttelte den Kopf. »Tut mir leid, Clara, ich hab in so was nicht viel Übung, und …«

Sie legte ihm eine Hand auf den Arm. »Ich auch nicht.« Sie lächelte. »Und es ist wirklich schön, hier zu sein …«

Er stieß den Atem aus und ließ die Speisekarte sinken. »Danke. Das wäre jetzt nur noch schlimmer geworden …« Er fuhr sich mit der Hand durchs Haar. »Aber so kitschig ich es rübergebracht habe, der Gedanke dahinter ist aufrichtig.«

Clara lächelte wieder. »Und ich dachte, du wärst durch und durch der vollendete Charmeur.« Einen Moment lang musterte sie sein Gesicht. »Zumindest bist du das sonst. Bei der Arbeit, meine ich. Ich hätte dich nicht für jemanden gehalten, den in einer solchen Situation die Worte im Stich lassen.« Ihr Lächeln wurde breiter. »Finde ich ziemlich liebenswert.«

»Tatsächlich?« Er sah ihr tief in die Augen. »Gott sei Dank.«

»Aber ich bin neugierig«, fügte sie hinzu. »Du hast dieses ...« Plötzlich errötete sie, während sie überlegte, wie sie es am besten ausdrücken sollte. »Trixie nennt es das ›gewisse Extra‹, und ... na ja, ich denke, da stimme ich ihr zu.« Sie stöhnte. »Und du hast diesen tollen Job, der auf Frauen so anziehend wirken muss wie ein Honigtopf auf Bienen. Hinzu kommt, wie du dich anziehst. Deine Kleidung sitzt perfekt. Und dann dein Auto und ...« Sie geriet ins Stocken. »Und trotzdem stellst du dich bei so was genauso unbeholfen an wie ich. Wie kommt das?«

Er lief tatsächlich rot an. »Wohl die übliche Leier, würde ich sagen«, antwortete er. »Nur Arbeit, kein Vergnügen. Durch meinen Job bin ich ständig im ganzen Land unterwegs. Ich lebe oft wochenlang aus dem Koffer, komme alle heiligen Zeiten mal nach Hause und verbringe die Tage damit, endlos höflich, geduldig und charmant zu sein. Natürlich nicht immer ...« Er schmunzelte. »Ich kann schon auch fies und launisch sein. Aber im Ernst, ich bin fast vierzig, und allmählich wird das alles ein bisschen schal. Die meisten Leute, die ich kennenlerne, sind oberflächliche Möchtegernstars. An manchen Tagen würde ich glatt meinen rechten Arm für eine intelligente Unterhaltung geben. Für Beziehungen hab ich eigentlich keine Zeit.« Abrupt verstummte er kurz. »Nein, das stimmt so nicht ganz. Ich habe mir für Beziehungen keine Zeit genommen, weil ich es nicht wollte.«

Die Worte *bis jetzt* hingen unausgesprochen zwischen ihnen. Clara schluckte.

»Und wo ist dein Zuhause, wenn du mal nicht aus dem Koffer lebst?«, fragte sie.

»Ursprünglich? In einem kleinen Dorf in Kildare, etwa dreißig Kilometer von Dublin entfernt. Die Gegend ist für Rennpferde bekannt. Dort bin ich mit Ma, Dad, drei Brüdern und einer Schwester aufgewachsen.« Er lächelte über die Belustigung in ihren Zügen, als er plötzlich einen kräftigen irischen Akzent auspackte. »Ich weiß. Mittlerweile wohnt nur noch einer meiner Brüder zu Hause. Aber wenn wir alle zusammenkommen, geht die Post ab, das kann ich dir sagen.«

»Und wie lebst du jetzt?«

»In einem winzigen überteuerten Reihenhaus mit zwei Zimmern in Camden. Aber hoffentlich nicht mehr lange.«

Clara stieß einen leisen Pfiff aus. »Also willst du umziehen?«

»In Anbetracht meiner fortschreitenden Jahre.« Er nickte. »Ich finde, es ist an der Zeit, sich von London zu verabschieden und irgendwo Wurzeln zu schlagen.«

Clara wollte ihn gerade fragen, wo, als er die Speisekarte wieder aufhob. »Aber wir sind ja nicht hergekommen, um über mich zu reden«, meinte er.

»Ich schon«, widersprach sie.

Er grinste. »Lass uns bestellen, dann kann ich aufhören, dich zu langweilen, und du kannst mir alles über dich erzählen.«

Clara wusste bereits, was sie wollte. »Ich nehme bitte das Risotto«, sagte sie sofort. Sie hatte schon immer eine Vorliebe für das klebrige, cremige Reisgericht gehabt.

Declan stand auf. »Alles klar, dann gehe ich mal nachsehen, wie sehr der Besitzer wirklich an einen Holzpfosten erinnert. Kann ich dir auch noch was zu trinken bestellen?«

Clara schüttelte den Kopf. Sie trank so selten, dass sie mit mehr als einem Drink – vor allem diesem starken regionalen Apfelwein – unter dem Tisch landen würde.

»Nein danke. Aber ein Krug Wasser zum Essen wäre toll.« *Immer schön sachte, Clara.*

Es war offensichtlich, warum er das Gespräch unterbrochen hatte, und in gewisser Weise war Clara dankbar dafür. Wurzeln zu schlagen, war im Grunde gleichbedeutend mit sesshaft zu werden. Wahrscheinlich wäre es nicht allzu klug, bei einem ersten Date darüber zu reden. Obwohl es sich schon nach den ersten fünf Minuten nicht mehr so angefühlt hatte, wenn sie ehrlich sein wollte. Declan gehörte zu den umgänglichsten Menschen, denen sie je begegnet war. Und es freute sie, festzustellen, dass sich hinter seiner Ausstrahlung von Erfolg und Weltgewandtheit dieselben Schwächen und Unsicherheiten verbargen wie bei ihr selbst. Plötzlich hatte sie das Bild vor Augen, wie er am vergangenen Samstag diese lächerliche Schürze getragen hatte, und sie musste bei der Erinnerung lächeln.

Wenige Minuten später kehrte er zu ihrem Tisch zurück. An einem Montagabend im Oktober herrschte nicht viel Betrieb. Mit etwas Glück würde daher das Essen nicht zu lange auf sich warten lassen – Clara war am Verhungern.

»Sind deine Geschwister auch in der Film- und Fernsehbranche? Oder nur du?«, fragte sie, sobald er Platz genommen hatte.

»Nur ich. Mein Vater trainiert Rennpferde. Zwei meiner Brüder sind in den Familienbetrieb eingestiegen. Auch sie züchten und trainieren Pferde. Der dritte ist Schafzüchter in Wicklow. Meine Schwester lebt mit ihrem Mann in Portugal. Sie betreiben dort ein kleines Hotel.«

»Und dich haben weder Pferde noch Schafe in Versuchung geführt?«

»Nein.« Er lachte. »Zum einen bin ich allergisch gegen Pferde. Zum andern hab ich Angst vor ihnen, was meine Familie natürlich saukomisch findet.«

Er wedelte mit einem Finger vor ihr. »Aber genug jetzt von mir. Erzähl mir von deiner Familie. Du bist offensichtlich auch nicht aus der Gegend.«

Sie lächelte. »Also, ich stamme aus der wohl kleinsten Familie, die man sich vorstellen kann«, begann sie. »Ich hab einen Bruder. Er ist verheiratet und hat eine drei Jahre alte

Tochter. Meine Mutter ist ein Einzelkind. Mein Vater hat zwar eine Schwester, die verheiratet ist, aber sie hat keine Kinder. Selbst wenn wir alle zusammenkommen, füllen wir kaum einen Raum.«

»Da geht es bestimmt ziemlich ruhig zu«, meinte Declan. »Wenn ich nach Hause komme und wir alle zusammen sind, ist es anfangs jedes Mal wieder ein Schock. Es dauert ein paar Tage, bis man sich an die schiere Lautstärke gewöhnt, mit der man reden muss, um sich Gehör zu verschaffen.« Er verstummte für einen Atemzug. »Aber ich würde es nicht anders haben wollen. Meine Familie ist groß, ungehobelt, laut und chaotisch – aber einfach wunderbar.«

Er trank einen Schluck. »Und bist du schon immer Gärtnerin gewesen?«, erkundigte er sich. »Sieht bei dir jedenfalls so aus, als würdest du es schon dein Leben lang machen.«

»Nein, ich war ziemlich lange Sekretärin im medizinischen Bereich. Unheimlich langweilig und nicht besonders gut bezahlt. Aber zumindest war die lateinische Terminologie praktisch, als ich später meine grünen Daumen entwickelt habe. Erst war es nur ein Hobby, und dann … na ja, ist 'ne lange Geschichte, aber man könnte wohl sagen, es hat mich gepackt.«

»Und bist du schon lange in Joy's Acre?«

Clara überlegte einen Moment. »Demnächst werden es vier Jahre. Seth hatte kein Problem damit, dass ich am Anfang nicht wirklich wusste, was ich da tat, aber …«

Kurz verstummte sie und überlegte, wie viel sie preisgeben sollte. An sich war nichts davon ein Geheimnis, doch Clara war von Natur aus ein eher verschlossener Mensch und nicht gewohnt, über die Probleme in ihrer Vergangenheit zu reden. Declan lächelte sie ungebrochen an und saß mit einem Unterarm locker auf den Tisch gestützt da, leicht zu ihr nach vorn gebeugt. Seine Züge wirkten offen und interessiert. Sie verlagerte ein wenig das Gewicht auf dem Stuhl.

»Na ja, ich würde sagen, wir haben uns gegenseitig geholfen. Seth hat bestimmt nichts dagegen, wenn ich es dir erzähle. Er ist ursprünglich mit seiner Frau nach Joy's Acre gekommen. Sie war Agathas Enkelin. Leider ist sie nicht lange nach ihrer Heirat gestorben, und Seths Versuche, die Farm weiter zu renovieren, sind ziemlich auf der Strecke geblieben. Ich war damals selbst in einer misslichen Lage, also war ich damit einverstanden, hinzukommen und zu helfen.«

»Dann hast du wirklich eine wichtige Rolle bei der Umgestaltung von Joy's Acre gespielt.«

»Na ja, ich …« Sie lächelte, während Declan nickte. »Ja, ich denke, schon. Zumindest bei den Gärten. Seth hat mir freie Hand gelassen. Ich konnte tun und lassen, was ich wollte. Dadurch hatte ich etwas, in das ich mich verbeißen konnte. Genau das hab ich zu dem Zeitpunkt gebraucht. Vielleicht liebe ich es deshalb so sehr.«

»Das merkt man.« Sein Finger fuhr den Rand eines Bierdeckels nach. Er grinste, als sie die Augen verdrehte. »Was denn? Ist doch wahr. Du wirkst … als wärst du selbst ein Teil der Gärten. Wenn du dort bist, hat man den Eindruck, dass du dich darin verlierst – auf die bestmögliche Weise. Als wärst du eins mit allem.« Er verzog das Gesicht. »Wenn das mal nicht ein kitschiger Spruch ist …«

Clara lachte. »Ist nicht so einfach zu beschreiben, oder? Aber so abgedroschen deine Beschreibung auch klingen mag, irgendwie trifft sie schon zu. Jedenfalls empfinde ich es so.«

»Genau das liebt die Kamera an dir. Man merkt es, wenn du darüber redest.«

»Oh …« Sie spürte, dass sie errötete, und senkte den Blick auf den Tisch. Clara hatte nicht gedacht, dass sie auch über die Dreharbeiten reden würden.

Fast sofort streckte er die Hand über den Tisch aus. »Entschuldige. Ich hatte mir fest vorgenommen, nicht über die Arbeit zu reden. Ist wohl die Macht der Gewohnheit, fürchte ich.«

»Gut, denn wenn du es doch tust, ignoriere ich dich einfach.« Sie sah ihm in die Augen. Es lag weniger daran, dass sie es als unangenehm empfand, über diesen Aspekt ihrer Persönlichkeit zu reden, eher daran, dass Declan der Letzte war, dem sie anvertrauen wollte, wie sie wirklich über die Sendung dachte.

Während er ihr Gesicht musterte, wünschte sie unwillkürlich, sie hätte in den letzten Satz nicht ganz so viel Nachdruck gelegt. Sie versuchte, zu lächeln und entspannt zu wirken. Plötzlich lachte Declan.

»Du musst mich unbedingt daran erinnern, es mir nicht mit dir zu verscherzen«, sagte er. »Das war jetzt ein Blick zum Fürchten.« Er legte den Kopf schief. »Aber im Ernst, ich merke, wie viel dir Joy's Acre bedeutet, Clara. Und bevor ich das Thema wechsle, möchte ich noch anbringen, dass ich mir vorstellen kann, wie du dich bei der Aussicht auf die Dreharbeiten fühlen musst. Mir ist schon klar, dass Trixie und du grundverschieden seid. Aus meiner Sicht macht gerade das euer Zusammenspiel so besonders. Ich vermute, es ist auch der Grund, warum ihr so gut befreundet seid. Und weil ich es verstehe, könnte ich mir denken, dass bei dir sämtliche Alarmglocken läuten …« Er hob eine Hand, als sie zu einem Protest ansetzte. »Also verspreche ich dir hoch und heilig, mein Möglichstes zu tun, um dafür zu sorgen, dass sich durch die Dreharbeiten nichts ändert. Was hältst du davon?«

Clara lächelte verhalten und neigte leicht den Kopf, erwiderte jedoch nichts.

Declan lachte wieder. »Okay, okay, jetzt höre ich auf.« Er trank einen Schluck. »Also mal sehen, Themenwechsel – was war dein Lieblingsbuch als Kind? Magst du lieber cremige oder knusprige Erdnussbutter? Und wie stehst du zu der Frage, ob erst das Huhn oder das Ei da war?«

Kapitel 16

»Du nimmst mich doch auf den Arm, oder?«

Bei Trixies Worten schaute Clara auf. Von ihrem Platz in der Küche aus hatte Trixie freie Sicht über den Hof vor dem Haus zum Parkplatz der Farm. Ein dunkelgrüner Lieferwagen war soeben von der Zufahrt abgebogen, gefolgt von einem weiteren. Es war acht Uhr morgens. Clara putzte gerade Pilze, und Trixie schälte Kartoffeln. Vorarbeiten für später. Auf der Arbeitsplatte neben ihr lagen die Zutaten für ein herzhaftes warmes Frühstück.

Als sich Clara vom Tisch erhob, konnte sie beobachten, wie ein weiterer Lieferwagen um die Kurve kam und auf den überfüllten Parkplatz rollte. Sie sah Trixie an.

»Die können doch kaum schon da sein, oder? Declan hat gesagt, sie würden erst kurz vor Mittag drehen.«

»Also, wenn sich nicht drei Lieferwagen zufällig verfahren haben und hier halten, um nach dem Weg zu fragen, würde ich sagen, das sind sie.«

Clara hatte sich neben Trixie an die Spüle gestellt und schaute aus dem Küchenfenster. Sie erkannte Samantha, die Visagistin, die gerade aus einem der Fahrzeuge stieg.

»Ich hole Maddie«, verkündete sie mit banger Miene.

Als sie mit Seth und Maddie im Schlepptau in die Küche zurückkehrte, stand bereits eine kleine Schar von Leuten auf dem Parkplatz, die sich die steifen Beine vertraten und das Umfeld ihres neuesten Auftrags betrachteten.

»Tja, so können sie schon mal nicht parken«, brummelte Maddie. »Tom wird jeden Moment hier sein, und falls unsere Gäste heute wegwollen, sind sie hoffnungslos zugeparkt.« Sie warf Seth einen vielsagenden Blick zu, der jedoch nicht nötig gewesen wäre, weil er schon auf dem Weg zur Tür war.

Trixie war sichtlich in Panik verfallen. »Bitte sagt, dass ich nicht auch noch die Leute versorgen muss.«

»Nein, natürlich nicht«, antwortete Maddie zwar wie aus der Pistole geschossen, wandte dabei jedoch den Kopf ab. Clara sah ihr an den Augen an, dass sie nicht restlos davon überzeugt war. »Ich schaue mal nach, was ich in Erfahrung bringen kann«, fügte sie hinzu und folgte Seth nach draußen.

Trixie zog die Augenbrauen hoch. »Also doch ein Ja«, sagte sie. Nach einem Blick auf das Essen vor ihr seufzte sie, nahm den Kessel und hielt ihn unter den Wasserhahn.

»Keine Sorge, ich kümmere mich um die Getränke«, bot Clara an. »Dann kannst du dich aufs Frühstück konzentrieren. Die Leute da draußen werden sich gedulden müssen.«

»Was denn, sogar Declan?«

Clara streckte ihr die Zunge heraus. »Ja, sogar Declan.«

Bisher war Claras Verabredung an diesem Morgen noch nicht erwähnt worden, und sie hatte nicht vor, davon anzufangen. Da Trixie die geradezu unheimliche Gabe besaß, praktisch jede Unterhaltung verrucht zu färben, wusste Clara genau, was ihr sonst blühen würde. Ihr Kopf versuchte immer noch, den vergangenen Abend zu verarbeiten. Sie glaubte nicht, dass sie es verkraften könnte, zusätzlich ohne Ende damit aufgezogen zu werden. Aber zu ihrer Überraschung kam kein weiterer Kommentar von Trixie.

»Wann wollen denn alle essen?«, fragte sie.

»So gegen neun«, antwortete Trixie. »Wenigstens wollen unsere Gäste alle ungefähr zur gleichen Zeit frühstücken. Obwohl die Carters gesagt haben, sie wären froh, wenn es ein bisschen früher ginge. Ich glaube, sie möchten bald danach zu einem Ausflug aufbrechen. Wir anderen … werden wohl einfach abwarten müssen.«

Clara schaute aus dem Fenster und beobachtete, wie Seth

mit fuchtelnden Armen den Verkehr auf dem Parkplatz regelte. Niemand würde irgendwohin gehen, bis die Lieferwagen umgeparkt wären. Sie kehrte zum Tisch zurück, um die Pilze fertig zu putzen.

»Okay, was steht als Nächstes an?«

Trixie verzog das Gesicht. »Du hast wohl nicht zufällig Lust, die Bohnen zu fädeln, oder?«

Nach der Bohnenflut im Sommer fühlte es sich an manchen Tagen so an, als könne sie es im Schlaf. Aber es war die so ziemlich letzte Ernte, für die Tiefkühltruhe bestimmt, also sagte Clara nichts und nickte nur.

Sie atmete erleichtert auf, als Maddie, Seth und das Filmteam einschließlich Declan am Küchenfenster vorbeikamen auf dem Weg um die Seite des Hauses herum in den Garten gingen. Es wäre ein Albtraum gewesen, wenn sie alle in die Küche gekommen wären. Clara zählte die Köpfe, als sie vorbeizogen. Einige Gesichter erkannte sie wieder – natürlich Declan, aber auch Samantha sowie Ed und Billy, die schon mal hier gewesen waren. Heute jedoch waren also sieben zusätzliche Leute auf der Farm. Trixie verlor kein Wort darüber, doch Clara wusste, dass die Freundin, die mittlerweile Tomaten halbierte, ebenfalls mitgezählt hatte.

Eine Viertelstunde lang rührte sich nichts. Dann wurde die Hintertür am anderen Ende des Hauses zugeschlagen, und die beide Frauen wechselten einen Blick. Trixie wandte sich wieder dem Herd zu. Schritte hallten durch den Flur. Clara hoffte, dass sie beim Arbeitszimmer stehen bleiben und nicht bis zur Küche kommen würden. Trixie widmete sich entschlossen dem Frühstück, deshalb schaute nur Clara auf, als Maddie hereinkam.

»Wie schlimm ist es?«, erkundigte sich Trixie und drehte sich schließlich mit einem Pfannenwender in der Hand um.

»Ich werd ihn umbringen«, brummelte Maddie. »Ehrlich, Trixie, ich hab mein Bestes gegeben, um ihn aufzuhalten.

Aber Declan und er entwickeln gerade diese Männerfreundschaft – ich konnte nicht nah genug an ihn ran, um etwas zu sagen, ohne dass die anderen es hörten. Sogar mit stechenden Blicken hab ich ihn durchbohrt, hat aber auch nichts genutzt.«

»Was hat Seth gesagt, Maddie?«

Sie warf Clara einen hilflosen Blick zu. »Er hat allen Speckbrötchen angeboten ... Tut mir leid, Trixie. Ich hab gesagt, dass du gerade das Frühstück für die Gäste machst und ich mir nicht sicher bin, ob du genug für alle hast, aber ...«

»Da Seth die große Klappe schon so weit aufgerissen hat, können wir jetzt unmöglich zurückrudern.« Trixies Lippen waren nur noch eine schmale Linie.

»Richtig, können wir wohl nicht.«

Einen Moment lang herrschte Stille. Man hörte nur den Speck brutzeln. Bei dem Duft lief Clara das Wasser im Mund zusammen, aber sie verdrängte den eigenen Hunger.

»Haben wir überhaupt genug Speck?«, fragte Maddie.

»Ja, es ist genug da«, antwortete Trixie, griff in die tiefe Schublade neben dem Herd und holte eine weitere große Pfanne heraus. »Aber darum geht's ja nicht wirklich, oder?«

Sie ging zur Speisekammer auf der anderen Seite der Küche und kam mit einem frischen Laib Brot zurück. Nachdem sie ihn auf den Tisch geklatscht hatte, holte sie ein Brotmesser und ein Schneidebrett von der Arbeitsplatte und legte beides daneben. »Vielleicht kann eine von euch das aufschneiden«, sagte sie. Auf dem Rückweg zum Herd schaltete sie im Vorbeigehen mit einer Hand den Wasserkocher ein.

Maddie griff sich das Brotmesser und sah Clara an.

»Ich hole die Teekannen«, verkündete sie und stand auf.

***

Für Claras ungeschultes Auge sah es so aus, als hätten alle den ganzen Morgen nur herumgestanden. Declan hatte gesagt, es wäre nach wie vor geplant, mit den Dreharbeiten gegen halb zwölf zu beginnen, zuvor müsse jedoch noch einiges vorbereitet werden. Nur tat sich aus Claras Perspektive nicht wirklich viel. Zugegeben, verschiedene Ausrüstung lag mittlerweile herum, und sie hatten einen Kochbereich aufgebaut. Aber jedes Mal, wenn sie nachsah, was vor sich ging, sah sie nur zusammengesteckte Köpfe.

Sie wusste nicht recht, wie sie sich verhalten sollte. Normalerweise ging sie gleich in den Garten, nachdem sie Trixie beim Frühstück geholfen hatte, sofern es nichts für die Bauernmärkte vorzubereiten gab. Dabei konnte sie kaum etwas tun, wobei sie nicht dreckverschmiert oder zerzaust werden würde. Niemand hatte ihr gesagt, dass sie nicht wie gewohnt ihrer Arbeit nachgehen sollte, aber sie fühlte sich unbehaglich. Nachdem sie eine Weile plan- und lustlos herumhantiert hatte, kehrte sie widerwillig zurück in die Küche.

An einem normalen Tag, wenn nur Trixie darin werkelte, lief entweder das Radio, oder ihr iPod dudelte irgendwelche Musik. Heute jedoch herrschte Stille, obwohl Trixie da war. Sie knetete verbissen Brotteig auf dem Tisch. Die beiden Frauen scherzten immer, das wäre die perfekte Aufgabe, wenn man wütend oder gestresst war. Das kräftige Ziehen, Dehnen und bisweilen Schlagen des Teiges eignete sich hervorragend, um Dampf abzulassen. Nach diesem Morgen wunderte sich Clara nicht im Geringsten, dass Trixie genau das nötig hatte. Sie hoffte nur, ihre Stimmung würde sich dadurch verbessern.

Clara konnte es ihr nicht verübeln. Seth hatte sich zwar dafür entschuldigt, dass er ihr so viel zusätzliche Arbeit aufgehalst hatte, obendrein zu einem so ungünstigen Zeitpunkt, doch das änderte nichts daran, dass sie erledigt werden musste. Natürlich hatte Trixie es spielend bewältigt. Maddie und sie hatten das Essen pünktlich bei den Cottages abgeliefert. Wenig später wurden die sieben Speckbrötchen fertig. Danach war das Brot aufgebraucht. Tom musste sich mit den zwei getoasteten Endstücken und Bohnen begnügen, Maddie, Clara und Trixie, mittlerweile förmlich ausgehungert, sogar mit Müsli. Seth hatte das Frühstück vor lauter Schuldgefühlen übersprungen, obwohl er anstrengende Renovierungsarbeiten an der Scheune vor sich hatte. So hatte sich alles wieder eingerenkt, doch der Tag hatte schlecht begonnen, und Clara hatte die Anspannung deutlich gespürt.

Trixie schaute auf, als sie in die Küche trat. »Wahrscheinlich bedeutet es nichts Gutes, wie viel Freude ich daran habe, ihn in Stücke zu reißen«, sagte sie, deutete auf den Teig und bohrte kräftig die Handballen hinein. »Wenn das 'ne Voodoo-Puppe wäre, hätte Seth jetzt mächtig Ärger.«

»Wer sagt, dass er den nicht hat?«, erwiderte Clara und versuchte herauszufinden, ob sich Trixies Stimmung gebessert hatte. Doch trotz der flapsigen Bemerkung blieb die Miene der Freundin wie versteinert. »Du musst dir wohl keine Sorgen machen, dass Seth so was so bald noch mal macht. Maddie wird es ihm bestimmt eine Weile unter die Nase reiben.«

»Vielleicht solltest du auch mit deinem Lover reden, falls er auf die Idee kommt, sich mit seinen Leuten wieder mal so aufzudrängen. Hat mich ganz schön zurückgeworfen. Ich muss nur immer noch Dinge machen, die heute sonst gar nicht nötig gewesen wären. Und irgendwann muss ich neuen Speck besorgen, sonst haben wir morgen keinen.«

»Er ist nicht mein Lover, Trixie.«

»Und was dann?«, erwiderte sie und zog die Augenbrauen hoch.

»Gar nichts. Noch nicht … womöglich nie. Wir waren nur zusammen einen Happen essen.«

Clara kränkte die Andeutung, der ganze Aufstand wäre irgendwie Declans Schuld gewesen. So war das doch gar nicht gewesen. Und dann noch die Bemerkung, Clara könnte ihn irgendwie beeinflussen …

Mit einem Blick auf die Uhr gelangte sie zu dem Schluss, dass die Küche vielleicht doch nicht der beste Ort war, um sich die Zeit zu vertreiben.

»Wenn du willst, fahre ich Speck holen. Keine Ahnung, was da draußen vor sich geht, aber vorerst scheint mich niemand zu brauchen, und es sieht so aus, als würde es noch eine ganze Weile dauern. Ich bin in knapp einer halben Stunde zurück.«

Trixie lächelte zum ersten Mal, seit Clara den Raum betreten hatte. »Würdest du echt?« Dann grinste sie. »Wenn das so ist, bleibt nur zu sagen: ran an den Speck.«

»Ich kann auch Eier mitbringen, wenn du willst.«

»Und Würstchen. Die werden sicher aufgebraucht.« Sie knetete weiter den Teig. »Macht es dir wirklich nichts aus?« Sie sah Clara an. »Ich wäre dir unheimlich dankbar.«

Clara quittierte die unausgesprochene Entschuldigung mit einem Kopfschütteln. »Ich komme mir sowieso wie ein Ersatzteil vor. Schadet gar nicht, wenn ich mich nützlich mache.«

***

Es war typisch. An jedem anderen Tag unter der Woche hätte Clara jederzeit mühelos einen Parkplatz in der Hauptstraße gefunden. Außer natürlich heute, wo sie es eilig hatte. Mit einem genervten Schnauben bog sie in die nächste Seitenstraße ab und stellte den Pick-up in der erstbesten Lücke ab, die sie finden konnte.

Während sie die ganze Straße zurücklief, redete sie sich ein, dass auch beim Metzger die Hölle los sein würde. Zum Glück war die Warteschlange jedoch nur kurz. Ein paar Minuten später war sie wieder draußen und hielt ihre Einkäufe – Speck, Würstchen und eine Packung Eier – an die Brust gedrückt. Nach wenigen Schritten spürte sie erste Regentropfen und ging schneller.

Sie stellte die Eier auf dem Autodach ab, während sie umständlich mit dem Schlüssel an der Fahrertür hantierte und gleichzeitig versuchte, nichts von den restlichen Einkäufen fallen zu lassen. Nachdem sie alles sicher auf dem Rücksitz verstaut hatte, zog sie sich mit geducktem Kopf wieder durch die Hintertür des Autos zurück und richtete sich auf, um die Eier vom Dach zu nehmen. Dabei fiel ihr Blick auf das Fenster der Teestube gegenüber.

Nur die Breite des Autos und der Bürgersteig trennten sie von dem Gebäude. Daher konnte sie Liam klar und deutlich erkennen. Er war nicht allein. Allerdings nicht mit Megan zusammen. Ihm gegenüber saß eine äußerst attraktive Blondine, die trotz des relativen kühlen Wetters ein tief ausgeschnittenes T-Shirt trug. Es überließ nicht viel der Fantasie, und Liam lächelte breit.

Rasch schaute Clara weg, um einen möglichen Blickkontakt zu vermeiden. Dann verstaute sie die Eier, so schnell sie konnte, ohne sie zu zerbrechen, und schloss hastig die Autotür. Sie stieg auf der Fahrerseite ein, schaute entschlossen geradeaus und brauste Sekunden später davon.

Als sie an der unscheinbaren Abzweigung zur Zufahrt von Joy's Acre abbog, war es ihr beinah gelungen, sich einzureden, es wäre eine ganz und gar harmlose Begegnung gewesen. Die Frau bei Liam hätte weiß Gott wer sein können – seine Schwester, eine alte Freundin, sogar eine von Megans Freundinnen. Immerhin saßen sie am helllichten Tag am Fenster einer beliebten Teestube, also handelte es sich wohl kaum um ein heimliches Treffen.

Als sie über den Hof lief, wirbelte der Wind Laub an ihr vorbei. Trixie würde ihr mit ihrer nüchternen Einschätzung jeder Lage die letzten Zweifel nehmen. Allerdings fand Clara die Küche verwaist vor. Aber auf dem Tisch war noch Mehl verstreut. Der Teig ruhte zum Aufgehen in einer Schüssel neben dem Herd. Sie sah auf ihre Armbanduhr, bevor sie die Einkäufe im Kühlschrank verstaute. Der Ausflug hatte von Anfang bis Ende gerade mal vierzig Minuten gedauert.

Auch im Arbeitszimmer traf Clara niemanden an. Sie ging durch die Hintertür hinaus in den Garten. Trixie kam gerade den Weg entlang in Richtung des Hauses zurück.

»Ich will kein verdammtes Wort hören«, warnte sie, als sie sich näherte. »Ich sehe aus wie ein misslungenes Gemälde von Andy Warhol.«

Clara musste über die durchaus treffende Beschreibung lächeln. Mit dem grellrosa Haar, den mittlerweile knallroten Lippen und den stark geschminkten Augen und Wangen sah sie tatsächlich überaus … bunt aus.

»So schlimm ist es nicht«, erwiderte sie, aber so, wie Trixie die Augen verdrehte, hätte sie sich den Atem wohl sparen können.

»Du bist als Nächste bei der reizenden Samantha dran«, gab Trixie zurück. »Für das volle Programm, glaube ich. Und du beeilst dich besser, sie haben offenbar schon nach dir gesucht.«

»Heißt das, es geht endlich los?«, fragte Clara. »Ich habe den Eindruck, dass fürchterlich viel Zeit vertrödelt wird.«

»Was weiß ich. Während du weg warst, bin ich dreimal hingegangen, und ich bin immer noch nicht schlauer. Wenn sie nicht bald in die Gänge kommen, hat es keinen Sinn mehr.« Sie betrachtete den Himmel, an dem sich immer mehr dunkle Wolken zusammenzogen.

»Dann gehe ich mal lieber«, sagte Clara. »Nur erinnere mich später dran, dass ich mit dir über etwas reden will.«

»Ach ja?«

Maddie winkte Clara bereits vom anderen Ende des Wegs zu sich. »Später«, wiederholte Clara und marschierte los. »Verschmier nicht dein Mascara!«

Maddie schaute besorgt drein, als sie zusammentrafen.

»Wo bist du gewesen?«, fragte sie. »Es suchen schon alle nach dir.«

»Im Ort«, antwortete Clara, obwohl sie sicher war, dass Trixie es ihr bereits erzählt hatte. »Und sag nichts, es war nämlich Seths Schuld. Außerdem haben die Fernsehleute sowieso nur rumgetrödelt.«

Samantha kam auf sie zugestürmt. »Oh, Gott sei Dank. Komm, richten wir dich schnell her. Sonst kriegt Declan noch Junge …«

Clara wehrte sich gegen den Arm, der sie mitziehen wollte. »Wirklich?«, fragte sie. »Er hat nämlich den ganzen Vormittag kein Wort mit mir geredet.«

Es sprudelte automatisch aus ihr heraus, und klang barscher als beabsichtigt. Da wurde ihr klar, dass es sie ein wenig kränkte, dass Declan außer einer flüchtigen Begrüßung praktisch überhaupt nicht mit ihr gesprochen hatte. Sie erwartete nicht, dass er sie anhimmelte oder bevorzugt behandelte – tatsächlich fände sie nichts schlimmer als das. Aber nachdem sie einen Abend zusammen verbracht hatten, hätte er wenigstens Notiz von ihr nehmen können.

»So ist er immer.« Samantha seufzte. »Bei Dreharbeiten hat er jedes Mal die Scheuklappen auf. Nimm's nicht persönlich.« Sie warf einen bangen Blick in Richtung des Hauptgartens. »Uns bleibt nicht viel Zeit, also, äh …«

Clara ließ Samanthas Bearbeitung über sich ergehen, obwohl sich ein Teil von ihr dagegen sträubte, »hergerichtet« zu werden. Sie hielt sich zwar nicht für besonders eitel, aber irgendwie schien das Wort anzudeuten, dass es eine Menge zu verbessern gab. Dann schalt sie sich dafür, dass sie so empfindlich war. Die Frau hatte es wahrscheinlich bloß so dahingesagt.

Nach einer halben Stunde stand sie endlich wieder in dem Erdbeerbeet, in dem sie letztes Mal die Probeaufnahmen gedreht hatten. Im Wesentlichen wiederholten sie, was sie damals aufgezeichnet hatten, nur ausführlicher und mit deutlich mehr Augenmerk auf Details. Danach sollte Clara mit Fiona, der Serienberaterin, das Format für die einzelnen Folgen besprechen, die sich jede Woche um ein anderes Gewächs drehen würden. Diese Themen mussten entsprechend aufbereitet werden, und dabei war ihr Beitrag »unerlässlich«. An diesem Tag jedoch ging es um Obst, insbesondere Beeren, und Clara sollte lediglich dasselbe abliefern wie in der vergangenen Woche. Declan schenkte ihr bei den letzten Anweisungen und Ermutigungen vor dem Startschuss ein herzliches Lächeln. Sie spürte, wie sie sich allmählich entspannte.

Allerdings verlief es von der ersten Minute an völlig anders als bei der Probe.

»Kannst du dich ein bisschen weiter nach rechts drehen?«

»Und mehr nach oben schauen?«

»Wir brauchen eine Pause zwischen dem was du sagst und was du tust.«

»Schnitt!«

Erschrocken schaute Clara auf. Declan und die Serienberaterin steckten schon wieder die Köpfe zusammen.

»Ich denke, Fiona hat recht, Clara«, erklärte Declan. »Du setzt zu viel voraus. Ich glaube, du musst ausführlicher erklären, was du machst. Stell dir vor, du beschreibst es jemandem, der nicht die geringste Ahnung davon hat. Also diesmal alles haarklein. Los geht's, noch mal von vorn.«

Clara wusste nicht recht, was sie mit der Anweisung anfangen sollte. Was sie beschrieb, war ja nicht gerade Raketenwissenschaft. Sie holte tief Luft und begann erneut.

»Besser!«

»Ich will einen Zoom auf den Ausläufer. Großaufnahme vom Schnitt.«

»Nein, nicht du, Clara, mach einfach weiter.«

»Samantha, komm her und bring ihre Haare in Ordnung, um Himmels willen.«

»Gut so. Jetzt den letzten Abschnitt. Ich will drin behalten, wie du die Erdbeere isst. Aber Ed, bleib diesmal ein bisschen zurück. Keine Großaufnahme. Wir drehen hier ja keinen verdammten Porno. Was ich will, ist …«

Clara starrte ihn an und versuchte, gegen die Hitze anzukämpfen, die sie in ihren Hals hochsteigen spürte.

»Clara, was ist?«

Fragend sah er sie an.

»Nichts. Alles gut.« Sie schluckte. Wie konnte er so etwas sagen und sie vor allen Leuten derart blamieren? Ihr Blick wanderte zu Ed, der jedoch nur nickte, um Declans Anweisungen zu bestätigen. Dann betrachtete sie die Erdbeere in ihrer Hand und legte sie zurück auf den Boden. Wahrscheinlich würde sie sich diesmal daran verschlucken.

»Haben alle alles verstanden? Okay, Clara, kann losgehen. Und vergiss nicht, schön breit zu lächeln.«

Irgendwie schaffte sie es bis zum Ende und wollte gerade erleichtert aufatmen, als eine plötzliche Bö durch den Garten fegte und ein paar Regentropfen mitbrachte. Über dem Feld hinter dem *Gardener's Cottage* hatten sich schwarze Wolken zusammengezogen, die Clara nicht mal bemerkt hatte.

»Gute Arbeit, Leute. Aber bleibt bitte konzentriert. Ich will noch eine Aufnahme mit dem neuen Erdbeerbeet, das Clara schon vorbereitet hat, damit man sieht, wie eine der Jungpflanzen umgesetzt wird. Mir ist durchaus bewusst, dass gleich ein Regenguss kommt, aber noch haben wir genug Licht, also ziehen wir es durch.«

Clara stand auf. Der Wind wurde heftiger und kälter, als sie zum Gehweg zurückkehrte. Seth stand mit Maddie in der Nähe, und sein Blick wanderte besorgt hinauf zu dem Dach, auf dem Tom arbeitete. Clara wusste genau, was ihm durch den Kopf ging. Den Tisch, an dem Trixie kochen sollte, bedeckte ein rot kariertes Tuch, das mittlerweile wild flatterte. Was nichts Gutes verhieß.

Sie wartete, während die richtige Perspektive für den perfekten Hintergrund der Aufnahme gesucht wurde. Dabei bemühte sie sich, die zunehmend heftiger auf ihre Arme prasselnden Regentropfen zu ignorieren. Dann schlang sie die Arme um sich, weil ihr allmählich kalt wurde. Schließlich schienen alle zufrieden zu sein, und sie wurde aufgefordert, ihre Position einzunehmen.

Sie musste nur ein Loch für die neue Erdbeerpflanze graben, sie aus dem Topf entnehmen und einsetzen. Was an sich kein Problem gewesen wäre, doch sobald sie die Pflanze herausgenommen und den Topf abgestellt hatte, wurde Letzterer von einer Bö weggeweht.

»Schnitt!«

Sie schaute auf. »Entschuldigung«, rief sie. »Dagegen konnte ich nichts machen.« Sie hatte sich Declan zugewandt, der etwas rechts von ihr stand. Als sie sich wieder in den Wind drehte, spürte sie, wie ihr ein weiterer Schwall Tropfen seitlich ins Gesicht klatschte. Kurz zögerte sie, weil sie nicht wusste, was sie tun sollte. Dann kam Samantha mit einem Tuch und einem Schminkpinsel angerannt. Jemand anderes hatte den Topf geholt und gab ihn ihr zurück.

»Also noch mal«, sagte Declan. »Und wenn du diesmal denkst, der Topf könnte wegfliegen, dann stell ihn hinter dir ab, wenn du die Pflanze rausnimmst. So ist er wenigstens nicht im scheiß Bild, wenn er davonrollt.«

Clara knirschte mit den Zähnen.

»Und Action!«

Plötzlich schrillte ein durchdringender Pfiff durch die Luft.

Clara schaute abrupt in die Richtung des Geräuschs. Tom winkte wild.

»Was zum …«

Dann setzte Bewegung ein – Seth rannte den Weg entlang

los und ließ Maddie mit hilfloser Miene zurück. »Tut mir leid«, rief sie. »Aber das Dach!«

Und dann öffnete der Himmel seine Schleusen.

Kapitel 17

Declans Gesichtsausdruck war so finster wie der Gewitterhimmel.

»Könnte mir wohl jemand erklären, was zum …«

Er verstummte wie abgeschnitten, als Clara an ihm vorbeischoss und alle Gedanken an die Dreharbeiten vergaß.

Als sie das Cottage erreichte, schaute sie nach oben. Wegen des seit Tagen angekündigten Regens deckte bereits eine Plane die Hälfte des Dachs ab, die noch neu gedeckt werden musste. Tom hatte sie verankert und gerade so weit zurückgerollt, dass er einen Bereich zum Arbeiten freigelegt hatte. Clara erkannte, dass der stürmische Wind sie losgerissen hatte und wild flattern ließ. Allein würde Tom die Plane unmöglich wieder sichern können.

Clara rannte zur anderen Seite des Ferienhäuschens und begann, die dort aufgestellte Leiter hinaufzusteigen. Gleich darauf traf Maddie ein.

»Kannst du die Leiter halten?«, rief Clara, die etwa ein Drittel des Wegs nach oben zurückgelegt hatte. Sie hatte zwar keine Höhenangst, trotzdem würde sie sich wohler fühlen, wenn sie wüsste, dass die Leiter unten gesichert wurde.

Je höher sie stieg, desto lauter wurde es. Mittlerweile peitschte der Wind den Regen auf die Plane. Durch den Lärm des Prasselns und Flatterns konnte man kaum noch etwas anderes hören. Als Clara oben ankam, wischte sie sich mit der Hand übers Gesicht.

Sie erkannte auf Anhieb, worin das Problem bestand. Tom versuchte verzweifelt, die Abdeckung zu befestigen, aber durch die Windrichtung erfassten die Böen die Außenkante immer wieder und rissen sie erneut los. Seth näherte sich bereits. Clara beobachtete, wie er rittlings auf dem Giebel kauerte und sich gefährlich weit vorbeugte, die Plane schnappte und sie in seine Richtung nahe zur Dachkante zog. Clara musste seinem Beispiel auf der anderen Seite folgen, sonst würde es Tom nie gelingen, die Abdeckung zu befestigen.

Mittlerweile lag sie fast flach auf der Dachschräge. Wenigstens fand sie im Stroh genug Halt. Clara krallte sich daran fest, beugte sich zur Seite und versuchte, die neben ihr flatternde Plane zu fassen zu bekommen. Zentimeterweise streckte sie die Finger weiter vor.

Seth befand sich nicht weit über ihr und rief ihr mit offenem Mund etwas zu, aber sie konnte es nicht verstehen. Immer wieder peitschte ihr der Wind das Haar ins Gesicht. Sie musste ständig den Kopf schütteln, um etwas zu sehen. Clara streckte sich weiter … und erkannte plötzlich, wovor Seth sie warnen wollte, denn sie lag genau am Rand des neu verlegten Strohs. Neben ihr, wo die alten Strohschichten bis auf wenige Zentimeter entfernt worden waren, befanden sich im Wesentlichen nur noch die Sparren aus Holz. Wenn sie das Gewicht auf die Lücken dazwischen verlagerte, würde sie wahrscheinlich durchbrechen und in die Tiefe stürzen.

Als die Böen plötzlich aussetzten, geriet die Plane verlockend nah zu ihr. Es gelang ihr, den Rand mit einem Finger und dem Daumen zu greifen. Verzweifelt tastete sie nach den Ösen, an denen sie mehr Halt finden würde. Die Leiter wackelte bedenklich, trotzdem ließ sie nicht los, als der Wind wieder zunahm und das blaue Material vor ihr aufbauschte wie die Segel eines Schiffs. Die Plane zog sie weiter und weiter weg …

Dann spürte sie ein solides Gewicht am Körper. Jemand packte sie und zog sie herunter in Sicherheit. Ein Arm schlängelte sich an ihrem entlang, eine Hand strich über ihre, Finger wanderten darüber hinweg.

»Halt still, Clara, ich hab dich.« Declans Stimme ertönte dicht an ihrem Ohr. Sein Atem wärmte ihre Wange, seine Muskeln drückten hart gegen ihren Rücken und ihre Beine.

Seine Finger griffen nach der Plane, und sie spürte, wie sich sein Arm anspannte, als er dazu ansetzte, sie zu ihnen zu ziehen. Auch sie ließ nach wie vor nicht los, Clara spürte seine Unterstützung und zerrte selbst weiterhin mit aller Kraft. Ihre Schultermuskeln brannten, aber plötzlich verpuffte die Spannung, als sie die Abdeckung gebändigt und unter sich eingeklemmt hatten.

Sie wagte einen Blick nach oben. Obwohl sie sich kaum bewegen konnte, weil Declans Gewicht sie gegen das Dach drückte, sah sie, dass auch Seth praktisch flach dalag und die nicht mehr flatternde Plane verbissen festhielt, während Tom sie neben ihm mit schnellen Hammerschlägen und Nägeln an den Sparren sicherte. Clara schloss die Augen und spürte, wie ihr der Regen den Nacken hinunterlief. Das Stroh fühlte sich rau und kratzig unter ihrer Wange an, doch sie achtete nicht darauf. Rühren konnte sie sich ohnehin nicht.

Sie konnte nicht sagen, ob es zwei Minuten oder eine halbe Stunde dauerte, bis es Tom endlich schaffte, die Plane vollständig zu befestigen. Erst dann nahm Clara wahr, wie sich Declans Gewicht langsam von ihr hob. Ein eisiger Schauder raste ihr über den nassen Rücken, als der Wind heulend zwischen ihnen hindurchfuhr.

»Alles gut, wir haben's geschafft. Beweg dich einfach langsam rückwärts, ich bin da.«

Sprosse für Sprosse stiegen sie die Leiter hinunter. Clara gelang es mit Müh und Not. Ihre Beine fühlten sich an wie Wackelpudding. Als sie unten ankamen, zitterte sie unkontrolliert.

Zwei starke Arme legten sich um sie, diesmal jedoch die von Tom, nicht die von Declan.

»Mein Gott, Clara, hast du mir vielleicht einen Schrecken eingejagt.«

»Ich bin selbst ganz schön erschrocken«, flüsterte sie zurück und schaute hinauf zum Dach, wo sich die Plane nur noch leicht kräuselte.

Er drückte ihren Kopf an seine Brust, und sie klammerte sich an seinem Rücken fest, der genauso klatschnass war wie sie selbst.

»Komm, bringen wir dich ins Haus.« Damit hob er sie hoch, als wäre sie eine Puppe. Aus dem Augenwinkel sah sie Declan und Seth, die sich erst gegenseitig umarmten, dann auch Maddie. In diesem Moment wurde ihr alles zu viel, und sie schloss die Augen wieder.

Als sie das Haus erreichten, hatte sich die Filmcrew bereits nass, aber unversehrt in der Küche versammelt. Von Trixie fehlte jede Spur. Wenige Augenblicke später erschien sie mit einer Ladung Decken. Als Tom Clara auf einen Stuhl geschoben hatte, nahm sie dankbar eine rote, flauschige Decke entgegen. Es handelte sich um die aus Trixies Bett. Gereizt scheuchte die Köchin die Filmleute aus dem Weg. Declan bildete das Schlusslicht und nickte seiner Mannschaft zu.

»Leute, vielleicht wartet ihr lieber woanders. Gibt's irgendwo ein Plätzchen?«

Trixies presste die Lippen zusammen. »Kommt, ich führe euch hin.« Damit stapfte sie hinaus, und das Fernsehteam folgte ihr.

»Soll ich bleiben?«, bot Samantha an. »Ich kann helfen, Tee und Kaffee zu kochen oder so.«

Maddie schenkte ihr ein knappes Lächeln. »Das Wasser ist schon heiß. Die Teekanne steht daneben.«

In der Wärme der Küche spürte Clara, wie sie sich nach und nach entspannte. Wenigstens hatte das Zittern aufgehört. Clara sah alle nacheinander an. Alle wirkten genauso benommen wie vermutlich sie selbst.

»Ist das Dach in Sicherheit, Tom?«, brachte sie schließlich hervor. »Und das Cottage?«

Er schaute auf. »Es wird nichts passieren. Das neue Stroh hält dicht, und ich glaub nicht, dass in die anderen Bereiche allzu viel Regen gelangt ist. Die Decken werden halten.«

Niemand musste aussprechen, wie knapp es gewesen war. Oder warum es überhaupt so knapp werden konnte. Irgendwann würde es wohl trotzdem jemand tun, doch vorerst war nicht der richtige Zeitpunkt dafür.

Trixie kam zurück in die Küche. Sie beugte sich vor, holte etwas aus der Speisekammer und stellte es mitten auf den Tisch. Es war ein riesiger Karamellapfelkuchen. Einer von Claras Lieblingskuchen. Mit Streuseln, üppig, sämig.

»So, jetzt brauchen mal alle etwas Heißes zu trinken und etwas in den Magen. Der Zucker wird euch guttun. Und ihr müsst alle raus aus den nassen Klamotten.« Sie sah Clara an. »Vor allem du.« Sie zog die Decke enger um Tom, der ihr am nächsten saß.

»Keine Sorge, ich suche etwas für dich heraus«, sagte Maddie. »Tom, Declan, für euch findet bestimmt Seth etwas, und wenn's nur ein Bademantel ist.«

»Ihr solltet auch heiß duschen … oder baden. Clara, wenn du willst, lasse ich dir ein Bad ein.« Das kam wieder von Trixie, die zutiefst besorgt wirkte.

Clara ließ sich von den Stimmen berieseln. Sie fühlte sich plötzlich unsagbar müde. Mit geschlossenen Augen lauschte sie den Geräuschen des Windes und des Regens. Wie konnte sie nur so dumm sein? Sie hätte fallen können … Dann jedoch füllte sich ihr Kopf auf einmal mit Bildern von Declan, wie er sie festhielt, sie beschützte, mit seinem Körper dicht an ihrem … Ihre Gedanken verschwammen.

»Ich denke, ich möchte lieber nach Hause«, sagte sie und schlug die Augen auf.

Declans Stuhl schrammte über den gefliesten Boden, als er aufstand. »Ich begleite dich«, bot er an.

»Nein, noch nicht.« Trixies Stimme duldete keinen Widerspruch. »Erst braucht sie trockene Sachen und was Heißes zu trinken.« Samantha hatte gerade eine volle Teekanne auf den Tisch gestellt. Trixie zog einen Becher zu sich und gab zwei Stück Zucker aus einer Schale daneben hinein. Sie schenkte ein und fügte Milch aus einem Kännchen hinzu.

Maddie stand auf, nach wie vor in die Decke gewickelt. »Komm mit«, sagte sie. »Wir nehmen den Tee mit nach oben.« Sie streckte Clara die Hand entgegen, um sie aus der Küche zu führen.

Ein paar Minuten später trug Clara Leggings und ein warmes Sweatshirt. Sie verließ Maddie, damit ihre Freundin sich auch umziehen konnte, und wollte gerade zurück zu den anderen, als Trixies Stimme aus der Küche sie im Flur innehalten ließ. Sie klang leise und knurrig, aber klar verständlich.

»Du hast vielleicht das Gefühl, es nicht aussprechen zu können, Seth, aber tut mir leid, ich werd's tun. Das hätte alles nicht sein müssen. Du und alle anderen an diesem Tisch wissen das. Sieh mich nicht so an, Tom, du weißt auch, dass es stimmt. Ich bin den ganzen Nachmittag hin und her gerannt, weil es geheißen hat, ich werde gebraucht, und dann doch wieder nicht. Ich hab mir ein Bein ausgerissen, um alle zu versorgen, hab Mittagessen gekocht – das übrigens immer noch unangetastet herumsteht, weil sich niemand die Mühe gemacht hat, zum Essen zu kommen oder mir wenigstens Bescheid zu geben, dass es doch nicht gebraucht wird.«

Jemand erwiderte darauf etwas, doch Clara konnte nicht erkennen, wer.

»Grundsätzlich mache ich das alles gern, aber bisher hat es mir nur gewaltig viel Mehrarbeit eingebrockt, und eine Kamera ist noch nicht mal auf mich gerichtet worden.« Kurz verstummte sie. »Ich will darauf hinaus, dass es viel bessere

Kommunikation braucht und das Verständnis, dass auch unsere übliche Arbeit hier wichtig ist. Unter normalen Umständen hätte Tom die Plane schon viel früher befestigt. Aber er hat es immer wieder aufgeschoben, weil alle zu beschäftigt waren, um ihm zuzuhören. Ihr hättet vom Dach fallen können, und Clara könnte jetzt krank werden …«

Damit hatte Clara genug gehört. Sie wich zum Fuß der Treppe zurück und räusperte sich laut, als hätte sie gehustet. Als sie die Küche betrat, hatten sie das Thema gewechselt.

»Könntest du mir wohl das Messer rüberreichen, Samantha?«, fragte Trixie. »Ich schneide den Kuchen auf, dann können sich alle ein Stück nehmen.«

Clara lächelte strahlend und schwenkte den Becher. »Danke«, sagte sie. »Mir geht's schon viel besser.« Sie ging zum Spülbecken, wusch den Becher aus, stellte ihn auf das Abtropfbrett und setzte sich wieder an den Tisch.

»Wenigstens tropfe ich nicht mehr den Boden voll«, meinte sie. »Und hoffentlich wirke ich nicht mehr so beängstigend.« Es war kein schöner Anblick gewesen, als sie sich oben im Spiegel betrachtet hatte. Die Wimperntusche war ihr in Rinnsalen über das Gesicht gelaufen, das Make-up war verschmiert, und ihre Lippen hatten vor Unterkühlung blau geschimmert. Sie hatte den ohnehin hoffnungslos zerfledderten Dutt gelöst und ihr Haar mit einem Handtuch trocken gerubbelt. Trotzdem kam sie mit keinen Kamm durch und fühlte sich zu müde, um sich damit herumzuschlagen. Es hing ihr in langen, feuchten Strähnen fast bis zur Taille.

Immer noch starrten alle sie an, Seth mit einer schuldbewussten Miene, die sie lange nicht mehr gesehen hatte.

Tom schauderte. Clara schob den Teller, den Trixie ihr gerade gereicht hatte, zu ihm.

»Nimm ein Stück. Du musst entweder was essen oder dich umziehen gehen. Gilt eigentlich für euch alle«, fügte sie hinzu.

Seth stand auf. »Kommt, gehen wir.« Er verzog das Gesicht. Die beiden anderen Männer waren deutlich größer als er. »Das könnte jetzt interessant werden …«

Als sie verschwunden waren, kehrte Maddie zurück. Eine Weile saßen sie schweigend da. Niemand schien etwas sagen zu wollen, während sie sich zu viert im Raum aufhielten. Clara fingerte an ihren Haarspitzen, Trixie starrte aus dem Fenster, Maddie begutachtete ihre Fingernägel.

Schließlich ließ Samantha ein nervöses Räuspern hören. »Vielleicht sollte ich mal nachsehen, was die anderen so treiben«, sagte sie.

»Gute Idee«, pflichtete Trixie ihr ungeniert bei und sah ihr nach, als sie den Raum verließ.

»Was für ein bescheuerter, lächerlicher Tag«, fügte Trixie hinzu, und Clara fragte sich, für wessen Ohren es bestimmt war. Dann wandte sich ihre Freundin an sie und senkte die Stimme. »Geht's dir gut, Clara? Oder lässt du dir nur nichts anmerken?«

»Es tut mir so leid«, erwiderte sie und überging die Frage. »Ich habe nicht nachgedacht, bevor ich gehandelt habe. Mir ist überhaupt nicht in den Sinn gekommen, dass es gefährlich sein könnte.«

»Na ja, das spielt jetzt wohl keine Rolle mehr«, meinte Maddie. »Was zählt, ist eher, wie wir jetzt weitermachen. Und du hast recht, Trixie. Der Tag heute war in vielerlei Hinsicht eine Katastrophe. Ich glaube kaum, dass irgendjemand von uns irgendwas geschafft hat. Und jetzt heißt es, dass ihr beide außerdem noch einige Zeit mit Fiona verbringen müsst. Ich denke, wir brauchen konkrete Zusicherungen, wie es in Zukunft laufen wird.« Sie rieb sich die Stirn. »Tatsächlich ist bei dem ganzen Tag heute nur etwas Gutes herausgekommen, finde ich.«

Trixie seufzte. »Und das wäre?«

»Dass Declan zu Claras Rettung geeilt ist.« Sie fügte nichts hinzu, ließ die Worte vielsagend in der Luft hängen, doch

Clara ging nicht darauf ein. Das war so ziemlich das Letzte, worüber sie reden wollte. »Obwohl er seitdem kaum ein Wort von sich gegeben hat. Ich glaube, er fühlt sich wegen der Sache furchtbar mies.«

»Dabei hab ich mich richtig auf die Dreharbeiten gefreut«, kam von Trixie. »Und nichts ist so gelaufen, wie ich es mir vorgestellt hatte.«

Clara ließ den Kopf hängen. »Bei mir auch nicht. Es war irgendwie … anders als bei den Probeaufnahmen. Wie sie mit mir geredet haben, hat mir die halbe Zeit das Gefühl gegeben, ich wäre gar nicht da.« Es war ihr unangenehm, ihre Kritik so offen auszusprechen, aber sie wusste nicht, wie sie sonst mit ihrem Empfindungen umgehen sollte. Ihr Kopf fühlte sich an, als wäre er mit Watte ausgestopft.

Aus dem Flur ertönte ein Poltern, als drei Paar Füße die Treppe herunterkamen. Clara drehte sich um und erblickte Declan in einer waldgrünen Jogginghose, die sie an Seth noch nie gesehen hatte. Sie endete mehrere Zentimeter über Declans Fußgelenken. Als Nächster folgte Tom in einem Morgenmantel.

Trixie stieß einen anzüglichen Pfiff aus. »Na, wenn ihr mal nicht hübsch seid …«

Declan verneigte sich.

»Viel besser geht's gar nicht«, scherzte Tom. »Aber für den Fall, dass ihr euch nicht konzentrieren könnt, solange ihr mich so vor Augen habt, habe ich Isobel angerufen. Sie bringt mir gleich was Trockenes von zu Hause.« Er sah Declan an und setzte eine mitfühlende Miene auf. »Für mich zumindest.«

Unwillkürlich lächelte Clara. »Tja, wenigstens bekommen wir Isobel wieder mal zu Gesicht. Das wird schön.«

Maddie schüttelte den Kopf. »Für dich nicht, fürchte ich. Declan, du musst sie jetzt nach Hause bringen, bevor sie uns noch vom Stuhl kippt.«

Suchend sah er sich um, bevor er seinen Laptop und seine Autoschlüssel auf der Kommode entdeckte, wo er sie vermutlich an diesem Morgen abgelegt hatte.

»Ja, gute Idee.« Er schaute zurück zu Seth. »Paracetamol, ein Bad, danach ab ins Bett«, fügte er mit einem Nicken hinzu. »Kein Problem.«

Clara schaute verwirrt zu ihm auf, bevor sie den Blick sah, den er mit Maddie wechselte. Sie wollte gerade protestieren, als ihr klar wurde, dass es wenig Sinn hätte. Also nickte sie stattdessen gefügig und mühte sich steif auf die Beine.

Auf dem Weg zum Auto fühlte sich jeder Muskel an, als stünde er in Flammen.

***

Clara empfand es als seltsam, dass ein Mann in ihrer Küche herumlief. Seit sie in dem Cottage lebte, war diese Ehre nur Seth zuteilgeworden. Und auch das nur selten kurz nach ihrem Einzug. Hätte sie klar denken können, hätte sie Declans Verlegenheit entweder zum Brüllen komisch oder vielleicht sogar liebenswert gefunden. So jedoch beobachtete sie ihn nur seltsam distanziert, als könne sie sich nicht recht entscheiden, ob er echt oder nur ein Hirngespinst war.

Am Rande fragte sie sich, ob ihm nur die lächerliche Kleidung so sichtliches Unbehagen bereitete. Er stellte einen weiteren Becher Tee vor sie und setzte sich mit ernster Miene hin.

»Clara, es tut mir so leid«, begann er. »Ich hab mich heute fürchterlich aufgeführt und weiß nicht mal, wie ich es erklären soll. Ich habe mich von vorn bis hinten total danebenbenommen.«

Einige Herzschläge lang ließ sie sich seine Worte durch den Kopf gehen. Die Erinnerungen an den Tag regten sich. Bei jeder anderen Gelegenheit wäre sie wahrscheinlich nachsichtiger gewesen, aber ihr Kopf schmerzte entsetzlich, und sie fühlte sich unendlich müde.

»Ja, das hast du. Keine Ahnung, was du heute erreichen wolltest. Falls du alle verärgern und nebenbei dafür sorgen wolltest, dass ich mich jämmerlich fühle, dann muss ich sagen, es ist dir gelungen.«

Er zuckte sichtlich zusammen, trotzdem hielt er ihrem Blick weiter stand und nickte leicht. »Dem kann ich nicht widersprechen«, sagte er. »So kann man es wohl mit Fug und Recht ausdrücken. Aber ich würde gern erklären, warum ich mich so verhalten habe.« Er bedachte sie mit einem warmherzigen Blick. »Es gibt dafür einen guten Grund. Wenigstens glaube ich, dass es ein guter Grund ist.«

»Da du mich heute Nachmittag vielleicht davor bewahrt hast, dass ich mir das Genick breche, sollte ich dir wohl zumindest zuhören.« Sie lächelte matt.

Er legte die Hand auf ihre. »Ich bin mir nur nicht sicher, ob es vielleicht zu viel für dich ist.« Seine Finger schlossen sich um ihre, schoben sich darunter, bis er ihre Hand hielt. »Weißt du was? Ich lasse dir ein Bad ein, und danach solltest du schlafen.«

Clara schüttelte den Kopf. »Nein. Ich will direkt ins Bett.« Ihr schwirrte entschieden zu viel im Kopf herum. Im Augenblick wollte sie nur alles abschalten.

Sie spürte, wie sie die schmale Treppe in ihrem Cottage hinaufgeführt wurde. »Links«, murmelte sie. Wenig später saß sie auf der Bettkante. Es kam ihr vor, als nähme Declan unter der niedrigen Decke in ihrem Schlafzimmer im Obergeschoss unheimlich viel Platz ein.

»Hast du einen Föhn?«, fragte er.

Sie sah ihn fragend an.

»Meine Ma hat mir eingebläut, nie mit nassen Haaren ins Bett zu gehen.«

Er folgte ihrem Blick zum Schminktisch auf der gegenüberliegenden Seite. Dann ging er hinüber und zog den Hocker davor heraus.

»Komm her. Dauert nur eine Minute. Ich will nicht, dass du dich erkältest.«

Wie geheißen, durchquerte sie das Zimmer und ließ sich auf den Hocker plumpsen. Ihre bewussten Gedanken entfernten sich weiter und weiter von ihr. Sie schloss die Augen, als Declan ihr Haar nach hinten strich. Seine Hände fühlten sich kühl an ihren Wangen an. Er strich die Strähnen ihren Rücken hinab glatt, schaltete den Föhn ein und fuhr mit dem warmen Luftstrahl sanft über ihr Haar. Es fühlte sich herrlich an. Ihre Schultern entspannten sich, als sie sich der Empfindung hingab. Müdigkeit schwappte in Wellen über sie hinweg. Plötzlich blitzte dazwischen ein Gedanke auf. Flatternd öffnete sie die Lider – sie hatte immer noch keine Gelegenheit gefunden, mit Trixie darüber zu reden, dass sie Liam mit einer anderen Frau gesehen hatte. Aber noch während es ihr durch den Kopf ging, fielen ihr die Augen wieder zu.

Wenig später lag sie im Bett und drehte das Gesicht der kühlen Glätte des Kissens zu.

»Ich kann einfach nicht aufhören, an dich zu denken, Clara …«

Sie nahm eine zarte Berührung seiner Lippen auf ihrer Wange wahr. Gleich darauf jedoch überwältigte sie der Schlaf.

Kapitel 18

Clara hatte einen wunderschönen Traum gehabt. Aber als sie sich zurück unter die Decke kuschelte und versuchte, sich wieder darin zu verlieren, stellte sie fest, dass es im Zimmer zu hell war für die Nacht. Vorsichtig öffnete sie ein Auge und spähte zur Uhr auf dem Nachttisch. Nach dem ersten Blick konzentrierte sie sich erneut darauf, doch es blieb dabei. Kurz nach zehn Uhr morgens. Wie um alles in der Welt konnte das sein? So spät stand sie *nie* auf.

Sie warf die Decke zurück, setzte sich auf und spürte Verspannungen in Nacken und Schultern. Mit gerunzelter Stirn sah sie sich um. Abgesehen von den lautstark protestierenden Muskeln fühlte sie sich gut. Und dennoch … Sie blinzelte, als Erinnerungen einsetzten, die überwiegend aus Gesichtern bestanden. Maddie und Seth. Declan. Und jemand, den sie nicht erkannte. Dann wurde ihr klar, dass sie ihren Pyjama trug. Aber sie wusste noch, dass sie sich mit dem Sweatshirt und der Leggings von Maddie hingelegt hatte …

Clara brauchte eine Weile, um zusammenzufügen, was sich am Vortag ereignet hatte. Als es ihr endlich gelang, stand sie auf und schlüpfte in ihre Pantoffeln. So spät, wie es war, musste sie schleunigst in die Gänge kommen. Sie wusste, dass es Seth nicht stören würde, wenn sie erst um diese Zeit zur Arbeit antrabte. Aber es wäre den anderen gegenüber nicht fair. Schon gar nicht, da es derzeit so viel zu tun gab.

Sie tappte die Treppe hinunter, die direkt in ihre Küche führte. Dort schaltete sie den Wasserkocher ein. Sie wollte sich ein kurzes Bad genehmigen und dabei Tee trinken. Würde nicht lange dauern, dann wäre sie bereit für den Tag. Während sie wartete, bis das Wasser brodelte, schaute sie aus dem Fenster. Es regnete immer noch. Der Morgen präsentierte sich trüb und düster. Erst als sie sich vom Fenster abwandte, wurde ihr klar, dass Declans Auto noch in der Einfahrt stand.

Ihr Cottage war beileibe nicht groß. Zwei Zimmer, ein kleines Bad, die Küche und der direkt daran grenzende Wohnbereich. Sie starrte zu der nicht ganz geschlossenen Tür, bevor sie langsam darauf zuging. Clara schob sie auf.

Als Erstes sprang ihr die riesige Schale mit Rosen auf dem Couchtisch ins Auge, sattrot wie Samt; als Zweites Declan, der auf der anderen Seite des Tischs auf ihrem Sessel saß. Er hatte ein Bein über das andere geschlagen und las. Statt der potthässlichen Jogginghose trug er eine helle Jeans, dazu ein dunkelblaues Hemd.

Kaum hatte er Clara bemerkt, stand er auf und legte das Buch auf den Tisch. Clara erkannte es auf Anhieb. Es handelte sich um das Buch über Joy's Acre, das Seth gehörte.

»Guten Morgen!« Er freute sich sichtlich, sie zu sehen. »Wie fühlst du dich? Du siehst viel besser aus.«

Ihr Magen zog sich leicht zusammen, bevor sie auch nur über eine Antwort nachdenken konnte. Gott, er sah umwerfend aus. Dann wurde ihr bewusst, dass sie noch ihren Pyjama trug.

»Das war ich nicht«, sagte er schnell, als er wohl den Grund für ihre Verlegenheit erahnte. »Maddie ist hergekommen, als der Arzt da war. Sie …«

»Der Arzt?« Clara schüttelte den Kopf. Vage tauchte aus ihrem Gedächtnis auf, dass sie Stimmen gehört hatte, sich aufsetzen musste und … »Wann war der Arzt hier?«

»Gestern Nachmittag. Aber es ist alles gut. Kein bleibender Schaden. Du hattest leichtes Fieber. Er hat gemeint, die beste Medizin dagegen wäre Schlaf. Natürlich sollten wir deine Temperatur im Auge behalten, aber davon abgesehen sollten wir alles Nötige einfach deinem Körper überlassen.« Er schaute zum Couchtisch, auf dem ein leerer Becher stand. »Die anderen waren zu Besuch hier, aber … Na ja, wir dachten uns, jemand sollte sicherheitshalber bei dir bleiben. Und dieser jemand war eben ich. Macht dir hoffentlich nichts aus. Ich hab im Gästezimmer geschlafen und …«

Clara hob die Hand. Sie hatte Mühe, seinen Worten zu folgen. Irgendetwas daran fühlte sich nicht richtig an.

»Warte … Wie kann der Arzt gestern Nachmittag hier gewesen sein? Wir sind doch erst am Abend hergekommen.« Clara kniff die Augen zusammen und ließ die Erinnerungen in ihrem Kopf ablaufen, so gut sie konnte. »Außerdem weiß ich, dass ich die Nacht durchgeschlafen habe, aber ich …« Abrupt verstummte sie, als Declan näher auf sie zutrat.

»Clara, wir haben Donnerstag. Du hast nicht nur die Nacht durchgeschlafen. Du hast eine Nacht, einen vollen Tag und eine weitere Nacht geschlafen.«

Sie hob die Hand an die Stirn. »Donnerstag?«, wiederholte sie fragend. Mit großen Augen starrte sie ihn an, als er die Arme nach ihr ausstreckte. »Oh mein Gott, das ist ja … schrecklich.« Sie bedachte ihn mit einem verlegenen Lächeln. »Du meinst, ich …«

Er nickte. »Ja. So lange hab ich geschlafen?«

Sie ließ zu, dass er sie an sich zog und küsste. »Und du warst die ganze Zeit hier?«

»Sicher. Ich musste mich doch um dich kümmern.«

Plötzlich löste sie sich von ihm und senkte den Blick. »Die Blumen sind wunderschön …« Sie errötete leicht.

»Ich war mir nicht sicher, ob sie dir gefallen würden.«

»Und ob. Danke.«

»Ich wollte irgendwas tun … und dachte mir, sie wären vielleicht eine schöne Überraschung, wenn du aufwachst.«

Clara sah ihn wieder an. »Und das sind sie auch. Ich …« Jäh verstummte sie, als sie den Ausdruck in seinen Augen bemerkte.

»Clara?« Dann strichen seine Lippen hauchzart über ihre. »Ich hab mir solche Sorgen um dich gemacht.«

»Ich glaube, ich muss mich setzen«, murmelte sie. »Obwohl es mir gut geht, ehrlich.« Dann grinste sie ihn an. »Ich hab nur nicht damit gerechnet, dass … Warte, ist heute wirklich Donnerstag? Oder nimmst du mich auf den Arm?«

Er lachte. »Ich schwöre es bei meinem Leben.«

Eine Minute lang sahen sie sich gegenseitig an und wussten beide nicht recht, was sie sagen sollten. Clara ergriff als Erste das Wort.

»Ich brauche einen Becher Tee«, verkündete sie. »Selbst an den besten Tagen komme ich ohne nicht in die Gänge. Und heute werden dafür auf jeden Fall zwei Becher nötig sein.«

Declan ging voraus. »Setz dich«, forderte er sie auf. »Ich kümmere mich darum.«

Clara ignorierte seine Worte und folgte ihm in die Küche, eine Hand an den zu einem Lächeln verzogenen Lippen. Mit dem Kuss hatte sie in keiner Weise gerechnet. Aber sie musste zugeben, dass er sich ziemlich gut angefühlt hatte …

»Warte mal«, sagte sie, während sie nach wie vor die jüngsten Ereignisse im Kopf durchging. »Ich bilde mir ein, ich sollte sauer auf dich sein …«

»Mist.« Declan schürzte die Lippen. »Ich hatte gehofft, du würdest dich nicht daran erinnern.«

Plötzlich blitzte aus ihrem Gedächtnis die Begegnung im Blumenladen auf. »Ah … also sind es *Entschuldigungsblumen*, richtig?«

»Ganz und gar nicht.« Er grinste reumütig, als er an das gleiche Gespräch zurückdachte. »Obwohl … bei genauerer Überlegung könnte man sie wohl als Mehrzweckblumen bezeichnen.«

Clara setzte sich an den kleinen Tisch. »Vielleicht lasse ich dich so oder so vom Haken. Hab mich noch nicht entschieden. Obwohl du dich so um mich gekümmert hast …«

Seine Züge wurden wieder ernst. »Ich hab mir *wirklich* Sorgen um dich gemacht. Eigentlich noch immer. Bist du sicher, dass es dir gut geht?«

»Ja, ehrlich«, antwortete sie und versuchte, ihr verfilztes Haar mit den Fingern zu entwirren. Sie schaute durch die Wimpern hindurch zu ihm auf. »Offensichtlich weißt du inzwischen von meiner Knochenmarktransplantation«, sagte sie. Es hatte keinen Sinn, um den heißen Brei herumzureden. »Normalerweise verursacht sie keine Probleme. Außer …«

»… bei Übermüdung, Überanstrengung oder einer Infektion«, sprach er für sie zu Ende. »Natürlich kann alles drei auch gleichzeitig auftreten.«

»Mein Immunsystem ist geschwächt«, bestätigte Clara mit einem Nicken. »Von den Medikamenten, die ich nehmen muss, damit das Knochenmark nicht abgestoßen wird. Aber ich nehme an, das weißt du auch. Wer hat's dir gesagt? Maddie oder Seth?«

»Beide. Ausführlich. Und in einem überaus mahnenden Ton, den ich natürlich verdient hatte.«

»Wahrscheinlich hättest du es von mir erfahren sollen. Nur ist das nicht unbedingt etwas, das man bei einem ersten Date auspackt.«

»Zumindest nicht vor der Enthüllung, dass man in Wirklichkeit verheiratet ist und drei Kinder hat.« Er lächelte sie an. »Dich trifft nicht die geringste Schuld an irgendetwas, Clara. Und auch, wenn es nicht viel wert ist, ich habe die volle Verantwortung dafür übernommen, was am Dienstag passiert ist.«

»Aber du hast das Unwetter doch nicht verursacht …«

»Das nicht. Aber ich hätte viel mehr Rücksicht darauf nehmen müssen, wie der Alltag in Joy's Acre abläuft. Oder wie er an dem Tag hätte ablaufen sollen. Und dich hab ich auch mies behandelt.« Er schluckte. »Zu meiner Verteidigung: Mein Verhalten war schon ziemlich untypisch für mich. Allem Anschein nach kann ich durch eine bestimmte junge Dame an nichts anderes mehr denken als an sie. Da mir das vorher noch nie passiert ist, hat es mich gehörig durcheinandergebracht. Damit bin ich nicht gut zurechtgekommen.«

»Oh.« Ihre Finger erstarrten. »Das hast du sehr schön gesagt … und ich muss sagen, ich finde es auch äußerst mutig. Vor allem, da ich mir denken könnte, dass dir die anderen in Joy's Acre ziemlich zugesetzt haben dürften.«

»Zu Recht.« Er errötete leicht, und Clara konnte nur versuchen, sich die Standpauke vorzustellen, die Seth und Tom ihm gehalten hatten. Bei genauerer Überlegung wohl auch Maddie. Und Trixie.

»Zum Glück für mich sind deine Freunde recht versöhnlich. Wir haben uns darauf geeinigt, nicht mehr darüber zu reden. Vorausgesetzt, ich benehme mich nicht noch mal wie ein Arsch …«

Clara nickte. »Klingt fair.« Sie grinste. »Also schön, machst du jetzt den Tee oder nicht? Ich muss in die Gänge kommen, sonst haben wir noch Freitag, bis ich in Joy's Acre bin.«

»Du willst doch nicht ernsthaft zur Arbeit, oder?«

»Klar! Warum denn nicht?« Sie lächelte über seinen entsetzten Blick. »Ehrlich, Declan, es geht mir gut. Und bei dem Wetter werde ich heute wohl nichts umgraben. Ich gehe es ruhig an, keine Sorge.« Sie nahm einen Becher von ihm entgegen. »Und ich wage zu behaupten, du hast wohl auch tausend Dinge zu erledigen.«

Er lächelte unbeschwert. »Die eine oder andere Kleinigkeit«, räumte er ein. »Tatsächlich ist heute wieder jemand namens Fiona in Joy's Acre. Wie du weißt, ist sie meine Hauptberaterin für die Serie. Gestern hat sie ausführlich mit Trixie besprochen, wie der kulinarische Teil ablaufen soll. Sie haben Ideen gesammelt und so. Wär toll, wenn du dich auch mit ihr zusammensetzen könntest. Natürlich nur, wenn du dich dafür bereit fühlst.«

Mit dem Becher in der Hand stand Clara auf. »Kein Problem. Gib mir eine halbe Stunde, dann kann's losgehen.« Lächelnd schüttelte sie den Kopf. »Ich kann immer noch nicht fassen, dass wir Donnerstag haben. Das ist total schräg.«

Oben im Schlafzimmer legte sie ihre Kleider auf dem Bett zurecht, um nach dem Bad hineinzuschlüpfen. Als sie den Pyjama ausziehen wollte, hielt sie kurz inne, weil ihr plötzlich Hitze in die Wangen schoss. Sie fand es süß, wie Declan ihr mitgeteilt hatte, dass Maddie ihr in den Schlafanzug geholfen hatte, nur konnte sie sich bestenfalls vage daran erinnern. *Was hab ich sonst noch alles vergessen?*

***

Hätte es nicht immer noch in Strömen geregnet, wäre Maddie vermutlich herausgestürmt und über den Hof gerannt, um sie zu begrüßen. Stattdessen sah Clara, dass ihre Freundin auf und ab hüpfte, während sie auf sie wartete. Der einzige Nachteil an Joy's Acre war die Lage des Parkplatzes. Um bei schlechtem Wetter nicht völlig durchnässt zu werden, musste man zum Haus gehörig die Beine in die Hand nehmen. Diesmal jedoch war Clara trotz eines ausgeprägten Déjà-vu-Gefühls gegen die Elemente gewappnet.

Maddie sprang aus dem Weg, als sie durch die Tür hineinstürmte.

»Rasch«, drängte ihre Freundin. »Raus aus der Jacke. Ich brauch sofort eine Umarmung!« Sie half Clara aus der Regenjacke und hängte sie an den Haken im Flur, wo sie auf den gefliesten Boden tropfte. »Ich konnte es gar nicht glauben, als Declan angerufen und gesagt hat, du würdest herkommen.« Sie hielt Clara auf Armlänge vor sich und musterte sie von oben bis unten. »Bist du sicher, dass du hier sein solltest?«

Als Clara nickte, wurde sie in eine innige Umarmung gezogen, die sie zum Kichern brachte. »Um Himmels willen, Frau, ich krieg keine Luft!«

»Du hast uns allen so einen Schrecken eingejagt«, gab Maddie zurück. »Aber wenigstens konnte Declan ein bisschen Wiedergutmachung leisten, indem er sich um dich gekümmert hat.«

Er hatte gerade hinter ihnen in die Diele betreten und die eigene nasse Jacke ausgezogen. »Und ich hab ihr auch schon gesagt, dass sie sich in den nächsten Tagen nicht übernehmen soll.«

»Tja, dafür müssen wir sie vielleicht an einem Stuhl festbinden oder so«, meinte Maddie. »Ich kenne sie ja.« Mahnend wedelte sie mit einem Finger vor Clara. »Aber im Ernst, du musst es ruhig angehen.«

Clara hob die Hände. »Mach ich«, gab sie sich geschlagen. »Versprochen.«

Declan berührte sie mit einer Hand an der Schulter. »Was hältst du davon, mit Fiona zu reden? Auch wenn sie schon mit Trixie gearbeitet hat, sie braucht noch Anregungen von dir zum Garten, damit wir die Einzelheiten bei der Programmgestaltung festlegen können. Das ist die perfekte Gelegenheit, um mitzuentscheiden, was auf Sendung geht und was nicht.«

»Sie ist im Arbeitszimmer, Clara. Geh du nur. Ich muss leider dem Wetter trotzen – Tom und Seth sind in der Scheune, und ich muss mit ihnen reden. Wir sehen uns nachher wieder. Trixie wird auch bald zurück sein. Sie musste heute Morgen wegen irgendwas in den Ort.«

Clara folgte Declan den Flur hinunter. Durch die Tür des Arbeitszimmers drangen Stimmen. Erst, als sie die Schwelle erreichte, wurde ihr klar, dass sie Trixie und sich selbst vom Tag der Probeaufnahmen hörte. Langsam trat sie einen Schritt vor.

»Ah, Clara.« Die körperlose Stimme ertönte hinter einem

PC-Bildschirm. »Man hat mir schon gesagt, dass du heute herkommen würdest. Setz dich doch.«

Fiona erhob sich hinter dem Tisch, der normalerweise an einer Wand stand. Offensichtlich war er ihr zum Arbeiten zur Verfügung gestellt worden. Wie es aussah, hatte sie sich bereits gemütlich eingerichtet. Überall lag Papier verstreut, obenauf ein großes ringgebundenes Notizbuch mit einem Stift auf einer Seite. Eine Hand wurde Clara entgegengestreckt.

»Wir hatten neulich nicht wirklich Gelegenheit, miteinander zu reden. Ich bin jedenfalls Fiona.« Mit schlaffem Griff schüttelte sie nur die Enden von Claras Fingern. »Freut mich, dich endlich richtig kennenzulernen.« Als sie sich wieder setzte, verschwand ihr Kopf erneut hinter dem Bildschirm.

Clara fehlten die Worte. Bei den Dreharbeiten hatte sie kaum Notiz von der Frau genommen, doch irgendwie hatte sie angenommen, die Serienberaterin eines Medienunternehmens würde eine smarte Managerin mit einem überschwänglichen Lächeln und einem schrillen Lachen sein. Tatsächlich jedoch trug Fiona Jeans und ein zerknittertes Sweatshirt. In der Aufmachung hätte sie eher in einen alten Land Rover oder zum Ausmisten von Schweineställen gepasst.

Declan trat an Clara vorbei und stellte sich neben Fiona. Er zwinkerte ihr zu.

»Fiona, du hast den Nagel auf den Kopf getroffen, das ist Clara. Ich hab dir von ihr erzählt. Sie ist heute unter Umständen nicht in Bestform, also wär's schön, wenn du besonders nett zu ihr sein könntest.«

»Ich bin immer nett«, brummte die Frau. Der Bildschirm wurde zur Seite geschoben, und Clara erhielt ein knappes Nicken und ein flüchtiges Lächeln.

»Und Clara, das ist Fiona. Sie sieht zwar zum Fürchten aus und bellt, beißt aber nicht. Unter der resoluten, feindseligen Fassade steckt in Wirklichkeit ein recht umgänglicher Mensch.«

Kurz dachte Clara, Fiona würde widersprechen. Stattdessen heftete sie einen stahlharten Blick auf Declan.

»Schönen Dank auch, ich finde, das reicht. Troll dich.« Damit stand sie auf und scheuchte Declan zur Tür hinaus. »Clara und ich machen das schon, du musst hier nicht rumschnüffeln. Geh, und sei woanders charmant.«

»Clara, ich bin in der Küche, wenn du mich brauchst ...« Falls er noch etwas hinzufügen wollte, ging es unter, weil ihm die Tür vor der Nase zugeschlagen wurde.

Clara wappnete sich, als Fiona zu ihrem Platz zurückkehrte.

»Schon besser. Also, ich denke, wir wissen jetzt beide, mit wem wir es zu tun haben. Obwohl ich mir ziemlich sicher bin, dass wir das auch ohne Declans Hilfe hinbekommen hätten.« Sie verdrehte die Augen. »Wollen wir anfangen? Zunächst mal: Ich weiß rein gar nichts über Gartenarbeit oder Gemüseanbau. Ist aber völlig irrelevant. Ist nicht meine Aufgabe, mich dafür zu begeistern, was du machst. Es muss mich nicht mal interessieren. Ich soll lediglich mein umfangreiches, praktisch erschöpfendes Wissen über Zuschauervorlieben nutzen und es mit bestimmten Ideen verknüpfen, um Programme zu produzieren, die nicht nur sehenswert sind, sondern auch Einschaltquoten bringen. Kurz gesagt: Ich setze Dinge um, Clara. Ist dir das alles klar?«

Clara nickte. Für eine Erwiderung fühlte sie sich zu eingeschüchtert.

»Ausgezeichnet. Dachte ich mir irgendwie schon.« Sie lächelte kurz und sah Clara gerade lange genug an, dass sie ein Funkeln in den Augen der Frau sehen konnte, bevor sie den Blick wieder auf die Unterlagen am Schreibtisch senkte.

»Zunächst mal möchte ich wissen, was du dir von all dem erhoffst.«

Die Frage überraschte Clara. Und während die Sekunden verstrichen, wurde ihr klar, dass sie darüber noch nie nachgedacht hatte. Sie sah Fiona an, die auf eine Antwort wartete, und suchte in ihrem Gesicht nach Hinweisen. Clara war sich ziemlich sicher, dass sie sich bereits eine Meinung über sie gebildet hatte. Es sei denn natürlich, es handelte sich um eine Fangfrage …

»Du willst also nicht berühmt werden?«, fragte Fiona.

»Gott, nein.« Das konnte Clara mit Sicherheit sagen.

»Ich frage das nur, weil die Möglichkeit besteht, falls du es darauf anlegen willst.«

Clara schüttelte den Kopf. »Nein, definitiv nicht. Eigentlich bin ich nicht mal sicher, warum ich das machen will. Natürlich für Joy's Acre … und weil es für Seth und Maddie viel bedeutet. Für die beiden also, weil ich möchte, dass der Betrieb erfolgreich läuft. Aber es geht mir wohl auch darum, die Liebe dafür, was ich in diesem wunderschönen Teil des Landes mache, mit anderen zu teilen. Man könnte vielleicht sagen, ich hoffe, dass ich sie anderen Menschen vermitteln kann.«

Fiona kritzelte eine Notiz, die Clara nicht lesen konnte. »Also selbstlose Beweggründe?«, hakte sie nach.

»Ich … ich weiß nicht, sind sie das? Ist daran etwas verkehrt?«

»Überhaupt nicht. Es ist nur hilfreich für mich, weil ich dann weiß, was zu berücksichtigen ist.« Sie musterte Clara eingehend. »Ein Wort zu deinem Haar. Wie sehr hängst du daran?«

Im Augenblick hing es als langer Zopf über Claras Schulter. Sie zog leicht daran. »Hängt ziemlich fest an mir, würde ich sagen …«

Nichts. Fiona verzog keine Miene.

»Tut mir leid, sollte ein Scherz sein, ich weiß schon, was du in Wirklichkeit meinst.« Clara räusperte sich. »Also, an meinem Haar will ich nichts ändern.«

Fiona schaute auf den Bildschirm. »Wie ich sehe, hattest

du es bei den Aufnahmen hochgesteckt ... und einmal offen. Wie funktioniert das für dich?«

Clara biss sich auf die Unterlippe. »Äh ... ganz gut, würde ich sagen. Ich dachte wohl, die Entscheidung darüber liegt bei Declan.«

»Ja, das glaubt er auch gern.« Sie kritzelte eine weitere kurze Notiz. »Zöpfe können ein wenig nach Pippi Langstrumpf aussehen. Daran ist nicht unbedingt was auszusetzen, aber der Durchschnittszuschauer assoziiert zum Teil merkwürdige Dinge mit Zöpfen. Wenn du meine Meinung hören willst, empfehle ich sie hochgesteckt. Offen kommen sie ein bisschen bemüht rüber.«

»Okay, verstehe ...« Tatsächlich hatte Clara keine Ahnung, wovon Fiona sprach.

»Ich denke, da wir das geklärt haben, weiß ich, womit ich arbeiten kann.« Sie schob einen Zettel über den Schreibtisch. »Das sind meine Ideen für eine mögliche Episodenabfolge. Sie beruht auf Verfügbarkeit von Obst und Gemüse, jahreszeitlichen Abweichungen und Verknüpfungsmöglichkeiten mit Trixies kulinarischem Part. Ich habe versucht, so viele verschiedene Techniken wie möglich abzudecken und mich auf die Bereiche zu konzentrieren, von denen wir aus Rückmeldungen wissen, dass sie dem entsprechen, was die Leute sehen wollen.«

Clara nickte.

»Schau mal drüber und sag mir, was du davon hältst.«

Fionas dicht gedrängte Handschrift bedeckte das Papier. Bereits ein kurzer Blick darauf bestätigte Claras Gedanken.

»Hast du nicht gesagt, du hättest keine Ahnung vom Gärtnern?«

»Hab ich auch nicht, aber es ist meine Aufgabe, mich darüber zu informieren.« Sie stand auf. »Jetzt setz dich hin und sieh dir den Vorschlag genau an. Ich schaue inzwischen nach, ob noch welche von den Keksen da sind, die wir heute Morgen hatten. Normalerweise hab ich's nicht so mit Süßkram, aber von denen kann man gar nicht genug kriegen.«

Clara blieb allein zurück, nahm Platz und starrte wie in Trance auf den Zettel. Es fiel ihr schwer, Fionas Gedankengängen zu folgen. Nach einigen Augenblicken atmete sie tief durch und schob den Zettel beiseite. Sie hatte erhebliche Mühe, sich zu konzentrieren. Erst einige Minuten später wurde ihr bewusst, dass sie durch die offene Tür Stimmen hörte. Ein Lächeln breitete sich in ihrem Gesicht aus. Trixie war zurück.

Als Clara aus dem Arbeitszimmer eilte, kam Trixie gerade durch die Küchentür heraus. Die beiden trafen im Flur aufeinander, wo Clara abrupt und verdattert abbremste. Sie hatte die Arme für eine Umarmung ausgestreckt. Stattdessen jedoch riss sie eine Hand unwillkürlich an den Mund, während die andere in der Luft erstarrte.

»Oh mein Gott, Trixie, was hast du getan?«

Kapitel 19

»Gefällt's dir nicht?«

Clara starrte ihre Freundin an. Zuletzt hatte sie Trixie mit grellrosa Haar gesehen. Nun wies es eine satte Schattierung von Schokoladenbraun auf.

»Nein. Doch, meine ich. Es ist nur total ungewohnt. Mensch, du siehst ja richtig … erwachsen aus!«

»Ich weiß. Toll, oder?«, erwiderte Trixie. »Wie eine reife, kultivierte Erwachsene, nicht wie ein emotional unterdrückter Teenager.«

»Ach, Trixie, das warst du doch nie.«

»Also gefällt es dir doch nicht?« Sie runzelte die Stirn, aber Clara lächelte und schüttelte den Kopf.

»Das hab ich nicht gesagt. Ich bin bloß überrascht, und es ist gewöhnungsbedürftig. Aber es steht dir. Und eigentlich zählt ja nur, dass es dir gefällt, nicht wahr?«

»Ich hatte einfach das Gefühl, es wäre an der Zeit für was anderes. So was wie eine Rückkehr zu meinen Wurzeln.«

Clara streckte die Arme für die überfällige Umarmung aus. »Dann ist es perfekt.« Sie hätte darauf zu wetten gewagt, wer es vorgeschlagen hatte. »Und bevor du fragst: Ja, es geht mir gut genug, um hier zu sein.«

Trixie drückte ihre Freundin innig. »Dann ist das auch perfekt.«

Die beiden gingen in die Küche, wo Fiona an der Keksdose stand und sich ungeniert einen Keks in den Mund steckte. Bevor sie den Deckel wieder schloss, nahm sie sich noch einen. Declan beobachtete sie mit belustigter Miene vom Küchentisch aus.

»Na schön, meine Damen, ich denke, wir sollten langsam wieder anfangen. Wir müssen noch entsetzlich viel durchgehen.« An Fionas Mundwinkel hatte sich ein Krümel verfangen, was Clara aus irgendeinem Grund zum Kichern brachte.

Trixie sah erst sie an, bevor sie unsicher wieder zu Fiona schaute. »Ich hab gar nicht gemerkt, wie die Zeit vergangen ist«, sagte sie. »Tut mir leid, aber ich muss noch Kuchen für den Bauernmarkt und das Wochenende backen. Außerdem …«

»Gib mir nur eine Stunde, Trixie. Ich würde ungern gerade jetzt unterbrechen, wo du die Inspiration noch frisch im Kopf hast. Kann nicht Clara in der Zwischenzeit für dich einspringen?«

»Doch, sicher, aber …«

»Dann schlage ich vor, wir machen es so. Und wenn wir zwei fertig sind, kannst du Clara ablösen, und sie kommt zu mir.«

Declan schaute von seinem Laptop auf.

»Ist das für dich in Ordnung, Clara?«

»Ja, total. Ich bin mir nämlich nicht sicher, ob mein Kopf gerade in der Lage zu inspirierenden Gedanken ist. Geh du nur, Trixie, ich komme hier schon zurecht.«

Trixie deutete mit einem Arm zur Speisekammer. »Du wirst ja sehen, was ich schon gemacht hab … Sonst ist alles in Ordnung, was du übernehmen willst.« Und damit verschwand sie mit Fiona zur Tür hinaus. Clara blieb ein wenig sprachlos zurück.

Declan schmunzelte. »Du wirst noch lernen, Fiona zu mögen, ehrlich. Mir ist klar, dass sie so unverblümt ist, dass es an Unhöflichkeit grenzt und sie einem damit die Sprache verschlagen kann. Aber sie besitzt ein geradezu unheimliches Gespür für brillante Programmgestaltung. Mehr noch, für Sendungen, die genau zum richtigen Zeitpunkt den Nerv des Marktes treffen.«

»Tja, Trixie hat offensichtlich kein Problem mit ihr.«

»Fiona spricht gut auf … Ehrgeiz an.« Er grinste. »Und bevor du mir den Kopf abreißt: Das ist keine Kritik, weder an dir noch an ihr. Nur die Feststellung, dass Trixie die Aussicht darauf, im Fernsehen aufzutreten, anders betrachtet als du.«

Und genau das bereitete Clara Kopfzerbrechen …

Schließlich krempelte sie die Ärmel hoch und griff sich eine Schürze von einem Haken an der Tür zur Speisekammer.

»Bist du sicher, dass ich hier nicht im Weg bin?«, fragte Declan. Er sammelte einige seiner Unterlagen zusammen, um weniger Platz am Tisch einzunehmen.

»Ja, du störst überhaupt nicht. Im Gegenteil, ein bisschen Gesellschaft, während ich arbeite, wäre schön.« Sie ging in die Speisekammer und kam mit mehreren Päckchen Zutaten zurück, die sie auf der Arbeitsplatte ausbreitete. Daneben lag das Notizbuch mit Trixies Rezepten. Clara blätterte es durch, bis sie das gewünschte fand. Der Brombeerapfelstrudel eignete sich zum Anfangen so gut wie alles andere.

Vielleicht lag es am Backen, jedenfalls knurrte Clara vor Hunger der Magen, nachdem sie die ersten Strudel in den Ofen geschoben hatte. Eigentlich nicht verwunderlich. Immerhin hatte sie in den letzten Tagen wenig gegessen. Ein kurzer Blick auf die Uhr bestätigte, dass es Zeit zum Mittagessen war. Sie wusch sich die Hände und ging los, um Trixie zu suchen. Die angebliche Stunde, die Fiona mit ihr brauchte, war längst verstrichen.

Die Tür zum Arbeitszimmer war noch fest verschlossen. Clara klopfte ein paarmal verhalten, bevor sie die Tür aufschob und einfach reinging. Trixie hatte ihren Stuhl neben den von Fiona geschoben. Die beiden saßen mit zusammengesteckten Köpfen über mehreren in einer Reihe angeordneten Zetteln. Fiona redete wie ein Wasserfall und ließ sich nicht davon bremsen, dass Trixie aufschaute. Als nach mehreren Herzschlägen klar wurde, dass Fiona nicht vorhatte, auch nur Notiz von ihr zu nehmen, räusperte sich Clara.

»Entschuldigt die Störung, aber ich hab mich gefragt, wie es mit dem Mittagessen aussieht.«

Trixie hatte gerade einen der Zettel aufgehoben und verschob ihn auf Fionas Vorschlag hin. Sie legte ihn wieder hin, bevor sie erneut aufschaute.

»Ist mir ganz egal, Clara«, sagte sie. »Was immer am einfachsten ist. Mir würde ein Sandwich reichen.«

Fiona tippte neben ihr auf der Tastatur. »Oh, mir auch. Obwohl ich nicht Nein sagen würde, wenn noch was von der Quiche von gestern übrig wäre.«

»Also hat sie dir geschmeckt?«, fragte Trixie. »Ich war mir nicht sicher, ob ich nicht zu viel Stilton reingemacht habe.« Lächelnd wandte sie sich wieder Clara zu. »Gut, dass ich zwei gemacht habe. Die zweite ist noch im Kühlschrank.«

Clara entfernte sich rückwärts aus dem Zimmer und spürte, wie ihre Wangen zu lodern begannen. So hatte sie sich das Gespräch ganz und gar nicht vorgestellt. Sie kam sich vor wie das Dienstmädchen.

»Willst du ein Sandwich, Declan?«, fragte sie, als sie in die Küche zurückkehrte. »Wie es aussieht, bin ich heute fürs Mittagessen zuständig. Anscheinend gibt's auch noch Quiche.«

»Ich würde zu gern bleiben, aber ich fürchte, ich kann nicht. Morgen früh steht eine Besprechung an, deshalb muss ich langsam los zurück nach London.«

»Du reist ab?« Irgendwie hatte Clara gedacht, er würde bleiben.

Er klappte den Deckel seines Laptops zu. »Das klingt ja fast so, als würdest du dir wünschen, ich müsste nicht weg«, meinte er mit einem kleinen Lächeln. »Wenn das so ist, hoffe ich, du freust dich zu hören, dass ich nächste Woche wieder hier bin.« Er stand auf und kam um den Tisch herum. »Und in der Zwischenzeit musst du mir versprechen, dass du auf dich achtest.«

Sie nickte. »Ich wüsste nicht, was ich bis dahin groß anstellen sollte«, erwiderte sie. »Aber ja, ich verspreche, es nicht zu übertreiben …«

Kurz zögerte sie mit einer unausgesprochenen Frage auf der Zunge.

»Nur weiter.«

»Ich hab mich nur was wegen Fiona gefragt. Ob sie noch eine Weile hier sein wird. Ich dachte, dass du vielleicht …«

»Ehrlich, Clara, wenn ich könnte, würde ich bleiben, aber die Besprechung kann ich nicht verschieben. Glaub mir, du wirst mit Fiona auskommen. Sie ist noch bis morgen hier, und damit hat es sich, jedenfalls vorläufig. Ich rede noch mit ihr, bevor ich gehe, damit sie weiß, was Sache ist. Und wenn du irgendwelche Probleme hast, rufst du mich an, okay?«

»Okay.«

Er begann, seine Sachen zusammenzusuchen. Clara wandte sich ab und holte ein frisches Brot aus dem Kasten, um ihre Enttäuschung zu verbergen. Als sie mit dem Aufschneiden beginnen wollte, spürte sie eine leichte Berührung an der Schulter. Sie drehte sich um. Seine Hand legte sich unter ihr Kinn, seine Lippen streiften die ihren. »Ich bin am Montag wieder da«, flüsterte er.

Als Clara nickte, konnte sie nur daran denken, dass es noch vier Tage bis Montag waren.

***

»Clara!« Sie wirbelte herum und erblickte Tom und Seth an der Küchentür. Direkt hinter ihnen stand Maddie.

Die beiden Männer traten mit ausgestreckten Armen ein.

»Herrje, man könnte meinen, ihr hättet mich wochenlang

nicht gesehen«, sagte sie, aber sie grinste, als Seth und Tom sie nacheinander umarmten.

»Hat sich auch so angefühlt«, erwiderte Seth. »Gestern war es merkwürdig ohne dich. Eigentlich kommt mir schon die ganze Woche seltsam vor. Als hätte ich den Überblick verloren, welchen Tag wir haben.«

Ein guter Vergleich. Genauso empfand Clara. »Mir fällt immer noch schwer zu glauben, dass heute Donnerstag ist. Aber egal, bestimmt fühlt es sich bald wieder normal an.«

»Das liegt am Regen«, bemerkte Tom. »Und am Ausbruch aus der Routine. Heute bin ich zum ersten Mal seit einer Ewigkeit nicht auf dem Dach. Ich komme mir ein bisschen vor wie ein Fisch auf dem Trockenen.« Clara fiel auf, wie er sie musterte. »Geht's dir auch wirklich gut?«, fragte er.

Sie hatte gerade einen riesigen Haufen Brotscheiben vorbereitet und griff wieder zum Messer, um sie in Dreiecke zu schneiden.

»Alles bestens. Mittagessen und Kuchen zubereiten ist ja nicht so anstrengend wie Umgraben im Garten. Keine Sorge, ich gewöhne mich langsam wieder ein.«

Tom ging an ihr vorbei und holte Teller aus dem Schrank. »Brauchst du Hilfe bei irgendwas?«, erkundigte er sich. Zwei Tabletts mit Sandwiches standen bereits in der Mitte des Tischs. Clara hatte außerdem einen schnellen Salat zubereitet und, wie gewünscht, die restliche Quiche aufgeschnitten.

»Moment, wo ist Trixie?«, wollte Maddie wissen, bevor Clara auf Toms Frage antworten konnte. »Wieso machst du das Mittagessen?«

»Oh, sie ist noch mit Fiona beschäftigt«, antwortete Clara. »Tom, wenn's dir nichts ausmacht, könntest du die beiden holen. Sag ihnen, das Mittagessen ist fertig.«

Maddie warf ihr einen Seitenblick zu, verkniff sich jedoch einen Kommentar und bot lediglich an, sich um die Getränke zu kümmern.

»Das Wasser ist schon heiß«, fügte Clara hinzu. »Gieß es einfach in die Teekanne.«

Bis die Kanne auf dem Tisch stand, war Tom zurück und brummelte vor sich hin.

»Na, die ist ja mal ein Herzchen, was? *Bring uns doch einfach eine kleine Auswahl, sei so nett, ja?* Von wegen. Für wen hält die sich eigentlich?« Er griff sich einen Teller und begann, verschiedene Brötchen darauf anzuordnen.

»Warte, Tom«, sagte Maddie. »Was machst du da?«

Er hielt inne und starrte auf den Teller in seiner Hand.

»Ja, schon klar. Aber wer hat dich darum gebeten? Fiona?«

Er nickte und schaute zu Seth. In Maddies Stimme schwang eine Schärfe mit, die sie alle nur zu gut kannten.

»Wir essen hier zu Mittag … zusammen.« Sie sah Clara an. »Genau wegen so was ist es schon mal in die Binsen gegangen. Tut mir leid, aber ich finde nicht, dass wir uns so herumkommandieren lassen sollten. Oder so mit uns reden lassen sollten, wie es offensichtlich bei dir war, Tom.«

»Ich glaub, Fiona denkt sich nichts Böses dabei, Maddie. Das ist einfach ihre Art. Declan hat gesagt, dass sie ungehobelt rüberkommt, aber wir sollen einfach darüber hinwegsehen.«

»Nein, tun wir nicht. Tut mir leid, aber wenn jemand unhöflich klingt, dann ist er es in der Regel auch. Wenn Fiona Hunger hat, kann sie herkommen und hier mit uns essen. Dasselbe gilt für Trixie. Die das eigentlich wissen sollte.«

Damit schob sich Maddie auf den Stuhl und zeigte an, dass die Unterhaltung für sie beendet war. Tom hatte noch den Teller in der Hand. Er blickte darauf hinab, als überlegte er, welche Möglichkeiten er hatte. Dann zuckte er mit den Schultern, nahm Platz, fügte dem Teller ein Stück Quiche hinzu und behielt ihn für sich selbst.

Seth und Clara wechselten einen Blick. Sie wussten beide, dass sich Maddie nicht umstimmen lassen würde.

»Sollen wir es ihnen sagen?«, fragte Seth. »Oder …«

»Wie du willst«, antwortete Maddie und schenkte Tee ein.

»Dann mache ich das mal«, sagte er. »Nicht, dass wir ihnen alles wegessen.«

Maddie wartete, bis er die Küche verlassen hatte. »Feigling«, murmelte sie.

Nach Seths Rückkehr in die Küche dauerte es geschlagene zehn Minuten, bis Trixie und Fiona auftauchten – Trixie mit einer Gewittermiene. Sie nahm Clara gegenüber Platz.

»Also, ich muss schon sagen, das sieht wunderbar aus«, meinte Fiona und begann, sich einen Teller zu füllen. »Noch dazu selbst gebackenes Brot. Keine Ahnung, wie du das machst, Trixie.«

»Ist schon eine Menge Arbeit?«, kommentierte Maddie. »Die wir alle sehr schätzen.«

»Oh, ich auch«, erwiderte Fiona.

Trixie nickte lächelnd, schwieg jedoch. Clara rollten sich allmählich die Zehennägel auf. Die Stimmung am Tisch war fürchterlich, obwohl es Fiona nicht zu bemerken schien. Oder es einfach gekonnt überging. Sie plapperte fast ununterbrochen. So saßen sie zwar wenigstens nicht in unangenehmer Stille da, dennoch wusste Clara, dass nicht nur sie erleichtert war, als die Teller leer waren.

»So, jetzt bin ich wieder rundum zufrieden«, erklärte Fiona. »Aber wir sollten unbedingt weitermachen, Trixie, wenn du bereit bist. Wir sind gerade so in Schwung, dass es praktisch unverantwortlich wäre, es nicht zu Ende zu bringen.«

»Irgendeine Ahnung, wie lange es noch dauert?«, fragte Maddie zuckersüß. »Ich könnte mir nämlich denken, dass Trixie noch tausend Dinge zu erledigen hat und inzwischen allmählich nervös wird.«

Trixie war aufgestanden, schwieg jedoch. Sie wirkte verlegen und zugleich ein wenig trotzig.

»Ich fürchte, das kann ich nicht abschätzen. Ich weiß nur,

dass es gut wäre, die Sache ordentlich abzuschließen, vor allem, da Clara in der Zwischenzeit so gut die Stellung hält.«

Damit fegte Fiona hinaus, dicht gefolgt von Trixie. Clara starrte auf die Teller und Becher, die sie achtlos auf dem Tisch zurückgelassen hatten. Obwohl sie darüber mit den Zähnen knirschte, hob sie die Hand, um Maddie zu bremsen.

»Kein Wort«, sagte sie.

Kurz danach entschuldigten sich Tom und Seth. Zurück blieben Maddie und Clara, die sich gegenseitig ansahen.

»Trixie kann nichts dafür«, sagte Clara und versuchte, ihre Verärgerung einzudämmen. »Fiona ist eine Naturgewalt, deshalb hat Trixie wohl das Gefühl, nicht Nein sagen zu können. Abgesehen davon kann man es ihr nicht wirklich verübeln. Sie war ja von Anfang an so begeistert von der Serie. Für sie ist es wie ein Traum, der Wirklichkeit wird.«

»Und dir geht es nicht gut, weshalb das alles nicht dir aufgeladen werden sollte.«

Clara biss sich auf die Unterlippe. »Ich weiß. Aber es macht mir wirklich nichts aus. Es war ja meine Entscheidung, zur Arbeit zu kommen. Und Kuchen zu backen, ist nicht besonders anstrengend.«

»Was ist mit dem Abendessen?«

»Wenn Trixie bis dahin noch nicht fertig ist, mache ich einfach Nudeln oder so. Nichts Aufwendiges.«

Maddie sah auf die Uhr. »Ich bleibe noch ein bisschen«, sagte sie. »Aber dann müssen Seth und ich wegen der neuen Küche für das nächste Cottage los. Wenn wir es nicht bald bestellen, wird sie nicht rechtzeitig geliefert.«

»Geh ruhig«, gab Clara zurück. »Ehrlich, Maddie, ich komme zurecht.«

Und das stimmte auch. Jedenfalls die nächsten anderthalb Stunden lang. Dann jedoch bemerkte sie, dass sie sich setzen musste, weil ihre Beine wackelig wurden. Sie schenkte sich ein Glas Limonade ein, nahm sich einen Keks aus der Dose und hoffte, der Zucker würde sie aufmuntern. Nach einer kurzen Pause machte sie weiter.

Als Maddie kurz vor fünf zurückkam, drängten sich auf dem Tisch ein weiterer Brombeerapfelstrudel, vier Zitronenstreuselkuchen, ein Tablett mit einem aufgeschnittenen Dattelwalnusskuchen und zwei Dutzend Muffins mit Himbeeren und weißer Schokolade. Clara lümmelte schlaff am Küchentisch und fühlte sich so mies wie schon lange nicht mehr. Ihr graute beim Gedanken, dass sie gleich mit dem Abendessen für alle anfangen musste.

Maddie warf nur einen Blick auf sie, bevor sie prompt wieder aus der Küche marschierte. Gleich darauf hörte Clara, wie sie an die Tür zum Arbeitszimmer hämmerte. Wenig später kehrte sie zurück.

»Trixie kommt gleich, und Fiona habe ich gesagt, dass es an der Zeit ist zu gehen. Ich weiß, dass du morgen den Tag mit ihr verbringen solltest. Aber ich hab ihr außerdem gesagt, dass es dir nicht gut genug dafür geht und es nicht möglich ist.«

Clara schaute entsetzt auf, doch ihr fehlte die Kraft, dagegen zu protestieren. Wahrscheinlich würde sie sich zu gegebener Zeit deswegen quälen, aber im Moment kümmerte es sie nicht groß.

»Willst du noch bleiben und etwas essen? Oder soll Seth dich lieber gleich nach Hause fahren?«

Der Gedanke an ihre eigenen vier Wände, wo Stille herrschte und niemand etwas von ihr wollte, fühlte sich plötzlich sehr verlockend an. Sie wollte gerade antworten, als aus dem Flur laute Stimmen ertönten, lachend und überschwänglich. Dann steckte Fiona den Kopf zur Tür herein.

»Ich bin dann mal weg«, sagte sie zu Maddie. Als sie Clara bemerkte, fügte sie zu ihr hinzu: »Meine Güte, du siehst ja wirklich nicht gut aus. Ich bin froh, dass wir die Besprechung morgen abgesagt haben – was immer du hast, ich bin sicher, ich will es nicht.« Ihre Zähne blitzten auf, als sie breit lächelte. »Ich melde mich Anfang nächster Woche. Trixie und ich sind mit dem kulinarischen Teil so ziemlich fertig, wir kommen also hervorragend voran.«

Sie wollte sich schon abwenden, als ihr noch etwas einfiel.

»Ach ja, ich hab zwar natürlich den Computer ausgeschaltet, aber ein paar Sachen auf dem Schreibtisch liegen gelassen, damit wir nahtlos weitermachen können, wenn ich zurückkomme. Ist viel einfacher, als alles weg- und wieder auszupacken. Wäre schön, wenn ihr alles so lassen könntet, wie es ist.«

Maddie stand der Mund ebenso offen wie Clara, aber beide verloren kein Wort. Das Stimmengewirr im Flur dauerte noch kurz an, bevor Trixie auftauchte, nachdem sie die Haustür hinter Fiona geschlossen hatte. Stöhnend ließ sie sich auf einen Stuhl plumpsen.

»Ich bin so was von erledigt«, klagte sie. »Fiona ist die reinste Sklaventreiberin!« Sie grinste von einem Ohr zum anderen. »Aber etwas kann ich euch sagen: Diese Frau weiß übers Fernsehen alles, was sich zu wissen lohnt. Ich habe an dem einen Nachmittag mit ihr unheimlich viel gelernt. Mir war vorher gar nicht in vollem Umfang bewusst, was für eine unglaubliche Chance wir bekommen haben. Ist aber wirklich so.«

»Wie wunderbar«, erwiderte Maddie sarkastisch. »Da fühlen wir uns doch gleich besser darüber, obwohl unser gesamter Tagesablauf gestört worden ist und man uns wie den letzten Dreck behandelt hat.«

Abrupt verschwand das Grinsen aus Trixies Gesicht.

»Tut mir leid«, fuhr Maddie fort, »aber so gut sie in ihrem Job sein mag, ihre Umgangsformen lassen schwer zu wünschen übrig. So läuft es bei uns in Joy's Acre nicht. Und als jemand, der das auf die harte Tour erfahren hat, bin ich nicht bereit, es einfach hinzunehmen.«

»So schlimm ist sie wirklich nicht«, argumentierte Trixie. »Nicht, wenn man sie näher kennenlernt. Aber sie ist sehr ehrgeizig. Muss man in ihrer Branche wohl auch sein. Ich glaube, sie merkt gar nicht, wie sie manchmal rüberkommt. Jedenfalls bin ich heilfroh, dass wir sie an unserer Seite haben.«

»Tja, wir werden sehen. Für mich ist die Sache jedenfalls noch nicht gegessen.« Maddie schaute zu Clara hinüber. »Komm, bringen wir dich nach Hause – außer, du willst noch zum Essen bleiben.«

Clara schüttelte den Kopf. Die Küche hatte plötzlich jeden Reiz verloren. »Ich hab echt keinen Hunger«, sagte sie. »Ich würde lieber fahren.«

Trixie sah sich um und schien erst da zu bemerken, dass der Tisch vor Kuchen strotzte. »Oh. Du hast Zitronenstreusel gebacken? Davon ist noch eine ganze Ladung im Gefrierschrank. Ich hab gestern Abend welchen gemacht …«

Plötzlich stieg Hitze in Clara auf. »Und woher hätte ich das wissen sollen? Herrgott noch mal … Du hast gesagt, ich soll in der Speisekammer nachsehen, und das habe ich. Vom Gefrierschrank hast du kein Wort gesagt. Wenn wir jetzt also zu viel von einer Kuchensorte haben, dann gib nicht mir die Schuld. Ich hab mich nur an deine Anweisungen gehalten.«

Einen Moment lang funkelten sich die beiden Frauen an, bevor Trixie plötzlich den Kopf hängen ließ.

»Entschuldige, Clara. Ich bin einfach geschlaucht. Hab den Mund aufgemacht, ohne nachzudenken.«

»Ich auch, Trixie!« Claras Stimme ertönte lauter als beabsichtigt. Wahrscheinlich hätte sie den Ton senken sollen, doch sie hatte genug für heute. »Vielleicht hätte ich doch noch nicht herkommen sollen, aber ich dachte, ich schaffe es. Allerdings hab ich auch den ganzen Nachmittag Kuchen gebacken und davor das Mittagessen gemacht.«

»Ich weiß«, sagte Trixie. »Aber bei dem Regen konntest du

sowieso nicht in den Garten. Was hättest du denn sonst tun wollen?«

Clara starrte sie erbost an.

»Darum geht's nicht, und das weißt du genau«, sagte Maddie.

»Ach nein? Worum denn dann?«, feuerte Trixie zurück. »Ich dachte, wir helfen uns hier gegenseitig. Kommt mir allerdings gerade nicht so vor. Weißt du, ich war auch nicht gerade untätig. Ich habe versucht, mit Fiona etwas zusammenzustellen, das die Sendung zu einem Knaller machen wird. Und ich glaube, es ist uns auch gelungen, obwohl es keinen zu interessieren scheint.« In ihren Augen blitzte es, als sie auf Touren kam.

»Eigentlich müsstest du doch froh sein, dass ich die ganze Arbeit mache, um die Sache auf die Beine zu stellen. Du willst es ja sowieso nicht, oder, Clara? Darum geht's in Wirklichkeit. Und dennoch reiße ich mir den Arsch auf, um aus der Serie etwas zu machen, auf das wir alle stolz sein können. Etwas, wovon wir alle profitieren. Aber das reicht nicht, oder? Du brauchst ja nur mit den Fingern zu schnippen, und schon sorgt Declan dafür, dass trotzdem du den besten Part bekommst. Gott, ich bin so eine Idiotin!«

Claras Wangen loderten. *Wie kann Trixie so was sagen?* Clara mochten die Dreharbeiten und die damit verbundenen Erfahrungen nicht begeistern, aber das hieß noch lange nicht, dass sie ihren Teil der Arbeit nicht beitragen würde. Herrgott, tatsächlich hatte sie überhaupt nur wegen Trixie zugestimmt, dabei mitzumachen. Und so wurde es ihr gedankt.

»Was fällt dir ein! Ich hab heute mein Bestes gegeben. Wie jeden Tag, auch wenn mir mal nicht besonders danach zumute ist. Heute war so ein Tag. Trotzdem hab ich geholfen, so gut ich konnte. *Ohne* ein Bitte oder Danke, wie ich hinzufügen möchte. Sieh dich mal um, Trixie. Die Kuchen haben sich nicht von selbst gebacken, auch wenn es die falschen sind!« Müde erhob sie sich.

»Und behaupte bloß *nie wieder*, ich würde von Declan irgendwelche Gefälligkeiten verlangen. Das ist unverschämt, Trixie, sogar für deine Verhältnisse.«

Kapitel 20

Megan pustete sich in die Hände, um sie zu wärmen.

Es war die vorletzte Runde des Schmiedewettbewerbs, und sie hatten früh begonnen. Die durch den Regen der letzten Tage abgekühlte feuchte Luft ließ Megan frösteln. Warm würde ihr erst werden, wenn sie richtig mit der Arbeit loslegte. Vielleicht lag es aber auch nur an ihrer Nervosität.

In Summersmeade Hall hatten sich noch mehr Zuschauer eingefunden als an den vorangegangenen Samstagen. Die Erwartung lag spürbar in der Luft. Allmählich wurde es ernst. Auch wenn es kalt sein mochte, der Wettbewerb ging in seine heiße Phase.

Megan holte ein Haarband aus der Tasche ihrer Latzhose und band ihre Mähne zusammen, während sie die Gedanken darauf konzentrierte, was sie an dem Tag vollbringen musste. Was auch immer passieren würde, sie durfte nicht an Julian denken oder daran, was er im Schilde führen mochte. Er hatte an diesem Morgen wieder herumgeschnüffelt und auf freundlich gemacht, aber Megan führte er damit nicht hinters Licht. Sie kannte ihn entschieden zu gut, um auf seinen falschen Charme hereinzufallen. Nur schade, dass Liam es nicht so sehen konnte. Sie wusste, dass er ihr nicht geglaubt hatte, als sie Julian bei der vorigen Runde des Wettbewerbs vorgeworfen hatte, eines ihrer Werkstücke gestohlen zu haben. Auch daran wollte sie nicht denken. Und obwohl sie Liams Standpunkt nachvollziehen konnte, hatte sie sich im Stich gelassen gefühlt …

»Guten Morgen!«

Megan schaute auf und erblickte Claras sonniges Lächeln

und einen überaus willkommenen Becher Tee. Dankbar nahm sie ihn entgegen.

»Schade, dass wir so mieses Wetter haben. Wie fühlst du dich heute?«

»Nervös«, gestand Megan und lächelte zurück. »Obwohl es eigentlich die Runde ist, auf die ich mich am meisten gefreut habe. Und obwohl es mir noch auf den Kopf fallen könnte, ich muss sagen, ich glaube, dass ich diesmal am besten abschneiden werde.« Sie legte die Hände um den Becher, um die Finger zu wärmen.

»Weißt du, es ist eher eine Interpretationsrunde, so was wie eine Kür. Dabei kommt es vor allem auf künstlerisches und gestalterisches Gespür an. Das liegt mir.«

Clara nickte. »Kann ich mir gut vorstellen«, erwiderte sie. »Das Werkstück, das du mir vorhin gezeigt hast, ist atemberaubend.«

Megan errötete leicht. »Danke«, sagte sie mit dem Wissen, dass Clara es ehrlich meinte. »Das ist der zweite Aspekt der heutigen Runde. Man präsentiert einfach einen eigenen Entwurf, den man bereits zu Hause vorbereitet hat. Ich kann's kaum erwarten, das Leitmotiv für heute zu erfahren, dann kann ich loslegen.«

»Du weißt also noch gar nicht, was du heute machen wirst?« Clara runzelte die Stirn. »Wie kann man sich da vorbereiten?«

»Genau das gefällt mir daran«, erklärte Megan und trank einen Schluck Tee. »Man muss kreativ improvisieren. Wir bekommen nur ein Leitmotiv vorgegeben. In früheren Jahren war das zum Beispiel ›Tanz‹ oder ›Kreise‹. Dazu kann man machen, was man will, solange es zum Motiv passt. Die höchste Punktzahl wird dafür vergeben, wie gut man es interpretiert.«

»Aber was, wenn dir dazu nichts einfällt?«

Megan lächelte. »Dann scheide ich wohl aus«, sagte sie.

»Nein, wirst du nicht«, widersprach Clara. »Ich hab eher so das Gefühl, dass du heute ganz oben stehen wirst. Und falls es dich tröstet, Seth glaubt das auch.«

»Seth?«

»Ja. Verrat ihm nicht, dass ich was gesagt habe, aber als du heute Morgen losgegangen bist, um den Rest deiner Sachen abzuladen, hab ich ihn hergeschleift, damit er sich ansieht, was du schon vorbereitet hast. Sein erster Kommentar war: *Wow.* Und der zweite: *Ob sie uns das wohl für die Gärten in Joy's Acre verkauft?* Du siehst, ich bin also nicht die Einzige, die deine Arbeit außergewöhnlich findet.«

Megan verschluckte sich beinah an ihrem Tee. »Hat er das ernst gemeint?«, platzte sie hervor. »Will er es vielleicht wirklich haben?«

»Ich denke nicht, dass dabei ein Vielleicht im Spiel ist«, antwortete Clara. »Er hat ganz sicher nicht gescherzt. Was immer heute passiert, vergiss das nicht. Du beherrschst dein Handwerk meisterlich, auch wenn's womöglich nicht wie geplant läuft.«

»Oh …« Die Äußerung war derart lieb, dass Megan aufrichtig gerührt war. Sie stellte den Becher ab, beugte sich vor und umarmte Clara spontan. »Solange Julian mir nicht die Tour vermasselt, sollte nichts schiefgehen. Und ich wüsste nicht mal, wie er das anstellen könnte. Klauen kann er jedenfalls nichts. Das sollte zumindest Liam eine weitere unfaire Unannehmlichkeit ersparen.«

Ein kurzes Zögern flackerte in Claras Zügen auf. Dann wechselte ihr Gesichtsausdruck zu Mitgefühl. Da wusste sie, dass Clara nicht über ihre angedeutete Selbstkritik hinweggehen würde.

»Sei nicht so streng zu dir, Megan«, sagte sie. »Der Wettbewerb bedeutet dir nun mal unheimlich viel, das ist nicht zu übersehen. Da lässt sich nicht vermeiden, dass man emotional reagiert.«

»Aber ich bin so über Liam hergefallen. Dabei wollte er mir nur helfen.« Damit hatte Megan die gesamte vergangene Woche gehadert. Einerseits hatte Liam sie damit gekränkt, dass er ihr nicht bedingungslos geglaubt hatte, andererseits hatte sie vermutlich ein wenig überreagiert. Manchmal konnte sie tatsächlich eine launische Kneifzange sein.

Clara lächelte. »Außerdem ist er ein erwachsener Mann, Megan. Das steckt er schon weg. Davon abgesehen kennt dich niemand besser als Liam. Ich bin sicher, er kann nachvollziehen, wie du empfunden hast.«

Megan fuhr sich mit der Hand durch den Pferdeschwanz und fragte sich, ob sie den Mut aufbringen konnte, Clara anzuvertrauen, was sie wirklich beunruhigte.

»Ich hab Angst, dass er mich verlässt.« So, damit war es heraus. »Eigentlich sollten wir darüber nachdenken, zusammenzuziehen. Stattdessen haben wir uns die ganze Woche nur gekabbelt. Bestimmt geht er mir deshalb aus dem Weg. Liegt aber nur daran, dass ich so gestresst wegen des Entwurfs für die Abschlussarbeit bin. Ich habe die ganze Woche ununterbrochen daran gearbeitet, hab Teile hinzugefügt, andere weggelassen, alles über den Haufen geworfen. Es hat mich fast in den Wahnsinn getrieben. Gestern Abend dachte ich dann, jetzt hätte ich es endlich. Und als er ziemlich spät nach Hause gekommen ist, hat er kaum einen Blick darauf geworfen.« Sie wandte den Kopf ab. »Entschuldige, Clara. Ich muss fürchterlich melodramatisch rüberkommen.«

Aufmerksam beobachtete sie Claras Reaktion. Überrascht stellte sie fest, dass ein beinahe argwöhnischer Ausdruck in ihre Augen trat. Allerdings verflog der Eindruck im Nu. Dann lächelte Clara wieder und zog Megan in eine weitere Umarmung.

»Wie bist du denn drauf?«, schimpfte sie sanft. »Liam ist verrückt nach dir. Letzte Woche hat er sich vor lauter Mitfiebern mit dir die Fingernägel restlos abgekaut.« Sie zog sich zurück und sah Megan an. »Wenn du's unbedingt wissen musst, er hat sogar gesagt, dass er schon froh ist, wenn der Wettbewerb zu Ende ist. Nicht wegen irgendwas, das du getan hast, sondern weil er dich dann mit niemandem mehr teilen muss und mehr Zeit mit dir verbringen kann.« Sie nickte zufrieden. »Viel deutlicher kann man's kaum ausdrücken.«

Megan lächelte dankbar. Sie wusste, dass sie wohl überängstlich war, doch sie konnte nicht aus ihrer Haut. Diese Woche war so entscheidend – für sie beide, für ihre Zukunft.

»Dann höre ich jetzt mal auf, albern zu sein«, sagte sie und verzog das Gesicht, »und lege los, um die Runde zu gewinnen.«

»Klingt nach einem guten Plan«, ertönte irgendwo hinter Clara eine Stimme.

Als Megan versuchte, an ihr vorbeizuspähen, trat ein Mann einen Schritt zur Seite und kam in den Hauptbereich der Schmiede. Es handelte sich um den Juror, der ihr in der ersten Runde des Wettbewerbs Mut zugesprochen hatte. Durch seinen dichten, buschigen Bart erkannte sie ihn auf Anhieb wieder.

»Miss Forrester.« Lächelnd nickte er zur Begrüßung. »Wir sind verpflichtet, alle Teilnehmer gleichzeitig über das Leitmotiv der heutigen Arbeit zu informieren. Darf ich daher kurz stören?«

Megan räusperte sich und warf Clara einen Blick zu. »Ja, natürlich.«

»Sie sollen heute einen Entwurf anfertigen, der zum Thema ›Wasser‹ passt. Es gibt keine Beschränkung für die Größe des Werkstücks, und es kann funktional, rein dekorativ oder natürlich beides sein. Bewertet werden die Interpretation des Leitmotivs, die Komplexität der Gestaltungselemente und die Qualität der Umsetzung. Sie können anfangen, wann immer Sie bereit sind.«

Megan starrte ihm hinterher. Er ließ noch ein kurzes Lächeln aufblitzen, dann verschwand er so plötzlich, wie er aufgetaucht war. Ein Anflug von Erregung überkam sie.

»Ich glaub's ja nicht!«, flüsterte sie eindringlich. »Ein besseres Thema hätten sie für mich gar nicht auswählen können.«

Clara sah sich um, bevor sie breit grinste. »Ich weiß! Oh, ich freu mich so für dich.« Sie warf einen Blick auf ihre Armbanduhr. »Na schön, dann lass ich dich mal allein. Immerhin musst du ein wässriges Meisterwerk erschaffen.«

***

Clara freute sich, dass ihre Äußerung anscheinend die gewünschte Wirkung erzielt hatte. Sie hatte Megan seit der Wettbewerbsrunde in der letzten Woche kaum gesehen. Zugegeben, Clara war einige Zeit nicht in Joy's Acre gewesen. Aber sie wusste, dass Megan mehrere Tage bei Liam verbracht und dort hart gearbeitet hatte. Bei allem, was in der Woche vorgefallen war, hatte sie beinah vergessen, dass sie Liam mit einer anderen Frau gesehen hatte. Aber an diesem Morgen auf dem Wettbewerbsgelände konnte sie es nicht mehr ignorieren.

Diesmal ging es für Megan um alles oder nichts. Das wusste Clara, deshalb sollte auf keinen Fall irgendetwas die Stimmung ihrer Freundin trüben. Und das bedeutete, nicht zu erwähnen, was Liam vielleicht trieb oder auch nicht. Sie hätte fast einen Herzinfarkt bekommen, als Megan das Thema ihrer Beziehung aus heiterem Himmel von sich aus angesprochen hatte. Aber sie war sicher, dass ihre Antworten überzeugend geklungen hatten. Jedenfalls hatte Megans Reaktion darauf schließen lassen. Clara hatte sie nicht belogen. Trotzdem hatte es sich unangenehm angefühlt, die Äußerungen mit ihren Zweifeln über die Lippen zu bringen.

Mit strahlender Miene trank Megan ihren Tee aus. »So, jetzt muss ich aber loslegen. Wir sehen uns später.«

Nachdenklich sah Clara ihr nach, bevor sie die Aufmerksamkeit den eigenen Aufgaben widmete.

»Was geht dir gerade durch den Kopf?«

»Morgen, Maddie.« Clara seufzte. »Entschuldige, ich war mit den Gedanken gerade woanders. Mit mir geht nur wieder mal das Dummerchen in mir durch. Ich zergrübele alles.«

Sie erntete ein mitfühlendes Lächeln. »Keine Besserung der Lage?«

»Tatsächlich hab ich gerade gar nicht an Trixie gedacht«, antwortete Clara. »Aber nein, keine Besserung.« Sie standen im Erfrischungszelt, bereiteten sich auf den Tag vor und richteten einen Kuchenteller auf dem Tisch an. »Sie hat mich kaum gegrüßt, als ich den Kuchen heute Morgen abgeholt habe. Gut, sie war beschäftigt … aber …«

»Nicht sie selbst?«

Clara schüttelte den Kopf. »Und ich weiß nicht mal wirklich, was ich getan habe. Schon klar, mir ist der Geduldsfaden gerissen. Ich hätte mich neulich wegen des albernen Missverständnisses mit dem Kuchen nicht so aufregen sollen. Aber irgendwas hat an dem Tag nicht gepasst. Ich konnte nicht genau sagen, ob das nur an der Sache mit Fiona lag. Irgendwie hat es sich nicht so angefühlt. Und dann noch diese blödsinnige Bemerkung über Declan und mich.«

»Die ganze Woche war in vieler Hinsicht merkwürdig. Ich glaube, wir sind alle nicht ganz wir selbst. Bestimmt renkt sich alles von selbst ein, wenn sich die Lage wieder beruhigt.«

»Hoffentlich … Ja, du hast sicher recht.« Clara biss sich auf die Unterlippe und überlegte, ob sie weiterreden sollte, entschied sich jedoch dagegen.

Maddie legte den Kopf schief. »Sag, wenn du nicht an Trixie gedacht hast, woran dann?«

»Oh, diesmal hab ich mich echt selbst übertroffen.« Sie

starrte durch den Zelteingang hinaus, als könnte draußen wie von Zauberhand eine Lösung auftauchen. »Als die Fernsehleute am Dienstag angekommen sind und unsere Speckvorräte verschlungen haben, bin ich ins Dorf gefahren, um Nachschub zu besorgen. Ich wollte gerade wieder los, da hab ich Liam mit einer anderen Frau an einem Tisch am Fenster der Teestube sitzen gesehen.« Sie langte nach ihre Schürze und begann, sie um die Taille zuzubinden. »Mir ist klar, dass es albern ist, da irgendwas hineinzuinterpretieren, nur der Ausschnitt der Frau hat praktisch bis runter zum Tisch gereicht, Maddie. Seither geht es mir nicht mehr aus dem Kopf.«

Maddies Augen wurden groß. »Oh, so was kann ich auch nicht leiden. Obwohl es wahrscheinlich harmlos ist.«

»Ich weiß. Und normalerweise hätte ich Trixie davon erzählt. Sie hätte mir gesagt, ich soll nicht so verdammt dumm sein. Dann hätte ich mir nichts weiter dabei gedacht.«

»Nur hast du es ihr nicht erzählt.«

»Nein. Und natürlich wird Liam heute hier sein, obwohl ich ihn noch nicht gesehen habe. Ich hab schreckliche Angst, dass ich ihn komisch anschaue. Er könnte dann denken, dass irgendwas im Busch ist, und es könnte in einen Riesenstreit ausarten und …«

Sie verstummte, als Maddie sie am Arm berührte. »Und gar nichts«, sagte sie mit leisem Tadel in der Stimme. »Denk nicht mehr dran, sonst verzettelst du dich und malst dir nur immer schrecklichere Szenarien aus, obwohl nichts anderes passieren wird, als dass wir den ganzen Tag lang Tee und Kuchen servieren. Wahrscheinlich bist du nur deshalb darauf gekommen, weil du weißt, wie unsicher Megan wegen ihrer Beziehung zu Liam ist …«

»Wie bitte?« Verdattert glotzte Clara ihre Freundin an. »Wann hat sie dir das gesagt? Ich dachte nicht, dass es ernsthaft zwischen ihnen kriselt. Den Streit neulich hab ich ihrer

Anspannung zugeschrieben. Sie war gestresst und hat es an Liam ausgelassen.«

Maddie stöhnte. »Oh Mann, jetzt habe ich auch noch meine große, dicke Nase reingesteckt. Clara, das hab ich nicht so gemeint, wie es geklungen hat.« Sie holte tief Luft. »Es war nur eine beiläufige Bemerkung, die Megan letzte Woche fallen gelassen hat. Wir haben darüber geredet, was es für ihre Zukunft bedeutete, wenn sie den Wettbewerb gewinnen würde. Dabei hat sie erwähnt, dass sie sich in der ganzen Zeit, die sie schon weg ist, nichts sehnlicher gewünscht hat, als zurückzukommen und mit Liam zusammenzuziehen. Aber sie war sich nicht sicher, ob er schon so weit ist.«

»Aber das … das ist …« Clara verstummte, weil sie nicht die richtigen Worte fand.

»Reine Spekulation meinerseits«, sagte Maddie. »Vergiss, dass ich was gesagt habe. Es war beim Wettbewerb letztes Wochenende, als Megan dachte, jemand hätte eins ihrer Werkstücke gestohlen. Zu dem Zeitpunkt dachte sie, dass sie ausscheiden würde, und war deshalb kurz vor einem Nervenzusammenbruch. Es war bloß so eine Bemerkung, wie man sie anbringt, wenn man den Eindruck hat, dass alles schiefläuft. Ich bin sicher, sie hat es nicht so gemeint. Und am Ende des Tags war alles wieder eitel Wonne.«

Clara bedachte sie mit einem Seitenblick. »Trotzdem setze ich heute keinen Fuß aus diesem Zelt. Diese Woche kannst du den Tee zu den Teilnehmern bringen. Ich bleibe hier und rede nur, wenn ich angesprochen werde. So kann ich mir nicht noch mehr dumme Dramen ausdenken, die gar keine sind.«

Sie verdrehte die Augen, um Maddie zu verdeutlichen, dass sie natürlich nur scherzte. Aber beide wussten, dass ihre Sorgen sowohl wegen Liam als auch wegen Trixie sehr real waren und wohl nicht so bald von selbst verschwinden würden.

Und tatsächlich ging Claras Wunsch beinah in Erfüllung, zumindest während des Vormittags. Im Erfrischungszelt herrschte ein konstanter Besucherstrom. Für Maddie und sie ergab sich kaum die Gelegenheit, auch nur hinter ihrem Tisch hervorzutreten. Erst, als Seth gegen Mittag auftauchte, konnte sich Clara loseisen, um ein wenig frische Luft zu schnappen, während Maddie und Seth für ein paar Minuten die Stellung hielten.

Eigentlich wollte sie sich die Arbeiten der Teilnehmer ansehen, die bereits im Bewertungszelt ausgestellt waren. Stattdessen entschied sie im letzten Moment, den Hof zu durchqueren und in den ummauerten Garten mit dem riesigen Gewächshaus zu gehen. Dort befanden sich noch die Pflanzen, die vom Schmücken von Agathas Anwesen übrig geblieben waren. Clara betrat es und holte eine Gießkanne, die sie aus dem Wasserhahn draußen füllte.

Der Tag war immer noch kühl, aber zumindest hatte sich die Düsternis des Vormittags gelichtet, vertrieben von hellem Sonnenschein, der nach und nach die Mauern des Gartens wärmte und der Farbenpracht um Clara herum einen goldenen Anstrich verlieh. Im Gewächshaus war es noch wärmer, und sie verbrachte dort ein paar glückliche Minuten damit, verwelkte Blüten zu entfernen und die Pflanzen in den Töpfen und Kisten zu gießen, was sich als dringend nötig erwies.

In Summersmeade Hall war alles erheblich größer als in Joy's Acre, dennoch bot es für Clara denselben Reiz – einen allumfassenden Frieden, den sie im Garten immer empfand, und eine unvergleichliche, weil stetigem Wandel unterliegende Beständigkeit. Kurzum, an einem so vor Natur strotzenden Ort fühlte sich für sie alles einzigartig richtig an.

Agathas Gärten mochten ihr nicht so vertraut sein wie die in Joy's Acre, dennoch nahm sie dieselbe Verheißung wahr. Sie stand im Sonnenschein, aber trotz der Wärme lief ihr plötzlich ein Schauder über den Rücken. In all der Zeit in

Joy's Acre hatte sie nie einen Gedanken daran verschwendet, was *danach* sein könnte. Bisher war ihr nie in den Sinn gekommen, sich den Kopf über eine Zeit zu zerbrechen, in der sich die Dinge aus irgendeinem Grund ändern könnten. Eine Zeit, in der sie nicht mehr da wäre … Aber ihr wurde klar, dass ihr diese Woche eine flüchtige Ahnung davon vermittelt hatte. Und der Gedanke manifestierte sich als jäher Schmerz in ihrem Herzen. Ohne Vorwarnung traten ihr Tränen in die Augen, und sie streckte die Hand nach der Bank aus, um sich daran abzustützen. Zu viel veränderte sich gerade. Clara hatte das Gefühl, von einem Strom mitgerissen zu werden und nichts zu finden, woran sie sich festklammern konnte, um es zu verhindern. Und wenn es ihr nicht gelänge, würde sie an einem weit von zu Hause entfernten Ort landen …

Sie schaute durch die Fenster des Gewächshauses hinaus, starrte ins Leere, ließ ihre Gedanken zur Ruhe kommen. Ein Garten war ein Ort des Hegens, des Pflegens und des Wachstums, aber auch der Möglichkeiten. Die Pflanzen und Blumen darin fanden oft einen Weg, unter ungünstigsten Bedingungen zu gedeihen, und diese Hartnäckigkeit verlieh ihr immer die Hoffnung, dass ihr Leben auch so sein könnte. Während ihrer Krankheit hatte sie daraus viel Kraft geschöpft und den Gedanken tief in sich verwurzelt. Dort schlummerte er in der stillen Dunkelheit, bis sie ihn brauchte. Dann grub sie ihn aus und nährte ihn, führte ihm Sonnenlicht zu und beobachtete, wie die Hoffnung wuchs. Sie rieb die vom Saft der abgestorbenen Blüten etwas klebrigen Finger aneinander. Sie durchlebte gerade einen jener Momente, in denen sie Hoffnung brauchte. Und mit der Erkenntnis stellte sich eine klare Überzeugung ein. Clara würde weder ihren Garten noch sonst etwas verwelken lassen, das ihr wichtig war.

Das Wasser aus dem Hahn draußen war eiskalt, trotzdem spülte sie die Finger darunter ab und trocknete sie an ihrer Schürze ab. Dann trat sie zielstrebig den Weg zum Bewertungszelt an. Sie wollte sich die Werke aller Teilnehmer des Wettbewerbs ansehen, vor allem aber das von Megan.

Der als Mittelpunkt eines Springbrunnens gedachte, knapp einen Meter hohe Beitrag erwies sich als im Wind geneigte Ansammlung von Rohrkolben aus massivem Eisen. Hohe Blätter kräuselten sich an einer Seite, und in einem Tropfenschauer zeichneten sich einzelne Fische ab. An einem Fruchtstand labte sich ein winziges Vögelchen. Die Details waren erlesen und exquisit ausgeführt.

Aus der Nähe empfand Clara das Prachtstück als spektakulär, aus etwas Entfernung betrachtet erkannte sie deutlich sowohl Megans künstlerisches Gespür als auch ihr handwerkliches Können. Die Skulptur vermittelte zugleich Dynamik und Ausgewogenheit. Ganz gleich, aus welchem Blickwinkel man sie betrachtete, sie wirkte immer fließend, lebendig. Ein wirklich ungemein ausgeklügelter Entwurf.

Obwohl Clara ihren Posten im Erfrischungszelt schon vor geraumer Zeit verlassen hatte, nahm sie sich noch ein paar Minuten, um sich auch die Arbeiten der anderen Schmiede anzusehen. Alle unterschieden sich stark voneinander – da eine Bank, dort ein Schild, ein dritter Beitrag entpuppte sich als reine Zierde. Für Clara ließ sich schwer beurteilen, was besser oder schlechter war, doch das wollte sie auch gar nicht. Sie wollte lediglich ihre Neugier befriedigen. Nachdem sie es getan hatte, war sie überzeugt, dass sich ihr Instinkt als goldrichtig erweisen würde: Wie auch immer der Wettbewerb ausgehen würde, Megans Zukunft und die von Joy's Acre würden sich noch mehrfach kreuzen. Und hätte Seth nicht ohnehin schon in diese Richtung gedacht, hätte Clara dafür gesorgt.

Sie wollte gerade das Zelt verlassen, als sie praktisch gezwungen war, fünf oder sechs Männern auszuweichen, die gleichzeitig eintraten und nicht den Anschein erweckten, als würden sie für irgendjemanden anhalten. Fast alle hatten ein Bier in der Hand – und wohl nicht das Erste, wenn man nach ihrem rüpelhaften Auftreten ging. Aber nicht deshalb starrte Clara ihnen hinterher, als sie an ihr vorbeistapften. Der Mann, der sich ihr am nächsten befand, klang besonders schrill.

»Ja, war denn was anderes zu erwarten? Das Ganze ist wahrscheinlich so abgekartet, dass sie gewinnt. Nur geht die verfluchte Emanzipation damit einen Schritt zu weit, sag ich. Haben die Angst, dass sie aufstampft und losheult, wenn sie verliert?« Die anderen lachten grölend.

Es gab nur eine Person, die sie damit meinen konnten. Und tatsächlich steuerten sie geradewegs auf Megans Arbeit zu und blieben davor stehen. Einen Moment lang verharrte Clara und wusste nicht recht, was sie tun sollte, bis sie einen der Juroren entdeckte, der im Zelt seine Runden drehte und die Beiträge im Auge behielt. Sie hörte immer noch die erhobenen Stimmen der Männer. Aber so bedauerlich sie es fand, dass sie ihre Meinung nicht für sich behalten konnten – dagegen ließ sich wohl nichts unternehmen, solange sie sich nicht an den Arbeiten der Teilnehmer vergriffen.

Hastig verließ sie das Festzelt und kehrte zu ihrem Erfrischungsstand zurück, wo sie beunruhigt feststellte, dass Liam an ihrem Tisch stand und sich mit Seth unterhielt.

»Natürlich ist es purer Zufall. Nur weiß ich nicht, ob die Leute das auch so sehen werden.«

Seth zuckte mit den Schultern. »Dagegen kann ich nicht viel machen.« Seine Züge wirkten angespannt, aber als er Clara bemerkte, lächelte er.

»Hi, Clara«, grüßte Liam. Als sie sein Lächeln erwiderte, fühlte es sich seltsam an, weil unwillkürlich ein Echo ihrer früheren Unterhaltung mit Maddie aus ihrem Gedächtnis auftauchte.

»Ist alles in Ordnung?«, erkundigte sie sich.

»Na ja, für Megan läuft es heute großartig, trotzdem hab ich das schreckliche Gefühl, dass der Tag noch unschön enden könnte«, erwiderte Liam. Er bemerkte Claras hochgezogene Augenbrauen. »Ein paar Kerle laufen rum und verbreiten üble Gerüchte«, erklärte er. »Ich habe keine Ahnung, wer die sind, aber sie äußern sich ziemlich lautstark über Megan. Mir kommt es vor, als hätten sie schon den ganzen Tag gebechert, was natürlich auch nicht gerade hilfreich ist. Jedenfalls klingt ihr Gefasel ziemlich wirr.«

Clara warf einen Blick zu Seth. »Ich glaube, denen bin ich gerade über den Weg gelaufen«, sagte sie. »Im Bewertungszelt.«

Seth nickte. »Ja, sie scheinen Runden zu drehen.«

»Und was haben die für ein Problem?«, fragte sie.

Liam verzog das Gesicht. »Kurz gesagt glauben sie, Megan würde betrügen und hätte im Voraus vom heutigen Leitmotiv gewusst.«

Clara runzelte die Stirn. »Und wie kommen sie darauf?«

»Weil das für die Teilnehmer vorgegebene Thema ›Wasser‹ ist …«

»Ich verstehe immer noch …« Dann fiel plötzlich der Groschen, als Clara daran zurückdachte, welches bereits mitgebrachte Werkstück Megan eingereicht hatte. »Sie macht doch nicht etwa noch einen Brunnen, oder? Dafür kann die Zeit nicht reichen.«

Liam schüttelte den Kopf. »Nein, einen Schirmständer, trotzdem ist die Optik unter dem Gesichtspunkt schief. Sie kopiert die Motive von ihrem Brunnen nicht eins zu eins, aber sie verwendet einige davon, weil sie sich perfekt als Dekor für ihren Entwurf eignen. Und wenn sie heute fertig ist, werden sich die beiden Werkstücke bei der abschließenden Bewertung natürlich hervorragend ergänzen.«

»Oh … Jetzt verstehe ich, was du meinst.« Sie seufzte. Irgendetwas schien einfach immer schiefzugehen. »Trotzdem ist es lächerlich, ihr zu unterstellen, sie hätte betrogen. Ich war dabei, als einer der Juroren vorbeigekommen ist und das heutige Thema bekannt gegeben hat. Er hat ausdrücklich gesagt, dass es allen gleichzeitig mitgeteilt wird. Sie kann es also unmöglich im Voraus gewusst haben.«

»Ja, es ist lächerlich. Natürlich«, fügte Seth hinzu. »Nur wenn man bedenkt, dass Megan in Joy's Acre wohnt und ich an der Organisation des Wettbewerbs beteiligt bin, kann man sich vorstellen, woher diese Idioten die Ideen haben könnten.«

Clara überlegte eine Weile. »Aber du hast gesagt, dass es für Megan heute großartig läuft. Also ist sie wohl zufrieden damit, was sie heute geschafft hat, und schert sich nicht um den Rest, richtig?«

»Sie weiß nichts davon«, murmelte Liam. »Ich glaube ja nicht, dass die Kerle wirklich Ärger machen wollen. Sie sind einfach fies und haben an diesem Samstagnachmittag nichts Besseres zu tun. Und soweit ich weiß, hat zum Glück in ihrer Nähe noch niemand ein Wort darüber fallen gelassen. Mich beunruhigt vor allem, was bei der Bewertung passieren könnte. Bis dahin werden nämlich die anderen Teilnehmer wahrscheinlich Wind davon bekommen haben.«

Clara wechselte einen Blick mit Seth. »Kannst du nicht mit den Organisatoren reden?«, schlug sie vor.

»Wollte ich gerade«, antwortete Seth. »Nur haben die Juroren nichts mit der Organisation zu tun. Die kommen von der sogenannten *Worshipful Company of Blacksmiths*, einem Verband von Schmieden. Sie beurteilen das ganze Jahr hindurch zahlreiche Wettbewerbe überall im Land.«

»Und mit ihnen zu reden, könnte einen völlig falschen Eindruck vermitteln«, wandte Liam ein.

Das konnte Clara nachvollziehen. »Herrgott noch mal, ist das bescheuert. Wer hätte gedacht, dass ein Wettbewerb wie dieser für so viel Wirbel sorgen könnte? Erst das Problem letzte Woche, als einer von Megans Schnörkeln verschwunden ist, und jetzt das …«

»Das kommt wohl immer vor, wenn Leidenschaft für etwas im Spiel ist. Da sind Spannungen vorprogrammiert.«

Und das, dachte Clara, *ist der Kern vieler Probleme, nicht nur bei Megan …*

»Es ist einfach so frustrierend«, fügte Liam hinzu. »Megan hat eine so gute Woche gehabt. Ihr solltet mal meinen Esszimmertisch sehen. Er ist übersät mit Zeichnungen, Skizzen, Notizen und Plänen. Sie hat so viel Mühe in ihren Entwurf für das Tor gesteckt. Und auch, wenn ich voreingenommen bin, ihre Gesamtidee ist genial. Ich will nicht glauben, dass sie keine Möglichkeit bekommt, sie in die Praxis umzusetzen.«

»Dann müssen wir wohl darauf vertrauen, dass sie die Chance kriegt.«

Liam sah auf die Uhr. »Wir werden's ja bald erfahren.«

Kapitel 21

»Declan, du musst wirklich nicht eingreifen. Ist wahrscheinlich sogar besser, wenn du's nicht tust.«

Mittlerweile war Montag, und Clara hatte versucht, ihm aus dem Weg zu gehen, seit er vor etwa einer Stunde eingetroffen war. Inzwischen jedoch hatte er sie in der Küche in die Enge getrieben. Sie konnte nirgendwo mehr hin.

»Warum? Weil du glaubst, es geht dabei um uns? Weil du denkst, ich tue es nur wegen meiner Gefühle für dich?« Er räusperte sich. »Es wäre gelogen zu sagen, das spiele überhaupt keine Rolle. Aber ich will auch definitiv nicht nur deshalb intervenieren, sondern wegen der weitreichenden Auswirkungen. Das ist *meine* Sendung, und ich habe sehr wohl etwas dabei zu sagen, wie sie gestaltet wird.«

Clara schaute zu Boden, mied seinen Blick. »Vielleicht hast du es missverstanden«, meinte sie. »Ich bin sogar froh, dass Trixie heute, morgen und übermorgen dreht. Deshalb möchte ich wirklich nicht, dass du eingreifst. Und bei all der Zeit, die Trixie mit Fiona verbracht hat, erscheint es mir auch sinnvoll. Die beiden haben offensichtlich alles im Griff.«

Sie schaute auf und überlegte, wie sie am besten formulieren könnte, was sie als Nächstes loswerden musste.

»Außerdem habe ja ich den Tag abgesagt, den ich mit Fiona verbringen sollte. Deshalb ist meine Rolle in der Sendung noch längst nicht ausgearbeitet. Fiona hat mir eine Liste der Themen gegeben, die ihrer Meinung nach in den Gartenabschnitten der einzelnen Folgen vorkommen sollten. Aber wir haben bisher nicht darüber geredet, nichts endgültig festgelegt. Deshalb ist es nur logisch, sich vorerst auf Trixies Rolle zu konzentrieren. Ich komme schon noch an die Reihe … irgendwann.«

Declan trat einen Schritt näher.

»Clara, das entspricht nicht der Vision, die wir für dieses Projekt hatten, und das wissen wir beide. Ich bin mir nicht sicher, warum …« Abrupt verstummte er, und ihr wurde klar, dass er sich genauso unwohl fühlte wie sie. »Ich dachte, dass sich die Dinge nach letzter Woche, als ich bei dir geblieben bin … in eine bestimmte Richtung entwickeln. Aber jetzt … na ja, jetzt kommst du mir ein wenig distanziert vor.«

Sie schluckte. »Das ist keine Absicht. Mir fällt es nur schwer, das alles unter einen Hut zu bringen. Was ich für dich empfinde, was ich über die Dreharbeiten denke …« Sie lächelte reumütig. »Und vor allem bin ich lausig darin, es zu erklären.«

Einen Moment lang sah er ihr in die Augen, dann wechselte sein Gesichtsausdruck zu einer verständnisvollen Miene.

»Das wäre ich wohl auch«, räumte er ein. »Es ist ja für mich genauso ungewohnt. Tatsächlich finde ich es sogar ein bisschen zermürbend. Sonst bin ich in erster Linie Geschäftsmann und hab keine Hemmungen, rundheraus meine Meinung zu sagen und Entscheidungen zu treffen, direkt und sachlich. Nur wenn's um dich geht, wenn ich an dich denke, dann … na ja, dann komme ich mir ein bisschen wie ein Sechsjähriger vor, wenn ich ehrlich sein soll. So hab ich vorher noch nie empfunden, Clara.«

Sie nickte knapp, während sich in ihrem Bauch plötzlich Schmetterlinge in die Lüfte erhoben.

»Was hältst du also davon, wenn wir eins nach dem anderen angehen?«, schlug Declan vor. »Fangen wir vielleicht mit dem Einfachsten an – damit, wie du über deinen Auftritt in der Sendung denkst.«

»Ich mache es«, platzte Clara sofort heraus. »Darum geht's nicht. Ich lasse niemanden im Stich, ganz sicher nicht. Nur tief im Herzen bin das nicht ich, Declan. So bin ich nie gewesen. Das ist mir am Wochenende genauso klar geworden, wie ich erkannt habe, dass es bei Trixie anders ist. Du hast ja miterlebt, wie sie sich die letzten Tage verhalten hat. Sie ist so aufgeregt, und sie ist eine gute Freundin. Wenn sie das unbedingt will, kann ich ihr dabei nicht im Weg stehen. Auch wenn mir der Gedanke, wozu es führen könnte, ehrlich gesagt eine Heidenangst einjagt. Aber es hat keinen Sinn, sich deshalb jetzt verrückt zu machen. Die Besprechung mit Fiona hole ich nach, versprochen. Und wenn's an der Zeit für meinen Auftritt ist, werde ich mein Bestes geben. Aber vorerst bin ich rundum zufrieden damit, Trixie den Vortritt bei den Dreharbeiten zu überlassen, wirklich. Tut mir leid, Declan. Das ist höchstwahrscheinlich nicht, was du hören wolltest.«

»Stimmt, ist es nicht …« Er seufzte. »Aber ich verstehe es.« Er verzog das Gesicht. »Es ist nur so … Wenn ich daran denke, wie gut ihr beide bei den Probeaufnahmen rübergekommen seid, will ich das Projekt trotzdem unbedingt durchziehen.« Er schenkte ihr ein verlegenes Lächeln. »Entschuldige.«

Clara streckte die Hand aus. »Das Problem ist nur, dass diese Chemie auf einmal nicht mehr da ist, oder? In unheimlich kurzer Zeit hat sich so viel verändert. Zum einen hat sich Trixie die Haare gefärbt. Und mir ist klar, das klingt jetzt lächerlich, aber so sieht sie nicht mehr nach ihr aus, nicht nach der Trixie, die ich kenne. Dann ist da noch Fiona. Ich weiß, du hältst sie für hervorragend in ihrem Job, und bestimmt ist sie das auch. Aber sie hat das Gleichgewicht durcheinandergebracht.« Clara schüttelte den Kopf. »Obwohl … Wahrscheinlich ist das meine Schuld, weil ich es zugelassen habe. Oder wegen meiner Einstellung zu der ganzen Sache. Jedenfalls fühle ich mich gerade schrecklich, weil ich nicht mal mehr sicher bin, ob du noch die Sendung kriegen kannst, die du wolltest.«

Sie ließ den Kopf hängen. Zu ihrer Überraschung schaute Declan drein, als hätte ihn gerade ein Geistesblitz ereilt. Lächelnd verschränkte er die Finger mit ihren und zog sie näher zu sich. Und noch näher.

»Ach, Clara«, murmelte er in ihr Haar. »Ich hab wirklich total das Wesentliche aus den Augen verloren, nicht wahr? Nämlich das Erstaunlichste, Wunderbarste und Überraschendste, was mir je passiert ist. Mann, was war ich nur für ein Idiot …«

Clara verspürte immense Erleichterung und schmiegte sich entspannt in seine Arme. Wie sie über das Projekt dachte, hatte auch heftige Schuldgefühle in ihr ausgelöst. Trotzdem hätte sie nicht weitermachen können, ohne etwas zu sagen. Das wäre niemandem gegenüber fair gewesen, am wenigsten ihr selbst gegenüber. Und vielleicht könnte es nun zwischen Trixie und ihr wieder so werden wie zuvor.

»Das trifft wohl für uns beide zu«, murmelte sie. »Mir ist am Wochenende nämlich noch etwas klar geworden.«

Er löste sich ein wenig von ihr, um sie anzusehen.

»Ich hab Angst vor Veränderungen. Deshalb ist mein erster natürlicher Instinkt, sie von mir zu schieben, sogar, wenn ich sie in Wirklichkeit will. Die Gärten hier sind ein Teil von mir. Also muss ich ehrlich sein und sagen, dass ich es nicht ertragen könnte, je von ihnen getrennt zu werden. Aber wenn jemand damit kein Problem hätte …«

»Ist das die Stelle, an der du mir sagst, was du für mich empfindest?«

Sie lächelte. »Schon möglich.« Dann lächelte sie wieder, als sich ihre Stimmung schlagartig hob. Aber statt etwas hinzuzufügen, trat sie ganz nah zu ihm und legte die Lippen auf seine. Obwohl sie auf Worte verzichtete, stellte sie fest, dass sie so haargenau vermitteln konnte, was sie empfand.

»Ist das in Ordnung?«, flüsterte sie nach einigen Herzschlägen. »Denn ich möchte da jemanden sehr gern in mein Leben lassen …«

»Mehr als in Ordnung«, erwiderte er, bevor er sie seinerseits küsste. Was er jedoch schon bald mit einem leisen Stöhnen beendete. Er löste sich von ihr, lachte und fuhr sich mit der Hand durchs Haar. »Sieh mich nur an. Ich bin ein totales Wrack. Dabei muss ich los und vernünftige Gespräche führen. Fiona wird nur einen Blick auf mich werfen und mich dann zu Hackfleisch verarbeiten.«

Lachend hob Clara die Hände. »Dann lasse ich dich vorerst besser in Ruhe«, gab sie zurück.

Einen Moment lang sahen sie sich tief in die funkelnden Augen. Schließlich warf Declan einen Blick auf seine Armbanduhr.

»Verflixt, ich muss los«, sagte er und berührte mit einem Finger ihre Wange. »Aber du darfst dir unter keinen Umständen noch länger Sorgen machen. Ich rede mit Fiona. Wir regeln es so, dass alle zufrieden sind, das verspreche ich dir.«

Dann rückte er sein Jackett zurecht und verließ grinsend die Küche.

Clara schaute ihm mit einem breiten Lächeln nach. Einige Sekunden lang verharrte sie so, bevor sie selbst die Schultern straffte, sich umsah und überlegte, was sie zuerst in Angriff nehmen sollte. *Meine Güte, ist das heiß hier drin.*

***

Erst, als Clara wieder nach draußen geschlendert war, fiel ihr ein, dass sie ursprünglich in der Küche den Schlüssel für den Pick-up holen wollte. Da beim letzten Besuch der Fernsehleute ein solches Chaos wegen der Verpflegung ausgebrochen war, hatte man sich diesmal bereits im Vorfeld darauf geeinigt, dass weder Clara noch Trixie Zeit dafür haben würden, sich darum zu kümmern. Wer also etwas essen wollte, musste sich entweder selbst was mitbringen oder losfahren, um sich etwas zu holen.

Gleich nach dem Frühstück war Trixie zu den Dreharbeiten geschickt worden, und Clara hatte somit einen freien Vormittag. Der Tag war bewölkt, aber trocken, und es gab da eine Aufgabe, die allmählich ziemlich dringend wurde. Clara ging noch mal ins Haus, um den Autoschlüssel zu holen. Wenig später rollte sie durch das Zufahrtstor von Summersmeade Hall.

Wie zuvor parkte sie auf dem Hinterhof. Kaum hatte sie die Autotür geöffnet, hörte sie das rhythmische Geräusch von Holzhacken. Seth arbeitete sich stetig durch einen Stapel in einer Ecke des Hofs. Clara ging zu ihm hinüber, um mit ihm zu reden.

»Was für ein schöner Anblick«, meinte sie.

Er schaute auf. »Was meinst du? Ein verschwitzter Kerl, der völlig fertig aussieht?«, fragte er und legte die Axt auf den Hackklotz.

»Nein.« Sie grinste. »Das Feuerholz. Ich liebe den Geruch, und es ruft ein so stimmungsvolles Herbstbild wach, findest du nicht auch? Der Wechsel der Jahreszeiten ... die Ankunft kälteren Wetters, heiße Schokolade, dicke Wollpullover, ein knisterndes abendliches Feuer im Kamin ...«

Seth sah sie an, als wäre sie meschugge. »Wenn du meinst ...«, murmelte er. »Ich muss dabei ja eher an Muskelkater in den Schultern und Armen denken, Blasen an den Händen, Splitter in den Fingern ...«

Clara gab einen missbilligenden Laut von sich, doch sie wusste natürlich, dass Seth sie bloß veralberte. In Wirklichkeit empfand er genau wie sie.

»Immerhin ist es auch an der Zeit, die Feuerstelle in Joy's Acre vorzubereiten, vergiss das mal nicht.«

Sie nickte. »Wie ist die Lage heute Morgen?«

»Ganz gut, denke ich«, antwortete er und richtete sich auf. »Aber die Atmosphäre ist eindeutig angespannt. Der Wettbewerb war eine Sache, aber durch den zusätzlichen Auftrag spielt er sich auf einer völlig anderen Ebene ab. Dadurch ist schlagartig alles viel ernster geworden.«

Clara schaute zu dem Torbogen, der dorthin führte, wo die Schmiede an ihren letzten Werkstücken arbeiten würden. Da ihnen nur eine Woche für ihr Tor zur Verfügung stand, hatte man die Pforten von Summersmeade Hall für sie geöffnet, damit sie so viel Zeit auf dem Hof verbringen konnten, wie sie wollten. Fertig würde wohl niemand werden. Am Ende der Woche würde zusammen mit den Detailplänen des Entwurfs das bewertet werden, was bis dahin fertiggestellt wäre. Clara konnte sich nicht ansatzweise vorstellen, was für eine Mammutaufgabe vor den Teilnehmern lag, und sie fragte sich, wie es Megan ging.

»Ich bin mir nicht sicher, ob ich reingehen und Hallo sagen soll«, gestand sie. »Womöglich bin ich nur im Weg.«

Seth nickte ermutigend. »Ich bin sicher, Megan würde dich gern sehen. Nur glaub ich nicht, dass du viel aus ihr rausbekommst. Sie hatte einen ziemlich konzentrierten Ausdruck im Gesicht, als ich vorhin an ihr vorbeigekommen bin.«

Clara biss sich auf die Unterlippe. »Dann lasse ich es vielleicht lieber. Ich will sie auf keinen Fall in ihrer Konzentration stören.«

»Du bist wohl wegen der Pflanzen hergekommen, stimmt's?«, fragte Seth. »Weißt du, Agatha ist fest entschlossen, etwas zum Heben der Moral beizutragen, und hat verkündet, dass es ein zweites Frühstück geben wird. Ich hab gesagt, ich helfe ihr, alles hinüberzutragen. Wenn du dann noch hier bist, kannst du ja mitkommen und Hallo sagen.«

Clara nickte. »Klingt nach einem guten Plan«, sagte sie.

Als sie in den Garten gehen wollte, ergriff Seth noch einmal das Wort.

»Kommst du zurecht? Mit dem Herumschieben der Töpfe und Kübel, meine ich.«

»Ja, warum denn nicht?«, gab sie lächelnd zurück. »Seth, ich schleppe seit Jahren Pflanzen durch die Gegend.«

»Ich weiß, aber …«

»Kein Aber.« Sie berührte ihn am Arm. »Nur danke.«

Er nickte knapp. Dank ihrer engen Freundschaft mussten sie beide nicht mehr sagen. Seth würde auch künftig auf sie aufpassen, selbst wenn es ihr gut ging, und sie würde ihm weiterhin dafür dankbar sein.

Er schaute zu dem riesigen Holzhaufen. »Na, Gott sei Dank«, sagte er. »Ich hab eh keine Zeit, das Kindermädchen für schwächelnde Frauenzimmer zu spielen …«

Clara streckte ihm die Zunge heraus, bevor sie sich in Richtung des Torbogens zum Garten entfernte. Als sie zurückschaute, grinste er breit, und sie winkte ihm vergnügt zu.

Es war wirklich großzügig von Agatha, ihr einige der übrig gebliebenen Pflanzen für den Garten in Joy's Acre zu überlassen. Sie hatte gemeint, das wäre das Mindeste, was sie als Dank für Claras Hilfe mit ihrem Garten tun könnte. Aber Clara wusste nur zu gut, wie viel die Pflanzen gekostet hatten. Jedenfalls würden sie wunderbar den Vorgarten des letzten Ferienhäuschens aufwerten, an dem Tom gerade arbeitete. Und wenn sie sich sputete, könnte sie sogar noch heute damit fertig werden.

Sie ging durch das Gewächshaus zum Lagerraum hinten, holte die Schubkarre heraus und schob sie neben die Tische mit den Pflanzen. Es würde nicht lange dauern, um auszuwählen, was sie brauchte, weil sie den Bepflanzungsplan für den Garten bereits im Kopf hatte. Dennoch nahm sie sich ein paar Minuten, um die richtigen Exemplare herauszusuchen, bevor sie mehrere davon in der Schubkarre platzierte.

Vorsichtig verließ sie rückwärts das Gewächshaus. Kaum hatte sie sich durch die Tür manövriert, hörte sie von hinten das Geräusch eiliger Schritte. Sie stellte die Karre ab, drehte sich um und erblickte Megan, die den Weg entlang auf sie zugelaufen kam. Schon aus der Ferne erkannte Clara, dass sie unbestreitbar aufgebracht war.

»Megan, langsam«, bremste sie die unverständliche Begrüßung der Schmiedin. »Ich hab gerade kein einziges Wort mitbekommen. Was um alles in der Welt ist denn los?«

»Ich wusste nicht, wohin ich sonst sollte«, wiederholte Megan langsamer. »Seth hat gesagt, dass du hier drüben bist.«

»Warum, was ist passiert? Ist jemand verletzt?«

Ungeduldig schüttelte Megan den Kopf. »Nein, nichts.«

Sie sah aus, als sei sie den Tränen nahe. Clara nahm ihren Arm und führte sie in die Mitte des Gartens zu dem längst vertrockneten Springbrunnen. Sie zog Megan auf die Bank dort.

»Jetzt sag mir, worum es geht, Megan?«

Plötzlich wurde Clara bang. Was, wenn ihr jemand von Liam erzählt hätte? Oder wenn sie es selbst irgendwie herausgefunden hatte … Hatte er es ihr womöglich sogar gestanden? Sie kramte in ihrem Ärmel nach einem sauberen Taschentuch. Normalerweise hatte sie eines dabei. Sie hatte so das Gefühl, dass Megan eines brauchen würde. Doch statt wie von Clara erwartet in Tränen auszubrechen, straffte Megan die Schultern und reckte das Kinn vor.

»Dieser unverschämter Mistkerl«, schimpfte sie. »Keine Ahnung, wie er glaubt, damit davonzukommen. Nicht genug damit, dass er mir jahrelang das Leben vermiest hat, jetzt *betrügt* er auch noch. Ich hab immer gewusst, dass er Abschaum ist. Ich hab mehr Talent im kleinen Finger als er in …«

Plötzlich verstummte sie, und ihre Züge fielen in sich zusammen. Entsetzt starrte sie Clara an.

»Was rede ich denn? Natürlich kommt er damit durch – wer würde mir schon glauben? Ich bin ja nur die dumme Trulla, die es besser wissen sollte. Alle werden bloß über mich lachen. Ich wette, das tun sie schon …« Erst da traten ihr tatsächlich Tränen in die Augen, und Clara beobachtete, wie sich eine löste und über Megans Wange kullerte. Zornig wischte sie den Tropfen weg.

Clara war verwirrt. Warum war Megan noch mit Liam zusammen, wenn er ihr das Leben so vermieste? Und davon abgesehen, weshalb sollte jemand über sie lachen? Das ergab keinen Sinn.

»Bestimmt ist alles nur ein Missverständnis«, sagte sie sanft. »Manchmal bildet man sich etwas ein, das in Wirklichkeit gar nicht so ist, und zieht dann die falschen Schlüsse.« Sie berührte Megan am Arm. »Hast du irgendeinen Beweis?«, fragte sie.

»Ja, natürlich habe ich einen Beweis!«, erwiderte Megan. »Ich weiß, was er vorhat. Ich hatte es schwarz auf weiß vor mir.«

Clara zog die Augenbrauen zusammen. »Ich glaub, ich kann dir nicht folgen ...«

»Julian!« Man merkte Megan deutlich ihre Irritation an.

Clara verspürte einen Anflug von Erleichterung. »Ah, ich verstehe ... Entschuldige, ich dachte kurz, du redest von Liam. Deshalb war ich verwirrt.«

»Warum sollte ich von Liam reden?«, hakte Megan nach. Nun wirkte sie irritiert.

»Kein Grund«, sagte Clara schnell, und ihr Herzschlag beschleunigte sich. Um ein Haar wäre sie tief ins Fettnäpfchen getreten. »Ignorier es einfach, wie gesagt, ich war durcheinander.« Dann erst verarbeitete sie Megans Worte richtig.

»Warte, tut mir leid. Hast du gerade gesagt, dass Julian betrügt? Warum? Was hat er getan?«

»Ach, er hat bloß meinen Entwurf für das Tor geklaut. Und versuch nicht, mir einzureden, ich würde mir was einbilden oder es wäre ein Zufall. So ist es nämlich nicht.« Trotzig sah sie Clara an. Ihr Blick warnte davor, ihr zu widersprechen.

Clara öffnete den Mund und schloss ihn wieder. Megan

schien wirklich felsenfest davon überzeugt zu sein, nur konnte sich Clara nicht erklären, wie so etwas passiert sein könnte.

»Und du sagst, du hast einen Beweis?«

»Ja, ich habe seinen Entwurf gesehen. Weil er großkotzig damit geprahlt hat, wie es halt seine Art ist. Dieser arrogante Trottel. Er wollte, dass ich ihn sehe, verstehst du? Um mir unter die Nase zu reiben, dass es für mich keinen Sinn hat, mit dem Wettbewerb weiterzumachen.«

Obwohl Clara nicht besonders viel über Julian wusste, hielt sie das durchaus für vorstellbar.

»Vielleicht ist der Entwurf in Wirklichkeit gar nicht so ähnlich. Sehen Tore als bloß Skizzen nicht alle ein bisschen gleich aus?«

Megans vernichtender Blick ließ für Clara keinen Zweifel daran, wie lächerlich ihre letzte Aussage war.

»Sein Entwurf ist meinem nicht nur ähnlich, er ist *identisch* … Na schön, anscheinend hat er ein paar Kleinigkeiten geändert, trotzdem kann es kein Zufall sein.«

Offensichtlich stand Megans Meinung über Julians Schuld unumstößlich fest. Selbst wenn Clara plausible Alternativen einfielen, Megan würde keine davon glauben. Dennoch hatte Clara das Bedürfnis, nicht lockerzulassen, weil es noch etwas zu berücksichtigen galt …

»Aber hat Julian dir seinen Entwurf tatsächlich gezeigt? Das wäre doch sicher nicht normal. Ich hätte gedacht, ihr würdet alle tunlichst darauf achten, dass niemand mitbekommt, was ihr plant.«

»Na ja, bis zu einem gewissen Grad bekommt man unwillkürlich mit, was andere machen. Aber normalerweise schert sich niemand groß darum. Man ist zu sehr mit der eigenen Kreation beschäftigt, um auf die von jemand anderem zu achten. Julian hingegen protzt gern damit. So war er schon immer. Nur heute schien er sogar für seine Begriffe auffallend selbstgefällig zu sein. Er hat mich sogar zu sich gerufen, als ich vorbeigegangen bin. Hat gemeint, ihm wäre der Akku beim Handy ausgegangen, und er wollte wissen, wie spät es ist. Natürlich hatte er dabei die Skizzen für seinen Entwurf so neben sich liegen, dass ich sie klar und deutlich sehen konnte.«

Clara überlegte kurz.

»Und hat er sie irgendwie erwähnt?«

»Nein, hat er nicht. Und ich hab auch nichts gesagt, so blöd bin ich nicht. Was ihn nicht davon abgehalten hat, damit zu prahlen, wie siegessicher er ist. Er hat auch gemeint, das Niveau beim Wettbewerb wäre dieses Jahr nicht besonders hoch.«

»Aber die Runde, in der dein Schnörkel verschwunden ist, hat er ja selbst nur mit Ach und Krach überstanden!«

»Ich weiß. Nur zählt das nicht bei der Finalbewertung, Clara. Die Jury vom National Trust wird entscheiden, welcher Entwurf den Zuschlag für den Auftrag bekommt. Ich kann also genauso gut gleich aufgeben.«

»Oh nein, das lässt du schön bleiben«, entgegnete Clara. »Wag es ja nicht, ihm diese Genugtuung zu geben. Deine Chance auf den Sieg ist so groß wie seine, vergiss das nicht.«

Megan verzog das Gesicht. »Das würde ich gern glauben. Aber was meinst du wohl, werden die Juroren, wenn sie zwei identischen Entwürfe konfrontiert werden?« Sie seufzte schwer. »Spar dir die Antwort, ich weiß es schon – sie werden denken, dass entweder Julian oder ich betrogen haben. Und ihm werden sie viel eher glauben als mir. Er stammt aus einer in der Gegend hoch angesehenen Familie und ist seit Jahren Schmied. Ich fange gerade erst an, komme frisch von der Schule, hab keine nennenswerte Erfahrung vorzuweisen.« Mürrisch klopfte sie mit einem Finger auf die Holzbank. »Natürlich könnten sie auch entscheiden, uns beide zu disqualifizieren.«

Clara schwieg zwar, doch derselbe Gedanke war ihr selbst in den Sinn gekommen.

Sie schüttelte den Kopf. »Ist ja irgendwie müßig, darüber zu spekulieren. Wichtig ist nur, was du jetzt machst.« Sie schenkte Megan ein ermutigendes Lächeln. »Ich kann mit Seth reden und ihm erklären, was Sache ist. Aber um ehrlich zu sein, bin ich mir nicht sicher, ob er etwas tun kann. Er ist diese Woche jeden Tag hier. So kann er zumindest ein Auge darauf haben, was abläuft, während wir versuchen, eine Lösung zu finden.« Sie drückte Megans Hand. »Ich weiß, es wird nicht leicht, aber du musst die Zähne zusammenbeißen, zurück an die Esse gehen und unbedingt weitermachen. Sonst ist egal, wer was entworfen hat. Dann hat Julian praktisch schon gewonnen.«

»Du hast leicht reden.«

»Stimmt.« Sie sah Megan in die Augen, dann stand sie auf und zog die Schmiedin auf die Beine. Clara fand ein Taschentuch, reichte es ihr und beobachtete, wie sie sich die Augen abtupfte und die Nase putzte.

»Schon besser«, meinte sie. »Komm jetzt. Du hast keine Zeit zu verlieren, sondern einen Wettbewerb zu gewinnen, und das kannst du nicht hier im Garten. Ich begleite dich zurück zur Schmiede. Falls sich Julian fragt, wo du hingegangen bist, wird er dann denken, du wärst nur kurz raus, um mich zu begrüßen.«

Damit hängte sie sich bei Megan ein und setzte sich zurück zum Hof in Bewegung.

»Und denk mal kurz darüber nach – du bist eine erstklassige Schmiedin und geniale Künstlerin. Julian weiß das. Warum sonst sollte er versuchen, deinen Entwurf zu kopieren? Vielleicht hat er die Absicht, dich aus dem Wettbewerb zu drängen, aber das ist ein genauso riskantes Spiel wie zu betrügen. Ich persönlich denke, er weiß, dass dein Entwurf besser ist als alles, was er zustande bringen könnte. Deshalb wollte er dich verunsichern, indem er dich seinen hat sehen lassen. Verstehst du, was ich meine?«

Megan nickte schniefend.

»Wenn also zwischen dir und dem Sieg beim Wettbewerb nur Julians Versuch steht, dich zu verunsichern, dann liegt es an dir, ob du es zulässt oder nicht. Allein, dass er es offenbar für nötig hält, sollte dir etwas sagen. Du bist ihm gegenüber im Vorteil, Megan. Du hast ihn eingeschüchtert – so sehr, dass er glaubt, unter fairen Bedingungen nicht gewinnen zu können. Also will er sich einen unfairen Vorteil verschaffen. Du musst nur die Chancengleichheit wiederherstellen.«

Megan schaute auf und wirkte baff, als sie Claras Worte verarbeitete. »Willst du damit sagen, du glaubst aufrichtig, ich könnte gewinnen?«

Clara lächelte. »Ich will damit sagen, dass ich glaube, das hast du praktisch schon.«

Kapitel 22

Clara begleitete Megan zum Bereich des Wettkampfs. Als sie danach zum Innenhof zurückkehrte, erwartete Seth sie bereits mit besorgter Miene.

»Geht's ihr gut?«, erkundigte er sich. »Ich hatte keine Ahnung, was mit ihr los war.«

Clara gab ihm zu verstehen, dass sie in den Garten gehen sollten. Sie wollte nichts sagen, solange noch die Möglichkeit bestand, dass jemand sie hören könnte. Sobald sie sich im Schutz der Mauern befanden, klärte sie ihn rasch auf.

Er starrte sie ungläubig an.

»Und sie ist sich völlig sicher?«, hakte er nach. »Das ist eine verdammt schwere Anschuldigung.«

»Ich glaube, für sie steht es zweifelsfrei fest. Und es wäre leicht zu überprüfen. Obwohl ich nicht glaube, dass Julian seine Entwürfe auch für andere Teilnehmer so unbekümmert herumliegen lassen würde. Ich denke, die Show hat er nur für Megan abgezogen.«

Seth nickte. »Wahrscheinlich hast du recht, obwohl nur die Zeit den wahren Beweis liefern kann.«

»Aber unabhängig davon, was er sich erhofft, es erklärt nicht, was noch niemand angesprochen hat.«

»Und das wäre?«

»Na ja, wir grübeln alle darüber nach, was Julian sich davon verspricht. Ich frage mich vor allem, wieso er Megans Entwurf überhaupt kopieren konnte. Woher hatte er ihn, Seth?«

Er fuhr sich mit der Hand durchs Haar. »Oh Mann … daran hab ich gar nicht gedacht.«

Clara sehr wohl und deshalb, musste sie sich mit einer sehr realen Möglichkeit abfinden …

Seth verengte die Augen. »Du weißt es, oder?«, sagte er und runzelte die Stirn, als sie schnell den Kopf schüttelte. »Dann hast du zumindest einen Verdacht. Ich seh es dir an.«

Sie stöhnte. »Ach Seth, ich hab keine Ahnung, was ich tun soll. Das ist eine dieser furchtbaren Situationen, in denen man nicht vergessen kann, was man weiß. Und ich wünschte echt, ich könnte es, weil mich der Gedanke, was es bedeuten könnte, einfach überfordert. Ich hasse mich dafür, dass ich es überhaupt in Betracht ziehe.«

»Aber?«

»Aber das muss ich wohl, weil mir keine andere Erklärung einfällt.«

»Red weiter …«

Sie gingen zu der Bank, auf der Clara vor Kurzem gesessen hatte. Erst nachdem sie darauf Platz genommen hatten, fuhr sie fort.

»Megan hat mir zwar von ihrem Entwurf erzählt, aber ich habe ihn nicht gesehen. Soweit ich weiß, hat das nur eine Person …«

Geradezu flehentlich sah sie Seth an, weil sie den Namen nicht aussprechen wollte.

»Liam«, murmelte er, und sie nickte traurig.

»Natürlich könnte ich mich irren. Das hoffe ich sogar von ganzem Herzen, aber …« Sie verstummte kurz. »Außerdem hab ich noch was beobachtet. Etwas, das mich fürchten lässt, er könnte nicht ganz der sein, für den wir ihn halten. Und auch das könnte völlig harmlos sein. Nur zusammengenommen drängt sich schon der Eindruck auf, dass es kein Zufall ist.«

Clara schob die Hände unter die Oberschenkel. Angespannt saß sie da, während Seth regungslos neben ihr verharrte und darauf wartete, dass sie fortfuhr. Sie holte tief Luft.

»Als ich neulich im Dorf war, habe ich Liam mit einer anderen Frau gesehen. Nicht wirklich verfänglich. Sie waren in der Teestube gleich um die Ecke der Hauptstraße. Am helllichten Tag, wo etliche Leute sie sehen konnten …«

Mehr musste sie nicht sagen. Seth konnte es sich selbst zusammenreimen.

»Weiß sonst noch jemand davon?«

Clara nickte. »Nur Maddie … Irgendjemandem musste ich es sagen. Ich hab die Bestätigung gebraucht, dass es wahrscheinlich nichts zu bedeuten hat. Aber dann hat Maddie erwähnt, dass Megan bei ihrer Beziehung mit Liam leicht unsicher ist. Und schlimmer noch, Megan selbst hat mehr oder weniger dasselbe zu mir gesagt. Seither versuche ich krampfhaft, es zu verdrängen.«

Clara starrte geradeaus. Diesmal wartete sie darauf, dass Seth etwas sagte – irgendetwas, das sie beruhigen würde.

»Ist wahrscheinlich wirklich nichts«, meinte er schließlich. »Obwohl ich nachvollziehen kann, warum es dich beunruhigt. Nur was ich nicht verstehe, ist: Wieso sollte Liam so was tun? Was hätte er davon, wenn Megan den Wettbewerb verliert?«

Darüber hatte sich Clara bereits den Kopf zerbrochen. »Na ja, sie hat gesagt, wenn sie gewinnt, bleibt sie hier und macht sich selbstständig. Wenn sie verliert, würde sie stattdessen vielleicht zurück nach Lancashire gehen. Falls er wirklich eine Affäre hat, könnte er sich das davon erhoffen, oder?« Sie schnaubte. »Du meine Güte ist das bekloppt. Liam *liebt* Megan, um Himmels willen. Ignorier mich einfach, ich bin gerade dabei, mich in eine paranoide, argwöhnische … Idiotin zu verwandeln.«

Seth lehnte sich an sie. »Nein, tust du nicht«, entgegnete er sanft. »Wenn es so wäre und an all dem nichts dran ist, würdest du vor Freude jubeln, wie ich dich kenne. Und ich sehe ja, wie du dich damit herumquälst. Tatsache ist, dass wir diese

Möglichkeit nicht ausschließen können, auch wenn wir sie nicht wahrhaben wollen.«

»Und was machen wir jetzt?«

»Ich bin mir nicht sicher, ob wir überhaupt etwas tun können. Zumindest fällt mir nichts ein, das Megan irgendwie helfen würde. Wir könnten Liam damit konfrontieren. Oder wir könnten Megan von unserem Verdacht erzählen. Wir könnten sogar Julian zur Rede stellen. Nur würde ihr nichts davon helfen, den Wettbewerb zu gewinnen …« Er seufzte. »Also ist wohl die einzige andere Möglichkeit, nichts zu unternehmen und den Dingen einfach ihren Lauf zu lassen. In der Zwischenzeit behalten wir alles so gut wie möglich im Auge und versuchen, mehr in Erfahrung zu bringen.«

***

Als Clara nach Joy's Acre zurückkehrte, brauchte sie dringend ein paar Stunden im Garten – einem ruhigen, anspruchslosen Ort. Dort könnte sie sich wieder darauf besinnen, was ihr wirklich wichtig war, und die quälenden Gedanken zumindest eine Zeit lang unterdrücken. Außerdem schwirrte nach wie vor das Echo ihres Gesprächs mit Declan um sie herum, und sie wollte sich lieber damit befassen. Clara war zwar noch nicht sicher, was zwischen ihnen war, aber einige ihrer Ängste hatten sich an diesem Morgen verflüchtigt, und die Gedanken an eine mögliche Beziehung mit ihm erfüllten sie mit Wärme.

Sie stieg aus dem Pick-up und überquerte den Vorhof, um ihre eigene Schubkarre zu holen und die Pflanzen damit zu ihrem neuen Zuhause zu befördern. Seth hatte ihr in Summersmeade Hall geholfen, sie in den Wagen zu laden. Nun jedoch musste Clara sie ärgerlicherweise auf einem ziemlich großen Umweg zu ihrem Ziel transportieren. Wegen der Dreharbeiten im Garten konnte sie mit der Schubkarre nicht wie sonst mitten hindurch, sondern musste um das gesamte

Gelände herum zum Cottage auf der anderen Seite. Sie straffte die Schultern. Es half ja nichts, darüber zu jammern, sie sollte es einfach hinter sich bringen.

Auf halbem Weg über den Hof hörte sie erhobene Stimmen aus dem Haus. Wer auch immer sich in der Küche aufhielt, hatte sie wahrscheinlich deshalb ausgewählt, weil sie sich am weitesten von den Gärten hinten entfernt befand. Dort würde man die Stimmen nicht hören - dafür umso deutlicher vor dem Haus.

Es überraschte Clara nicht, dass Fiona ein überaus kraftvolles Organ besaß, wenn sie laut wurde. Allerdings stand Declan ihr um nichts nach. Clara duckte sich, als sie am Fenster vorbeiging. Sie hatte bereits gehört, dass ihr Name gefallen war. Das reichte ihr, ein zweites Mal brauchte sie wirklich nicht. Sie eilte weiter und verschwand in einem der großen Schuppen, in denen sie ihr Werkzeug und sonstige Gerätschaften aufbewahrte. Ihr iPod lag auf der Bank, wo sie ihn zurückgelassen hatte. Clara nahm ihn und hoffte, er wäre noch aufgeladen. Sie hörte nur selten Musik bei der Arbeit, weil sie lieber den Geräuschen der Natur um sie herum lauschte. Aber gelegentlich, wenn sie müde war oder trübes Wetter herrschte, bescherte ihr Musik ein wenig Aufmunterung. Die sie an diesem Tag dringend brauchte. Sie setzte die Ohrstöpsel ein, drehte die Lautstärke auf und verstaute das Gerät in der Brusttasche, bevor sie sich die Schubkarre schnappte.

Clara musste achtmal gehen, um alle Pflanzen zu ihrer neuen Heimat zu bringen. Somit kam sie sechzehnmal am Küchenfenster vorbei. Jedes Mal schaute sie dabei stur geradeaus und konzentrierte sich auf die Musik in ihren Ohren. Sie nahm die Stöpsel erst heraus, als sie endlich an dem schlammigen Beet vor dem Cottage stand, wo die Pflanzen eingesetzt werden sollten. Auf der anderen Seite des Gartens tummelten sich die Fernsehleute und wirkten ziemlich beschäftigt. Mittendrin befand sich Trixie. Clara hoffte, dass es gut lief. An etwas anderes wollte sie im Moment nicht denken. Entschlossen wandte sie sich ab, kniete sich auf die weiche, warme Erde, tauchte die Hände hinein und seufzte erleichtert.

So arbeitete sie eine Weile vor sich hin, nachdem sie zuerst die Töpfe an den gewünschten Plätzen aufgestellt hatte. Schließlich stand sie auf und verschob einige Töpfe, brachte sie zueinander und im Gesamtbepflanzungsplan in die richtige Ordnung. Als sie damit zufrieden war, begann sie, die Pflanzen methodisch in die Erde umzusetzen. Dank ihrer Größe füllte sich der verfügbare Platz schnell, und das Ergebnis gefiel Clara auf Anhieb. Nachdem sie die letzten beiden Hortensien gepflanzt hatte, richtete sie sich auf und ging hinüber zur Wiese, um ihr Werk zu begutachten.

»Ich bin begeistert. Du auch?«

Clara drehte sich um und stellte fest, dass Maddie nur wenige Meter entfernt auf sie zukam.

»Allmählich wird es.« Sie kniff die Augen zusammen und spähte zum Dach hinauf. »In ein paar Wochen haben wir das Cottage fertig. Und dann geht's mit der Renovierung des letzten Häuschens los.«

Lächelnd stellte sich Clara neben sie. »Ich wette, das hättest du damals bei deiner Ankunft nicht für möglich gehalten, was?«

»Oh Gott, erinnere mich nicht daran. Mir wird jetzt noch schlecht, wenn ich daran denke, wie ablehnend ich am Anfang war. Ich wollte ja alles abreißen und stattdessen große Glasbauten hinstellen.«

»Und meinen Garten wolltest du in einen minimalistischen Schrein verwandeln, das wollen wir mal nicht vergessen.« Clara lachte. »Zum Glück haben wir dich ja ziemlich schnell bekehrt. Kaum zu glauben, dass es erst sechs Monate her ist.«

»In der Zeit haben wir viel geschafft.«

»Und ob«, pflichtete Clara ihr bei.

Maddie drehte sich um und schaute durch den Garten zu den Filmleuten, die immer noch arbeiteten.

»Aber schon komisch, oder? Erst, wenn man zurückblickt, erkennt man den zurückgelegten Weg und die Entfernung. Unterwegs bekommt man beides irgendwie gar nicht mit.«

»Ist vielleicht auch am besten so. Hätten wir von Anfang an gewusst, wie weit der Weg ist, wir hätten die Reise womöglich nicht fortgesetzt oder überhaupt erst angetreten.«

»Wir haben ja auch nicht geahnt, welche Mitreisenden wir unterwegs auflesen würden.«

Ohne Jackett und mit hochgekrempelten Ärmeln bot Declan einen ziemlich fesselnden Anblick. Clara fuhr sich mit dem Handrücken über die Stirn, tat so, als fiele sie gleich in Ohnmacht.

»Hm«, murmelte sie. »Nur, hoffentlich springen uns nicht auch welche ab.«

Maddie schnalzte missbilligend mit der Zunge. »Hör dir doch mal selbst zu. Declan wird nirgendwohin verschwinden, Clara. Jeder kann sehen, wie vernarrt er in dich ist. Ich weiß, dass ihr noch ganz am Anfang steht, aber ihr passt wunderbar zusammen.« Sie schenkte ihr ein herzliches Lächeln. »Ich spür's in den Knochen.«

Clara erwiderte das Lächeln und folgte Maddies Blick durch den Garten.

»Eigentlich hab ich damit gar nicht Declan gemeint«, sagte sie. »Trotzdem danke. Ich bin froh, dass du so denkst.«

Maddie legte ihr die Hand auf den Arm. »Glaub mir, es wird alles wieder gut«, beteuerte sie. »Trixie kriegt sich schon wieder ein. Wir machen alle gerade eine Veränderung durch. Das kann eine Zeit lang schwierig sein. Aber eigentlich bin ich ja hergekommen, um dich zum Mittagessen zu holen. Also lass uns noch Tom mitnehmen, dann können wir die Welt beim Essen in Ordnung bringen.«

Clara schaute noch einmal zu dem Blumenbeet, das sie gerade bepflanzt hatte, und sah auf die Armbanduhr. Zu ihrer Verblüffung war es tatsächlich fast zwölf. Plötzlich klang Mittagessen nach einer hervorragenden Idee. Sie folgte Maddie hinter das Cottage, wo sie beide wie verrückt winkten, bis Tom sie endlich bemerkte. Er winkte zurück, und wenig später gingen sie zu dritt durch den Garten zum Haupthaus.

Allerdings fühlte sich die Runde ohne Trixie nicht vollständig an, und Clara schaute unwillkürlich zurück zu den Leuten vom Fernsehen. Sie konnte nur hoffen, dass Maddie recht behalten würde. Aber das bange Gefühl im Magen würde wohl nicht so bald verschwinden.

***

»Ich hab mir gedacht, ich mache zum Abendessen Würstchen im Schlafrock«, verkündete Clara, sobald sie sich zum Mittagessen gesetzt hatten. »Ist das für alle in Ordnung? Zufällig weiß ich nämlich, dass sie eins von Megans Leibgerichten sind, und ich glaube, sie würde sich heute Abend darüber freuen.«

In Toms Gesicht trat ein verträumter Ausdruck. »Himmlisch«, schwärmte er. »Gibt's dazu auch einen Riesenberg Kartoffelbrei und Soße?«

»Natürlich ...«

»Perfekt«, sagte Maddie. »Vergiss nur nicht, dass die Carters im *Thatcher's Cottage* am Abend zum Essen ausgehen. Es sind bloß wir und Megan zu versorgen.«

Clara nickte. »Ja, hat Trixie erwähnt. Wahrscheinlich wird Megan heute länger arbeiten, wenn's also in Ordnung ist, würde ich ein bisschen später kochen als sonst.«

»Passt mir gut«, antwortete Tom mit vollem Mund. »Ich kann jede Minute auf dem Dach gebrauchen.«

Maddie musterte ihn kurz. »Deshalb musst du das Essen

trotzdem nicht wie ein Mähdrescher in dich reinstopfen und runterschlingen«, tadelte sie ihn. »Mach langsamer, Tom, und gönn dir eine richtige Pause. Sonst kriegst du Verdauungsprobleme.«

Er grinste sie an. »Na gut, Mami«, erwiderte er augenzwinkernd. »Nur darfst du dann nicht mit mir schimpfen, wenn das Dach nicht rechtzeitig fertig wird.«

So scherzhaft er es meinte, Clara wusste, dass sich darin ein Körnchen Wahrheit verbarg. Tom hatte durch den Regen in der vergangenen Woche viel Zeit verloren, und die Termine waren von Anfang an ehrgeizig gesetzt gewesen.

Zu ihrer Überraschung ging Maddie nicht auf seine neckische Herausforderung ein, sondern wurde ernst.

»Es war wohl auch nicht gerade hilfreich, dass Seth so oft rüber nach Summersmeade Hall musste, oder?«, sagte sie. »Vor allem diese Woche. Aber durch die Änderung an der Finalrunde hat er keine andere Wahl, als dortzubleiben, statt dir zu helfen.«

Sie biss von ihrem Sandwich ab und lächelte wieder.

»Bring dich nicht um, nur um den Termin zu halten, Tom. Es wird fertig, wann es fertig wird. Bei dem, was sich gerade tut, wäre es Wahnsinn zu erwarten, dass alles beim Alten bleibt. Irgendwas muss dabei auf der Strecke bleiben – und lieber die Termine als jemand von uns.«

Tom starrte sie an. »Es war in letzter Zeit schon ein bisschen verrückt, oder?«

Sie nickte. »Zu verrückt. Wir sind praktisch Opfer des eigenen Erfolgs. Wenn wir nicht aufpassen, enden wir wirklich als Opfer. Und das ist kein schönes Wort. Vorhin im Garten ist mir klar geworden, wie viel wir in den letzten sechs Monaten erreicht haben. Das sollten wir auch genießen. Aber ich bin mir nicht sicher, ob wir das in den vergangenen Wochen getan haben.«

Clara und Tom wechselten einen Blick, doch beide schwiegen. Ihr beizupflichten, wäre eine Bestätigung ihrer Worte, was sich irgendwie nach einem Schritt zu viel anfühlte.

»Egal«, meinte Maddie schließlich und wurde wieder fröhlicher. »Wie kommt Megan voran? Sie muss sich doch unheimlich freuen, dass sie's ins Finale geschafft hat, oder?«

Clara hielt mit dem Sandwich auf halbem Weg zum Mund inne. Seufzend ließ sie es auf ihren Teller sinken.

»Wie lange hast du Zeit?«, fragte sie.

***

Es hatte gutgetan, ihre Sorgen über Megan und Liam beim Mittagessen mit den anderen zu teilen. Irgendwie wirkte es dadurch weniger beängstigend. Und obwohl Tom und Maddie nachvollziehen konnten, wie Clara auf ihre Folgerungen kam, fanden sie beide, es wäre ein Fehler, im Augenblick etwas zu unternehmen. Julian könnte mit seinem Finalentwurf geblufft haben, um Megan zu verunsichern, und Clara hatte sich bemüht, dem entgegenzuwirken und das Selbstvertrauen der Schmiedin zu stärken. Was ihr anscheinend weitgehend gelungen war. Megan musste den letzten Teil des Abenteuers mit der richtigen Einstellung in Angriff nehmen und sich sagen können, dass sie ihr Bestes gegeben hatte, unabhängig davon, wie es ausgehen würde. Immerhin war erst Montag. Sich überstürzt einzumischen, konnte mehr schaden als nutzen. Und was Liam anging, gab es vermutlich eine harmlose Erklärung dafür, was Clara gesehen hatte. Zweifellos würde die Zeit alles ans Licht bringen.

Den Nachmittag hatte sie in der Stille der Küche verbracht, Brot gebacken und sowohl die Keks- als auch die Kuchenbleche aufgefüllt. Als der frühe Abend anbrach, erschien Maddie, um ihr beim Zubereiten des Essens zu helfen. Clara hatte gerade ein weiteres Blech mit Muffins aus dem Ofen geholt.

»Willst du das die ganze Woche machen?«, fragte Maddie, während sie eine der kochenden Kartoffeln anpikste, um zu sehen, ob sie schon gar waren.

»Weiß ich ehrlich nicht«, gab Clara zurück. »Das kommt wohl darauf an, wie die Dreharbeiten laufen.« Sie biss sich auf die Unterlippe. »Und eigentlich macht es mir nichts aus. Immerhin hab ich Trixie schon früher geholfen, wenn ich konnte.«

»Ich weiß, aber darum geht's nicht wirklich, oder? Niemand hat was dagegen, mal ein, zwei Tage auszuhelfen. Oder bei außergewöhnlichen Umständen wie dem Wettbewerb, wenn auf einmal viel mehr als sonst gebraucht wird. Aber …«

»Sie fehlt mir«, platzte Clara heraus, die das Gespräch nicht aus dem Ruder laufen lassen wollte. »Mir fehlen ihre Gesellschaft in der Küche, ihr fröhlicher Guten-Morgen-Gruß, ihre derben Witze und ihr Klatsch aus dem Dorf.«

Clara legte die Messer und Gabeln, die sie in den Händen hielt, auf den Tisch. »Aber so sehr sie mir fehlt, vor allem hab ich Angst. Was, wenn sie feststellt, dass sie lieber im Fernsehen auftritt, als hier bei uns zu sein, Maddie? Was, wenn sie beschließt, dass sie nicht länger nur Köchin sein will?«

»Aber sie ist doch nicht *nur* Köchin«, erwiderte Maddie und legte den Arm um Clara. »Und ich bin sicher, das weiß sie. Wahrscheinlich fehlt ihr das alles auch.«

»Tatsächlich?«, konterte Clara. »Weiß sie wirklich, dass sie nicht *nur* irgendetwas ist? Oder haben wir alle sie als viel zu selbstverständlich betrachtet?«

Maddie sah sie verblüfft an.

»Ich hab mich halt gefragt, ob das der Grund sein könnte, warum sie in letzter Zeit ein bisschen distanziert zu uns allen ist«, fuhr Clara fort. »Vielleicht findet sie die Sache mit dem Fernsehen deshalb so reizvoll, weil sie so viel besser ist als das hier. Ist ja schon anstrengend, sich tagtäglich um alles zu kümmern, praktisch jede Minute abwechselnd zu kochen und aufzuräumen. Und dann noch die ganzen zusätzlichen Aufgaben.«

»Aber ich dachte, sie liebt das alles«, wandte Maddie ein. »Ich hatte immer den Eindruck, es wäre für sie wie ein wahrgewordener Traum.«

»Ist es auch. Glaube ich zumindest. Nur hast du vorhin selbst gesagt, dass es in letzter Zeit nicht wirklich Spaß gemacht hat.«

»Du bist eine gute Freundin«, meinte Maddie. Einen Moment lang musterte sie Clara mit besorgter Miene. »Und vielleicht hast du recht. Und selbst, wenn sie nicht so empfindet, kann es nicht schaden, sie wissen zu lassen, wie sehr wir sie schätzen, oder?« Sie schaute hinüber zum Herd, ließ Clara los und begann, den Tisch zu decken.

»Komm, lass uns weitermachen, es werden bald alle eintrudeln. Decken wir fein den Tisch und genießen wir – gutes Essen, gute Gespräche, ganz, wie es in Joy's Acre sein sollte.«

***

Zumindest versuchten sie es, dachte Clara während des Essens. Aber trotz der besten Absichten schien einfach nichts nach Plan laufen zu wollen. Megan brachte ihre Freude über die Würstchen im Schlafrock zum Ausdruck und wirkte aufrichtig gerührt darüber, dass Clara sie eigens für sie zubereitet hatte. Trotzdem war nicht zu übersehen, wie sehr die Strapazen des Tages sie ausgelaugt hatten. Zwar aß sie durchaus mit Appetit, doch sie wurde im Verlauf der Mahlzeit stiller und stiller. Trixie wiederum hatte die Küche schon wortkarg betreten und war einsilbig geblieben.

Clara hatte gerade einen weiteren kläglichen Blick mit Maddie gewechselt, und Trixie stocherte lustlos mit der Gabel im Kartoffelpüree, als es an der Hintertür klingelte.

»Ich gehe«, seufzte Maddie und stand auf.

Seth schaute auf und warf ihr einen fragenden Blick zu. Alle anderen aßen einfach weiter. Die Leute vom Fernsehen waren bereits gegangen. Declan war zum Abendessen eingeladen worden, hatte jedoch auch abgelehnt, vielleicht, weil er ihnen Zeit untereinander lassen wollte. Da sonst alle am Tisch saßen, konnten eigentlich nur die neuen Gäste aus dem *Thatcher's Cottage* geläutet haben.

Clara spitzte die Ohren, um zu hören, was gesagt wurde, aber die Hintertür lag am anderen Ende des Hauses. Allerdings musste sie nicht lange warten, bis Maddie mit hochrotem Kopf und etwas durcheinander an den Tisch zurückkehrte. Clara suchte ihren Blick und wollte sich gerade erkundigen, was los gewesen war, doch Maddie schüttelte kaum merklich warnend den Kopf. Tom bekam es nicht mit.

»Alles in Ordnung, Mads?«, fragte er ahnungslos.

Maddie griff sich ihr Glas mit Wasser. »Ja, danke, Tom«, antwortete sie. »Kein Grund zur Sorge.«

Ihre Stimme klang sogar für Clara angespannt. Prompt schaute Seth auf.

»Und? Wer war es?«, fragte er. »Die Carters? Was wollten sie?«

Maddie nickte. »Oh, sie hatten nur eine Frage. Alles geklärt.«

Clara hoffte inständig, Seth würde es dabei belassen. Er sagte zwar nichts, aber er sah Maddie eindringlich mit hochgezogenen Augenbrauen an und wartete auf eine Ergänzung. Als keine kam, war offensichtlich, dass er nachbohren würde. Die Stille zog sich hin. Clara spürte, wie ihr Magen vor Beklommenheit zu brodeln begann.

»Nur ein kleines Missverständnis über das Abendessen, das ist alles«, sagte Maddie schließlich leise.

Abrupt hob Trixie den Kopf. »Was für ein Missverständnis?«, hakte sie nach. »Sie wollten heute kein Abendessen. Sie haben gesagt, sie würden ausgehen.«

»Wie gesagt, ein Missverständnis«, beschwichtigte Maddie. »Anscheinend ist das morgen.«

»Also wollen sie jetzt Abendessen oder nicht?«, fragte Trixie mit finsterem Blick und anschwellender Stimme. »Was jetzt?«

Maddie bemühte sich, ruhig zu bleiben. »Inzwischen ist es ein bisschen spät für sie«, sagte sie. »Also haben sie sich Fish and Chips geholt.«

Trixie ließ die Gabel auf den Teller fallen. »Lieber Himmel. Ich wünschte, die würden sich verdammt noch mal entscheiden. Ist schon schlimm genug, dass wir ihnen jeden Wunsch von den Augen ablesen müssen. Sie könnten es sich wenigstens verkneifen, uns auch noch zu verarschen.«

Clara schloss die Augen.

»Vielleicht darf ich dich daran erinnern, dass es unsere Aufgabe ist, ihnen jeden Wunsch von den Augen abzulesen, Trixie. Dafür bezahlen sie schließlich.« In Seths Stimme schwang eine Schärfe mit, die Clara gut kannte. »Und korrigier mich ruhig, wenn ich mich irre, aber heute Abend hast nicht du gekocht, oder? Wenn also jemand verarscht worden ist, dann mit Sicherheit nicht du.«

Ein, zwei Sekunden lang dachte Clara tatsächlich, Trixie würde es einfach hinnehmen und sich entschuldigen. Zu ihrer Überraschung drehte sie sich stattdessen um und funkelte Maddie an.

»Du könntest mir wenigstens den Rücken stärken«, sagte sie. »Immerhin warst du heute Morgen dabei, als sie gesagt, sie gehen heute Abend aus. Du hast sie gehört!«

Maddie lief hochrot an. »Ich war *nicht* dabei, Trixie. Außerdem geht's hier nicht darum, irgendjemandem den Rücken zu stärken, sondern …«

Tom räusperte sich. »Das war ich, Trixie. Ich war dabei. Die Carters sind gerade zu ihrem Tagesausflug aufgebrochen, als ich heute Morgen angekommen bin, falls du dich erinnerst. Und ich fürchte, sie haben eindeutig Dienstag gesagt …« Er warf Maddie einen entschuldigenden Blick zu. »Sie wollten zum Buffetabend beim örtlichen Inder. Und der ist immer dienstags am Abend. Also morgen …«

Ein grässliches, schrilles Schrammen ertönte, als Trixie den Stuhl zornig vom Tisch zurückschob und aufsprang.

»Schönen Dank auch, alle miteinander«, spie sie mit knurrendem Unterton hervor. »Jetzt weiß ich wenigstens genau, wo ich stehe!«

Und damit stürmte sie aus der Küche.

Kapitel 23

Clara war jede Silbe der Diskussion beim Essen am vergangenen Abend bestimmt tausendmal durch den Kopf gegangen. Kein Wunder, dass sie in der Nacht kein Auge zugetan hatte. Ebenso hatte sie sicher schon tausendmal auf ihr Telefon gestarrt und überlegt, Declan anzurufen. Doch irgendwie hatte sie es sich jedes Mal wieder ausgeredet. Sie hätte ihn zu gern gesehen oder auch nur mit ihm gesprochen. Aber er schien zu sehr in die jüngsten Ereignisse in Joy's Acre verwickelt zu sein.

Sie hatte Trixie noch nie so reden gehört wie am Vorabend. Ein Teil von ihr hätte sie am liebsten geohrfeigt, ein anderer Teil am liebsten umarmt. Wie konnte es so weit kommen, dass sie sich gegenseitig anschnauzten und beschuldigten, statt einander zu helfen?

Der Wecker schrillte laut neben ihr. Mit einem Seufzen schaltete sie ihn aus. An Schlaf war nicht mehr zu denken. Aber wenn sie sich ausreichend beschäftigte, würde sie wenigstens keine Zeit zum Grübeln haben. Zunächst jedoch musste sie nach der Ankunft in Joy's Acre den Spießrutenlauf beim Frühstück überstehen.

Wie sich herausstellte, befand sich nur Maddie in der Küche. Kaum war Clara eingetreten, kam sie auf sie zugeeilt und umarmte sie.

»Du siehst so aus, wie ich mich fühle«, sagte sie mit der Kochzange in der Hand. Hinter ihr hörte Clara das leise Brutzeln von Speck.

Gequält verzog Clara das Gesicht. »Schönen Dank auch

für das Kompliment«, antwortete sie und sah sich in der Küche um.

»Also, was gibt's noch zu tun?«, fragte sie, ging zur Tür der Speisekammer und griff sich eine Schürze vom Haken dort.

»Ich belege gerade ein Sandwich für Seth. Er will extra früh in Summersmeade Hall sein. Für einen kurzen ›Kontrollgang‹, wie er es nennt. Um zu sehen, ob er etwas Belastendes findet. Aber danach brauchen wir zweimal Frühstück für die Carters. Sie wollen heute Morgen das volle Programm, und das sollen sie verdammt noch mal auch bekommen.« Sie schaute verkniffen drein. »Megan hab ich heute Morgen noch nicht gesehen, deshalb weiß ich nicht, was sie gern hätte. Könntest du kurz zu ihr rüberschauen und nachfragen?«

Clara nickte. »Kein Problem.« An der Tür hielt sie kurz inne.

»Und was ist mit Trixie?«, fragte sie.

»Hat sich noch nicht mal blicken lassen«, antwortete Maddie. »Ich bin ziemlich enttäuscht.«

»Ich könnte mir vorstellen, dass sie sich schrecklich fühlt«, gab Clara mit sinkendem Mut zurück.

»Ja, schon möglich. Aber ich denke, so geht's uns allen. Also könnte sie wenigstens aufkreuzen und uns wissen lassen, was sie empfindet. Du bist viel zu nett, Clara. Aber auch wir anderen sind mit Sicherheit nicht so schlimm, dass sie nicht zu uns kommen und mit uns reden könnte. Uns zu ignorieren, hilft in keiner Weise weiter.«

Darauf gab es eigentlich nichts zu erwidern.

»Ich bin gleich wieder da«, versprach Clara.

Als sie zurückkam, trafen gerade die Fernsehleute ein, und Clara eilte zurück ins Haus.

»Auch für Megan bitte das volle Programm«, verkündete sie in der Küche. »Sie war gerade laufen, und obwohl ihr vor lauter Nervosität ›flau im Magen‹ ist, meint sie, ein üppiges Frühstück könnte helfen.«

»Geht klar«, antwortete Maddie und wandte sich wieder dem Herd zu. »Kommt sie heute Morgen rüber?«, hakte sie nach. »Nur, weil ich gern wüsste, ob Trixies Unfreundlichkeit gestern Abend sie vielleicht vergrault hat.«

»Oh. Ich hab nicht daran gedacht, sie zu fragen«, gestand Clara. Dann drehte sie sich um, als sie Schritte hörte.

»Würde mich nicht überraschen, wenn es so wäre. Ich ...«

»Maddie!«, zischte Clara warnend, doch es war zu spät. Trixie stand an der Tür.

Sie starrte Clara an. Das nunmehr braune Haar stand nicht wie sonst stachelig in alle Richtungen ab, sondern war adrett gebändigt, was nur zu dem Eindruck beitrug, dass auch sie keine besonders gute Nacht hinter sich hatte. Tränen traten ihr in die Augen, während Clara hilflos zusehen musste und nicht wusste, was sie sagen sollte. Eine Sekunde später machte Trixie auf dem Absatz kehrt, stapfte durch die Haustür hinaus und knallte sie zu.

»Scheiße«, fluchte Maddie mit Nachdruck.

»Oh, das ist grauenhaft ...« Clara hob eine zittrige Hand an den Mund. »Was machen wir jetzt?«

Maddie schluckte. »Ich weiß nicht, ob wir überhaupt etwas tun können. Sie soll sich erst mal beruhigen. Später gehe ich mich entschuldigen.« Sie schürzte die Lippen. »Aber das muss sie auch. Vergessen wir mal nicht, dass auch sie sich ganz schön danebenbenommen hat.«

»Ich weiß«, räumte Clara ein. »Trotzdem ist es schrecklich zu hören, wenn hinter dem Rücken über einen geredet wird. Vor allem, wo wir doch eigentlich alle Freundinnen sind.«

Aus der Richtung der Hintertür drang Gelächter durch den Flur, und Maddie straffte die Schultern.

»Zusammenreißen«, sagte sie. »Augen geradeaus, Kopf hoch. Ich lasse nicht zu, dass Megan wieder in so bedrückter Atmosphäre essen muss. Sie hat so schon genug um die Ohren.« Maddie lächelte verhalten. »Wir kriegen das wieder hin, Clara, versprochen.«

Clara blieb gerade noch Zeit zu nicken, bevor Tom und Megan die Küche betraten.

»Wisst ihr, ich glaube ja echt, dass der Duft von gebratenem Speck selbst in Toten die Lebensgeister wecken kann«, scherzte Tom und grinste die beiden Frauen breit an.

Oh, Dank sei Gott für Tom, dachte Clara und erwiderte seinen Blick mit einem Lächeln.

***

Clara verscheuchte Maddie aus der Küche, sobald alle das Frühstück beendet hatten. Sie wollte so schnell wie möglich nach Summersmeade Hall, um zu sehen, ob Seth etwas in Erfahrung bringen konnte. Davor jedoch musste sie etwas anderes erledigen. Alle in Joy's Acre hatten einen bestimmten Lieblingskuchen. Und bisher hatte sich Trixie immer bemüht, den jeweiligen zu backen, sobald sie das Gefühl hatte, dass ihn jemand brauchte. Wenn Tom einen besonders langen Tag hinter sich hatte, wurde er mit einem Biskuitkuchen belohnt. Wenn Seth starke Kopfschmerzen plagten, wurden sie von einem riesigen Stück saftig-weichem Lebkuchen gelindert. Trixies Leibgericht waren ausgerechnet Pfannkuchen mit Marmelade, unheimlich süß, unglaublich klebrig, und sie gönnte sie sich sehr selten. Heute wollte Clara welche für sie machen.

Die Zubereitung würde nicht lange dauern, und wenn die Fernsehleute ihre Vormittagspause einlegten, könnte Clara ihrer Freundin die Pfannkuchen bringen. Sie schmolz gerade Butter und Zucker in einer Pfanne, als ein entferntes Pochen dem erneuten Zuschlagen der Hintertür vorausging.

»Na, wenn das nicht einfach großartig ist. Hat dir wohl nicht genügt, über alles zu meckern, was ich mache, und dann hinter meinem Rücken über mich zu schimpfen. Nein, du musst mir ja unbedingt auch noch die einzige verdammte Chance versauen, die ich je kriegen werde, es zu irgendwas zu bringen!«

Der plötzliche, erboste Wortschwall von hinten ließ Clara erschrocken zusammenzucken.

Trixie hatte offensichtlich geweint. Ihr Gesicht war gerötet und verquollen von Tränen, trotzdem blitzte lodernder Zorn in ihren Augen.

»Wie konntest du nur, Clara? Ich dachte, wir wären Freundinnen!« Trixie spie die Worte praktisch quer durch die Küche, und ihre Haltung wirkte alles andere als versöhnlich.

Schlagartig stieg Clara Röte in die Wangen, begleitet von eigenem Zorn.

»Wie konnte ich *was*, Trixie? Warum hörst du nicht mal kurz auf, mich anzuschreien, und erklärst mir stattdessen, worum es eigentlich geht, weil ich nicht die geringste Ahnung habe.«

»Oh bitte, erspar mir die Schiene mit dem Unschuldslamm«, gab Trixie höhnisch zurück. »Natürlich weißt du Bescheid. Immerhin ist es deine verdammte Schuld!«

»*Was* ist meine Schuld?«, brüllte Clara. »Ich hab doch nichts gemacht!«

»Ach nein?« Trixie trat ein paar Schritte vor. »Oh ja, Clara, nein, Clara, darf's sonst noch was sein, Clara …« Ihre Stimme leierte die Worte als Singsang mit einem sarkastischen, schneidenden Unterton.

Clara beobachtete fassungslos, wie sich Trixies Züge angewidert verzogen, und da fiel es ihr wie Schuppen von den Augen.

»Du bist eifersüchtig?«, fragte sie ungläubig. »Du bist tatsächlich eifersüchtig? Auf Declan und mich? Das glaub ich jetzt einfach nicht …« Wild schüttelte sie den Kopf. »Na, herzlichen Dank. Erst ziehst du mich gnadenlos mit ihm auf, obwohl du genau gewusst hast, wie nervös ich wegen der ganzen Sache war. Und dann, als ich zum ersten Mal seit Jahren endlich entscheide, dass es in Ordnung wäre, einen Mann in mein Leben zu lassen, machst du auf wütende Zicke! Was zum Geier hat er überhaupt mit irgendwas zu tun?«

»Die Dreharbeiten, *Clara* …«, erklärte Trixie so langsam, als spräche sie mit einer Zweijährigen. »Oder auch nicht. Du brauchst ja nur mit den Fingern zu schnippen, und Declan macht, was du willst …«

»Tut er nicht! Trixie, mit mir wird derzeit nicht gedreht, damit man sich voll auf dich konzentrieren kann, um Himmels willen. Nur, falls diese Kleinigkeit deiner Aufmerksamkeit entgangen ist.«

»Aber so ist es halt leider nicht, oder? Sonst würde ich jetzt nicht hier stehen. Gott, wie dumm kann man eigentlich sein!«

Clara starrte sie finster an. »Anscheinend bin ich schier unglaublich dumm. Ich hab nämlich immer noch keinen Schimmer, wovon du redest. Warum tust du nicht uns beiden den Gefallen, es einfach zu sagen, statt nur rumzustehen und Gift und Galle zu spucken?«

Hinter Clara setzte ein lautes Zischen aus der Pfanne am Herd ein. Sie wirbelte herum und erblickte eine brodelnde, verkohlte Masse.

»Mist!«, entfuhr es ihr, bevor sie die Pfanne vom Herd riss und ins Spülbecken warf. »Tja, jetzt ist das auch noch ruiniert.« Sie drehte sich wieder Trixie zu. »Ich hab dir nicht das Geringste getan, wollte dir nur eine Freundin sein. Ich hab sogar gedacht, ich würde dir bei der Sache mit der Sendung helfen. Die *ich* übrigens *hasse.* Mitgemacht habe ich nur, weil ich wusste, wie wichtig es für dich ist. Und dann kommst du hier rein, brüllst rum und schreist mich an, obwohl ich keine Ahnung habe, wovon du redest. Ich hab nichts anderes gemacht, als für dich einzuspringen und deine Arbeit zu erledigen …« Abrupt verstummte sie kurz, weil ihr die Worte förmlich im Hals stecken blieben. »Ich bin ja wirklich dümmer, als die Polizei erlaubt, weil ich dir auch noch deine Lieblingspfannkuchen mit Marmelade machen wollte, um dich aufzumuntern. Herzlichen Glückwunsch, die hast du jetzt endgültig ruiniert.« Einen Moment lang starrte sie Trixie an, bevor sie unvermittelt in Tränen ausbrach.

Mit der Hand vor dem Mund drehte sie sich dem Spülbecken zu und versuchte, die Tränen in den Griff zu bekommen. Ihre Emotionen gingen nach der Achterbahnfahrt der letzten Tage endgültig mit ihr durch. Einige Minuten lang stand sie so da, ohne sich darum zu scheren, wie sie sich anhörte.

Abgesehen von ihrem Schluchzen herrschte Stille im Raum. Clara versank so sehr in ihrer Traurigkeit, dass es sie überrumpelte, plötzlich wieder Trixies Stimme zu hören.

»Es tut mir so leid …«

Ein Stuhl wurde vom Tisch zurückgezogen, und als sich Clara umdrehte, ließ sich Trixie mit blassem, verkniffenem Gesicht darauf nieder. Sie starrte blicklos ins Leere.

»Du hast echt keine Ahnung, wovon ich rede, oder?« Immer noch sah sie Clara nicht an.

»Nein«, antwortete sie. »Wirklich nicht.«

Endlich wandte Trixie ihr das Gesicht zu. »Ich glaube, sie blasen die Sendung ab …«

Clara öffnete den Mund, bevor sie ihn schniefend wieder schloss. »Oh nein …«, murmelte sie schließlich. Das war so ziemlich das Letzte, was sie zu hören erwartet hatte. »Aber warum sollten sie? Was ist passiert?«

»Fiona und Declan hatten einen wilden Streit … Er ist mit ihr in der Küche verschwunden, damit wir nicht hören konnten, was abging. Als sie wieder rausgekommen sind, hatte Fiona eine Gewittermiene aufgesetzt. Declan hat auch nicht wirklich freundlicher dreingeschaut. Er hat mit ein paar von seinen Leuten geredet, sie ist davongestapft und hat sich eine Weile auf die Bank mitten im Garten gesetzt. Danach ist Declan zu mir gekommen. Viel hat er nicht gesagt, nur, dass es

Probleme mit dem Drehplan gibt, die erst gelöst werden müssen, und ich könnte mich vorerst wieder um andere Sachen kümmern.« Sie zog die Augenbrauen hoch. »Dann wollte er wissen, wo Maddie und Seth sind.«

»Also, Seth ist drüben in Summersmeade Hall.«

»Ich weiß. Und Maddie ist jetzt bei Declan. Ich hab sie geholt, bevor ich reingekommen bin.«

Clara runzelte die Stirn. »Aber das heißt doch noch lange nicht, dass sie die Sendung fallen lassen. Es könnte auch genau so sein, wie Declan gesagt hat, und sie müssen nur umplanen. So was kommt bestimmt ständig vor, oder?«

Trixie schüttelte missmutig den Kopf. »Glaub ich nicht. Declan hat den ganzen Vormittag immer wieder dazwischengefunkt und geändert, was Fiona gesagt hatte. Schon gestern ist es ähnlich gelaufen.«

Clara musste zugeben, das klang nicht gut. Aber es blieb noch eine Frage zu klären.

»Und warum ist das meine Schuld, Trixie?«, murmelte sie.

Einige Augenblicke lang herrschte Stille, bis Clara eine Träne auf den Tisch tropfen sah und Trixie ihr wieder das Gesicht zuwandte. Mit feuchten Augen.

»Weil ich eine dumme Kuh bin«, sagte sie. »Nur deshalb. Es ist überhaupt nicht deine Schuld. Niemand ist schuld. Es ist nur so, dass ich das unbedingt wollte, Clara … Ich hab gedacht, ich hätte endlich die Chance, etwas aus mir zu machen.« Sie wischte sich eine Träne von der Nasenspitze.

»Ach, Trixie …« Ein mächtiger Kloß verkeilte sich in Claras Hals. »Du brauchst keine Gelegenheit, etwas aus dir zu machen. Du bist immer etwas Besonderes gewesen.«

»Aber ich hab mich furchtbar benommen.«

Clara schwieg. Es wäre einfach zu grausam gewesen, ihr zuzustimmen.

»Ich habe alle wie Dreck behandelt. Ihr seid für mich eingesprungen, und ich hab mich kein einziges Mal bedankt, nicht richtig – vor allem nicht bei dir. Maddie hat mir erzählt, wie sehr du dich für mich abgehetzt und mir die Stange gehalten hast.«

»Du bist meine Freundin, Trixie. So was machen Freundinnen nun mal.«

»Ja, und ich hab auch das total vermasselt …«

Clara stand auf und ging zur Anrichte, wo sie zwei Taschentücher aus einer Schachtel zog. Eines reichte sie Trixie, das andere behielt sie für sich. Dann setzte sie sich und schnäuzte sich geräuschvoll.

»Ich denke, wir haben beide Mist gebaut. Ich hätte ehrlich sagen sollen, was ich von der Fernsehsendung halte. Stattdessen hab ich geschwiegen, den Dingen ihren Lauf gelassen und mir eingeredet, ich würde aus den richtigen Gründen mitmachen, und es würde am Ende alles gut werden. Eigentlich sollte ich mittlerweile wissen, dass es so nie funktioniert. Es fällt einem immer irgendwann auf den Kopf.«

Trixie schenkte ihr ein mattes Lächeln. »Es tut mir wirklich leid«, entschuldigte sie sich erneut.

»Mir auch …«

Einige Augenblicke lang trat Stille ein, abgesehen von einem gelegentlichen Schniefen.

»Und was machen wir jetzt?«, fragte Trixie nach einer Weile.

Clara sah sie an. »Umarmen?«, schlug sie vor.

Erleichtert sah sie, dass sich Trixies Züge ein wenig aufhellten, als sie schwerfällig aufstand. Aber obwohl sie die Arme um sie legte, spürte Clara, dass sie sich zurückhielt. Als sie sich von ihr löste, stellte sie traurig fest, dass ihre Unterlippe wieder bebte.

»Ich denke, ich muss gehen«, sagte sie.

»Gehen?«, erwiderte Clara verdattert. »Und wohin?«

Trixie zuckte mit den Schultern. »Irgendwohin. Weg. Keine Ahnung.«

»Aber warum? Das verstehe ich nicht.«

»Weil ich hier im Rahmen meines Jobs wohne, Clara. Wie kann ich bleiben, wenn ich rausgeworfen werde?«

»Wer hat denn was davon gesagt, dass du rausgeworfen wirst?«, fragte Maddie, als sie die Küche betrat. Clara sah, wie entsetzt sie über Trixies Worte war.

»Ich bin hier angestellt. Das macht man nun mal mit Angestellten, wenn sie sich so verhalten wie ich.«

»Oh Trixie, du bist doch keine Angestellte.« Maddie sah Clara an und dachte offensichtlich an ihr neulich geführtes Gespräch. »Ich meine, ja, auf dem Papier schon – aber du bist viel mehr als das, eine Freundin, die eben auch dafür bezahlt wird, was sie tut.«

Als sie gerade etwas hinzufügen wollte, kam das Fernsehteam am Küchenfenster vorbei. Gleich daraufhin klopfte es an der Haustür.

»Ich glaube, das könnte für dich sein«, meinte Maddie mit einem vielsagenden Blick.

Clara ahnte, wer es sein würde. Mit schwerem Herzen ging sie an die Tür.

Declan wirkte, gelinde gesagt, unbehaglich. Clara trat zurück, um ihn in die Diele zu lassen, doch er blieb mit einem verlegenen Lächeln draußen stehen.

»Ich komme nur, um mich zu verabschieden«, sagte er. »Vorübergehend«, fügte er hastig hinzu. »Aber ich denke, wir brauchen alle ein bisschen Abstand voneinander. Maddie wird's dir erklären …«

»Ich glaube, das hat Trixie schon«, antwortete Clara und suchte in seinem Gesicht nach einem Hinweis darauf, was er empfand.

»Ah. Ich dachte mir schon, sie könnte zu dir gegangen sein. Sie ist ein bisschen durcheinander, glaube ich.«

»*Wirklich?*«

Kaum hatte das Wort ihren Mund verlassen, verzog sie das

Gesicht. »Tut mir leid«, entschuldigte sie sich. »Ich glaube, wir sind heute alle ein bisschen … emotional.«

Declan sah ihr eine Sekunde lang in die Augen, bevor er sie in seine Arme zog. »Ich will dich nicht so zurücklassen«, sagte er und streichelte mit einer Hand ihr Haar. Was sich göttlich anfühlte. »Ich will dich überhaupt nicht verlassen …«

Ein erstickter Laut drang aus Claras Kehle, als sie sich tiefer in seine Arme schmiegte. Denn auch sie wollte nicht, dass er ging. Aber es fühlte sich an, als wäre es ein Ende …

»Ich rufe dich später an … okay? Oder kann ich vielleicht bei dir vorbeikommen?«

Clara nickte. »Bitte«, brachte sie heraus, bevor sie sich widerwillig ein wenig aufrichtete. Sie wollte nicht, dass es so endete – mit einem überstürzten Abschied zwischen Tür und Angel. Aber im Augenblick war keine Zeit zum Reden, weil es andere Dinge einzurenken galt. »Ich sollte wieder reingehen …«

»Ich weiß«, murmelte er.

Einige Augenblicke lang verharrten sie so, bevor sich Declan langsam von ihr löste. Im letzten Moment überlegte er es sich anders und zog sie für einen innigen Kuss erneut an sich.

»Wir sehen uns später«, murmelte er, ehe er sich abwandte.

Clara schaute ihm nach und hob eine Hand an die Lippen, während sie überlegte, was sie darauf schmeckte. Traurigkeit? Bedauern? Sehnsucht? Vielleicht Hoffnung? Dann atmete sie tief durch und kehrte in die Küche zurück.

Trixie und Maddie saßen wieder am Tisch.

»Außerdem waren wir in letzter Zeit alle ein bisschen neben der Spur«, sagte Maddie gerade. »Und die Entscheidung, die Dreharbeiten zu überdenken, hat nichts mit dir oder deinen Fähigkeiten zu tun. Du musst zugeben, dass die Fernsehleute Probleme verursacht haben. Schlimmer noch, sie haben das gestört, worin wir am besten sind … worin *du* am besten bist. Ich denke, wir brauchen alle ein wenig Zeit, um uns wieder darauf zu besinnen.«

Trixie nickte. Immer noch liefen ihr Tränen über die Wangen.

»Also will ich nichts mehr davon hören, dass irgendwer entlassen wird. Wir sind hier eine Familie, und du gehörst genauso dazu wie alle anderen. Ich hatte heute Morgen ein langes Gespräch mit Declan. Ich will dich nicht belügen, Trixie, ich hab ehrlich gesagt, wie ich die Sache sehe. Hat er allerdings auch, und wir waren uns überraschend einig. Natürlich muss ich später noch mit Seth darüber reden, aber ich habe so das Gefühl, er wird ähnlich denken.«

Sie legte den Arm um Trixie. »Es tut mir leid, aber ich fürchte, dieses besondere Abenteuer könnte zu Ende sein.«

»Ich weiß. Ich hab wohl nur gedacht … mir gewünscht … gehofft …« Die Tränen flossen wieder heftiger, und die Worte wurden von Trixies Schluchzen unterbrochen. Sie tupfte sich mit der Hand die Augen ab. »Ich werde mich entschuldigen. Bei Seth … und auch bei Tom.«

»Trixie, die beiden verstehen das.«

Wieder nickte sie. Dann schien ihr etwas anderes einzufallen.

»Und bei Megan. Der Wettbewerb ist so stressig. Sie sollte abends herkommen können, um sich zu entspannen – nicht, um mitanhören zu müssen, wie ich mich wie ’ne verwöhnte Göre aufführe.«

Maddie wechselte einen Blick mit Clara. »Megan geht es gut. Sie hat im Moment Wichtigeres im Kopf, als groß auf uns zu achten. Mach dir darüber mal keine Gedanken.«

Sie schniefte. »Und wie schlägt sie sich? Das ist irgendwie total an mir vorbeigegangen.«

Clara lächelte und reichte ihr ein weiteres Taschentuch. »Echt gut – sie ist im Finale und arbeitet fleißig an ihrem Entwurf für das Tor. Natürlich hat es auch Julian in die Finalrunde geschafft und benimmt sich so unausstehlich wie immer. Aber Seth ist an der Sache dran. Er macht das schon.«

»Man sollte doch meinen, irgendwann würde Julian es gut sein lassen, oder? Ich meine, beide sind im Finale. Da könnte er sich ruhig wie ein Erwachsener verhalten.«

»Stimmt, aber Megan ist überzeugt davon, dass er betrügt. Ihrer Meinung nach ist er irgendwie an ihren Entwurf gekommen, will ihn als seinen ausgeben und sie gleichzeitig diskreditieren.«

»Und wie ist ihm das gelungen? Woher um alles in der Welt sollte er den Entwurf haben?«

»Tja, das ist der springende Punkt«, antwortete Clara. »Wir wissen es nicht, weil die Einzigen, die ihn gesehen haben, Megan … und Liam sind.«

Trixie entging keineswegs ihr Tonfall. »Du denkst, Liam könnte etwas damit zu tun haben? Das kann ich nicht glauben …«

»Will ich ja auch nicht, aber …« Clara sah Maddie an. Es erschien ihr nicht richtig, ihren Verdacht ständig zu wiederholen.

Maddie seufzte. »Du kannst es ihr ruhig sagen. Ich weiß auch nicht, ob er etwas damit zu tun hat. Aber es lässt sich nicht leugnen, dass es unter den gegebenen Umständen merkwürdig ist.«

Trixie schaute von einer zur anderen. »Jetzt sagt es mir schon!«

»Ich habe ihn mit einer anderen Frau gesehen …«, brachte Clara hervor. »An dem Tag, als ich ins Dorf gefahren bin, um Speck zu besorgen. Mann, es kommt mir vor, als wäre es eine Ewigkeit her. Er hat mit ihr in der Teestube gesessen. Schon klar, wahrscheinlich war es völlig harmlos. Immerhin war es am helllichten Tag an der Hauptstraße. Trotzdem geht es mir nicht mehr aus dem Kopf, und …«

»Wahrscheinlich nur eine seiner Klientinnen …«, meinte Trixie.

»Was?«

»Wie bitte?«

Maddie und Clara hatten gleichzeitig gesprochen. Verdattert sahen sie sich gegenseitig an.

»Eine seiner Klientinnen«, wiederholte Trixie. »Soweit ich weiß, trifft er sich manchmal für Besprechungen in der Teestube mit ihnen. Megan hat gesagt, er hat noch kein Büro eingerichtet.«

»Wieso, was macht er denn?«, fragte Maddie.

»Er ist Finanzberater. Hast du das nicht gewusst?«

Clara starrte sie an. »Nein, das wusste ich nicht …« Sie sah wieder Maddie an. »Aber das könnte alles ändern. Ich kann gar nicht sagen, wie erleichtert ich bin.«

»Na ja, er könnte trotzdem eine Affäre haben«, meinte Trixie. »Glaub ich allerdings nicht. Er ist total vernarrt in Megan. Ist nur so, dass einige seiner Klienten, vor allem Frauen, nicht immer wollen, dass ihre Partner über ihre persönlichen Finanzen Bescheid wissen. Also verabreden sie sich mit Liam woanders als zu Hause.«

Clara grinste. »Wieso in Dreiteufelsnamen hab ich nicht früher mit dir darüber geredet, Trixie? Dann hätte ich mir einen Haufen Sorgen erspart.«

»Keine Ahnung, warum eigentlich nicht?« Dann sah sie Clara in die Augen. »Nein, sag nichts. Weil ich zuerst nicht da war, du dann krank gewesen bist, danach nicht mehr mit mir reden wolltest … und so weiter«, murmelte sie.

»Schluss jetzt, genug davon«, sagte Maddie. »Konzentrieren wir uns lieber darauf, wie es jetzt weitergeht. Was du uns gerade erzählt hast, ist zwar gut für Megan und Liam, beantwortet aber immer noch nicht die Frage, wie Julian an Megans Entwürfe gekommen sein kann.«

»Stimmt«, pflichtete Clara ihr bei.

»Dann müssen wir wohl ein bisschen Detektive spielen«, sagte Trixie. »Eigentlich gibt's dafür nur zwei Möglichkeiten – entweder durch irgendeine Verbindung mit Megan oder durch eine mit Liam. Wir könnten Liam einfach fragen …«

»Nein, das geht nicht.«

»Warum nicht?«, hakte Trixie nach.

»Weil …« Kurz verstummte Clara. »Stell dir vor, wie er sich fühlen würde, wenn wir ihm praktisch vorwerfen, dass er die undichte Stelle sein könnte. Selbst, wenn es irgendwie versehentlich passiert ist. Und wir haben keinen Beweis dafür.«

Clara wedelte mit den Händen, als plötzlich eine Erinnerung aus ihrem Gedächtnis auftauchte.

»Moment mal«, sagte sie. »Als wir am Samstag in Summersmeade Hall auf die Bewertung gewartet haben, hat Liam erwähnt, es wäre undenkbar, dass es Megan nicht ins Finale schafft. Er hat gesagt, sie hätte eine erfolgreiche Woche gehabt und sein Esszimmertisch wäre mit Skizzen und Plänen übersät. Was, wenn ein Klient oder eine Klientin von Liam bei ihm zu Hause war? Jemand, der Julian kennt und den Entwurf gesehen hat? Könnte es das erklären?«

»Verdammt, Clara, du hast recht.« Trixie lehnte sich auf dem Stuhl nach vorn. »Vielleicht sollten wir doch herausfinden, wer diese Frau ist, ob sie Julian kennt und vor allem, ob sie je bei Liam zu Hause war.« Sie schürzte die Lippen. »Obwohl realistisch betrachtet wohl jeder seiner Klienten dort gewesen sein und Megans Entwurf gesehen haben könnte. Nicht nur diese Frau.«

Maddie nickte und seufzte leise. »Schon richtig, aber im Moment ist sie die einzige mögliche Verbindung, die wir haben. Ich finde, wir sollten trotzdem mit ihr anfangen. Wenn sich das als Sackgasse erweist, müssen wir Liam wohl nach anderen Klienten fragen. Aber vergessen wir nicht, dass immer noch die – wenn auch geringe – Möglichkeit besteht, dass er eine Affäre hat. Ich will ebenso wenig schlecht über Liam denken wie ihr. Aber solange wir nichts mit Sicherheit wissen, können wir es nicht ausschließen. Megan zuliebe.«

Trixie nickte. »Seh ich auch so«, sagte sie. »Jetzt sollte ich mich allmählich wieder an die Arbeit machen. Bestimmt muss von irgendetwas Nachschub besorgt werden. Vielleicht fahre ich zum Einkaufen in den Ort. Bei der Gelegenheit kann ich mich gleich ein bisschen an den Hotspots für Klatsch umhören. Clara, beschreib mir haarklein, wie die Frau ausgesehen hat.«

Kapitel 24

Bis zum Freitagabend steigerte sich die Spannung schier ins Unerträgliche. Nach ihrem Gespräch am Dienstag war Trixie tatsächlich in den Ort gefahren und hatte mit ein paar Leuten geredet, die ihr, wie sie behauptete, immer verlässlich erzählen konnten, was sich in der Region hinter den Kulissen abspielte. Nur hatte sich daraus bisher nichts ergeben.

Seth hatte sich ins Zeug gelegt, um Julians Entwurf zu sehen zu bekommen. Dabei hatte sich Megans Verdacht bestätigt. Es handelte sich praktisch um eine Kopie ihrer Kreation. Und als wäre das nicht genug, häuften sich die Beweise im Verlauf der Woche. Bis zur Endwertung des Wettbewerbs am Samstag verblieb nur noch ein voller Tag, und es sah zunehmend danach aus, als müssten sie Liam fragen, wer die geheimnisvolle Frau war. Wenn sie nicht rechtzeitig unwiderlegbare Beweise für einen Betrug seitens Julian erbringen konnten, wäre die arme Megan aufgeschmissen.

Clara sah auf die Wanduhr, öffnete ihren Backofen und spähte zu der herrlichen Lasagne darin. Trixie hatte sie für sie zubereitet, und sie wollte sie auf keinen Fall übergaren lassen. Declan würde jeden Moment zum Abendessen eintreffen. Ursprünglich hatte Clara gezögert, so zu schummeln, doch Trixie hatte sachlich dafür argumentiert.

»Die Woche ist stressig gewesen«, hatte sie gemeint. »Und wir wissen beide, dass du Lasagne kochen kannst. Du *musst* aber nicht. Also gönn dir mal ’ne Pause und überlass das mir.«

Im Nachhinein war Clara ihr unendlich dankbar dafür.

Auch ohne sich den Kopf über das Kochen zerbrechen zu müssen, war sie wegen Declans Besuch nervös genug.

Wie auf ein Stichwort klingelte es an der Tür. Sie schaltete den Ofen aus, um das Essen noch ein paar Minuten in der Resthitze schmoren zu lassen. Declan ging beinah völlig hinter einem riesigen Strauß rosa Pfingstrosen und dunklerer, voller Rosen unter. Der Anblick brachte Clara zum Lachen.

»Tut mir leid«, entschuldigte sie sich, als er die Augenbrauen hochzog. »Ich hab mir nur gerade deine Unterhaltung mit der Floristin vorgestellt.«

»Ich hab ihr sehr detailliert erklärt, was ich will, das kann ich dir versichern«, erwiderte er. »Und ich weiß aus zuverlässiger Quelle, dass es diesmal definitiv keine Entschuldigungsblumen sind.« Sein Lächeln erreichte die Tiefen seiner Augen. »Ich freu mich so, dich zu sehen, Clara.«

Sie spürte ein leichtes Flattern im Bauch. Den Tag über hatte sie sich so vehement beschäftigt, dass es ihr gelungen war, sich von Gedanken an den Abend abzulenken. Nun jedoch stand Declan vor ihr, und es gab keine Flucht mehr davor.

Er beugte sich vor und lachte, als sich ihre Lippen wegen des riesigen Bouquets in seinen Händen kaum berühren konnten.

»Ich stelle sie ins Wasser«, sagte sie und nahm ihm die Blütenpracht ab. »Komm rein.«

Sie ließ einfach Wasser ins Spülbecken, weil sie sich im Augenblick nicht die Zeit nehmen wollte, die Blumen ordentlich in einer Vase zu arrangieren. Kaum hatte sie den Wasserhahn zugedreht, bemerkte sie, dass Declan dicht hinter ihr stand.

»Da du jetzt die Hände frei hast«, sagte er, »würde ich das von vorhin gern noch mal machen. Diesmal richtig, wenn du nichts dagegen hast …«

Er legte ihr eine Hand um den Nacken, die andere um die

Taille, und Clara stellte fest, dass sie nicht das Geringste dagegen hatte. Ihre Nervosität verflog, als ein neues Gefühl über sie kam und jenes verdrängte, das sie am meisten beunruhigt hatte. Denn wie Declan sie küsste, ließ sie keinen Zweifel daran, dass es sich um kein Ende handelte, sondern um einen Anfang …

»Ich bin so froh, dass du gekommen bist«, flüsterte sie, als sie sich voneinander lösten.

»Ich hab mich schrecklich gefühlt«, gestand Declan, »als ich dich neulich so zurückgelassen habe.« Sein Gesicht war nur Zentimeter von ihrem entfernt. »Aber es hat sich falsch angefühlt zu bleiben.«

Rasch nickte sie. »Ich weiß. Wir haben alle ein bisschen Zeit gebraucht, um wieder die zu werden, die wir vor der Sache mit der Fernsehserie waren.«

»Mit der ich über euch hereingebrochen bin.«

Sie legte ihm einen Finger an die Lippen. »Nein«, widersprach sie. »Du bist das einzig Gute, das daraus entstanden ist.« Sie überlegte kurz. »Nein, das stimmt nicht ganz. Es hat sich noch etwas daraus …«

Abrupt verstummte sie, als ihr Handy auf dem Tisch eine Melodie von sich gab. »Wirklich?«, brummte sie. »*Jetzt?*«

Lachend ließ Declan sie los. »Kann man nichts machen, oder? Geh lieber ran.«

Clara durchquerte die Küche zum Telefon. Dabei ging ihr durch den Kopf, wie verärgert sie sein würde, wenn es sich als Marketinganruf entpuppte. Stattdessen schlug ihr Herz ein wenig schneller, als sie auf dem Display sah, wer es war.

»Trixie?«, meldete sie sich. »Was gibt's? Stimmt was nicht?«

»Wir haben sie«, kam es zurück. »Ich hab unsere geheimnisvolle Frau aufgespürt, Clara.« Sie konnte die Aufregung in ihrer Stimme nicht verbergen.

»Wo? Wer ist sie?«

»Kannst du selbst rausfinden, wenn du dich in etwa zehn Minuten im *Frog & Wicket* mit mir treffen kannst.« Kaum hatte sie zu Ende gesprochen, ertönte ein Stöhnen. »Oh nein, das geht ja nicht, oder? Du erwartest Declan. Mist! Das Timing ist echt lausig.«

Clara schaute durch die Küche. »Tatsächlich ist er schon hier«, sagte sie.

Bei ihren Worten hob Declan den Kopf. »Was ist?«, fragte er leise.

Clara verzog hin- und hergerissen das Gesicht. Irgendetwas schien einfach immer zu sein. Wäre ihr denn je eine Pause vergönnt? Andererseits könnte es die einzige Gelegenheit sein, die sie bekommen würden …

»Bleib kurz dran«, sagte sie zu Trixie und drückte sich das Handy an die Brust, damit ihre Freundin nicht mithören konnte. »Du hast nicht zufällig Lust auf einen schnellen Ausflug ins Pub, oder?« Kurz verstummte sie. »Es wäre für einen sehr guten Zweck.«

Declan schaute zwar fragend drein, hob aber entgegenkommend die Hände. »Sicher …« Dann grinste er. »Manche Dinge sind es wert, auf sie zu warten.«

Clara warf einen Blick zum Ofen. Auf die Lasagne würde das eher nicht zutreffen. Sie hob sich das Handy wieder an den Mund.

»Wir treffen uns auf dem Parkplatz, Trixie«, teilte sie ihrer Freundin mit. »In zehn Minuten.« Damit legte sie auf und sah Declan an.

»Das Timing ist echt miserabel«, sagte sie entschuldigend. »Tut mir so leid, aber es ist wichtig …«

Declan fischte den Autoschlüssel aus der Hosentasche. »Du kannst es mir ja unterwegs erklären«, sagte er.

***

»Oh ja, das ist sie eindeutig«, bestätigte Clara, während sie zu einer Gruppe von Frauen an einem der größeren Tische im Pub schaute. »Der Vorbau ist unverkennbar.« Anscheinend hatte die Damenrunde schon mehrere Drinks intus und nicht die Absicht, demnächst aufzuhören.

Clara saß mit Declan und Trixie an einem kleinen Tisch in der Ecke des Gastraums, Trixie mit dem Rücken zu den Frauen, Clara mit freier Sicht auf sie.

»Und was machen wir jetzt?«, fragte sie.

»Trinken, meine Damen, würde ich sagen«, meldete sich Declan zu Wort. »Was darf's sein?«

Als er mit ihren Bestellungen zurückkam, beugte sich Clara vor.

»Wie hast du sie aufgespürt?«, fragte sie.

Trixie ergriff ihr Glas und tippte sich an die Nase. »Ist ganz einfach, wenn man die richtigen Leute kennt«, antwortete sie. »Vergiss nicht, dass ich früher hier gearbeitet habe. Und glaub mir, wenn du wissen willst, was sich in der Gegend so abspielt, dann fragst du am besten die Mitarbeiter der örtlichen Kneipe. Die hören *alles.* Monica, die Barfrau hier, hatte seit Dienstag keine Schicht mehr und deshalb erst heute Abend davon erfahren, aber sie wohnt im selben Dorf wie Donna und weiß, wer sie ist. Das *Frog & Wicket* gehört nicht zu ihren Stammlokalen. Monica wollte mich gerade anrufen, als sie unverhofft mit dieser Truppe hier angetanzt ist.«

Clara warf einen weiteren Blick durch den Raum, wo unverändert ausgelassenes Gelächter herrschte.

»So also heißt sie? Donna?«, fragte sie. »Aber wer ist sie, Trixie?«

Ein wissendes Lächeln breitete sich auf Trixies Zügen aus.

»Julians feste Freundin«, antwortete sie. »Anscheinend ein geldgeiles Flittchen.«

Declan prustete in seinen Drink. »Erinnere mich daran, es mir nie mit dir zu verscherzen«, sagte er.

»Hast du schon«, erwiderte Trixie nüchtern, und einen Moment lang welkte Declans Lächeln. Dann grinste sie. »Nur Spaß«, stellte sie klar. »Aber es kommt noch besser«, fügte sie hinzu. »Man munkelt nämlich, dass es sich Donna in den Kopf gesetzt hat, Mrs. Julian zu werden. Mit recht hoher Wahrscheinlichkeit, weil ihr Schwiegervater in spe vor Geld stinkt und Julian irgendwann ein beträchtliches Sümmchen erben wird. Mal ganz abgesehen von dem riesigen Haus, in dem sie schon wohnen.«

»Oh mein Gott«, sagte Clara langsam, als ihr die Tragweite von Trixies Worten ins Bewusstsein sickerte.

»Aber das versteh ich nicht«, kam von Declan. »Wenn Julians Familie so gut betucht ist, warum will er dann unbedingt den Wettbewerb gewinnen?«

Trixie zuckte mit den Schultern. »Die Menschen sind halt seltsam. Aber ich vermute, dass Julian genau so ist, wie Megan ihn beschreibt – einerseits ein unausstehlicher Chauvinist, andererseits ein ziemlich guter Schmied mit echter Leidenschaft für seine Arbeit.«

Clara runzelte die Stirn. »Ich kann dir nicht folgen.«

»Er will aus dem gleichen Grund gewinnen wie jeder andere – für das Triumphgefühl. Und soweit ich das mitbekommen habe, ist sein Vater nicht begeistert von seiner Berufswahl. Vielleicht will Julian dem guten alten Dad also auch etwas beweisen. Einen prestigeträchtigen Auftrag zu gewinnen, könnte ihn davon überzeugen, wie gut der Sohnemann ist. Donna wiederum könnte es als Fahrkarte zum Altar betrachten, dass sie Julian den Sieg auf dem Silbertablett serviert.«

Declan starrte die beiden Frauen an. »So geht's auf dem Land zu?«, fragte er. »Wenn ja, will ich unbedingt hier leben. Das ist ja besser als alles, was im Fernsehen läuft.«

»Und das von einem Fernsehproduzenten«, kam staubtrocken von Trixie.

»Willst du wirklich hierherziehen?«, fragte Clara und überging Trixies Bemerkung.

Declan lächelte nur. »Aber mal ganz im Ernst: Was du gesagt hast, klingt absolut einleuchtend, ist aber schon ziemlich heftig. Was machen wir dagegen?«

Trixie lächelte. »Was wir Mädels immer machen …« Sie zwinkerte Clara zu. »Wir warten, bis sie aufs Klo geht – dann überrumpeln wir sie.«

Clara sah Declan mit hochgezogenen Augenbrauen an. »Finde ich ein bisschen überdramatisch, Trixie …«

»Nein, ich mein's ernst. Zurückhaltung bringt nichts. Wir brauchen einen unwiderlegbaren Beweis, sonst nutzt es Megan gar nichts. Und liefern kann uns einen solchen Beweis nur Donna. Wir müssen hingehen und mit ihr reden.«

»Sie hat recht, Clara«, pflichtete Declan ihr bei. »Ich würde mich ja freiwillig dafür melden, nur glaube ich nicht, dass ich auf der Damentoilette willkommen wäre.«

Trixie starrte ins Leere. »Stimmt, aber du könntest vielleicht was anderes tun … Wir müssen Donna von ihrem Hexenzirkel trennen. Und Clara, du weißt ja, wie Frauen sind – sie gehen immer im Rudel aufs Klo. Aber wir müssen sie irgendwie allein erwischen.«

Clara grinste. »Also, das ist einfach«, meinte sie. »Welches geldgeile Flittchen, das etwas auf sich hält, würde nicht gern mit einem Fernsehproduzenten reden?«

Trixie klatschte sich auf die Stirn. »Klar! Oh, das ist genial …«

Zu ihrem Glück flossen die Drinks in Strömen, und es dauerte nicht lange, bis sich an Donnas Tisch etwas rührte.

»Okay, sie stehen gerade zu dritt auf«, kommentierte Clara. »Damit bleiben nur Donna und eine andere.«

Trixie stellte entschlossen ihr Glas ab. »Das passt schon«, erwiderte sie. »Wir können es genauso gut hier machen. Gib Bescheid, wenn sie weg sind.« Sie streckte Declan die Hand entgegen. »Bitte sag, dass du 'ne Visitenkarte dabei hast«, fügte sie hinzu.

Sobald Declan eine aus der Brieftasche gekramt hatte, setzte sie sich aufrechter hin. »Okay, ich bin Locationscout, und Clara ist deine Produktionsassistentin.« Sie fuhr sich mit der Hand durchs Haar. »Sind sie schon weg?«

Clara nickte. »Gerade gegangen.«

»Bin gleich wieder da«, kündigte Trixie an, stand auf und ging hinüber zu Donna und ihrer Freundin, die nach wie vor am Tisch saßen. Clara beobachtete, wie ihre Freundin neben Donna in die Hocke ging und ihr etwas ins Ohr flüsterte.

»Was um alles in der Welt macht sie da?«, murmelte Declan.

»Ich hab nicht die geringste Ahnung«, antwortete Clara und bemühte sich, so selbstsicher wie möglich zu wirken. »Immer schön lächeln ...«

Donna schaute zu ihnen herüber, und Clara nickte leicht. »Oh verdammt, sie kommt wirklich her ...«

Verblüfft beobachtete Clara, wie Trixie mit Donna auf ihren Tisch zusteuerte. Die Frau umklammerte eine riesige Handtasche und versuchte gleichzeitig, ihren Rock ein wenig nach unten zu ziehen. Was ihr kaum gelang.

»Wunderbar, nimm einfach Platz. Donna, ja?« Trixie wartete, bis Donna der Einladung gefolgt war, bevor sie sich selbst hinsetzte.

»Du weißt ja, was man über uns Fernsehleute sagt, oder? Immer im Dienst!« Sie stimmte ein trällerndes Lachen an. »Zu deinem Glück, nicht wahr?« Kurz verstummte sie und reichte Donna die Visitenkarte, die sie von Declan hatte. »Das sind Declan Connolly und seine Assistentin Clara. Eigentlich hat Clara dich zuerst gesehen. Jedenfalls wollen wir mit dir über ein kleines Projekt reden, das wir planen. Declan meint, du könntest genau die Richtige dafür sein.«

Donna strahlte sie an, während ihr Vorbau schamlos den Tisch beherrschte.

»Und damit weiter an dich, Declan.«

Der Ausdruck in seinen Augen ließ erahnen, dass er Trixie mit Vergnügen eine Runde würgen würde, aber er lächelte.

»Wir haben eine Serie über örtliches Dorfleben vor«, begann er. »Feste, Veranstaltungen, Wettbewerbe, all so was. Schwerpunkt dabei sollen Lug und Trug sein, was ja leider offenbar verbreitet vorzukommen scheint. Ich hab mich gefragt, ob du uns deine Meinung darüber sagen könntest.«

Zuerst nickte Donna und lächelte. Wie zu erwarten. Sie öffnete sogar den Mund, um zu antworten. Dann jedoch lief sie plötzlich hochrot an und klappte den Mund wieder zu. »Was zum Teufel hat das mit euch zu tun?«, fragte sie dann.

Declan lächelte unbeirrt und wollte gerade fortfahren, als Trixie beide Arme auf den Tisch stützte und sich vorbeugte.

»Also, es sieht so aus, Donna. Wir sind gut mit Megan und Liam befreundet. Megan, die Schmiedin, falls du dich fragst, wen ich meine. Die, deren Entwurf du für Julian gestohlen hast. Liam ist übrigens ihr fester Freund, den du dafür benutzt hast.«

Donna verschränkte die Arme vor dem Busen. »Ich sage gar nichts.« Mürrisch funkelte sie Trixie an. »Und ihr habt keine Beweise.« Mit selbstgefälliger Miene lehnte sie sich zurück.

»Vielleicht, vielleicht auch nicht. Aber wir wissen, dass du bei Liam gewesen bist, und man muss kein Genie sein, um sich zusammenzureimen, warum. Du freust dich wohl schon auf die feinen Moneten, was, Donna? Julian ist vielleicht nicht mehr ganz so scharf drauf, dich zum Altar zu führen, wenn die Jury erfährt, was passiert ist, und er kapiert, dass er deinetwegen als Betrüger entlarvt wird.«

Clara sah, wie ein Anflug von Angst über Donnas Züge huschte. Gleich darauf jedoch wurde der Ausdruck von etwas anderem ersetzt. Frauen wie Donna bekamen nicht, was sie wollten, indem sie Apfelkuchen backten.

»Wenn ihr irgendetwas sagt, wird es euch leidtun«, warnte sie abschätzig. »Stimmt, ich war bei Liam. Bei ihm zu Hause, um ein paar Dokumente zu unterschreiben. Aber es wäre doch ein Jammer, wenn jemand Anschuldigungen gegen ihn erhebt, oder? Dadurch könnte er sein Geschäft verlieren, sein Zuhause ... mit Sicherheit seinen Ruf und vielleicht sogar die Liebe seines Lebens.«

Trixie verengte die Augen. »Worauf willst du hinaus, Donna?«, fragte sie.

»Wenn ihr mich und Julian verpfeift, erzähle ich überall herum, Liam hätte mich angebaggert, so sieht's aus.« Damit stand sie auf und warf Declans Karte auf den Tisch. »Ich denke, wir sind hier fertig.«

Clara schloss die Augen. Damit war alles vorbei. Sie hörte, wie Declan neben ihr zornig zischte.

»Ja, wir sind fertig«, sagte Trixie. »Nur eins noch: Ich hab in dem Pub hier mal gearbeitet. Dabei hab ich ein paar reizende Leute kennengelernt. Vor allem einen bestimmten Mann. Vielleicht kennst du ihn sogar. Er heißt Roger. Er wohnt draußen in Welton, hat dort ein großes weißes Haus. Erst neulich hab ich mir gedacht, dass längst überfällig ist, mal wieder mit ihm zu plaudern. Wenn wir uns das nächste Mal treffen, muss ich unbedingt auch dich erwähnen ...«

Trixie wandte sich an Declan und Clara. »Gehen wir«, sagte sie abrupt. Damit stand sie auf und steuerte aus dem Pub, ohne zu warten, ob Clara und Declan ihr folgten.

Clara schloss als Erste zu ihr auf.

»Verdammt, Trixie!«, rief sie. »Wer um alles in der Welt ist Roger?«

Trixie blieb mitten auf dem Parkplatz stehen, stemmte die Hände in die Hüften und grinste. »Oh, ein netter Bursche. Und zufällig Julians Vater ...«

Kapitel 25

»Willst du wirklich mit Julians Vater reden?«, fragte Declan.

Sie standen auf dem Parkplatz des *Frog & Wicket.*

»Auf keinen Fall!« Trixie wirkte geradezu entsetzt bei dem Gedanken. »Ich hab nicht vor, Julian aus Donnas Klauen zu retten. Der Mistkerl verdient, was er bekommt. Er soll ruhig aller Ruhe herausfinden, wie sie wirklich drauf ist. Roger hab ich nur erwähnt, weil ich selbst ein kleines Druckmittel haben wollte. Er dürfte wohl kaum viel von Donnas Mätzchen halten. Vielleicht so wenig, dass er sich mit seinem Sohn darüber unterhalten würde, ob sie die Richtige für ihn ist. Wenn Donna es wirklich darauf abgesehen hat, Julian zu heiraten, wird sie das mit Sicherheit nicht wollen. Was sie veranlassen könnte, Julian zu überreden, seinen Plan nicht durchzuziehen …«

Clara nickte. »Weißt du, das ist echt clever.« Sie schenkte Trixie ein herzliches Lächeln. »Eigentlich war das alles genial! Ich kann nicht fassen, wie du einfach zu ihr hin spaziert bist.«

»Ja, nur ist das nicht ganz nach Plan verlaufen, oder? Donna ist ein noch übleres Miststück, als ich dachte. Wir sind nicht wirklich weitergekommen.«

»Trotzdem warst du unglaublich. Ich hätte nie den Mumm dafür gehabt. Du hast es wenigstens versucht.«

Einen Moment lang sah Trixie ihr in die Augen. »So was machen Freundinnen nun mal, oder?«, fragte sie mit besorgter Miene.

Zwischen den Zeilen bat sie damit um Vergebung, und Clara reagierte sofort – sie zog Trixie in eine innige Umarmung. »Ach, du dumme Nuss«, sagte sie. »Du hast mir so gefehlt!«

Die beiden Frauen grinsten sich an.

»Ich finde immer noch, dass du ins Fernsehen gehörst«, meinte Clara. »Du warst bei der Sache im Pub das volle Naturtalent.«

Trixie überlegte kurz. »Hm, kann sein«, räumte sie ein. »Obwohl mir vielleicht eher Laientheater liegen würde …«

Declan lachte. »Also, ich würde liebend gern Eintritt zahlen, um dich zu sehen«, sagte er. Dann schnupperte er, drehte sich um und ließ den Blick über die Straße wandern. »Riecht sonst noch jemand Pommes?«, fragte er. »Ich bin nämlich am Verhungern. Hat jemand Lust auf Pommes?«

Clara hielt sich den Bauch. »Oh ja, bitte. Der Geruch bringt mich um den Verstand. Und tut mir leid, Trixie, aber ich glaube, deine wunderbare Lasagne ist inzwischen knochentrocken. Wir sind nicht dazu gekommen, sie zu essen.« Sie klatschte sich die Hand auf den Mund, als ihr klar wurde, dass sie sich gerade verplappert hatte. Aber Declan lachte nur.

Trixie starrte die beiden entsetzt an. »Herrje, ich hab euch total den Abend ruiniert«, sagte sie reumütig. »Tut mir so leid …«

Declan bedachte Clara mit einem Blick, der Merkwürdiges in ihr bewirkte. »Es wird noch genug weitere Abende geben, Trixie, keine Sorge. Clara und ich können warten.« Dann seufzte er gedehnt. »Außerdem sind auch andere Dinge wichtig. Natürlich nicht *so* wichtig, aber doch ein klein wenig. Sollen wir die Pommes mit nach Joy's Acre nehmen? Ich denke, wir müssen noch einen Schlachtplan ausarbeiten.«

***

Megan war kreidebleich. Liam sah kaum besser aus. Er wirkte fassungslos. Clara bereitete Sorge, wie er die Neuigkeit aufnahm.

»Tut mir wirklich leid, aber wir dachten, ihr solltet so

schnell wie möglich davon erfahren.« Maddie reichte beiden einen Becher Tee, dann holte sie auch für sich einen und setzte sich zu den anderen an den Küchentisch. Die Pommes, die Declan und Clara mitgebracht hatten, waren längst aufgegessen und weggeräumt.

»Ich wusste, dass ich recht habe«, sagte Megan schließlich, und sah Clara mit Tränen in den Augen an. »Aber irgendwie fühle ich mich durch die Bestätigung, dass Julian ein Betrüger ist, nicht wirklich besser.«

»Vergiss nicht, dass es in gewisser Weise immer noch ein großes Kompliment ist«, gab Clara zu bedenken. »Unabhängig von seinen Motiven drückt Julian mit dem Kopieren deines Entwurfs aus, dass er dich für besser hält als sich selbst.«

»Nur spielt das keine Rolle, wenn er gewinnt. Hier geht es um meine Zukunft, Clara. Um die Chance, eine eigene Schmiede zu eröffnen, meine Träume zu verwirklichen, eigene Entwürfe umzusetzen und einen florierenden Betrieb aufzubauen.«

Liam schluckte und ergriff ihre Hand. »Das ist trotzdem alles möglich, Megan, glaub mir. Ohne das Geld dauert es vielleicht länger, aber du schaffst das – wir schaffen das.«

Sie entriss ihm die Hand. »Wie konntest du so dumm sein?«, warf sie ihm vor. »Ist dir keinen Moment lang durch den Kopf gegangen, was passieren könnte?«

Liam zuckte zurück. »Nein«, gestand er. »Darüber hab ich nicht nachgedacht. Wie hätte ich auch darauf kommen sollen? Megan, ich bemühe mich, immer davon auszugehen, dass die Menschen grundanständig sind. Sind sie in der Regel auch. Wenn ich deshalb naiv bin, dann …« Er suchte nach den richtigen Worten. »Dann bin ich es eben«, beendete er den Satz hilflos.

Geradezu verzweifelt suchte er in ihrem Gesicht nach Hinweisen darauf, dass sie ihn nicht hasste.

»Ich würde gerade alles dafür geben, die Zeit zurückzudrehen, damit nichts davon passiert wäre. Aber das kann ich ebenso wenig, wie ich ändern kann, wer ich bin. Ich hatte keine Ahnung, wer Donna ist. Ich hab ständig mit allen möglichen Klientinnen und Klienten zu tun, groß, klein, dick, dünn, jung, alt. Und in der Regel muss ich ihre Lebensgeschichte nicht kennen. Wie hätte ich wissen können, dass Donna mit Julian zusammen ist, wenn sie absichtlich nie beim Wettbewerb gewesen ist? Sie war eine Frau unter Dutzenden von Klienten, mit denen ich mich jeden Monat treffe. Und ich hätte nie damit gerechnet, dass sie Fotos von deinen Arbeiten schießen würde, als ich kurz das Zimmer verlassen habe.«

»Megan«, meldete sich Seth in sanftem Ton zu Wort, »es ist nicht Liams Schuld. Überhaupt geht's hier nicht um Schuldzuweisungen, sondern darum, wie wir dafür sorgen können, dass dein Talent die Anerkennung kriegt, die es verdient, und der Wettbewerb am Samstag mit einem fairen Ergebnis endet.«

»Du hast leicht reden«, gab sie zurück. »Immerhin hast nicht du dir wochenlang den Allerwertesten aufgerissen und alles, was du hast, in ein Projekt gesteckt. Wie würdest du dich fühlen, wenn du wüsstest, dass du noch einen Tag Arbeit vor dir hast, am Ende die ganze Mühe nichts wert sein wird und du obendrein noch als Lügner verleumdet werden könntest?«

Seth nahm ihr Argument mit einem Nicken zur Kenntnis. »Du hast recht, ich habe leicht reden. Aber ich sage das in dem Wissen, dass alle hier am Tisch schon erlebt haben, wie es sich anfühlt, einen Traum zu verlieren. Das haben wir alle schon mal durchgemacht.« Er warf einen Blick zu Trixie. »Manche erst unlängst.«

Trixie schob einen Biskuitkuchen über den Tisch, den sie an diesem Nachmittag gebacken hatte. »Weißt du, Megan, manchmal redet man sich ein, es gäbe nur einen Weg, seinen Traum zu verwirklichen. Dann wird man so engstirnig, dass man sich anderen Möglichkeiten verschließt. Oder schlimmer noch, man denkt, man hätte versagt, wenn etwas schiefgeht.«

»Sie hat recht«, fügte Clara hinzu. »So funktioniert das Leben nun mal nicht. Es gibt nie nur einen Weg durch den Wald, man kommt auf verschiedenen Pfaden auf der anderen Seite wieder raus. Manche sehen vielleicht besser aus als andere, aber am Ende führen sie alle zum selben Ziel. Wie auch immer es am Samstag ausgeht, das ändert nichts daran, wer du bist oder was du als Schmiedin auf dem Kasten hast. Wir können dir nur sagen, wie wir es sehen, Megan, aber daran glauben musst du schon selbst.«

Liam nickte und sah aus, als bräche ihm gerade das Herz. Als Clara den Blick über die Runde wandern ließ, sah sie dieselbe Überzeugung in den Gesichtern der anderen, denn in gewisser Weise glich Megans Geschichte ihrem Erleben. Sie alle waren auf der Suche nach einem Traum nach Joy's Acre gekommen und waren auf eine harte Probe gestellt worden. Doch trotz aller Prüfungen blieb etwas unverändert: Selbst wenn jemand den Glauben an sich selbst verlor, glaubten sie immer noch alle aneinander.

Erwartungsvolle Stille trat ein, die niemand als Erster brechen wollte, obwohl alle insgeheim hofften, Megan würde es tun.

Schließlich jedoch war es Liam, der sich nervös räusperte und kurz mit den Fingern auf den Tisch trommelte, bevor er in die Innentasche seiner Jacke griff. Er holte einen weißen Umschlag heraus und legte ihn behutsam auf den Tisch, wo er wie eine tickende Zeitbombe wirkte.

Dann strich er sich mit dem Finger über eine Augenbraue und runzelte dabei die Stirn. Schließlich atmete er scharf und hörbar ein.

»Darauf hab ich schon sehnsüchtig gewartet«, sagte er. »Es ist heute angekommen.«

Megan schaute auf.

»Eigentlich wollte ich bis nach deinem Sieg am Samstag damit warten, dir das zu geben. Aber da der Ausgang des Wettbewerbs auf einmal ungewiss ist, würdest du es dann vielleicht für einen Trostpreis halten – und ich könnte es nicht ertragen, wenn du es so betrachtest. So war es nämlich nie gedacht, Megan. Das ist nämlich alles, was ich je gewollt habe.«

Er schob ihr den Umschlag zu. »Nur zu, mach ihn bitte auf.«

Als sie mit den Fingern an den Rändern des weißen Papiers entlangstrich, zitterte ihre Hand leicht. Fragen sprachen aus ihren Augen, doch obwohl sich ihre Lippen bewegten, drangen keine Worte heraus. Dann zog sie den Umschlag mit einer schnellen Bewegung zu sich, öffnete ihn und holte mehrere dicke, cremefarbene Bögen Papier heraus.

Clara spürte, wie alle am Tisch den Atem anhielten, während Megan ein Blatt nach dem anderen überflog. Sie schaute auf, sah Liam in die Augen und senkte den Blick wieder. Eine Hand wanderte wie unbewusst an ihre Brust, bevor sie zu dem Blatt Papier zurückkehrte. Sie schniefte.

»Hier geht's um dein Haus«, sagte sie schließlich. »Aber ich verstehe nicht, was …«

»Es ist eine Übertragungsurkunde«, fiel Liam ihr ins Wort und räusperte sich erneut. »Als meine Oma gestorben ist, hat sie das Haus offensichtlich mir hinterlassen, es war nur auf meinen Namen eingetragen. Ich musste ein paar Arbeiten an der Elektrik und so weiter machen lassen. Inzwischen ist bis auf das Dekor alles erledigt. Im Grunde wie eine leere Leinwand, die darauf wartet, dass der Pinsel angesetzt wird … und ich hatte gehofft, das könnten wir gemeinsam tun …«

Er tippte auf das oberste Blatt, das Megan noch in der Hand hielt. »Das ist von meinem Notar. Wenn du auf der letzten Seite ganz unten deine Unterschrift neben meine setzt, gehört das halbe Haus dir.«

Trixie schnappte aufgeregt nach Luft.

»Ich wollte erst nach Abschluss der Renovierungsarbeiten mit dir darüber reden.« Er verzog das Gesicht. »Wahrscheinlich hast du deshalb gedacht, ich will nicht, dass du bei mir einziehst.« Behutsam nahm er ihr die Dokumente ab, beugte sich vor und ergriff ihre Hand. »Du hast mich mal danach gefragt, und ich habe das Thema gewissermaßen abgewürgt, weil ich es richtig machen wollte, Megan. Ich wollte nicht, dass du einfach so bei mir einziehst …«

Wieder fasste er in die Jackentasche. Diesmal brachte er eine kleine rote Samtschatulle zum Vorschein und legte sie auf die Dokumente. »Ich wollte, dass du als meine Frau mit mir in unserem Haus wohnst …«

Megans Finger schlossen sich um die Schatulle, als ihr die erste Träne über das Gesicht kullerte. »Oh mein Gott«, hauchte sie. Ihre Lippen bebten.

Liams Stuhl schrammte über die Bodenfliesen, als er ihn vom Tisch zurückschob und auf ein Knie sank.

»Megan Forrester, erweist du mir die Ehre, meine Frau zu werden?«

Kapitel 26

Clara nahm von Liam den letzten Kuchen entgegen und stellte ihn auf den Tisch. Noch war das Erfrischungszelt menschenleer, aber es würde der bestbesuchte Tag des Wettbewerbs werden, und sie waren dafür gewappnet. Trixie hatte sich diesmal wirklich selbst übertroffen. Der Tisch bog sich unter der Fülle der süßen Angebote beinahe durch.

»Ich kann immer noch nicht fassen, dass du Megan vor aller Augen einen Heiratsantrag gemacht hast«, sagte Clara. »Dafür verdienst du mindestens eine Tapferkeitsmedaille.«

Liam verdrehte die Augen. »Mir ist erst im Nachhinein der Gedanke gekommen, was passiert wäre, wenn sie abgelehnt hätte. Vermutlich wäre ich in Ohnmacht gefallen. Aber zu dem Zeitpunkt hat es sich genau richtig angefühlt, so komisch es klingen mag.«

Clara lachte. »Das ist gar nicht komisch. Solche Dinge passieren andauernd in Joy's Acre. Jedenfalls hast du damit wahrscheinlich einen Haufen Pluspunkte abgesahnt. Frauen schätzen große Gesten in der Regel. Und das war eine ziemlich große.«

Spontan umarmte sie ihn. »Jedenfalls freu ich mich so für euch. Was auch immer heute passiert, haltet einfach aneinander fest, dann wird alles gut für euch. Wie geht's Megan?«

»Sagen wir es so: Als wir in die Schmiede gekommen sind, hat Julian fröhlich einen guten Morgen herübergerufen. Das hört sich jetzt netter an, als es war. Er hat eine ganz eigene Art, sogar einen harmlosen Gruß selbstgefällig klingen zu lassen. Megan ist an ihm vorbeigegangen, ohne mit der Wimper zu zucken, und hat gesagt: ›Ich werd dich so was von fertigmachen, du wertloser A…‹ Na ja, das letzte Wort kannst du dir sicher denken.«

Claras Augen wurden groß. »Du meine Güte … Aber das ist wahrscheinlich gut, meinst du nicht auch? Zeugt doch von Kampfgeist, finde ich.«

»Ja. Megan wird auf jeden Fall ihr Bestes in die Waagschale werfen. Mehr kann sie eh nicht tun. Der Rest liegt bei den Juroren.«

Die drei Finalisten arbeiteten seit mittlerweile etwa drei Stunden, und die Zahl der Zuschauer übertraf bei Weitem die der vergangenen Wochen. Die Vertreter des National Trust waren gerade eingetroffen und würden den Tag mit den Preisrichtern des Wettbewerbs verbringen, um die bisherigen Arbeiten der Teilnehmer, ihre Entwürfe und natürlich die laufenden Arbeiten zu begutachten. Mit Sicherheit würde ihnen binnen kürzester Zeit auffallen, dass zwei der Finalbeiträge praktisch identisch waren. Was danach geschah, würde entscheidend sein.

Womöglich würde an der Stelle der gesamte Wettbewerb abgebrochen und für ungültig erklärt. Oder vielleicht würde man automatisch den dritten Teilnehmer zum Sieger erklären. Sie konnten um Megans willen alle nur hoffen, dass die Jury den Wettbewerb weiterlaufen lassen und sich erst bei der endgültigen Entscheidungsfindung mit der Frage eines möglichen Betrugs auseinandersetzen würde. Seth und Declan waren bereit, sich dann für Megan einzusetzen. Es bereits im Vorfeld der Entscheidung zu tun, erschien ihnen eher kontraproduktiv. Außerdem war die Vergabe des Auftrags eine völlig andere Sache. Die Juroren des National Trust hatten sich ja das Recht vorbehalten, ihn zurückzuhalten. Immerhin würde das Tor eines der Anwesen in ihrer Obhut zieren und musste ihrer Investition würdig sein. Clara konnte sich nicht vorstellen, dass sie ignorieren könnten, was vorgefallen war. Und niemand musste ihr erklären, was das bedeuten könnte.

Bang schaute sie zum Eingang des Zelts, doch von Seth fehlte nach wie vor jede Spur. Etwas stand fest: Es würde ein sehr langer Tag werden.

»Liam, tust du mir einen Gefallen und passt hier für ein paar Minuten auf alles auf? Normalerweise bringe ich um die Zeit allen was zu trinken, und ich muss unbedingt wissen, was vor sich geht.«

Er nickte. »Klar, kein Problem. Ich weiß sowieso nicht, was ich machen soll. Irgendwie komme ich mir wie ein Ersatzteil vor.«

Sie bedachte ihn mit einem mitfühlenden Lächeln. »Maddie wird bald hier sein. Wir haben noch nicht geöffnet, du solltest also niemanden bedienen müssen. Pass nur auf, dass keiner die Kuchen stibitzt.« Sie musterte Liams angespannte Züge. »Du kannst dir natürlich ruhig etwas nehmen … vielleicht hilft es.«

Da es nur noch drei Teilnehmer gab, dauerte es nicht lange, ein Tablett mit Getränken zu beladen. Claras Magen krampfte sich zusammen, während sie es über den Hof trug. An den Lärm der Schmieden, das rhythmische Klirren von Metall auf Metall, hatte sie sich längst gewöhnt. An diesem Morgen jedoch schwang darin eine frenetische Energie mit, die man in jedem Ton hörte.

»Morgen, Peter«, rief sie, als sie die erste Schmiede betrat und einen der Krüge auf einer Werkbank abstellte. Der Schmied schaute lächelnd auf und nickte zum Dank zu, arbeitete aber wortlos weiter. Clara seufzte. Es war für alle so schwer.

An Peter hatten sie wohl die wenigsten Gedanken verschwendet. Während Clara ihn beobachtete und daran dachte, was die vertrackte Situation für ihn bedeutete, fühlte sie sich schrecklich. Er war ein ruhiger Mann, ein tüchtiger Schmied, der sein Handwerk beherrschte und während des gesamten Wettbewerbs solide gearbeitet hatte. Dennoch würde er völlig unverschuldet in die Sache verstrickt werden. Auch er hatte Augen im Kopf. Clara ging zur Schautafel mit seinem Entwurf hinüber und betrachtete ihn. Zweifellos hatte er längst seine eigenen Schlüsse darüber gezogen, was sich bei den beiden anderen Teilnehmern abspielte. Dennoch hatte er kein einziges Wort darüber verloren.

Die Tafeln hatte man erst an diesem Tag aufgehängt, damit sich die Juroren die Entwürfe der Teilnehmer ansehen konnten. Während Clara den von Peter studierte, erkannte sie auf Anhieb den Unterschied zwischen ihm und Megan. Peters Arbeit war solide und traditionell, aber es bestand kein Zweifel daran, dass ihm Megans künstlerischer Einschlag fehlte. Seine Skizzen waren nicht annähernd so raffiniert und ausgeschmückt wie ihre. Er setzte stattdessen auf Geflechte und Schnörkel, die seinem Gesamtentwurf zwar etwas Erhabenes verliehen, allerdings eher konventionell und nicht besonders originell.

Clara wünschte Peter viel Glück, bevor sie ging und die nächste Schmiede betrat. Auch Julian arbeitete fleißig. Überrascht stellte sie fest, wie weit er bereits war. Er schien Megan deutlich voraus zu sein. Und obwohl sie sofort erkannte, dass er das Design von ihr kopiert hatte, ließen sich gewaltige Unterschiede bei der Ausgestaltung des physischen Tores nicht übersehen. Sie äußerten sich nicht in der Form, sondern in der völlig verschiedenen handwerklichen Umsetzung.

Clara stellte Julians Tee auf der Werkbank ab und wollte gerade gehen, als er das Stück Metall, das er gerade bearbeitete, zurück in die Esse schob und neben sie trat. Sie bemühte sich, unbekümmert zu wirken, als wäre sie nicht wirklich interessiert daran, was vor sich ging. Zu ihrem Entsetzen ergriff er seinen Becher und lächelte sie breit an.

»Du bist doch Megans Freundin von der Farm, nicht wahr?«

»Ich arbeite dort, ja«, antwortete sie, fest entschlossen, so vage wie möglich zu bleiben.

»Dachte ich mir. Du bist auch mit dem Kerl befreundet, der die ganze Woche herumgeschnüffelt hat. Der zu glauben scheint, er könne einer bestimmten Teilnehmerin helfen, ohne dass es jemand merkt.«

Clara beäugte ihn misstrauisch. »Falls du Seth meinst, der war diese Woche deshalb hier, weil das zu seinen Aufgaben gehört. Man kann von einer über achtzig Jahre alten Dame wohl kaum erwarten, dass sie allein alles für den Wettbewerb organisiert. Außerdem kümmert sich Seth um einen Großteil der Wartungsarbeiten hier. Schon seit Jahren.«

»Verstehe. Dann ist es wohl reiner Zufall, dass er sich bei den Juroren so anbiedert, was?«

»Na ja, da sie die Mitorganisatoren des Wettbewerbs sind, lässt sich der Umgang mit ihnen nicht wirklich vermeiden.« Sie lächelte zuckersüß.

»Oder liegt's daran, dass er nicht nur das Haus der alten Dame in Schuss hält?«

Clara begegnete seinem Blick gelassen. »Meine Güte, das klingt beinah so, als wolltest du ihm Betrug vorwerfen. Ich kann dir versichern, dass sich Seth nie zu so was herablassen würde. Dafür muss man schon ein rückgratloser, skrupelloser Mistkerl sein, nicht wahr?«

Das widerliche Lächeln verschwand aus Julians Gesicht. Clara hatte keine Lust, sich weiteren Schwachsinn von ihm anzuhören.

»Wie auch immer, ich muss los, tut mir leid. Ich will nicht, dass Megans Tee kalt wird.«

Darin lag zumindest ein Körnchen Wahrheit. Wenig später reichte sie Megan ihr Getränk und beobachtete besorgt, wie die Schmiedin die Finger verkrampft um den Becher legte.

»Ich bin so nervös«, klagte sie. »Mein Mund ist staubtrocken.« Sie nippte an ihrem Tee. »Dass die Juroren schon mehrmals vorbeigekommen sind und Fragen gestellt haben, ist auch nicht gerade hilfreich. Ich konnte kaum mit ihnen reden.«

»Ja, Julian hat so was erwähnt. Aber das ist ihre Aufgabe, Megan, vergiss das nicht. Das hat nichts zu bedeuten. Was für Fragen haben sie denn gestellt?«

»Ziemlich allgemeine. Ob ich erklären könnte, warum ich mich für das Design entschieden habe. Woher ich meine Inspiration hatte. Ob der Entwurf auf etwas basiert, das ich schon mal gemacht habe.«

»Also lauter zu erwartende Fragen?«

Sie nickte. »Denke schon.«

»Dann würde ich sagen, dass vorerst alles gut ist.«

***

Das aufkommende Gerede und die Gerüchte bekam Clara erst nach dem Mittagessen richtig mit. Am Vormittag hatten die zahlreichen Gäste im Erfrischungszelt für eine freundliche Atmosphäre gesorgt, wenngleich eine Erwartung in der Luft gelegen hatte. Soweit sie es beurteilen konnte, waren die Äußerungen durchweg lobend gewesen. Es ließ sich schwer sagen, wann sich das zu ändern begann, aber allmählich wurde Clara bewusst, dass der Grundtenor der Unterhaltungen schärfer wurde. Und nicht nur das, Maddie hatte mehrere Gesprächsfetzen aufgeschnappt, die ihre Befürchtungen zu bestätigen schienen. Die Leute redeten – und größtenteils über Megan.

Seit einer Weile war es weder Maddie noch ihr gelungen, genug Zeit zu finden, um das Zelt zu verlassen. Deshalb war Clara erleichtert, als sie von ihrem neuesten Kunden aufschaute und Seth auf sich zukommen sah.

»Keine guten Neuigkeiten fürchte ich«, sagte er, sobald der Kunde gegangen war. »Es kursiert das Gerücht, dass sowohl Megan als auch Julian disqualifiziert werden sollen. Keine Ahnung, woher das kommt, von den Juroren hab ich es jedenfalls nicht gehört. Die sind schon den ganzen Tag ungewöhnlich wortkarg. Aber die Gerüchteküche brodelt gewaltig.«

Claras Mut sank, obwohl sie gewusst hatte, dass alles andere wohl unwahrscheinlich gewesen wäre. »Das ist so unfair.«

»Ja. Ist es. Ich komme gerade von Megan. Niemand hat ihr Fragen über möglichen Betrug gestellt. Sofern sie also überhaupt Gelegenheit erhält, sich zu verteidigen, dann wohl erst in letzter Minute. Liam ist jetzt bei ihr, falls jemand vor der Bewertung mit ihr reden will. Nur da sie schon um drei Uhr stattfinden soll, bleibt dafür nicht mehr viel Zeit.«

Clara sah auf ihre Uhr. Es ging auf halb drei zu.

»Ich schreibe Trixie und bitte sie, sofort herzukommen. Wir brauchen jetzt alle, die Megan gegen Julian unterstützen können. Sind Declan und du bereit?«

Seth schaute entschlossen drein. »So bereit, wie wir sein können.«

Clara wollte gerade etwas hinzufügen, als ihr auffiel, dass sich das allgemeine Gewimmel im Zelt in einen steten Strom zum Ausgang verwandelt hatte – wo sie Declan sichtete, der wild in ihre Richtung winkte.

»Ihr müsst sofort mit ins Beurteilungszelt kommen«, sagte er, als er sie erreichte. »Die Juroren haben eine Bekanntgabe angekündigt.«

***

»Wenn ich um Ruhe bitten darf …«

Clara spürte, wie sich Declans Finger mit ihren verflochten.

»Meine Damen und Herren, bitte … ich bitte um Ruhe, damit sich die Juroren an Sie wenden können.«

Zwei der Preisrichter und die Vertreter des National Trust standen auf einer kleinen Bühne vorn im Zelt. Der dritte

Richter lief vor ihnen auf und ab und versuchte, bemerkt zu werden und sich vor allem Gehör zu verschaffen, obwohl er sogar ein Mikrofon in der Hand hielt. Liam hatte die Arme um Megan geschlungen. Die beiden standen ein Stück weiter vorn als Clara. Peter und Julian entdeckte sie nirgends. Allerdings herrschte auch ein dichtes Gedränge. Man konnte unmöglich an der Masse der Menschen vorbeisehen.

»Meine Damen und Herren, bitte.« Auf seine Worte folgte ein lauter, schriller Pfiff aus dem Publikum, der das Raunen der Anwesenden endlich zum Verklingen brachte.

»Danke. Wie Sie wissen, findet heute die Finalrunde des Wettbewerbs statt. Für unsere drei Schmiede läuft die Zeit nun ab, nachdem sie eine volle Woche an ihren Entwürfen gearbeitet haben.«

»Ja, zumindest einer davon!«

Die Stimme aus der Menge hallte laut durch das Zelt. Als bei der Bemerkung ein belustigtes Kichern durch die Menge ging, klappte Clara die Kinnlade hinunter. Wie konnten die Leute daran etwas komisch finden?

»Leider sind wir nach mehreren Wochen eines bislang hervorragenden Wettbewerbs heute auf eine ziemlich ernste Angelegenheit aufmerksam geworden. Es erfüllt mich mit tiefem Bedauern, Ihnen mitteilen zu müssen, dass infolgedessen sowohl Julian Bamford als auch Megan Forrester disqualifiziert werden.«

Was?

Die Geräuschkulisse schwoll abrupt an.

Clara wirbelte herum und sah Declan an. *Oh, das ist so ungerecht! Sie liefern nicht mal irgendeine Erklärung, was vorgefallen ist …*

»Und in weiterer Folge … in weiterer Folge …« Wieder hatte der Preisrichter erhebliche Mühe, sich bei all dem Lärm Gehör zu verschaffen. »… haben wir uns darauf geeinigt, Peter Fielding zum diesjährigen Gewinner zu erklären!«

Die Menge brach in laute Rufe, Beifall, Gejohle und Pfiffe aus.

»Peter, wenn Sie bitte vortreten.«

Clara versuchte mitzubekommen, was vor sich ging, konnte jedoch nicht über die Köpfe der dicht gedrängten Menschen sehen. Sie drängte sich nach vorn, bis sie an Megans Seite war. Gleich darauf trafen auch Seth und Maddie bei ihnen ein.

Liam hatte Megan aus seinen Armen entlassen. Zu Claras Erstaunen stand sie mit zwar resignierter, aber gefasster Miene in der Mitte ihres kleinen Kreises.

»Ist schon gut«, sagte sie. »Ehrlich, passt schon. Damit habe ich gerechnet.«

Es brach Clara das Herz zu sehen, wie Megan trotz ihres Schmerzes fest entschlossen an den Resten ihres Muts und ihrer Würde festhielt.

»Aber du hast nicht mal die Gelegenheit für eine Erklärung bekommen!«

Megan nickte. »Die Regeln sind unmissverständlich. Bei Anzeichen dafür, dass ein Schmied versucht, sich einen Vorteil gegenüber anderen zu verschaffen, wird er disqualifiziert. Ich kann von ihnen nicht erwarten, dass sie Richter *und* Geschworene sind. Sie hatten gar keine Möglichkeit, anders zu entscheiden.« Sie lächelte Liam an. »Ich hole mir den Sieg schon noch«, sagte sie. »Irgendwann.«

Clara spürte im Hals einen dicken Kloß, der auf eine Mischung von Gefühlen zurückging. Im Augenblick stach daraus jedoch vor allem Stolz hervor.

Sie trat einen Schritt zurück, bis sie Megan direkt gegenüberstand. »Dafür spende ich dir meinen Beifall«, sagte sie. Und damit begann sie zu klatschen. Maddie und Seth stimmten darin ein, gefolgt von Liam mit einem Gesichtsausdruck, den Megan hoffentlich nie vergessen würde.

Ein schriller Pfiff ertönte, als Peter die Bühne betrat und das Mikrofon übernahm. Im Nu trat Stille im Zelt ein.

Clara reckte den Hals, um etwas zu sehen.

»Hallo …«, begann er. »Tut mir leid, ich bitte um Nachsicht. Bin's nicht gewohnt, vor so vielen Leuten zu reden.« Er räusperte sich. »Ich möchte mich nur bedanken … bei den Juroren, bei den anderen Teilnehmern, bei Agatha dafür, dass wir wieder hier sein dürfen und so herzlich behandelt werden … und bei allen, die heute hergekommen sind.«

Lauter Beifall brach aus.

»Es war ein harter Wettbewerb. Der dritte, an dem ich teilgenommen habe. Ich muss schon sagen, es ist etwas ganz Besonderes, hier oben zu stehen …« Kurz verstummte er und schaute zu den Juroren, die rechts von ihm standen. »Aber so leid es mir tut, ich kann den Preis nicht annehmen.«

Es dauerte ein paar Sekunden, bis seine Worte sackten. Alle hatten bereits dazu angesetzt, erneut zu applaudieren. Es ertönte sogar vereinzelter Beifall, bevor die Hände abrupt erstarrten, als Peters Worte verarbeitet wurden. Dann ging eine Schockwelle der Verwirrung durch das Zelt, und Clara beobachtete, wie sich Köpfe drehten, als sich die Leute gegenseitig verdattert ansahen.

»Wisst ihr, es ist einfach so, dass ich heute weder den besten Entwurf noch das beste Tor abgeliefert habe. Mir ist klar, dass die Jury eine schwierige Entscheidung zu treffen hatte, und ich bin sehr dankbar, dass man mich zum Gewinner erklärt hat. Trotzdem will, nein kann ich es nicht annehmen. Weil wir jemanden hier haben, der es mehr verdient als ich.«

Die Menge geriet außer Rand und Band, als Peter die Bühne verließ. Megan sah sich mit großen Augen um, im Gesicht denselben verblüfften Ausdruck wie alle um sie herum. Mit der Hand vor dem Mund starrte sie schließlich Liam an, als wolle sie ihn stumm fragen, ob er gerade dasselbe gehört hatte wie sie. Clara hatte keine Ahnung, was als Nächstes passieren würde.

Der Wirbel im Zelt wurde lauter und lauter. Und obwohl Clara die Juroren nicht sehen konnte, hatte sie eine gute Vorstellung davon, welches Chaos gerade vorne an der Bühne herrschen musste. Mehrere Minuten lang ging es so weiter. Claras Herz pochte wild, während alle darauf warteten, dass sich irgendetwas tat.

Plötzlich ertönte über das Mikrofon eine Stimme.

»Meine Damen und Herren … ich ersuche Miss Forrester und Mr. Bamford, in den Bühnenbereich zu kommen. Und Sie alle bitte ich um etwas Geduld, während die Jury berät, wie … äh, wie wir weiter vorgehen.«

»Donnerwetter«, entfuhr es Seth. »Ich wette, die sind mit der Situation gerade hoffnungslos überfordert.«

Liam führte Megan bereits nach vorn. Schnell folgte Clara der Schneise, die sie sich durch das Publikum bahnten. Sie wollte auf keinen Fall zurückbleiben. Rasch warf sie einen Blick zu Declan und sah erleichtert, dass er nickte und ihr ebenso folgte wie Maddie und Seth. Megan wäre nicht allein.

Kaum hatte sie den Rand der Bühne erreicht, blieb sie abrupt stehen und zog an Liams Hand. Widerstreitende Emotionen kämpften in ihrem Gesicht um die Vorherrschaft.

»Ich kann das nicht«, flüsterte sie. »Die werden mir nicht glauben.«

»Doch, du kannst das«, beteuerte er eindringlich. »Komm jetzt, wir sind alle bei dir.«

Aber ihre Füße schienen plötzlich wie angewurzelt zu sein. Es hatte sie nahezu alle Kraft gekostet, es so weit zu schaffen. Und die Anstrengung, sich im Angesicht der Schmach ihre Würde zu bewahren, hatte ihr offenbar den letzten Rest geraubt.

Liam zog sie an sich und drückte ihr einen zärtlichen Kuss auf die Lippen. Dann hielt er einfach ihre Hände und stand bei ihr, begegnete ihrem bangen Blick mit einem Ausdruck von Liebe und Ermutigung im Gesicht. Er ließ eine Hand los, kramte in der Tasche und holte die gleiche rote Samtschatulle wie am vergangenen Abend heraus. Sie enthielt Megans Ring, den sie an diesem Tag eigentlich unbedingt tragen wollte. Aber in letzter Minute hatte sie ihn wieder abgenommen, weil sie nicht wollte, dass er verloren ging oder beschädigt wurde. Liam steckte ihn ihr zurück an den Finger.

»Den wirst du brauchen«, sagte er. »Lass es nicht einfach auf sich beruhen, Megan. Du bist eine starke, findige Frau, wunderschön, unglaublich talentiert – und die Einzige, die ich je geliebt habe. Schon als kleiner Junge war jeder Blick auf dich für mich wie ein Blick auf die Sterne. Und wenn du mich angesehen hast, hatte ich das Gefühl, von Licht erfüllt zu werden. Ich konnte es gar nicht fassen, als aus unserer Freundschaft mehr geworden ist. Kann ich eigentlich immer noch nicht. Aber ich glaube an uns, und vor allem werde ich immer an dich glauben.«

Plötzlich hatte Clara Tränen in den Augen. Sie spürte, wie sich Declans warme Hand um ihre Taille legte. Seine andere Hand ergriff die ihre, und sie hob sie sich ans Herz.

Megan nickte zittrig und holte tief Luft. »Ich liebe dich«, flüsterte sie. Damit trat sie an Julians Seite und setzte sich mit ihm in Bewegung. Peter gab lächelnd den Platz für sie frei.

Als Erster näherte sich ihr der Vorsitzende der Jury.

»Miss Forrester. Bestimmt muss ich Ihnen den Ernst der Angelegenheit nicht erklären. Aber unter den gegebenen Umständen haben wir wohl keine andere Wahl, als Sie beide sprechen zu lassen. Vielleicht möchten Sie den Anfang machen.«

Sie schluckte. »Ich bin keine Betrügerin«, erklärte sie. »Und da ich nichts Unrechtes getan habe, finde ich, dass ich nicht disqualifiziert werden sollte. Damit würde ich mit Mr. Bamford in einen Topf geworfen. Und das will ich nicht akzeptieren. Er hat nicht nur meinen Entwurf kopiert und ihn dadurch in den Dreck gezogen, er wollte auch die unheimliche Menge harter Arbeit sabotieren, die ich in diesen Wettbewerb gesteckt habe. Ich habe nichts dergleichen getan, sondern nur mein Bestes gegeben und mich an alle Regeln gehalten. Daher möchte ich, dass meine Arbeit nach der Erfüllung der Vorgaben und der Ausführung des Entwurfs beurteilt wird.«

»Und dass du den Entwurf aus meinem Auto gestohlen hast, betrachtest du als nichts Unrechtes, ja?«, kam es spöttisch von Julian. »Du hast schlimmere Wahnvorstellungen, als ich dachte.«

Der Vorsitzende der Jury hob die Hand. »Mr. Bamford, ich glaube nicht, dass ich Ihnen schon das Wort erteilt habe. Aber da Sie es schon ergriffen haben, ist das Ihre Sicht der Dinge?«

Julian nickte. »Ja, ich will damit sagen, dass genau das passiert ist. Alle hier in der Gegend kennen mein Auto. Ich bin oft in der Ortschaft. Wäre nicht schwer für sie gewesen, mir die Sachen zu klauen. Ich hatte die Zeichnungen in einer Mappe auf dem Beifahrersitz liegen gelassen.«

»Na, wie praktisch«, raunte Megan. »Warum sollte ich deine Skizzen klauen wollen, Julian? Ich hatte längst meine eigenen voll ausgearbeitet.«

Clara sah Liam an. Sie wusste, dass sich Julian nicht kampflos geschlagen geben würde. Aber es stand immer noch die Gefahr einer Anschuldigung von Donna im Raum, deshalb musste sich Megan vorsehen. Sie hatten keine Ahnung, ob Trixies Warnung Donna davon abgehalten hatte, Julian von ihrem Verhör zu erzählen. So oder so musste Megan die Einzelheiten darüber, wie Julian an ihren Entwurf gelangt war, so vage wie möglich halten – wenn es irgendwie ginge. Julian hatte sie schon immer mit Vorliebe bei jeder Gelegenheit gereizt und würde wohl kaum ausgerechnet jetzt damit aufhören.

»Na ja, ich würde sagen, weil mein Entwurf besser war als deiner«, erwiderte er. »Immerhin hast du ja nicht wirklich viel an Erfahrung vorzuweisen, oder? Frisch von der Schule, noch nie echte Gestaltungsvorgaben von einem Kunden gekriegt und verzweifelt, dir einen Namen zu machen. Die Branche ist hart, Megan, vor allem für …«

»Für wen, Julian?«

»Für jemand so Jungen«, antwortete er mit einem süffisanten Grinsen. Er wusste haargenau, welchem Fettnäpfchen er gerade aalglatt ausgewichen war. Vielleicht war er doch nicht so dumm, wie er aussah.

Wieder hob der Vorsitzende der Jury die Hand.

»So kommen wir nicht weiter. Sie bezichtigen sich gegenseitig des Betrugs, und eine Diskussion über die Motive bringt uns der Wahrheit nicht näher. Was ich brauche, sind Beweise, sonst steht aus meiner Sicht Wort gegen Wort.«

Claras Mut sank, als sie in Liams angespannte Züge sah. Das Einzige, was Megan noch anführen könnte, würde ihn der Gefahr wüster Anschuldigungen von Donna aussetzen. Zugleich jedoch schien die Wahrheit darüber, was passiert war, das Einzige zu sein, das Megan noch retten könnte. Liam hatte sie unabsichtlich in eine unmögliche Lage gebracht.

»Mr. Bamford, haben Sie noch etwas hinzuzufügen?«

Zornig schüttelte Julian den Kopf.

»Und Sie, Miss Forrester?«

Megan sah Liam an und lächelte verhalten. »Nein«, antwortete sie. »Habe ich leider nicht.«

»Dann müssen wir uns wohl damit abfinden, dass unsere ursprüngliche Entscheidung bestehen bleibt. Meine Herren, sehen Sie das auch so?« Er drehte sich zu seinen Kollegen um.

»Oh, Mann, das ist ja grauenhaft«, ergriff Declan das Wort. »Es muss sich doch irgendwie beweisen lassen, dass es ursprünglich Megans Entwurf war … Liam, fällt dir denn gar nichts ein, das helfen könnte? Irgendetwas, das Julian unmöglich über Megans Design wissen kann?«

Liams Augen wurden groß. »Verdammt, die Fotos! Herrgott, warum haben wir nicht schon längst daran gedacht?« Er trat mehrere Schritte vor. »Megan, dein Handy! Zeig ihnen dein Telefon mit den Bildern, die du bei unserem Besuch beim Schloss gemacht hast. Sag ihnen, wieso dein Entwurf dafür funktioniert …«

Megan brauchte einen Augenblick, bis sie begriff, was Liam meinte. Dann jedoch kramte sie hektisch in der Tasche. »Moment!«, rief sie. »Ich habe doch etwas …«

Mit zittrigen Händen rief sie am Handy die Fotos auf und blätterte sie mit konzentrierter Miene durch.

»Hier, sehen Sie«, sagte sie und reichte das Gerät einem der Juroren. »Daher habe ich meine Inspiration für den Entwurf. Wenn Sie die Bilder mit meinen Skizzen vergleichen, werden Sie erkennen, was ich meine.«

Er kam ihrer Aufforderung nach und ging zu den Schautafeln an der Seite der Bühne, wo man die Entwürfe aufgehängt hatte. Das Telefon wurde an seine Kollegen weitergereicht. Danach steckten sie die Köpfe zusammen. Es fühlte sich wie eine Ewigkeit an, bis der Vorsitzende der Jury mit dem Handy zurückkam.

»Miss Forrester, es ist ersichtlich, dass Sie die Elemente von den Fotos sehr sorgfältig kopiert haben. Aber bei allem Respekt, das sind Bilder vom Originaltor mit Blick auf die Gärten dahinter. Das ist ein überaus populäres Motiv. Ich verstehe nicht ganz, wie …«

»Dann fragen Sie ihn«, argumentierte Megan. »Fragen Sie Julian, wie er auf den Entwurf gekommen ist. Ich wette, er kann es Ihnen nicht sagen. Fragen Sie ihn, was besonders daran ist.«

Julian hatte eine Gewittermiene aufgesetzt. »Na ja, das hat der Mann doch gerade gesagt, nicht wahr? Jeder kennt diese

Fotos. Ich hab sie mir genau wie du angesehen und entschieden, dass sich das Motiv hervorragend für das Tor eignet. Mit den Bäumen in der Mitte und den Blättern und so. Ist ja wohl ziemlich offensichtlich, Megan.«

»Nein, das hab ich nicht gefragt … Was ist besonders daran? Los, Julian, sag es uns!«

»Miss Forrester, ich bin mir nicht sicher, ob das irgendwohin führt, also …«

»Bitte«, fiel sie dem Juror flehentlich ins Wort. »Es ist wichtig.«

Langsam trat einer der anderen Juroren vor – der große Mann mit dem buschigen braunen Bart. Er warf einen Blick auf Megans Handy, dann schaute er zurück zu ihren Skizzen. »Ich denke, ich würde das gern hören«, verkündete er. »Allmählich verstehe ich nämlich, was Sie meinen.«

Megan holte tief Luft. »Also, ich weiß nicht viel über das Schloss. Sehr wohl aber weiß ich, dass die Gärten berühmt sind. Wohin man auch schaut, überall sind Blickfänger, die Aufmerksamkeit auf sich ziehen. Ein bisschen wie die Kulissen einer Bühne. Ich weiß, dass man diese Technik in der Landschaftsgestaltung einsetzt. Wo ich derzeit wohne, in Joy's Acre, macht Clara dasselbe. Wo man auch steht, fügt sich immer alles zu einem perfekten Bild zusammen …«

Clara spürte, wie Declan sie sanft stupste.

»Als ich mir das Tor an dem Tag, an dem ich für die Fotos dort war, angesehen habe, ist mir der perfekten Rahmen des Gartens dahinter aufgefallen. Da ist der riesige Baum in der Mitte mit den Konturen der Hügel dahinter. Vor dem Baum verläuft der Weg vorbei. Und dann die Blumen … Mein Entwurf ahmt die Ansicht nicht nur nach, er spiegelt sie sorgfältig wider. Ich habe ihn so skaliert, dass die Details auf dem Tor exakt mit dem übereinstimmen, was man dahinter sehen kann. Als wäre es überlagert. Allerdings nur, wenn man genau dort steht, wo ich beim Fotografieren gestanden habe …«

Sie zeigte auf ihr Telefon, das der Juror nach wie vor in der Hand hielt. »Schauen Sie noch mal hin«, sagte sie. »Dann sehen Sie, was ich meine.«

Verblüffte Blicke wurden gewechselt, bevor der bärtige Preisrichter ein breites Lächeln aufsetzte. »Meine Güte, ist das raffiniert«, sagte er.

Clara wurde plötzlich bewusst, dass hinter ihr Lärm anschwoll. Die letzten Minuten hatten sich angefühlt, als stünden sie alle in einem abgetrennten Raum, so sehr hatte sie sich auf das Geschehen konzentriert. Nun setzten plötzlich die Umgebungsgeräusche wieder ein.

Liam löste sich von der Gruppe, rannte nach vorn, zog Megan in eine stürmische Umarmung, hob sie von den Beinen und wirbelte sie im Kreis herum. Peter blieb mit einem breiten Grinsen im Hintergrund. Julian stapfte mit hochrotem Kopf an ihm vorbei und hinten durch den Zelteingang hinaus.

Einer der Juroren berührte Peter am Arm. Clara sah die Antwort auf die Frage des Mannes in seinem Gesicht, noch bevor er nickte und Megan direkt ansah. Dann begann er zu klatschen. Innerhalb von Sekunden stimmten alle um sie herum darin ein. Megan stand mittendrin und grinste von einem Ohr zum anderen, während Liam ihre Hand hoch in die Luft streckte.

Declan drückte Clara an sich und küsste sie so leidenschaftlich, dass ihr einen Moment lang Hören und Sehen verging. Dann zog er sich grinsend zurück, ging zu Peter hinüber und schüttelte ihm die Hand, bevor sie beide applaudierten, so laut sie konnten.

Immer mehr Leute bekamen mit, was vor sich ging, und der Lärm schwoll unaufhörlich an. Clara fuhr vor Schreck fast aus der Haut, als sie eine Hand auf der Schulter spürte. Vor sich erblickte sie Trixie mit einer Miene wie die Grinsekatze.

»Meine Damen und Herren …«, sagte der Vorsitzende der Jury ins Mikrofon.

»Sie hat's geschafft! Verdammt, sie hat's wirklich geschafft«, quiekte Trixie in Claras Ohr, bevor sie die Arme um sie warf und sie fest an sich drückte.

»Und wir auch! Was für ein Team!«

Clara sah sie an und spürte, wie ihr frische Tränen in die Augen traten, denn Trixie hatte völlig recht. Sie alle hatten es geschafft, jede und jeder Einzelne von ihnen.

Kapitel 27

Seth warf ein weiteres Holzscheit ins Feuer, dann setzte er sich wieder neben Maddie auf die Bank und streckte die Beine vor sich aus.

»Ich denke, wir sollten es zur Regel erheben, jeden Sonntag so zu gestalten«, schlug er vor.

Neben ihm erhob Maddie ihr Glas.

»Klingt gut«, befand sie. »Ich glaube kaum, dass dir irgendjemand von uns widersprechen wird.«

»Weil wir alle zu schlapp dafür sind«, scherzte Tom.

Wahrscheinlich stimmte es sogar, trotzdem lachten alle. Nur Megan und Liam fehlten in der Gruppe. Megan war wenig überraschend am vergangenen Abend mit Liam nach Hause gefahren. Die beiden wollten an diesem Tag in aller Ruhe auf ihre Weise Megans Sieg feiern. Natürlich wollten sie auch dringend benötigte Zeit miteinander verbringen. Vielleicht würden sie sogar bereits mit der Planung ihres gemeinsamen Lebens beginnen.

Für alle anderen in Joy's Acre war es ein Tag der Rückkehr zur Normalität gewesen. Sie hatten Schlaf nachgeholt und das getan, was sie genossen und am besten konnten. Dazu gehörte ein recht spätes, aber nichtsdestotrotz großartiges Essen üppigster Ausmaße.

Mittlerweile saßen sie draußen, jeder mit einem Glas Wein in der Hand, und genossen einen perfekten Herbstabend. Die Sonnenstrahlen fielen in schrägem Winkel auf den Garten. Schon bald würden die Tage noch kürzer werden, doch vorerst erfreuten sich alle am goldenen Licht, dem die Flammen der Feuerstelle zusätzliche Wärme verliehen.

Seth hatte diese Tradition vor Jahren begonnen. Clara vermittelte sie immer ein wohliges Gefühl von Frieden im Garten, der sich allmählich für den Winter einzurichten begann. Ihre Tage hektischen Treibens waren für dieses Jahr vorbei. Bis zur Rückkehr des Frühlings im nächsten Jahr würde sich ein gemächlicherer Rhythmus einstellen. Das Feuer würde jeden Tag angezündet werden, damit sie alle es genießen konnten, während sie um die Cottages herum arbeiteten, ein Plätzchen, an dem man sich hinsetzen und sich aufwärmen konnte, während man bei einem Tässchen Tee plauderte oder einfach nur ins Leere schaute und entspannte.

»Wie lange noch, bis das Dach beim *Blacksmith's Cottage* fertig ist, Tom?«, fragte Seth. »Können wir es bald in Betrieb nehmen?«

»Ja. Schätze, eine Woche oder so. Natürlich nur, weil du dich inzwischen nicht mehr alle fünf Minuten verdrückst, um was anderes zu machen.«

Seth verdrehte die Augen. »Tatsächlich bin ich froh, wieder ganz hier zu sein. Ich denke, das sind wir alle. Fühlt sich fast so an, als wären wir alle nach Hause zurückgekehrt. Auch wenn wir nicht wirklich weg gewesen sind, ich finde, es ist an der Zeit, Joy's Acre wieder einfach so zu genießen wie früher.«

In der schlichten Bemerkung schwang keinerlei unterschwellige Schärfe oder Verbitterung mit. Es war lediglich eine Aussage, die auf den Punkt brachte, was jeder von ihnen empfunden hatte.

»Und nur, weil es meiner Meinung nach alle hören sollten: Sind wir uns einig, dass sich Declan, so sehr wir ihn mögen, jemand anderen für seine Fernsehserie suchen muss, weil niemand von uns darin mitspielen wird?«

Ringsum ertönte im Chor Zustimmung, von niemandem lauter als von Trixie, die in der Mitte einer großen Decke auf dem Rücken lag.

Neben Clara drückte Declan ihre Hand. Aus dem Augenwinkel bekam sie mit, wie er ein Lächeln aufsetzte.

»Darüber ist niemand so erleichtert wie ich, das kann ich euch versichern«, sagte er. »Ich gebe bereitwillig zu, dass es eine meiner schlechteren Ideen war, hier zu drehen. Dafür war eine der besten, die ich je hatte, Fiona zu sagen, sie soll die Krallen einziehen und loslassen.«

Seth beugte sich vor, damit er Declan besser sehen konnte. »Ich weiß, dass ich für alle spreche, wenn ich dir sage, wie sehr wir deine Ehrlichkeit und Integrität schätzen. Du hast die Bedürfnisse von Joy's Acre über die eigenen Geschäftsinteressen gestellt. Nur die wenigsten hätten den Mumm dafür gehabt.«

»Manch einer würde es eher Dummheit nennen«, gab Declan zurück. »Aber wie auch immer, in dem Fall bin ich heilfroh, dass ich unrecht hatte. Ich dachte wirklich, für euch wäre perfekt, was ich Joy's Acre damit hätte ermöglichen können. Aber manchmal muss man sich ungeachtet der eigenen Wünsche und Vorstellungen der Realität stellen und entsprechend handeln. Dass mein Team und ich hier aufgekreuzt sind, hat ironischerweise genau das zerstört, was mich an dem Ort so begeistert hat. Hätten wir weitergedreht, wäre wohl nichts davon geblieben. Und das konnte ich euch nicht antun, so sehr ich auch immer noch glaube, dass Clara und Trixie perfekt fürs Fernsehen gewesen wären. Sobald mir klar geworden ist, wie falsch es für euch war, konnte ich es nicht weiterlaufen lassen. Und ich bin vor allem einem besonderen Menschen sehr dankbar, der mir geholfen hat, das einzusehen.«

»Hört, hört!«, sagte Trixie.

»Clara hat gewusst, dass Joy's Acre wegen der Menschen hier blüht und gedeiht. Und wenn dabei jemand wegfällt, wäre das so, als würde Trixie die Vanille bei ihrem Vanillepudding weglassen. Würde ziemlich schal schmecken. Clara hat von Anfang an erkannt, wie gefährlich eine Änderung des

Rezepts sein könnte. Und obwohl sie nicht die lauteste Stimme hier hat, sie hat trotzdem Bände gesprochen.«

»Nur habe ich damit auch die Pläne für die Scheune ruiniert«, warf Clara ein. »Ohne Fernsehserie wird es so bald keine fertige Scheune geben, keine Unterkunft, keinen Speisesaal für unsere Gäste …«

»Das hätten wir schon vor Declans Idee auch allein geschafft, und wir werden es jetzt genauso allein schaffen«, sagte Seth und zeigte mit dem Finger auf sie. »Also hör gleich wieder auf damit.«

Declan räusperte sich. »Äh, dabei könnte ich vielleicht immer noch helfen … wenn auch gewissermaßen indirekt.« Er schaute durch den Garten zu einer einsamen Gestalt, die sich den Weg entlang näherte.

»Das ist Agatha«, stellte Maddie fest. »Ich wusste gar nicht, dass du sie zu uns eingeladen hast, Seth.«

»Hab ich nicht«, antwortete er verwirrt.

»Äh, richtig. Ich fürchte, das war ich«, sagte Declan.

Sie warteten, bis die alte Dame bei ihnen ankam, dann stand Seth sofort auf, damit sie seinen Platz einnehmen konnte.

»Ich bin noch nicht so steinalt, dass ich nicht ein paar Minuten stehen könnte«, sagte sie. »Aber wenn ich's mir recht überlege, vielleicht setze ich mich doch.« Sie tätschelte Maddies Knie. »Hallo, Liebes«, grüßte sie. »Aber ich bleibe nicht lange. Ich weiß ja, dass ihr jungen Leute viel zu tun habt. Nur habe ich es in Anbetracht der Ereignisse gestern für das Beste gehalten, herzukommen und euch die Neuigkeit persönlich mitzuteilen.« Sie gab einen Laut von sich, der verdächtig wie ein Kichern klang. »Als wäre es nicht so schon aufregend genug«, fügte sie hinzu und zwinkerte dabei zur großen Überraschung aller Declan zu.

»Hallo noch mal, junger Mann«, grüßte sie auch ihn. »Sie haben es ihnen doch noch nicht gesagt, oder?«

»Agatha, würde ich so was tun?«, erwiderte Declan.

Seth ignorierte die Theatralik. »Uns was gesagt, Agatha?«

Sie lächelte triumphierend. »Ich bin inzwischen achtzig Jahre alt, wie ihr wisst«, begann sie. »Und ich denke, es ist höchste Zeit kürzerzutreten. Ich fuhrwerke schon viel zu lange allein in dem großen alten Haus herum und denke, es würde mir gefallen, mich zur Abwechslung bedienen zu lassen, bevor ich zu alt werde, um es noch zu genießen.«

»Ach, Agatha, du bist unbezahlbar.«

»Danke, mein Lieber.« Sie schürzte über die Unterbrechung missbilligend die Lippen. »Also, ich habe mir im Dorf einen wunderschönen Bungalow gekauft und eine nette junge Dame namens Pauline eingestellt. Sie wird sich für mich um das Häuschen kümmern, damit ich mich auf meine alten Tage auf die faule Haut legen kann.«

Clara warf einen Blick zu Declan. »Was?«, rutschte ihr heraus, bevor sie mit fragender Miene zu Seth schaute. Er schüttelte den Kopf.

»Offensichtlich bleibt damit dringend zu klären, was aus Summersmeade Hall werden soll. Und ich freue mich sehr, verkünden zu können, dass dieser bezaubernde Mann hier eingewilligt hat, mir das Anwesen abzukaufen. Nicht wahr, Declan?«

Trixie setzte sich abrupt kerzengerade auf. »Oh mein Gott, Clara, du wirst Gutsherrin!«

»Was? Trixie, so was kannst du nicht sagen!«

Alle Blicke hefteten sich auf Clara, auch der von Declan, der dabei grinste und aussah, als könne er jeden Moment platzen. »Hat sie aber gerade.«

Agatha klatschte entzückt in die Hände. »Oh, ich wusste doch, dass es perfekt sein würde. Also, ich habe Declan erklärt, dass er das Feld und den Wald unten nicht haben kann, weil ich möchte, dass du das bekommst, Seth. Bei Joy's Acre ist der Bereich viel besser aufgehoben. Und weil ich demnächst in Geld schwimme, mache ich verspätet, was ich schon hätte tun sollen, bevor ich ein bisschen verrückt gespielt habe, als Maddie hier angekommen ist. Ich stelle dir das nötige Geld zur Verfügung, damit du die Cottages und die Scheune fertigstellen kannst. Ich will die Farm noch in voller Blüte erleben, bevor ich sterbe.«

Maddie war so überrascht, dass sie um ein Haar den Inhalt ihres Bechers auf ihre Jeans verschüttete. Einen Moment lang trat verblüffte Stille ein.

»Na? Will sich denn niemand bedanken?«, fragte Agatha schließlich und sah Seth eindringlich an.

Er lachte schallend auf, und damit kam Bewegung in alle, die aufsprangen und sich darum drängten, um Agatha nacheinander zu umarmen. Alle außer Clara, die immer noch fassungslos Declan anstarrte.

»Gutsherrin«, sagte er. »Gefällt mir, wie sich das anhört.«

Sein Blick zog sie zu ihm, und vielleicht hätten sie sich noch viel länger geküsst, wenn sich Trixie nicht laut geräuspert hätte.

Clara schaute auf und stellte fest, dass sich Agatha wieder erhoben hatte.

»Nun denn, ich gehe mir jetzt zu Hause ansehen, was sich in *Emmerdale* in der Zwischenzeit alles getan hat. Bei all der Aufregung in den letzten Wochen habe ich mehrere Folgen der Serie verpasst und keine Ahnung, wer wen ermordet hat! Den Rest überlasse ich Ihnen, Declan.« Damit beugte sie sich vor und drückte sowohl Maddie als auch Clara einen Kuss auf die Wange, bevor sie den Weg entlang so schnell verschwand, wie sie zuvorgekommen war.

»Wie jetzt, kommt noch mehr?«, fragte Maddie matt.

Declan grinste. »Nur, dass ich zugestimmt habe, Megan ihren Betrieb dort einrichten zu lassen, sobald Summersmead Hall mir gehört. Eine so feine Schmiede wie dort kann man doch nicht verkommen lassen, oder? Schien mir die perfekte Lösung für alle zu sein.«

»Ich muss das alles erst mal verarbeiten«, sagte Seth und ließ sich wieder auf die Bank plumpsen. »Was machen wir jetzt?«

»Einfach glücklich sein?«, schlug Tom vor.

Von der Decke, auf der Trixie lag, ertönte ihre Stimme. »Also, keine Ahnung, was ihr vorhabt, aber ich färbe mir die Haare wieder pink. Ich sehe ja aus, als wäre ich schon richtig erwachsen, um Himmels willen. Wie soll ich mich ohne meine rosa Haare guten Gewissens wie ein Teenager aufführen?«

Lachende Stimmen hallten noch lange durch den Garten, während sich vom Feuer träger Rauch emporkräuselte. Auf einem Baum hinter ihnen gurrte eine Ringeltaube, und eine sanfte Brise neigte den Lavendel am Wegrand. Es war ein wahrhaft perfekter Sonntagabend.

Ein paar Zeilen von Emma

Vielen Dank für deine Gesellschaft bei *Rückkehr zum kleinen Cottage auf dem Hügel.* Falls das dein erster Besuch auf Joy's Acre war, hoffe ich, du hast den Ort so lieb gewonnen wie ich.

Natürlich hat die Geschichte von Seth, Maddie, Tom, Trixie und Clara in *Das kleine Cottage auf dem Hügel* begonnen. Beim Schreiben der Folgebände beobachte ich fasziniert, wie die einzelnen Figuren wachsen und sich weiterentwickeln. Ich weiß im Voraus nie genau, was herauskommen wird. Als Charaktere haben sie mich schon mehr als einmal überrascht. Jedenfalls hoffe ich, du wirst sie wieder begleiten, wenn der Winter ihnen neue Herausforderungen, Romanzen und auch harte Zeiten beschert. Wie in jeder Gemeinschaft ist das Leben nicht immer ein Zuckerschlecken. Aber mit ein wenig Liebe, Hoffnung und Freundschaft – und natürlich jeder Menge Kuchen – lässt sich so mancher Sturm überstehen. Jedenfalls war es eine uneingeschränkte Freude, ein Jahr im Leben meiner Figuren zu verbringen. Ich hoffe, du empfindest genauso.

Zu den Dingen, die ich als Schriftstellerin am meisten liebe, gehört der Kontakt mit Leserinnen und Lesern. Das sind immer die Höhepunkte meiner Arbeitstage. Am einfachsten findest du mich auf Twitter und auf Facebook. Du kannst aber auch meine Website besuchen. Dort erfährst du unter anderem etwas über meine Vorliebe für *Pringles* …

Ich hoffe, wir sehen uns sehr bald wieder. Falls dir dein Besuch auf Joy's Acre gefallen hat, würde ich mich in der Zwischenzeit sehr freuen, wenn du ein paar Minuten opfern könntest, um eine Rezension oder einen Beitrag in den Sozialen Medien zu hinterlassen. Sogar eine Empfehlung an jemandem, mit dem ihr beim Friseur plaudert, wüsste ich sehr zu schätzen!

Bis zum nächsten Mal.

Herzlichst,
Emma

Danksagung

Wie so vielen Autorinnen und Autoren fällt es auch mir schwer, Danksagungen zu verfassen. Wem dankt man, wenn so viele Menschen sowohl das eigene Leben als auch die eigene Arbeit beeinflussen? Was, wenn man jemanden übersieht? Als ich das einer Freundin gegenüber erwähnt habe, erwiderte sie, dass ich diesmal vielleicht würdigen sollte, was ich selbst mit diesem meinem zehnten vollendeten Buch geleistet habe. Obwohl die Bemerkung von einem Augenzwinkern begleitet wurde, hat sie mich zum Nachdenken gebracht …

Auch wenn ich mich glücklich schätze und dankbar bin, den besten Job der Welt zu haben, ist Schreiben nicht einfach. An manchen Tagen fließen die Worte mühelos, an anderen muss man sich jedes Einzelne aus der Seele wringen. Es ist eine unglaublich intensive und persönliche Erfahrung. Sie kann sowohl ein mit nichts auf der Welt vergleichbares Gefühl als auch total niederschmetternd sein. Aber wenn ich ein Buch lese, das mich berührt oder bewegt, mich zum Lachen oder Weinen bringt, mich inspiriert oder tröstet – dann verstehe ich meinen eigenen Drang zu schreiben und immer besser darin zu werden. Bücher sind wichtig, Worte bedeutsam.

Jedes Buch, das ich schreibe, entsteht unter sich verändernden Umständen. Mein Leben entwickelt sich parallel dazu mit. Manchmal erfreulich, manchmal weniger. Aber jedes Buch scheint seinen eigenen Charakter zu haben, und diesmal ist er für mich von der Lektüre einiger unglaublicher Bücher und Worte geprägt, die mir sehr lange in Erinnerung bleiben werden. Bei der Arbeit an diesem Buch beispielsweise waren die Schriften und Gedichte von David Whyte und die

Werke des verstorbenen John O'Donohue von besonderer Bedeutung für mich. Ihnen und allen anderen bin ich unglaublich dankbar.

Und so ergeht mein tief empfundener Dank zu diesem Anlass natürlich an meinen fabelhaften Verlag Bookouture und meine geniale und bezaubernde Lektorin Jessie Botterill. Vor allem aber auch an Leserinnen und Leser überall auf der Welt, die so wie ich die Arbeit von Schriftstellerinnen und Schriftstellern nicht nur ermöglichen, sondern auch den Worten Bedeutung verleihen.

Ein kleines Café zum Verlieben

Barbara Erlenkamp
DAS KLEINE CAFÉ
AN DER MÜHLE
Roman

288 Seiten
ISBN 978-3-404-17956-5

Der plötzliche Tod ihrer lieben Tante Dotti zieht Sophie den Boden unter den Füßen weg. Aber Dotti hatte einen Plan – und so findet sich Sophie plötzlich in einem verschlafenen Dorf zwischen Rhein und Mosel wieder. Dort steht sie vor ihrem Erbe: einem maroden Mühlencafé. Doch Sophie erbt nur, wenn sie das Café weiterführt. Trotz aller Widrigkeiten und mit viel Einsatz bringt sie das Café auf Vordermann. Die eigenwilligen Dorfbewohner sind ihr dabei keine große Hilfe. Aber zum Glück ist da ja noch ihr Nachbar Peter, Single und gutaussehend ...

Lübbe

In dieser Straße schlagen Herzen höher

Kerstin Garde
DIE KLEINE
STRANDBOUTIQUE IM
SANDDORNWEG
Roman

336 Seiten
ISBN 978-3-404-18528-3

Um in der Schneiderei ihrer Oma auszuhelfen, reist Louisa von Berlin an die Ostsee. Doch dem Geschäft im Sanddornweg droht die Pleite. Das möchte Louisa um jeden Preis verhindern. Und sie hat auch schon bald eine rettende Idee: Aus der alten Schneiderei soll eine moderne kleine Strandboutique werden. Voller Begeisterung stürzen sich Louisa und ihre Oma in den Umbau – tatkräftig unterstützt von den Bewohnern des Sanddornwegs. Und als wäre das nicht Aufregung genug, bringt auch noch der sympathische Henrik Louisas Herz zum Hüpfen.

Ein warmherziger Küsten-Roman, der zum Träumen, Wohlfühlen und Verlieben einlädt.

Lübbe

Ein Tanz ins Glück

Ria Hellichten
DIE KLEINE
TANZSCHULE AM MEER

282 Seiten
ISBN 978-3-7413-0303-6

Natalie kehrt in ihre Heimat Travemünde zurück. Dort möchte sie sich einen lang gehegten Wunsch erfüllen: eine eigene Tanzschule. Doch das ist leichter gesagt als getan. Nicht nur fehlt Nati jegliches Budget für eine Renovierung, ihr erster Schüler ist noch dazu ausgerechnet ihr ehemals bester Freund. Nic, der eigentlich schon immer mehr war als das. Kurz entschlossen schließen sie einen Pakt: Nic hilft ihr bei der Renovierung des »Wellentänzers«, und im Gegenzug bringt Nati ihm das Tanzen bei. Dabei kommen sie sich jedoch näher als geplant – obwohl Nic doch in vier Wochen heiraten soll. beHEARTBEAT – Herzklopfen garantiert.